문예신서
324

들뢰즈와 문학

로널드 보그

김승숙 옮김

東文選

들뢰즈와 문학

Ronald Bogue

Deleuze on Literature

차 례

약어표

들뢰즈와 가타리, 그리고 들뢰즈-가타리에 대한 모든 번역은 나 자신의 것이다. 영어 번역 과정에 나타나는 저작들의 인용문에는 프랑스어 원본 페이지와 그에 상응하는 단락의 영어 번역본 페이지를 병기하였다.

AO   Deleuze and Guattari. *L'Anti-Oedipe: Capitalisme et schizo-phrénie I*. Paris: Minuit, 1972. *Anti-Oedipus*. Trans. Robert Hurley, Mark Seem and Helen R. Lane. Minneapolis: University of Minnesota Press, 1977.

B   Deleuze. *Le Bergsonisme*. Paris: Presses Universitaires de France, 1966. *Bergsonism*. Trans. Hugh Tomlinson and Barbara Habberjam. New York: Zone Books, 1991.

CC   Deleuze. *Critique et clinique*. Paris: Minuit, 1993. *Essays Critical and Clinical*. Trans. Daniel W. Smith and Michael A. Greco. Minneapolis: University of Minnesota Press, 1977.

D   Deleuze and Claire Parnet. *Dialogues*. Paris: Flammarion, 1977. *Dialogues*. Trans. Hugh Tomlinson and Barbara Habberjam. New York: Columbia University Press, 1987.

DR   *Différence et réprétition*. Paris: Presses Universitaires de France, 1968. *Difference and Repetition*. Trans. Paul Patton. New York: Columbia University Press, 1994.

E   Deleuze. *L'Épuisé*(published with Samuel Beckett's *Quad*). Paris: Minuit, 1992. ⟨The Exhausted⟩, Trans. Anthony Uhlmann in *Essays Critical and Clinical*. Trans. Daniel W. Smith and Michael A. Greco. Minneapolis: University of Minnesota Press, 1997, pp.152−74.

F   Deleuze. *Foucault*. Paris: Minuit, 1986. *Foucault*. Trans. Seán Hand. Minneapolis: University of Minnesota Press, 1988.

FB   Deleuze. *Francis Bacon: Logique de la sensation*. Vol 1. Paris: Editions de la différence, 1981.

K   Deleuze and Guattari. *Kafka: Pour une littérature mineure*. Paris: Minuit, 1975. *Kafka: Toward a Minor Literature*. Trans. Dana Polan. Minneapolis: University of Minnesota Press, 1986.

LS   Deleuze. *Logique du sens*. Paris: Minuit, 1969. *The Logic of Sense*. Trans. Mark Lester, with Charles Stivale. Ed. Constantin V. Boundas. New York: Columbia University Press, 1990.

MM   Deleuze. ⟨Mystique et masochisme⟩ *La quinzaine littéraire* 25 (April 1−15, 1967): 12−13.

MP   Deleuze and Guattari. *Mille plateaux: Capitalisme et schizo‐phrénie, II.* Paris: Minuit, 1980. *A Thousand Plateaus.* Trans. Brian Massumi. Minneapolis: University of Minnesota Press, 1987.

N   Deleuze. *Nietzsche.* Paris: Presses Universaitaires de France, 1965.

NP   Deleuze. *Nietzsche et la philosophie.* Paris: Presses Univer‐sitaires de France, 1962. *Nietzche and Philosophy.* Trans. Hugh Tomlinson. Minneapolis: University of Minnesota Press, 1983.

PO   Deleuze and Guattari, *Politique et psychanalyse.* Alençon: des mots perdus, 1977.

PP   Deleuze. *Pourparlers.* Paris: Minuit, 1990. *Negotiations.* Trans. Martin Joughin. New York: Columbia University Press, 1995.

PS   Deleuze. *Proust et les signes.* 3rd edition. Paris: Presses Uni‐versitaires de France, 1976. *Proust and Signs.* Trans. Richard Howard. New York: G. Braziller, 1972.

QP   Deleuze and Guattari. *Ou'est‐ce que la philosophie?* Paris: Minuit, 1991. *What Is Philosophy?* Trans. Hugh Tomlinson and Graham Burchell. New York: Columbia University Press, 1994.

S   Deleuze. *Spinoza: Philosophie pratique.* 2nd edition. Paris:

Minuit, 1981. *Spinoza: Practical Philosophy*. Trans. Robert
Hurley. San Francisco: City Lights, 1988.

SM   Deleuze. *Présentation de Sacher-Masoch: le froid et le cruel*.
Paris: Minuit, 1967. *Masochism: An Interpretation of Coldness
and Cruelty*. Trans. Jean McNeil. New York: G. Braziller,
1971.

SP   Deleuze and Carmelo Bene. *Superpositions*. Paris: Minuit,
1979. 〈One Less Manifesto〉, trans. Alan Orenstein. In *The
Deleuze Reader*. Ed. Constantin V. Boundas. New: Columbia
University Press, 1993, pp.204-22.

서 론

1995년 11월 4일 그의 죽음을 접했을 즈음, 질 들뢰즈는 20세기 후반 프랑스 철학계에서 가장 중요한 인물로 널리 알려져 있었다. 전 생애에 걸쳐 들뢰즈는 다양한 예술 분야에 열정적인 관심을 보였지만, 가장 지속적으로 관심을 가진 분야는 문학이었다. 《비평과 진단》(1993)이라는 제목의 그의 마지막 논문집뿐만 아니라, 프루스트에 관련된 저서(1964, 1970년과 1976년 개작 및 증보), 마조히즘이라는 명칭을 형성한(1967) 19세기 소설가 레오폴트 자허 마조흐와 카프카에 관한 저서(1975)들과 더불어, 들뢰즈는 사실상 그의 저작 활동 전반에 걸쳐 시·소설·연극에 관해 부단히 언급했다. 그가 가장 비중을 둔 철학자들 가운데에 한 사람은, 많은 사람들이 확고부동하게 문학인으로 규정짓고 있는 니체이며, 그 외에도 작가 겸 철학자 혹은 철학자 겸 작가들인 키에르케고르·블랑쇼·미쇼·아르토·클로소프스키·베케트·말라르메·보르헤스 등이 그의 글 속에 빈번하게 나타난다. 1969년 의미의 역설에 대한 들뢰즈의 연구서 《의미의 논리》에는 스토아 철학에 관한 논의 못지않게 작가 루이스 캐럴에 대한 많은 해석이 수록되어 있으며, 방대한 분량의 《천의 고원》(1980)에는 75명이 넘는 작가들에 대해 언급했다.

하지만 들뢰즈의 문학에 대한 관심과 문학으로부터의 많은 인용들이 그의 작품들에 편재해 있음에도, 직접적으로 체계적인 '문학 이론'을 제시하고 있지는 않다. 그리고 그가 문학에 대해 다양하게 연구하고는 있지만 외부의 문학 이론을 적용한 곳을 찾기 또한 쉽지 않다. 들뢰즈의 문학에 관한 저술은 문학 작품과 함께-사유하기, 즉 문학

텍스트와의 조우를 통해 생성되고 발전되는 철학적 이슈에 관한 성찰이다. 따라서 문학에 관한 그의 사유는 그것을 촉발한 작품들을 고려하지 않고서는 완전히 이해하기가 힘들다고 본다. 그는 언어·의미·글쓰기·문학과 관련하여 제기된 다양한 문제들을 다루었는데, 그것들은 다른 맥락들 속에서도 매우 다양한 목적으로 논의되어지기 때문에 가끔 하나의 분석이 다른 분석과 어떻게 관련을 맺는지 이해하기가 어려울 때도 있다. 그럼에도 불구하고 들뢰즈의 문학에 대한 모든 저작물에서 일정한 선을 따라 전개되는 개념의 방향을 확인할 수 있는데, 그러한 개념의 전개는 그의 철학의 동력이 되는 관심에 의해 촉발된 것이다. 그는 전통적인 뜻에서의 체계적인 철학자는 아니지만, 그의 사유는 응집력이 있고, 다양한 분야에 관한 사유와 여러 분야에 걸쳐 드러내 보이는 모티프들간에는 상호 연관성을 가진다. 이 책에서 나의 작업들은 문학·언어·글쓰기에 대한 들뢰즈의 중심적인 텍스트를 연구하고, 사회의 전반적인 관습 내에서의 문학의 본질과 기능에 대한 그의 이해를 파악하여, 그의 일생에 걸친 문학 작품들에 대한 다양한 연구를 관통하는 사유의 광범위한 흐름을 추적하여 드러내는 일이다.

들뢰즈는 작가란 문화를 진단하고 치유하는 니체적 의사 역할을 한다고 말한다. 이는 질병과 건강에 대한 문화의 기호를 읽어내는 징후 발견자인 동시에 삶의 새로운 가능성을 증진시키는 치료사를 일컫는다. 제1장에서 나는 들뢰즈의 초기작 《니체와 철학》에서 그가 전개하는 문화 의사(cultural physician)의 형상을 탐색하고, 《마조히즘: 냉담과 잔혹의 해석》에서의 사드와 자허 마조흐, 《의미의 논리》에서의 캐럴과 아르토와 같은 들뢰즈가 문화 의사로 다루는, 짝을 이루는 저자들을 사유하고자 한다. 무엇보다도 니체적 문화 의사는 가치의 평가에 관여하게 되는데, 그것은 세계를 형성하는 힘과 그 관점에 대한 진단, 그리고 새로운 배치 내에서의 힘의 전개 양상을 진단하게 된다. 문화

의사는 기호의 해석자일 뿐만 아니라 문화적 병원균을 즐겁게 박멸하고, 삶을 고양하고 증진시키는 새로운 가치를 창안하는 예술가이다. 사드와 자허 마조흐는 종종 자신들의 이름과 관련하여 성적(性的) 도착의 표본들로 간주되기도 한다. 그러나 들뢰즈는 그 두 사람이 권력과 욕망의 사회적 구조에 대한 탁월한 징후 발견자들이라고 주장한다. 징후 발견자로서 사드와 자허 마조흐는 문화에 비평을 가하는 하나의 형식인 동시에 삶의 새로운 가능성을 열어 주게 하는 우주의 이중성을 만들어 낸다. 그러나 들뢰즈는 그들이 만들어 내는 세계 각각의 깊이를 같은 표준으로 비교할 수 없고, 사도마조히즘(sadomasochism)이라는 허위적인 신드롬으로는 이해할 수도 없는 것이라고 주장한다. 사드의 세계는 이성의 착란, 아이러니컬한 시위, 반복되는 기계적인 움직임의 세계인 한편, 자허 마조흐의 세계는 가상의 판타지, 유머러스한 훈육, 얼어붙은 정지의 세계이다. 징후 발견자로서 사드와 자허 마조흐는 다른 기호 집합들을 드러내고 비판하며, 예술가들로서 그들은 성적 도착 요소들을 새로운 세계의 구성 요소로 전환하게 된다. 유사한 방식으로, 캐럴과 아르토도 사드와 자허 마조흐처럼 심리학적 혼란의 표본으로, 그리고 일부 예에서 똑같은 무질서, 즉 정신분열증의 표본으로 종종 다루어진다. 아르토의 〈재버워키〉에 대한 의역 분석에서 들뢰즈는 캐럴과 아르토를 각각 아주 다른 영역에 속하면서도, 통찰력을 가진 보기 드문 징후 발견자이자 지형학자로 본다. 캐럴의 난센스는 스토아 학파의 비물질계 영역을 회상케 하고, 표면과 사건의 세계를 드러내며, 아르토의 비명 단어와 음향적 분절은 격렬하게 파장을 일으키는 의식의 심연과 상호 침투되는 신체 영역을 열어 준다. 캐럴의 전도된 난센스는 아르토의 분열증적인 언어적 분절과는 아무런 관계가 없다. 그리고 그 두 사람은 들뢰즈가 "어린이, 시인, 광인의 그로테스크한 삼위일체"(LS 101; 83)라고 부르는 것 안에 동화되지도 않는다. 캐럴은 어린아이와 같은 성도착자로, 아르토는 광란하는 광인처럼 보일 수는 있으나 그들은 작가로서 변별적 진단을 통해 다양한 리얼리티와 삶의 대안적 양식을 밝히는 문화 의사들이다.

들뢰즈는 프루스트의 《잃어버린 시간을 찾아서》를 "세계에 대한 일반 기호론 혹은 징후 발견론"(PP 195; 142-43)으로 언급하는데, 제2장에서 나는 들뢰즈의 《프루스트와 기호들》(1964: 1970년 제2판 증보)에서의 기호론과 징후학에 대해 다시 분석을 확대해 나갈 것이다. 《프루스트와 기호들》에서 들뢰즈는 기호의 해석(1964년 원본)과 기호의 생산(제2판에서 길게 첨가)이라는 두 측면으로 프루스트 읽기를 시도한다. 프루스트의 기호는 상형문자로, 은폐된 내용을 접고 포개어 놓아서 해석을 통해 펼쳐져야만 하는 수수께끼와 같다. 프루스트의 《찾기》는 마르셀의 기호 견습을 기록하는데, 그것을 통해 젊은이는 세계의 활기 없는 기호로부터 사랑의 기만적인 기호들과 비자발적 기억의 감각적인 기호를 거쳐 심오한 예술의 기호들에 이르는 여정을 기록한다. 마르셀은 예술의 기호들이 본질을 표현하고, 다른 기호들은 변형된다는 것을 파악하고 나서, 예술가로서 자신의 소명을 발견한다. 하지만 예술적 기호의 진리는, 들뢰즈가 보여주는 바로는 객관적인 실재의 진리도, 주관적 연상 작용의 진리도 아니다. 하나의 우주를 창조하고 생성하며 스스로 펼쳐지면서 변별화하는 차이의 진리이다. 예술가와 그 주변의 세계 그리고 예술 작품은 모두 초개인적인 기호들의 펼침이고, 완성된 예술 작품은 조이스적인 '카오스모스(chaosmos),' 즉 하나의 우주가 되는 카오스이다. 그리하여 마르셀의 기호 해석은 불가피하게 기호의 예술적 생산을 유도하고, 《프루스트와 기호들》 제2부에서 들뢰즈는 《찾기》 그 자체가 기호들을 생산하는 생성 기계, 즉 진정한 기호 기계로 작동하는 방식을 보여준다. 현대의 예술 작품은 의미한다기보다는 작동하며, 이러한 의미로 그것은 하나의 기계라고 들뢰즈는 말한다. 프루스트의 기호에 대한 해석은 결국 카오스모스, 즉 그 안에 저자를 포함시키는 특정한 관점에서 나온 것으로, 결국에는 저자도 초월하고 그를 단순히 카오스모스-기계의 기능화의 구성 요소로 만들어 버리는 그런 카오스모스의 펼침(전개)의 한 부분이다. 프루스트는 위대한 기호의 번역자이며, 문화적 질병의 징후학자이다. 그러나 문화 의사로서 그는 궁극적으로는 거대한 문학 기계의 제작자이자 제작물이다.

제3장은 《카프카: 소수 문학을 위하여》에서 전개한 문학 기계의 개념에 초점을 맞추었다. 이 책은 1975년 들뢰즈가 펠릭스 가타리와 함께 쓴 책이다. 《반-오이디푸스》(1972)에서 들뢰즈와 가타리는 자연을 흐름들의 '결합'으로 보는 일반론을 펼친다. 그리고 그들은 이러한 매우 광범위한 기계 개념으로 카프카의 작품에 접근한다. 그들은 카프카의 일기·편지·단편, 미완성의 소설 모두가 글쓰기 기계의 부분이라고 주장한다. 그것들의 목표는 단지 종결을 피하면서 흐름을 계속 진행하게 하는 것이다. 카프카의 일기와 편지들이 직접적으로 그의 소설과 교통하며, 그의 단편과 장편 소설 속에서는 실재 세계의 부분을 이루는 힘들을 수행한다고 주장하면서, 들뢰즈와 가타리는 카프카의 삶과 예술을 구분하지 않는다. 카프카의 서한문들은 결혼에 속박당하는 것을 피하면서 지속적으로 편지의 흐름을 유지하려는 그의 무모한 노력들을 기록한다. 또한 그의 단편 소설들은 막다른 골목들, 가족적·사회적 속박에서 벗어나려는 좌절된 시도로 가득 차 있다. 그러나 장편 소설들 속에서 카프카는 이행 운동을 영속화하고 글쓰기 기계를 계속 작동시키는 수단을 발견하게 되는데, 그의 소설이 결코 완결되지 않는 것은 바로 이러한 이유에서이다. 특히 《심판》은 K가 한 법 대행자로부터 또 다른 대행자로 옮아가면서, 문학 기계의 열린 기능을 드러낸다. 법 그 자체는 소설의 다양한 등장 인물들, 제도와 장소들이 모두 내부적으로 서로 연결되어, 기계의 각 부분들로서 서로 영향력을 미치는 거대한 하나의 기계이다. 법은 그 자체의 기능 외의 궁극적인 목적을 갖고 있지 않다. 그리고 주인공 K의 법에 대한 추구는 일련의

미결정적인 조우와 불확정적인 연기(지연)로 이끈다. 들뢰즈와 가타리에게 이러한 법에 대한 서사는 단순한 허구가 아니다. 왜냐하면 그들은 《심판》에서 카프카가 오스트리아–헝가리 제국에 내재한 추세를 끌어들이면서 "미래의 악마적인 권력"——나치즘, 스탈린주의, 관료적 자본주의의 권력——을 개방한다고 주장하기 때문이다. 그러한 추세는 현재적이라기보다는 잠재적임에도 불구하고 그것들은 실재적이다. 이러한 이유로 《심판》은 단순히 법이라는 사회적 기계의 재현이 아니라, 그 자체가 실재적인 것에 대한 실험화이다.

　그러므로 《심판》은 기계인 동시에 사회적 비판의 수단이다. 사드 · 자허 마조흐 · 프루스트처럼 카프카도 미래의 악마적인 권력을 진단하고, 그러한 권력으로부터 탈주선을 처방한다는 점에서 문화 의사이다. 그리고 프루스트처럼 카프카는 그 자체가 보다 큰 사회적 · 물질적 기계들의 복합체인 문학 기계의 제작자이다. 기계의 문화 의사이자 발명가로서 그는 들뢰즈와 가타리가 '소수 문학'이라 부르는 것을 생산하면서, 정치적이면서 동시에 실험적인 글쓰기 형식을 실천한다. 소수 문학은 제4장의 주제이다. 들뢰즈와 가타리는 프라하의 체코인들의 문학의 특징을 언급한 카프카의 일기 내용에서 '소수 문학'이라는 그 용어를 빌려온다. 하지만 들뢰즈와 가타리는 카프카의 그 개념이 본래 언어적 · 문화적 소수 집단에 의해 씌어진 문학을 뜻하는 개념이라기보다 언어의 소수적인 **사용**, 즉 언어적 변수들을 불균형(착란) 상태에 처하도록 조종하여 생성되는 문학 개념이라고 주장한다. 들뢰즈와 가타리에게 언어는 행동의 형식이며, 언어의 규칙성이라는 것은 규칙적인 관습 양식을 강요하는 권력 구조의 부분적 구성 요소일 뿐이다. 작가들이 음성학적 · 통사론적 · 의미론적인 관습을 전복시킬 때, 그들은 언어 안에 내재되어 있는 연속적인 변이선을 활성화시키고, 그리하여 고정된 권력 관계의 기능을 붕괴시키게 된다. 들뢰즈와 가타리는 카프카가 언어적으로 불안정하고 변칙적인 상황을 이용하여 그의 주변을 순환하는 언어 행동들의 새로운 의미론적 사용을 고안함으로써, 단어들을 통해 행사되는 다수적 권력의 형상을 '소수화'하는 작가로 본다. 그들의 주장은, 카프카는 결코 좌절에 대한 사적 대변자가 아니라, 미래의 악마적 권력으로부터 벗어나는 민중 창조와 탈주선을 만들면서 언어의 집단적 기능에 참여한 정치적인 작가라는 것이다.

들뢰즈는 자신의 에세이 〈마이너 선언〉에서 연극과 '소수 문학'을 관련지어 논하면서, 소수 문학의 개념을 넓혀 가는데, 그 에세이에는 《중첩》(이탈리아어 번역 1978년, 프랑스어 번역 1979년)이라는 제목으로 카르멜로 베네의 연극 《리처드 3세》의 텍스트가 수록되어 있다. 그리고 제5장에서 베네의 예시와 들뢰즈의 해설을 통해 '소수 문학'의 특징들을 개괄적으로 검토하려는 시도를 하였으므로 그러한 의도를 이해하면서 본서에 접근하기를 권한다. 베네의 연극은 셰익스피어 작품인 《리처드 3세》를 실험적으로 전유하여 변형한 작품으로 베네과 들뢰즈 두 사람 모두 리처드 3세의 형상을 '여성-되기'를 수행하는 '전쟁 인간'으로 접근한다. 들뢰즈는 전사의 '여성-되기' 개념을 클라이스트의 《펜테질리아》에서 가져온다. 그리고 베네의 연극과 들뢰즈의 에세이에서 클라이스트의 모델을 사용한 것은 셰익스피어의 위대한 악한의 행동을 해석하기 위함이다. 리처드 3세와 셰익스피어의 여성 인물들만 무대에 등장하지만, 베네의 연극에 나타나는 대사들은 셰익스피어 작품에서 발췌한 것이다. 그러나 결정적으로 배우들의 행동에서는 셰익스피어의 분위기는 나타나지 않으며, 그들의 행동 목표는 셰익스피어의 역사극에서 나타나는 권력의 인습적인 기록들을 벗겨내고, 리처드의 배반과 그의 주변에 있는 여성들간의 관계를 드러내는 것이다. 베네의 연극은 셰익스피어 원본에서 재현되어 있던 권력 관계에 대한 비평적 역할을 한 셈이다. 또한 그는 인습적인 연극 형식들의 문제점을 파헤치며, 들뢰즈는 이러한 베네의 셰익스피어 극에 대한 비평과 실험의 결합에서 무대의 소수적 사용의 본질을 찾는다. 소수적 연극은 공연의 모든 요소들——대사 · 몸짓 · 의상 · 소도구 · 세트 · 조명 등——을 변이 과정 속에 둔다. 그리고 그러한 것들을 단순히 인습적인 것의 전복을 실행하는 것이 아니라, 새로운 삶의 양식이나 도래할 민중을 창조하는 수단으로 변신 과정을 거치게 하고 대위법적인 구성으로 결합한다.

문학은 새로운 삶의 가능성을 모색한다. 들뢰즈는 자신의 마지막 저서 《비평과 진단》(1993)에서 작가들이 이러한 목적을 달성하는 여러 가지 방식들을 제안한다. 제6장에서는 그 중 두 가지 수단인 '탈주선(line of flight)'과 '비전과 오디션(visions and auditions)'의 창조에 대해 집중적으로 다룬다. 들뢰즈는 글쓰기와 전체로서의 삶에 대해 '선들'이라는 용어로 자주 언급하는데, 그의 '탈주선'에 대한 개념을 충분히 받아들이려면, 바로 이러한 광범위한 문맥 속에서 명백히 드러난다는 것을 이해해야 한다. 탈주선은 궁극적으로 타자-되기 과정을 추적하는 궤도이며, 항상 '사이를 지나가는(passes between)' 선의 행로이다. '탈주선'은 언어의 내부에도, 외부에도 있다. 그것은 끊임없이 그 자체를 초월하려는 언어적 경향 속에서 현현된다. 위대한 작가들(즉 언어의 소수적 사용의 실천가들)은 자신들의 언어 안에서 이방의 언어를 발견한다. 그들은 언어 자체를 더듬거리게 하고, 그렇게 하면서 타자-되기의 언어적 과정을 부추긴다. 하지만 그들은 또한 '비전과 오디션,' 즉 "언어만이 가능하게 하는" 것이면서도(CC 9; lv) 그 자체로서는 비언어적인 요소들인 광경과 소리를 형성한다. 비전과 오디션은 언어의 외부적 표면을 형성하고 "마치 단어들 위에 나타나는 색깔과 음향의 효과처럼 글쓰기에 적절한 그림과 음악"(CC 9; lv)을 구성한다. 들뢰즈는 T. E. 로렌스의 《지혜의 일곱 기둥》과 베케트의 텔레비전극에 대한 후반부의 연구에서, 비전과 오디션에 대한 개념을 정교하게 다듬고, 마침내 문학의 소명이 언어를 그 외부에로 밀고 나가는 것이며, 세계를 향해 낱말들을 열어두는 과정에 있다는 것임을 암시한다.

이 책은 내가 들뢰즈와 예술이라는 주제로 쓴 세 권의 책들 가운데 하나이다. 다른 두 권은 《들뢰즈와 시네마》와 《들뢰즈와 음악, 회화, 그리고 일반 예술》이다. 각 권은 그 자체로서 완결된 것이지만, 단일한 프로젝트의 세 부분들이다. 이 책에서 나의 주된 목적은 문학에 관한 들뢰즈의 사유를 다루는 것이지만, 그의 예술 전반에 대한 이해로부터 그리고 철학 일반에 걸친 그의 사유를 분리시키는 일은 어려울 것이다.

들뢰즈의 저서에는 학생들과 모든 예술 분야의 실천가들에게 의미를 줄 만한 많은 것이 담겨 있고, 문학 분석에서 그가 발전시켜 나가는 개념들 중 많은 부분은 다른 분야의 사람들에게도 흥미로울 것이다. 그러므로 나는 나의 비평이 전공자뿐 아니라 비전공자들에게도 쉽게 접근할 수 있도록 노력했으며, 다양한 배경의 독자들이 이 책으로 인해 들뢰즈의 문학에 대한 많은 연구뿐만 아니라, 음악·그림·시네마에 대한 그의 글쓰기를 탐구하도록 격려받을 수 있으리라는 희망을 가진다.

지난 몇 년에 걸쳐 들뢰즈의 많은 뛰어난 작품들이 프랑스어와 영어로 소개되었다. 나는 많은 부분을 그것들로부터 도움을 받았으나, 이러한 작품들을 확장하여 논의를 전개하는 데에는 집중하지 않았다. 단지 들뢰즈의 주장에 특별한 논지를 조명하는 데에 도움을 주는 그러한 텍스트만을 인용했다. 나는 특히 앨리에·안셀 피어슨·뷰캐넌·보이던·콜브록·콜롬배트·굿차일드·하르트·홀런드·케네디·램버트·마수미·메이·올코스키·패튼·라치먼·로도윅·스티벌·주라비치빌리의 책들뿐만 아니라, 새로운 기초를 공고히 하기 위하여 벤스마이아·바운다스와 스미스의 에세이들이 유용하게 쓰였음을 밝힌다. 들뢰즈 텍스트의 난해함을 해결하고자 하는 일에 관심을 가지는 사람이라면 누구나 이 작품들이 읽을 가치가 있음을 알게 될 것이다.

　마지막 방법론적인 주(註)──들뢰즈에 대하여 쓰는 모든 사람들은 쉬운 해결책을 찾을 수 없는 특이한 딜레마에 봉착하게 된다. 들뢰즈의 가장 중요한 저서들 중 네 권은 철학사의 독특한 공동 연구 과정을 통해 펠릭스 가타리와 공동 집필된 것이었다. 가타리는 독자적으로도 중심의 위치에 있는 이론가이다. 그리고 그의 많은 책들은 세심한 연구와 논의를 위해 충분한 가치가 있는 것들이다. 공동 연구의 프로젝트에 그가 기여한 바는 내용이나 문체에 있어서도 실재적인 공헌도가 있음은 의심할 여지가 없다. 들뢰즈와 가타리가 공동 집필한 텍스트는 들뢰즈나 가타리가 각각 개인적으로 창작했던 것과는 다르며, 유머나 에너지와 대담함이 뚜렷하게 드러난다. 그러나 그들은 문체와 사고의 통합 작업이 매우 철저하게 지켜지고 있어서, 이들의 작업에서 들뢰즈와 가타리를 분리시킨다는 것은 거의 불가능하다. 그들은 주어진 공동 작업을 하고 난 후, 개인의 프로젝트로 되돌아가서 이전의 공동 작업을 자신의 것으로 다루게 되고, 나름대로 자유롭게 그 공동 작업의 개념들을 정교하게 검토하면서 새로운 방향으로 그것들을 발전시켜 나가게 된다. 그러므로 나는 들뢰즈의 작품과 들뢰즈와 가타리의 저서를 모두 들뢰즈 작품의 구성 요소로 다루지 않을 수 없다고 본다. 만약 내가 가타리에 대해 쓴다면, 이와 같이 그의 책들과 들뢰즈와 가타리의 텍스트를 단 하나의 가타리의 신체에 융화시킬 수 있을 것 같다. 그렇지만 내가 그 주제를 언급하지 않는다 하더라도, 어떤 식으로든 들뢰즈의 사유 전개에 가타리가 끼친 공헌도의 중요성을 축소시킬 수 없는 것은 사실이다.

　이 프로젝트는 10년이 넘게 진행되어 온 것이다. 많은 사람들이 직접적 혹은 간접적으로[1] 나를 도와주었다. 나는 조지아대학교 연구재단과 조지아대학교 인문학부 지원센터에서 연구와 글쓰기를 위한 기간을 제공해 준 데에 감사한다. 이안 뷰캐넌 · 콘스탄틴 V. 바운다스 · 폴 패튼 · 찰스 J. 스티베일은 진행 과정중 여러 가지 어려움을 겪을 때마다 격려와 도움을 아끼지 않았다. 특히 지속적인 우정과 후원을 아끼지 않았던 제리 헤론과 나의 동료 미하이 스페리오수, 그리고 서서히 형태를 잡아갈 때 원고에 열정적인 논평을 해주었던 플로린 베린데누에게 고마움을 전하고 싶다. 들뢰즈 세미나의 학생들, 특히 마이클 밸타시 · 라빈더 카우르 바네르지 · 앤드류 브라운 · 밸랜스 쵸우 · 정형철 · 레티티아 구란 · 파울로 오네토 · 아론 파레트 · 웨이퀸 · 아스트라 테일러 · 마리아 정민 두 등 모두가 나에게 많은 도움을 주었다. 그러나 내가 가장 힘을 입은 것은 나의 가족이다. 인내심을 가지고, 신뢰함으로 처음부터 끝까지 나를 후원해 주었다.

---

1) 제2장의 요약본이 *Concentric* 27. I(2001년 1월)에 〈들뢰즈의 프루스트 기호와 시간 기계에 나타난 차이와 반복〉이라는 제목으로 수록되어 있다(국립 타이완 노멀대학, 영어학부에 의해 2001년 출판). 편집자들이 그 글을 재인쇄하도록 허락해 주어 감사한다.

제1장

질병, 기호, 그리고 의미

1988년 한 인터뷰에서 문학에 관한 작품의 집필 계획에 관한 질문을 받고, 들뢰즈는 "'비평과 진단'이라는 일반적인 표제의 일련의 연구를 생각하고 있다"(PP 195; 142)[1]고 말했다. 드디어 그러한 작품이 1993년에 나타났다——들뢰즈의 마지막 저서로, 18개의 논문 모음집인 《비평과 진단》이다——여덟 편은 1970-1993년에 출판된 것이고, 열 편은 새로운 연구들이다——대부분 문학에 초점을 둔 것이며, 몇 편은 철학·정신분석·영화에 중점을 둔 것들이다. 그러나 들뢰즈는 자신의 저서 대부분에서 문학을 주로 다루었고, '비평적'·'진단적'이라는 주제는 일찍이 1967년 《자허 마조흐의 등장: 냉혹함과 잔인성》(《마조히즘: 냉담과 잔혹의 해석》으로 번역됨)으로 발표했던 주제였다. 거기서 들뢰즈는 사드와 자허 마조흐를 검토하면서 "아마도 비평(문학적 의미)과 진단(의학적 의미)이 양자가 상호 호환되며 도움이

---

1) **비평**(critique)과 **진단**(clinique)은 두 가지 다 번역자에게 문제를 일으킨다. critique는 '비평'('문학 비평'에서와 같이 "예술 작품이나 정책, 행위에 대해 비평하는 것")과 '비판'("비판을 행하다"의 경우 또는 칸트의 《순수 이성 비판 *Kritik der reinen Vernunft*》의 의미)을 뜻한다. critique는 '비평가'를 의미하기도 하고, 형용사로 '비평의' '결정적인' '중대한'의 의미를 가진다. clinique는 의료 진료소 또는 직접 진찰하고 진단을 내리는 의료적 행위를 가리킬 뿐만 아니라, 의사들이 병원을 회진하면서 의과대학 학생들에게 가르치는 교수법을 일컫는다. '임상 의약'에서처럼 형용사로 쓰이기도 한다.

될 만한 그런 새로운 관계를 맺게 될"(SM 11; 14) 희망을 피력한 바 있다. 들뢰즈는 이미 자신의 저서 《니체와 철학》에서 이런 식의 문학과 의학의 연결을 시도했다.(1962) 여기서 그는 해석을 징후학이나 기호론의 형태로 다루었다. 이 장(障)에서 우리는 우선 간략하게 **비평**의 개념과 들뢰즈가 다룬 니체에서의 의학과의 관련성에 대해, 그리고 자허 마조흐에 대한 그의 저서에서 나타나는 **비평**과 **진단**의 상호 보강되는 부분에 대해서도 살펴볼 것이다. 그리고 마지막 부분에서는 그의 저서 《의미의 논리》[2]에 나타난 기호 · 증상 · 의미간의 상호 관련성을 간략하게 조망하고자 한다. 전체에 걸쳐 우리의 관심은 들뢰즈가 문학과 다른 글쓰기의 형식을 어떻게 구분하는지를 질문하고, 그가 문학 예술 작품에 전가하는 독특한 기능들을 결정하는 일이 될 것이다.

해석과 평가

들뢰즈는 니체가 "비평이 긍정적이고, 전체적인 것이어야 하는 것을 최초로 이해한 철학자"(NP 102; 89)인 칸트에 의해 시작된 비평적 작업을 완수한 것으로 보았다. 이러한 생각에 따라 칸트는 비판 철학에서 진리와 도덕에 대한 자신의 주장에 회의하지만, 그 주장의 근저에 놓여 있는 가치들을 연구하지 않은 채로 남겨둔다. "그는 비평을, 지식 그 자체도 아니며 진리 그 자체도 아닌, 지식과 진리에 대한 모든 주장을 배태할 수 있는 힘으로, 도덕성 그 자체도 아닌 도덕성에 대한 모든 주장들을 배태하는 힘으로 생각했다."(NP 102; 89) 니체는 비평을 그 목표로 삼고, 진리와 선을 포함한 모든 가치에 대한 재평가

---

2) 《니체와 철학》(15-34), 《자허 마조흐의 등장 *Presentation of Sacher-Masoch*》(45-54), 《의미의 논리》(67-80)에 대한 포괄적인 해설은 나의 저서 《들뢰즈 가타리》를 참조할 것.

를 한다. 들뢰즈는 니체의 비평에서 두 가지의 기본적인 활동을 구분한다. 의미(sens, sense, meaning)의 해석과 가치에 대한 평가이다. 이 양자의 활동은 힘에 대한 평가, 관계 속에서 힘의 특질을 포함하는 해석, 주어진 힘의 관계에서 명백하게 드러나는 권력에의 의지의 특징에 대한 평가를 포함한다.

대상이 가지는 의미는 "그 사물을 전유하고, 활용하며, 장악하거나, 그 안에서 스스로를 표현하는 힘"(NP 3; 3)에서 파생된다. 모든 힘은 실재의 한 부분에 대한 전유이고, 사물의 역사는 그것을 소유했던 연속적인 힘의 역사이다. "단 하나의 사물이나 현상은 그것을 사용하는 힘에 따라 의미가 변화한다."(NP 4; 3) 힘이 항상 복수적이므로 해석 또한 본질적으로 복수적이다. 힘은 또한 이전에 같은 대상을 전유했던 힘을 가장하여 스스로 가면을 쓴다. 그러한 이유로 "해석이라는 예술 역시 가면을 뚫는 예술임에 틀림없다."(NP 6; 5) 그리하여 "하나의 현상이라고 하는 것은 외양이나 심지어 환영 같은 것이 아니라, 현재적인 힘에서 의미를 찾는 하나의 기호나 징후인 것이다. 전반적으로 철학은 징후학이자 기호론이다. 대체로 과학은 징후학적인 기호론적 체계이다."(NP 3; 3) 예를 들어 《도덕계통학》에서, 니체는 대상을 좋은 것으로 해석하는 노예의 문제와 주인의 대상에 대한 의미는 질적으로 다른 것이라고 말한다. 노예가 생각하는 'good'의 의미는 주인이 생각하는 'good'의 가면으로 추정되지만, 그 단어의 두 가지의 의미는 서로 다른 힘의 형상으로부터 파생된다. 노예의 'good'은 힘의 반응적 관계에서 생겨나는 한편, 주인의 'good'은 적극적인 힘의 관계를 표현한다. 노예는 주인의 우월성에 분개하고, 주인의 악마적인 권력에 대한 부정을 선으로 생각한다. 대조적으로 주인은 단순히 자신의 존재에 대한 긍정을 선으로 이해한다. 대상에 대한 노예의 해석은 마치 주인의 해석처럼 어떤 확실한 정신 구조에 대한 증상이고, 어떤 확실한 힘의 관계에 대한 징후이다. 그리고 해석의 기술(즉 노예와

주인의 해석들에 대한 해석)은 그 힘들이 적극적이든 반응적이든 고상하든 천하든 간에, 대상에 의미를 부여하는 힘들의 신중한 구분으로 구성된다.

그러나 해석은 평가라는 활동과 짝을 이룰 때 완전한 의미를 가지게 되며, 권력에의 의지를 내포한다. 들뢰즈는 니체에게 있어서 세계란 서로 연관성을 가지는 역동적인 힘의 양으로 구성된다고 주장한다. 힘들은 특정한 양을 가지지만, 다른 힘들로부터 고립된다면 힘의 양은 오해된다. 모든 힘들은 다른 힘들과 연관되며, 두 개의 관련성을 가지는 힘들은 똑같은 양을 가지지 않는다. 하나의 힘은 다른 힘보다 항상 더 크며, 서로 다른 양의 힘들로부터 각 힘의 특성들이 나온다. 그 양에 따라 지배하는 힘이 되든지 혹은 지배받는 힘이 되며, 질에 따라 능동적이거나 반응적인 힘으로 결정된다.(NP 60; 53) 그러나 만약 관계를 생성한 힘 내부에 역동적인 요소들이 없다면, 힘들은 결코 상관 관계를 형성하지 않을 것이다. 그러한 요소를 니체는 "권력에의 의지"라고 불렀다. 권력에의 의지는 힘이 첨가되지만, 미분적·유전적 요인으로서 그것을 생산하는 내부적인 요소로서 힘에 부가된다.(NP 57-58; 51) 미분적 요소로서 권력에의 의지는 서로 다른 양의 역학 관계[3]를 만들어 내고, 유전적 요소로서 질적인 힘의 관계를 만들어 낸다. 만약에 **지배하는 것과 지배받는 것**이 힘의 양을 지정하고, **적극**

---

3) "들뢰즈의 니체 독해는 그 자체가 선별적이고 창조적이다……. 그는 니체에게서 어떤 새로운 가능성을 이끌어 내고 있다. 주인은 자신의 차이를 긍정하며 가치를 창조하고 부여한다. 대조적으로 노예는 주인에게 반응하거나 반대하며, 차이를 부정한다. "부정은 긍정에 대립되지만 긍정은 부정과 **다를** 뿐이다."(NP, p.188) 뱅상 데콩브(Vencent Descombes)는 주인의 개념에 대한 들뢰즈의 규정은 모순적이라고 주장한다. 왜냐하면 가치들에 대한 주인의 **평가**는 가치의 비교를 요구하며, 따라서 대립을 요구하기 때문이다. 들뢰즈의 주인 개념에서 모순을 주목한 데콩브는 옳다. 그러나 그것이 평가의 개념에 있는 것이 아니라, 평가라는 것이 가치가 파생되는 삶의 방식에 대한 창조적인 긍정으로 이해된다면, 비대립적인 것으로 이해될 수 있다."(로널드 보그, 《들뢰즈와 가타리》, 루틀리지 출판사, 1989, p.33)〔역주〕

적이고 반응적인 것이 힘의 특질을 지정한다면 "긍정적이고 부정적인 것은 권력에의 의지에 대한 원초적인 특성을 지정한다."(NP 60; 53-54) "해석한다는 것은 사물에 의미를 부여하는 힘을 결정하는 것"이며, "평가한다는 것은 사물에 가치를 부여하는 힘을 결정하는 것이다."(NP 61; 54) 그래서 해석한다는 것은 적극적인 혹은 반응적인 힘의 특질에 접근하는 것이고, 평가한다는 것은 주어진 힘의 관계 속에 표현된 권력에의 의지의 긍정적인 혹은 부정적인 특성에 접근하는 것이다.

그러한 힘과 권력과 지배에 관한 이야기는 세상을 "바르게 만들 수 있는" '적자생존'의 거친 기계적인 세계를 시사할 수도 있다. 하지만 들뢰즈는 그런 식의 독해에 대응하는 중요한 차이점을 유도한다. 첫째, 긍정적으로 위장한 권력에의 의지는 다른 권력을 **지배하는** 권력에의 의지는 아니다.[4] 그런 권력에 대한 관점은 노예에게 전형적으로 드러나는 것이며, 그는 주인에게 적개심을 품고 주인과 노예 간의 권력관계를 전복시킴으로써 복수를 꾀한다. 적극적인 힘은 다른 힘을 지배한다. 하지만 "형태를 강요하는 수단을, 환경을 개발하는 형태를 창조해 내는 수단을"(NP 48; 42) 지배한다. 긍정적인 권력에의 의지는 변용의, 자기-변형을 추진하는 것이다. "변형의 권력(역능; puissance),[5] 디오니소스적인 권력(권능; pouvior)은 활동성에 대한 첫번째의 정의이다."(NP 48; 42) 둘째, 권력에의 의지는 감응을 일으키고 **감응을 받는**

---

4) 《니체와 철학》에서 들뢰즈는 능력 · 가능성 · 잠재력 · 힘의 의미로서 '권력' (power), 즉 역능(puissance)과 정치적 권력 · 권위 · 지배의 의미로의 '권력,' 즉 권능 (pouvour)을 구분한다. puissance는 전반적으로 긍정적 의미이며, pouvoir는 부정적인 의미로 쓰인다. (물론 이러한 구분이 항상 유지되는 것은 아니지만) 우리가 주목해야 할 책은 니체의 《권력에의 의지 *Der Wille zur Macht*》의 표준 프랑스어본인 'volonté de puissance'이다.

5) 역능(puissance)이란 구성적(構成的)인 힘을 함축하면서도 행사되는 힘과 분리되는 가능적 힘을 내포한다. 역능은 단순 가능한 힘이 아니라 그 자체로 실재적인 것이며, 또 실재적인 힘으로 현시됨으로써 기쁨의 실천에 도달할 수 있는 것으로 이해된다(《들뢰즈》, 알베르토 팔란디, 임기대 역, 동문선, 2004, p.20).〔역주〕

힘이다. 신체는 다른 힘과 관계를 맺는 힘의 틀이라고 볼 수 있다. 신체의 잠재력이나 능력, 즉 신체의 **역능**은 감응을 주는 힘에 의해 결정될 뿐만 아니라, 감응을 받는 여러 가지 방식에 의해 결정된다. 감응을 받는 신체의 힘은 반드시 수동성의 형태가 아니라 "**감응성** · 감성 · 감각이다."(NP 70; 62) 그러므로 권력에의 의지는 "힘의 감성으로 스스로를 나타낸다."(NP 71; 62-63) 셋째, 긍정적인 권력에의 의지는 행동의 권력일 뿐만 아니라 **반응을 유발하는 권력**(NP 127; 111)이다. 모든 신체는 힘의 다양체로 구성되고, 필연적으로 적극적이고 반응적인 힘의 결합으로 이루어진다. 각 신체는 적극적이고, 반응적인 복수의 힘들과 연관된다. 이때 부정적인 권력에의 의지와 긍정적인 권력에의 의지를 구분짓는 것은 신체 내의 반응적인 힘의 유무가 아니라, 반응적인 힘이 활동하는 방식이다. 주인은 간혹 최상의 힘과 조우하게 되지만, 그들은 그것에 대해 심사숙고하지 않는다. 그들은 반응하면서 움직인다. 그들은 반응들을 행동한다. 대조적으로 노예들은 결코 최상의 힘을 다루어 본 적이 없다. 그들은 반응의 배출을 불가능하게 하는 병든 기관에 대한 잊을 수 없는 병적인 기억을 가지고 있다. 부정적인 권력에의 의지는 힘의 모든 관계를 감염시키고, 전체적인 반응적인 힘-되기에 침투된다. 그리하여 그 힘은 스스로를 외면하고, 자신의 능력을 완성시키지 못한다.

궁극적으로, 들뢰즈가 긍정적인 권력에의 의지에서 찾아낸 것은 감응성을 형성 · 창조 · 고양시키고, 변형과 변용을 유도하며 겪는 의지, 즉 예술적 감성이다. 권력에의 의지에 대한 철학은 "즐거운 메시지를 전달해 주는 두 가지 원리를 가지고 있다――의지를 가지는 것은 창조하는 것, 의지는 기쁨."(NP 96; 84) 노예만이 지배를 타자에의 종속, 타자들에 대한 무감각, 그리고 지배 세력으로부터의 고립과 불후성으로 상상한다. 주인은 창의적인 가치 부여를 통해, 타자들에 의해 감응을 일으키고 감응을 받는 고양된 권력을 통해, 그들의 작용과 반

작용에 대응하기 위해 그들의 존재를 긍정한다. 그러나 니체가 지적한 것처럼, 문제는 인류 역사가 보편적인 반응적 힘-되기라는 점이다. 도처에 부정적인 권력에의 의지가 성공하고, 곳곳에 노예가 퍼져 있다. 월등히 많은 숫자나 보다 많은 양의 힘을 통해서가 아니라, 나쁜 양심이라는 질병을 통해서이다. 그것은 주인으로 하여금 자신을 되돌아보게 하고, 그의 힘을 제한하고, 그 힘이 권력을 현실화하지 못하게 한다. 부정적인 권력에의 의지는 모든 인간에 편재해 있는 삶에 대한 증오감과 함께 반동과 **원한**으로 감염시키게 된다. 부정성의 질병은 보편적인 질병이다. 이러한 이유로 긍정의 철학자는 의사인 동시에 질병의 기호를 제대로 해석해 주는 진단자이자 치료책을 처방하는 치료자임에 틀림이 없다.[6] 치료자로서 의사는 삶의 새로운 가능성을 창조해 내고, 변신과 변형을 긍정하는 예술가로, 새로운 가치를 만드는 입법자 역할을 한다. 그리하여 "'미래의 철학자'에 대한 니체적 삼위일체는"(NP 86; 75) 철학자-의사 · 철학자-예술가 · 철학자-입법자이다.

비평은 의미 해석과 가치 평가를 포함하지만 해석이든 평가이든 그 어느 쪽도 근본적으로 반응적인 활동은 아니다. 사람들은 일반적으로 해석자를 독자로, 평가자를 비평가로 생각하지만 니체적 해석가/평가자는 항상 의사/예술가/입법자인 동시에 평가자이자 창조자이다. 들뢰즈가 지적하기로는, 니체가 마치 단어의 단순한 사용자이기보다는 단어의 발명가의 관점으로 철학에 접근하는 것처럼(NP 116-17; 102-3), 전반적으로 예술을 청중의 관점이 아니라 예술가의 관점에서 바라본다(NP 84-85; 74-75)는 것이다. 그리하여 비평 역시 필연적으로

---

6) 《즐거운 지식》에서 니체는 "용기를 내어 나의 의심을 극한으로 몰고가 그 명제, 즉 지금까지의 철학 연구가 위기에 봉착하게 된 것은 '진리'의 문제가 아니라 그 외의 어떤 것, 이를테면 건강 · 미래 · 성장 · 권력 · 삶과 같은 것임을 주장하기 위해, 아직도 나는 그 단어의 예외적인 의미 사용인 철학적 **의사**──한 민족 · 시대 · 인종의 또는 인류의 전면적인 건강의 문제를 추구해야만 하는 사람──를 기다리고 있다"(p.35)라고 쓰고 있다.

수용적이기보다는 적극적인 ͏ ͏ ͏며, 변형하고 창조하는 해석과 평가의 과정인 것이다. 그것은 모든 긍정적이지만 우리는 비평이 모든 것을——받아들이고 모든 것을——포용하는 것은 아니라는 점을 강조해야 한다. 모든 것에 "예"라고 말하는 것은 모든 질병과 독성을 가진 부정적인 권력에의 의지에 "예"라고 하는 것과 같다. 수용의 상징은 무거운 짐을 지고 있는 야수의 형상, 즉 아무리 많은 짐을 등에 올려도 "예-이"라고 말하는 차라투스트라의 엉덩이와 같다.[7] 비평은 창조이다. 하지만 삶에 부정적이고 반대되는 모든 것에 대한 즐거운 파괴이다. 긍정적 비평에 대한 디오니소스적 "예" "아니오"라고 말하는 법을 아는 것이다. 즉 그것이 순수한 긍정이고, 그것은 허무주의를 정복했으며, 모든 자율적인 권력에 대한 부정(否定)을 벗겨냈다……. 긍정한다는 것은, 참고 견디며, 당연한 일로 받아들이는 것이 아니라 창조하는 것이다."(NP 213; 185-86)

들뢰즈는 니체의 생각을 해석과 평가의 비평적인 철학으로 간주한다. 미래의 철학자는 의사인 동시에 예술가이고 입법자이다. 하지만 무엇보다 창조를 통하여 삶을 긍정하는 예술가이다. 이때 예술은 니체의 철학 개념을 이해하는 하나의 모델이 된다. 하지만 들뢰즈는 《니체와 철학》에서 철학의 역할과는 달리 예술이 성취하는 특정한 역할에 대해서는 언급하지 않는다. 그러나 우리는 니체의 작가이자 사색가로서의 실천에서 들뢰즈가 문학과 철학 간의 밀접한 관련성을 간략하게 시사하고 있음을 주목해야 할지 모른다. 니체는 "철학 안에 두 가지 표현 수단인 아포리즘과 시를 통합한다. 이러한 형태들은 새로운 철학 개념과, 사색가와 사고의 새로운 이미지를 함축한다."(N 17) 아

---

7) 《차라투스트라는 이렇게 말했다 *Also sprach Zarathustra*》, 4부, 〈부활 The Awakening〉을 볼 것. "그는 우리의 짐을 나르고, 하인 형상을 하고, 그의 심장은 잘 견디며, 결코 '아니오'라고 말하지 않으며, 그의 신을 사랑하는 사람은 누구든 그를 응징한다. 당나귀는 '예-이' 하며 소리친다."(문고판 니체, p.424)

포리즘은 하나의 분절이며, "다원론자의 사고 형태"(NP 35; 31)와 같다. 그것의 목표는 "하나의 존재 · 행동 · 사물의 의미이다."(NP 35; 31) 아포리즘만이 의미를 분절시킬 수 있다. 아포리즘은 해석이고 해석의 예술이다.(NP 36; 31) 이처럼 시는 "평가이고 평가하는 기술이다. 시는 **가치**를 분절화시킨다."(NP 36; 31) 아포리즘의 의미는 힘의 관계를 결정하는 미분적인 요소로부터 파생된다. 그것이 적극적이든, 반응적이든 시의 가치는 똑같이 미분적 요소, 즉 긍정적인 혹은 부정적인 권력에의 의지의 가치에서 나온다. 그러나 이러한 미분적인 요소는 항상 존재하기는 해도, "시나 아포리즘 속에도 항상 내포되어 있거나 숨겨져 있는 것이며"(NP 36; 31) 더 깊은 해석이나 평가가 요구된다. 그러므로 아포리즘은 해석이다. 그러나 제2의 해석이 요구되는 해석이다. 마치 시가 제2의 평가를 요구하는 평가인 것처럼. 그것은 권력에의 의지의 미분적인 요소를 드러내는 데에 있으며, 그것은 항상 존재하지만 아포리즘과 시 안에 숨겨져 있다. "철학은 시와 아포리즘과 필연적인 관계를 맺으면서 완전한 해석과 평가, 즉 생각의 기술, 최상의 사고 능력 혹은 '반추의 능력'을 구성한다."(NP 36; 31)[8] 문학은 니체에게 제1의 수준의 해석과 평가를 제공해 주는 것 같고, 철학은 제2의 수준의 해석과 평가를 따른다. 하지만 니체가 철학과 문학의 혼성적인 형태를 실천하는 철학적인 아포리스트/시인인지 문학적 아포리즘과 시를 자신의 철학적 목표를 위해 적용한 철학자인지는 분명치 않다.[9]

---

8) 《철학 총서 *Philosophes*》 전집에 나타난 들뢰즈의 간결한 연구 입문서인 《니체》에서, 그는 아포리즘과 시에 대해 말한다. "아포리즘은 해석의 예술인 동시에 해석하는 대상이다. 그리고 시는 평가하는 예술인 동시에 평가하는 대상이다. 해석자는 생리학자 또는 의사이다. 그는 현상을 징후로 생각하고 아포리즘을 통해서 말한다. 평가자는 예술가이며, '원근법'을 생각하고 창조하며, 시를 통해 말한다. 미래의 철학자는 예술가이자 의사이다. 한마디로 말하면 입법가이다."(N 17)

자허 마조흐와 마조히즘

《니체와 철학》이라는 저서를 통해 들뢰즈가 초점을 둔 것은 철학적 의미에 있어서의 비평에 관한 것이다. 그리하여 그는 비평을 의미 해석과 가치 평가라는 상보적인 활동으로 구분한다. 미래의 철학자는 예술가인 동시에 의사이며, 이러한 점에서 의미와 가치에 대한 비평에 광범위한 예술과 의학의 기능들을 포함시키는, 즉 창조와 치료 기능을 포함시키는 개인이기도 하다. 《마조히즘》에서 들뢰즈는 예술과 의학을 좀더 특이한 방식으로 결합하며, 레오폴트 폰 자허 마조흐(1836-1895)의 소설을 마조히즘에 대한 임상적 실험 연구서이자, 마조히즘에 대한 문학 작품으로 간주했다.[10] 들뢰즈는 그에 대한 논의 형식을 '비평(문학적인 의미)'과 '진단(의학적인 의미)'이라는 용어로 구성한다.(SM 11; 14) 그러나 그는 문학 **비평**보다는 문학적 **창조**에 더 관심이 많았는데, 그는 그것을 한 사고의 양식으로 다루었다. 사드가 사디

---

9) 들뢰즈와 가타리는 개념적 인물과 미학적 형상을 구분하면서, 이 문제를 QP 63-65; 65-67에서 간단히 언급한다. 나는 그들의 주장대로 명확한 구분이 가능한지 확신할 수 없다. 나의 저서 《들뢰즈와 음악, 회화, 그리고 일반 예술 *Deleuze on Music, Painting, and the Arts*》의 마지막 장에 이에 대한 논의가 수록되어 있다.

10) 들뢰즈는 이전의 많은 해설자들처럼 자허 마조흐(Sacher-Masoch)의 탄생년도를 1835년으로 제시한다. 비록 다른 사람들은 1830년이라고 제시하지만, 베르나르 미셸(Bernard Michel)은 1989년 자허 마조흐 전기에서, 결정적으로 자허 마조흐의 출생년도를 1836년이라고 밝히고, 이 문제와 자허 마조흐 삶의 다른 많은 문제들을 언급한다. 미셸은 들뢰즈가 사드로부터 자허 마조흐를 분리시키고, 소설가로서 자허 마조흐의 작가적 업적을 끌어낸 점을 격찬한다. 그러나 그는 자허 마조흐의 글쓰기 전체에 대한 들뢰즈의 지식이 상당히 부족하여 《카인의 유산 *The Legacy of Cane*》이라는 제목으로 자허 마조흐가 계획했던 소설 연작 중 《모피를 입은 비너스 *Venus in furs*》 부분을 제대로 이해하지 못했다고 주장하면서 들뢰즈의 독해에 이의를 제기한다. 그는 또한 자허 마조흐에 바코펜이 영향력을 미친 부분이 있는가 하는 문제뿐만 아니라, 마조히즘적 여성들을 세 부류로 나눈 부분도 의문을 가지게 된다. 특히 미셸, pp.164-73을 볼 것.

즘과 연결되어 있는 것처럼, 자허 마조흐의 이름은 마조히즘의 심리적 현상과 관련된다. 들뢰즈는 작가들과 도착을 결합하는 과정에서, 그들의 작품이 단순히 정신적인 혼돈의 무의식적 증상에 지나지 않는다는 검토 없는 가정이 내재함을 발견하게 된다. 그러나 들뢰즈는 사드와 자허 마조흐가 대단한 작가일 뿐만 아니라 위대한 임상학자라고 주장한다. 아마 그들은 자신들이 분석하는 상황들로 인해 '고통' 받았을지도 모르지만, '환자'이든 임상치료자이든 사드와 자허 마조흐는 인간·문화·자연 전체의 개념을 그들의 작품 속에 끌어들이는 방식을 아는 사람들의 방식을 갖춘 그런 위대한 인류학자이며, 새로운 형식을 끌어내고, 완전히 새로운 언어, 새로운 방식의 감정과 사고방식을 창조해 낼 줄 아는 위대한 예술가이다.(SM 16; 16) 그러므로 사드와 자허 마조흐를 분석하는 목표가 그저 어떤 특이하고 고립적인 병리학인 것은 아니다. 들뢰즈가 《의미의 논리》에서 밝히듯이 "예술가는 의사이다. 자신의 개인적인 병에 대한 것이 아닌, 일반적인 병에 대한 것도 더욱 아닌 문명에 대한 의사이다. 이러한 점에서 우리는 자허 마조흐가 마조히즘에 대해, 사드가 사디즘에 대해 반드시 말할 필요는 없다고 생각하는 사람들의 의견을 따를 수가 없다."(LS 276-77) 요약하면 사드와 자허 마조흐는 니체적 예술가-의사[11]이자, 문명에 대한 징후 발견자이고 새로운 방식의 감정과 사고의 창조자이다.

징후학은 기호 해석과 관련된 의학 분야이다(따라서 그것의 전통적인 명칭은 **기호론**이다). 그것은 진단의 기초가 되거나, 환자의 직접적인 관찰을 통한 진단 기술이다.[12] 위대한 의사는 이전의 연쇄적인 증상들을 원상태로 복구하고 "하나의 심오하고 독창적인 임상 그림 [tableau]"(SM 15; 15) 속에서 지금까지 관련성이 없던 증상들을 새롭게 연결지으면서 그 기호들을 재편성하는 징후 발견자들이다. 《마조히즘》에 대한 짤막한 인터뷰인 〈마조히즘과 신비〉(MM)(1967)에서 들뢰즈는 "원인에 대한 연구인 병인학"과 의학의 필수적 요소인 "치료의 적용과 그에 대한 연구인 치료학"과는 달리, 징후학은 예술적 경지에 이르는 "일종의 중립 지점, 의학 이전의 혹은 준-의학적인 극한의 지점을 차지한다"는 점을 관찰한다. 그 지점은 예술가와 철학자, 의사와 환자가 서로 만날 수 있는(MM 12-13) 거의 의학의 외면에, 중심적인 지점에, 영도(零度) 지점에 위치한다. 위대한 임상학자는 예술가이며, 예술가도 필경 위대한 임상학자일 수 있다. 사드는 그러한 예술가이자 임상학자이다. 그리고 자허 마조흐는 "사드보다 좀더 위대한 임상학자"(SM 36; 40)이다.

---

11) 들뢰즈는 1988년 《비평과 진단》이라는 제목의 문학 연구에서 "이것은 위대한 저자들, 위대한 예술가들이 병들었다는 것이 아니고——결코 심하게 그렇다는 것이 아니라——작품 이해를 위한 해결책으로, 작품 내의 하나의 비밀로, 신경증이나 정신 이상의 흔적을 찾아내는 것 또한 아니라는 것이다. 그들은 환자가 아니라 오히려 특별한 종류의 의사들이다…….니체가 말했듯이 예술가와 철학자는 문화 의사이다." (pp.195; 142-43) 비록 니체는 《즐거운 지식》(p.35)에서 "한 민족·시대·인종·인류의 전반적인 건강 문제"를 말하는 '철학적 의사(醫師)'를 요구하고 있지만, '문화 의사'라는 용어는 니체 자신이 출판했던 작품에는 나타나지 않는다. 1873년 3월 22일 로드(Rohde)에게 보낸 편지에서, 니체는 그리스 철학에 대해 계획했던 책을 《문화 의사인 철학자 Der philosoph als Artzt der Kultur》로 언급했다. 그리고 이 제목으로 1901-1903년 〈니체 베르케 Nietzches Werke〉 편집자들이 니체의 1873년 필기장에서 발췌하여 짧은 선집을 출판했다. '문화 진단가' 개념에 대한 니체의 가장 완벽한 논의는 《명상에 관한 생각: 난세의 철학 Gedanken zu der Betrachtung; Die Philosophie in Bedrängniss》이라는 제목으로 〈니체 베르케〉에서 출판된 1873년 필기장의 기록, 77과 78단락 부분에서 찾아볼 수 있다. 그리고 다니엘 브리지일(Daniel Breazeale)이 번역하고 편집한 《철학과 진리: 1870년 초기 니체의 기록장 선집 Philosophy and Truth: Selections from Nietzsche's Notebooks of the early 1870's》과 〈문화 의사로서의 철학자 The Philosopher as Cultural Physician〉(pp.69-76), 〈난세의 철학 Philosophy in Hard Times〉(pp.119-21), 브리지일의 〈텍스트, 번역, 그리고 주석달기에 대한 노트 Note on the Texts, Translation, and Annotation〉(pp.Iv-Ixv)를 볼 것.

12) 들뢰즈는 《디알로그》에서(D 143; 152) 징후학에 대한 논의의 출처로 르네 크리셰의 《의학의 방법 De la méthode en médicine》을 인용한다. 크리셰는 의학의 네 가지 양상을 밝힌다. 즉 기호에 대한 연구인 징후학, 원인에 대한 연구인 병인학, 예측 가능한 결과에 대한 연구인 예후학, 그리고 처치와 치료에 대한 연구인 치료학이다. 그는 기호의 직접적인 관찰인 진단이 의학의 모든 양상을 세우는 기초라고 주장한다. 그는 질병의 특성을 "항상 주어진 순서로 똑같이 나타나고, 그러한 질병에 대한 결정을 허용하는 몇 가지의 기호 집단"(크리셰 p.61)으로 기술하고 있다.

징후 발견자나 작가는 모두 기호를 명명할 때, 언어적·기호학적인 활동을 수행한다. 그러나 의학과 문학이 특히 서로 밀접한 것처럼 보이는 것은 심리적 현상의 영역 안에서이다. 들뢰즈는 "사실 문학의 창조 작업과 증상의 구성에 공통적인 어떤 기초 같은 것(즉 환상 [le phantasma])이 있다"는 점을 주목한다.(MM 13)[13] 그러나 문학 작품과 질병 간에는 결정적인 차이점이 있다. 그것은 "환상에 의해 진행되는 **작품**의 종류로부터 발생한다. 두 가지 경우에 그 원천이 되는 환상은 똑같지만, 거기서부터 작품은 공통적 기준 없이 서로 다르게 된다. 예술 작품과 병리학적인 작품으로."(MM 13) 사드와 자허 마조흐의 예에서 볼 때, 그들의 예술적인 작품은 특별한 종류의 문학적 프로젝트로 매우 독특하다. 글쓰기와 백일몽과 환상에 대한 프로이트의 관찰을 반추하면서[14] 들뢰즈는 환상이 대부분의 작가에게 작품의 원천이 된다고 말한다. 그러나 사드와 자허 마조흐 그리고 다른 작가들의 경우(들뢰즈는 로브 그리예와 클로소프스키를 예로 인용한다) "환상은 그 자체가 바로 목표가 되고, 작품의 결정적인 단어가 된다. 마치 작품 전체가 그 고유의 기원을 반영하듯이."(MM 13)

---

13) 프로이트의 **판타지**(Phantasie)는 프랑스어와 영어 번역자에게 중요한 문제를 야기해 왔다. 라플랑슈(Laplanche)와 퐁탈리스(Pontalis)가 《정신분석의 언어 *The Language of Psycho-Analysis*》에서 관찰한 바에 의하면, 프랑스어 'fantaisie'는 "변덕, 기이함, 사소함 등을 내포한다."(p.314) 이는 프로이트의 Phantasie 개념과는 불화적 관계로 보인다. 결과적으로 많은 프랑스의 정신분석학자들은 phantasie를 만들기 위해 fantasme(또는 phantasme)이라는 단어를 복구시켰다. 대부분 영국의 정신분석학자들은 평범한 단어 의미의 'fantasy'와 기술적·정신분석적 의미의 'fantasy'를 구분할 것을 제안했다. 비슷한 문제가 영어에 존재한다. 나는 들뢰즈의 le phatasme를 'phantasy'로 정했다. 이 용어의 복잡성에 대한 탁월한 논의를 알기 위해 《언어 *Language*》의 pp.314-19에 있는 라플랑슈와 퐁탈리스의 〈phantasy〉(또는 Fantasy)를 참고할 것.

14) 〈창의적인 작가와 백일몽 Creative Writers and Daydreaming〉(1908) 《표준판》, IX. pp.141-53. "창의적인 작가는 놀이하는 어린이와 똑같이 행동한다. 그는 자신이 매우 진지하게 받아들이는 판타지의 세계를 창조한다──즉 그는 많은 감정을 투자하는 한편 그것을 현실과 예리하게 분리한다."(p.144)

자허 마조흐 연구에 있어서 들뢰즈가 말한 핵심적인 문제는 단일한 병리학 내에서 사드와 자허 마조흐가 가정한 소전제인 사도마조히즘 (sadomasochism)의 문제이다. 자허 마조흐는 일반적으로 사드의 거울 이미지로 간주된다. 많은 비평가들이 사드의 작품을 연구하고, 그의 생각을 진지하게 받아들이는 한편, 자허 마조흐는 한때 1860,70년대 에 누렸던 명성에도 불구하고, 오늘날 거의 읽혀지지 않아 제대로 평가받지 못하는 실정이다. 그러나 들뢰즈는 자허 마조흐 역시 작가이자 징후 발견자로서 사드와 대등한 인물로 간주하고, 사디즘과 마조히즘 은 기본적으로 다른 현상이라고 주장한다. 사도마조히즘은 질병이 아 닌 **징후**(신드롬), 즉 일반적으로 하나의 이름만 가지는 다양한 기원에 대한 기호들의 거짓된 군집이다.[15] 실제로 자허 마조흐를 읽는 순간 "사람들은 그의 세계가 사드의 세계와는 관련이 없다는 것을 감지한 다."(SM 11; 13) 들뢰즈의 목표는 이 두 세계 사이를 구분하고, 그것 들의 분리된 기호 영역을 구성하는 논리를 드러내는 것이다.

사드는 자신의 작품을 통해 순수 부정의 이성적 착란을 추구한다. 클로소프스키의 분석에 따라 들뢰즈는 사드로부터 두 가지 자연을 구 분한다――파괴와 창조·탄생·변용 과정, 그리고 죽음이 혼란스럽 게 섞여 있는 이차적인 자연과 순수한 부정, "최초의 정신분열, 순전 히 광폭하고 분열되는 분자로 구성된 원초적인 카오스인 일차적인 자 연이다."(SM 25; 27) 그런 일차적인 자연은 결코 현실 속에 주어지지 않는다. 그것은 하나의 이데아이며 정신착란이 틀림없지만, "이성 고 유의 정신착란이다."(SM 25; 27) 사드의 목표는 일차적 자연의 세계

---

15) 들뢰즈가 언급하기를 "의학은 신드롬과 징후를 구분한다. 즉 징후는 병에 대한 특정한 기호이지만, 신드롬은 서로 다른 인과 관계의 선들이 다양한 문맥을 불러 모으는 교차점들에서 만나는 장소를 가리킨다."(SM 11) 우리가 크뤼셰에게서 주목 해야 할 부분은 그는 신드롬을 "기호의 동시 발생"으로 특징짓는다는 점이다.(크뤼 셰, p.99) 크뤼셰의 용어법으로는, 모든 병은 신드롬이다. 그러므로 징후학에서 제일 먼저 구분지어야 하는 것은 진실의 신드롬과 허위의 신드롬이다.

를 창조하는 것이다. 거기서는 잔인한 질서가 격렬한 논리적 시위의 달랠 수 없는 합리성과 함께 부과된다. 출산의 어머니는 이차적인 자연과 관련된다. 아버지는 일차적인 자연——"아버지, 가정의 파괴자, 딸로 하여금 어머니를 고문하고 살해하도록 강요하는 악인의"(SM 52-53; 59) 환상과 관련된다. '마조히즘'은 아버지의 형상이 자신의 난폭한 원칙에 스스로 복종할 때 존재하지만, 그것은 순수한 부정 기제의 궁극적인 도구인, 사드적 우주에 고유한 마조히즘이다. 잔인한 무감동이 모든 정서로 퍼져 있고, 이차적인 자연과 연관되어 근절된다. 에로스의 형태가 남게 되지만, 그것은 순수 부정의 리비도화된 비개인적인 이데아의 형태이다.

들뢰즈는 자허 마조흐에게서도 두 가지의 자연을 찾아내지만, 사드의 자연과 똑같이 취급되어질 수 없는 것들이다. 자허 마조흐의 이차적인 자연은 "무질서의 생산자인 매춘부, 아프로디테"(SM 42; 47)와 사디스트적 고문자와 같은 여성적 형상들로 대변되는 두 개의 극으로 구조화되어 있다. 이 세상에서 남자와 여자는 영원히 전쟁중에 있다. 매춘부는 복수의 상대들과의 관계를 통하여 폐허를 낳는다. 반면 사디스트적 여성은 관능적인 폭력을 통해 남성을 지배한다. 이차적 자연에는 "폭력과 속임수, 증오와 파괴, 무질서와 관능이 어디서든 작용한다."(SM 49; 54) 자허 마조흐의 최초의 자연은 제3의 여성인 구강적 이미지[16]의 어머니로, "차갑고 모성적이며 잔인한"(SM 45; 51) 여성의 형상으로 드러난다. 마조히스트의 꿈은 관능의 열기에서 벗어난 자연의 꿈이다. 차가운 초감각적 감상과 새로운 인간을 정화하여 기적적인 단성 생식을 가능케 하는 엄격한 카타르시스적 질서로 가득 차 있다. 사드에서는 아버지가 지배한다면, 자허 마조흐에서는 어머니가 지배한다. 마조히스트적 환상은 어머니를 때리고 모욕감을 주고 파괴하는 아버지의 이미지이다. 이후 어머니는 아들을 훈련하고, 아들이 변형된 존재로 태어나 어머니와 다시 합하게 되는 승리의 순간에 남과

여의 화해가 시작된다. 정신착란적 이성의 부정에서 나오는 사드의 무
감동과는 다르게 자허 마조흐의 차가움은 현실에 대한 부인(disavowal,
dénégation)을 반영한다.[17] 부인(否認)은 실재적인 것에 대한 수용[18]인
동시에 거부이고, 전형적으로 페티시즘(사디즘에서는 아니지만 마조히
즘에서는 중심이 된다)에 표출되는 실재에 대한 상상적 '미결정'(정지)

---

16) 구강적 이미지의 어머니는 법의 여주인으로서 자허 마조흐가 공동체 사회의
법이라 부르는 존재이며 이 공동체 사회에서 사냥 · 농경 · 모권적 요소는 완전히 통
합을 이룬다. 사냥꾼인 자궁적 이미지의 어머니 자신이 쫓김을 당하고 털가죽을 빼앗
기며, 이미 가부장제도 속에 통합되어 있는(피해자나 공모자로서) 오이디푸스적 어머
니 또는 양치기의 어머니 역시 같은 방식으로 희생의 제물이 된다. 결국 구강적 이미
지의 어머니만이 승리자로 남게 되며, 이 어머니야말로 농경 · 모권제도 · 재생의 공
통적인 본질이다. 이러한 것이 자허 마조흐의 작품들에서 반복적으로 나타난다(《마
조히즘》, 질 들뢰즈 지음, 이강훈 역, 인간사랑, 1996, p.107). 구강적 이미지의 선한 어
머니에게 모든 기능들을 집중시키는 것은 아버지의 모습을 지우고 영원 불변의 어
머니의 우월성을, 아버지의 모습이 영원히 폐기되는 상징적 질서를 형성하는 것이
다.(p.70)[역주]

17) 라캉과 다른 프랑스 정신분석학자들은 프로이트의 Verleugnung(프랑스어로는
déni와 dénégation으로, 영어로는 거부(denial) 또는 부인(disavowal)으로 번역됨)과 Ver-
werfung(유질 처분 · 거절 · 폐제)을 구분하기 위해 장황하게 논의해 왔다. 라캉의 《작
품집 Ecrits》에 있는 〈프로이트의 '부인(Verneinung)'에 관한 장 이폴리트의 논평 서문
Introduction au commentaire de jean Hippolyte sur la 'Verneinung' de Freud〉과 〈프
로이트의 'Verneinung'에 관한 장 이폴리트의 논평 Réponse au commentaire de
Jean Hyppolite sur la 'Verneinung' de Freud〉(pp.369-99), 그리고 〈부록 I의 장 이
폴리트에 의한 프로이트의 '부인'에 관한 논평 Appendice I: Commentaire parlé sur
la 'Verneinung' de Freud, par Jean Hyppolite〉을 볼 것.(pp.879-87)

18) 들뢰즈의 자허 마조흐 독해와 마조히즘 분석 핵심은 프로이트의 용어인 부인
(否認, disavowal, Verleugnung)이다. 들뢰즈에 따르면 부인에서 본질적인 것은 현실의
유효성을 근본적으로 회의한다는 점이다. 들뢰즈는 자허 마조흐의 예술이 부인과 미
결정(suspense)의 예술이며, 작품의 주인공이 현실을 파괴하지도, 관념화하지도 않는
다고 말한다. 대신 현실을 부인하며 환영(幻影) 내에, 즉 현실성과 관념성 사이의 중
간 영역내에 관념성을 도입한다. 자허 마조흐의 관념적인 자연은 모피옷을 입은 고
문자로 표상된다. 자허 마조흐의 차가움은 감각성의 부정과 관념적인 것의 상승을 의
미하고, 자허 마조흐의 환영에서는 희생자의 고문을 통해 '새로운 무성적(無性的)
인간'으로 다시 태어난다. 마조히즘에서 어머니는 법의 권위이며 권위가 계약이라
는 사실을 강화하는 수단 중 하나가 된다(《들뢰즈와 가타리》, 로널드 보그, 이정우 역,
1995, pp.81-83).[역주]

이다. 프로이트의 분석에서 물신숭배는 모성적 남근의 대체물로, 주체로 하여금 여성의 거세를 인정하게 함과 동시에 거부하게 한다. 들뢰즈는 부인을 상상 능력의 한 기능으로 보고, 원시 자연에 대한 자허 마조흐의 환상에서 그는 이차적인 자연의 무질서한 폭력의 정지, 즉 신세계를 펼치도록 허용하는 실재 세계의 이상적인 중립을 발견한다.

징후 발견자로서 자허 마조흐의 가장 독창적인 공헌은 들뢰즈가 보기에, 마조히스트적 환상에 있어서 계약의 중요성을 강조한 점이다. 마조히스트는 그의 처벌자를 훈련시키고, 그녀를 설득하고 교육시키며(한편 사디스트는 결코 교육시키지 않고 단지 시위할 뿐이다), 계약문서에서 여주인-노예의 관계를 형식화한다. 그것은 환상을 방해할지도 모르는 외부 세계에 대한 방어기제 역할을 한다. 마조히스트의 계약은 법을 존중하지만, 일련의 계약 개정은 종종 여주인의 군주적인 힘을 과장하고, 법을 우롱한다. 나아가 이러한 경우에 고통을 가하고, 기쁨을 금지하는 법은 처벌이 기쁨의 자극이나 보증이 된다. 아이러니컬하게도 법 위에 군림하며, 보편적인 부정의 잔인한 제도를 강제하는 사디스트와는 달리, 마조히스트는 우스꽝스럽게 법의 개념을 전복시키는 계약에 복종하고 이차적 자연의 체제를 무효화한다. 마침내 계약은 의례적인 관습 지대를 설정하고, 이런 식으로 개인 환상의 영역으로부터 보편적 신화 영역으로 마조히스트의 통로를 열어 줄 수 있다(특히 원초적 자연의 차갑고 감상적인, 혹독한 어머니의 신화). "신화와의 계약으로 인하여 법의 중재를 통해, 다시 말해 법은 계약으로부터 나오나 우리를 관습 속으로 내던진다……. 또한 **마조히스트**가 특정한 순간, 특정한 시간에, 계약상 확립한 것은 **마조히즘**의 상징적인 질서 안에, 관례적으로, 늘 봉쇄되는 것이기도 하다."(SM 89; 102)

"마조히즘과 신비"에서, 우리는 들뢰즈가 환상을 기반으로 하는 작품에서 문학과 **진단** 간의 차이를 설정해 둔 것을 상기할 것이다. 그러면 문학에 있어서 독특한 작품은 무엇인가? 들뢰즈는 《마조히즘》에서

이 질문에 대해 직접적으로 대답하지 않고, 그 대답의 힌트를 텍스트 전체에 흩어놓고 있다. 《마조히즘》의 부록으로 재인쇄된 짧은 회고록에서 자허 마조흐는 자신의 머리에서 떠나질 않던 여성의 형상에 대해 말한다. 자허 마조흐는 이러한 '형상'에서부터 문학 창조 과정의 모든 일련의 이미지들을 생산하는 '문제'가 일어난다고 말한다. 들뢰즈는 "소설의 기법을 정의하면서, 자허 마조흐는 우리가 반드시 '형상'에서부터 '문제'로 나가야 하고, 일어나는 강박적 환상으로부터 그 문제, 즉 그 문제가 처한 이론적 구조로 이동해야 한다고 말했다"고 논평한다.(SM 47-48; 53) 달리 말하면 예술가는 개인적인 환상, 즉 신경증과 도착 혹은 다른 심리학적인 고착의 부분을 이루는 강박적인 '형상'인 개인적인 환상으로 시작한다. 하지만 구조를 결정하고 그 구조를 예술적 창조를 위한 재료로 사용함으로써 그 '형상'을 적절한 예술적인 '문제'로 전환한다. 자허 마조흐는 그 허구적인 '형상'을 정교히 다듬으면서 환상이 필요로 하는 것, 이론적이며 이데올로기적인 구조, 그 구조가 환상에 인간 본성과 세계에 대한 전반적인 가치 개념을 부여하게 된다는 것을 발견한다."(SM 47-48: 53) 들뢰즈는 사드처럼 자허 마조흐가 분리된 '우주,' 분리된 '세계,' 즉 '움벨트(Umwelt)'[19] (SM 11; 13)를 창조한다고 주장한다. 사디스트와 마조히스트는 "내부적이든 외부적이든 서로 소통하는 것이 아무것도 없는 상태로, 서로 다른 등장 인물과 함께 각각 충분하고 완전한 드라마를 수행한다."(SM 40: 45) 사드와 자허 마조흐에게 문학은 세계가 아닌 "그 안에 세계의 폭력과 과도함을 모을 수 있는 이중의 세계에 명명 작업을 하고자 한다."(SM 33; 37) 정신분석가들은 사드나 자허 마조흐를 평범한 사도마조히즘적 **내용**의 관점에서, 혹은 쾌락/고통과 같은 리비도의 무감각한(동물적) '질료' 혹은 죄와 속죄의 도덕적 차원으로 접근하지만, 그들이 소홀히 지나쳐 버린 부분은 사디즘과 마조히즘에서 두드러지는 **형식**에 관한 것이다. 다양한 세계의 응집이 일어나는 것은 다름 아

닌 그것이 가지는 형식 · 이론적 · 이념적 구조들인 것이다. "결국 마
조히즘은 물질적인 것도, 도덕적인 것도 아닌 바로 형식적인, 완벽하
게 형식적인 것이다."(SM 66; 74) 마조히즘의 특정한 형식은 제식과
계약의 형식 뿐만 아니라 부인 · 미결정 · 물신숭배의 형식을 포함하
며, 또한 독특한 "시간 형식,"(SM 63; 71) 즉 두 가지의 단속적인 흐
름이 공존하는 기다림의 복합적인 시간이다. 하나는 기다려지는 쾌락
을 약속하고, 또 하나는 예상되는 처벌이 제기되며, 양자는 미결정(정
지)의 영구적 상태 속에 유지된다.

그리하여 "부인, 미결정, 기다림, 페티시즘, 환상은 정당하게 마조
히스트적인 성화(星火)를 이룬다."(SM 63; 72) 그러나 가장 중요한 것
은 환상이다.[20] 부인은 실재적인 것이 환상을 통과하도록 한다. 미결
정은 이상을 환상 속에 두게 된다. 기다림은 "현실과 이상의 통일이
며, 환상의 형식 혹은 일시성이다."(SM 63; 71) 물신숭배는 환상의 가
장 순수한 목표이다. 또 다른 점에서 "마조히즘은 환상의 예술이다."
(SM 59; 66) 첫째, 일반적으로 환상은 "두 가지의 연속물 위에, 두 개

---

19) 주체는 세계——그 말의 새로운 의미에서의 세계(welt)——와 얼굴을 맞대고
있지만 살아 있는 개체는 세계 안에 그리고 그 자신 안의 환(環)세계(Umwelt)에 존재
해 온 것이다. 주체는 주체이기 이전에 개체이다. 그리고 개체는 객관적인 선험의 장
안에서 형성된다. 개체는 객관적 선험을 구성하는 특이성의 수렴에 의해 형성되며, 개
체가 주체가 되는 것은 그렇게 형성된 개체들의 환세계(Umwelt)를 이루는 계열들을 가
로지르면서 또 다른 독자적 개체성을 형성할 때이다. 철수(특정한 개체)는 특이성들
의 일정한 계열화를 통해 형성된다. 그리고 철수는 이렇게 형성된 세계를 가로지르면
서, 즉 또 하나의 세계(welt)를 형성함으로써 주체가 된다(《의미의 논리》질 들뢰즈, 이
정우 역, 한길사, pp.211-12). 사르트르는 《감정; 이론의 개요 The Emotions: Outline
of a Theory》에서 레빈(Lewin)을 인용하여 "우리는 환세계의 '벡터(vector)'의 궤적을
그리는' 지도를 그릴 수 있다. 이 지도는 우리의 행동이나 욕구의 기능에 따라 변화하
는 지도이다……. 이러한 관점에서 우리 주변의 세계(독일 사람들이 움벨트[Umwelt]
라고 부르는 것), 즉 우리의 욕망 · 욕구 · 행동의 세계는 마치 그것이 하나의 혹은 다
른 하나의 결정적인 목표를 이끄는 창조된 목표의 외관을 가진 것을 유도하는 엄격
하고 좁은 길에 고랑이 파여 있는 것처럼 보인다"(사르트르 57)(로널드 보그, 《들뢰즈
와 시네마》, 루틀리지 출판사, 2001, p.208)고 말한다. [역주]

의 극한 위에, 두 개의 경계선 위에서 진행되며, 그 사이에 환상의 실체를 구성하는 공명이 이루어진다."(SM 59; 66) 자허 마조흐에 있어서 경계는 매춘부와 사디스트적 고문자의 극점에 있는 형상이다. 그리고 그 사이에 환영적(幻影的)인 구순기의 어머니가 있다. "차갑고 모성적이며 엄한." 둘째, 환상은 꿈과 백일몽의 기본적인 요소이다. 사디스트는 폭력적인 환상의 이데아를 실재적인 것에 투사하려는 시도를 하는 한편, 마조히스트는 "실재적인 것을 중성화하고 순수한 환상의 내부에 이상을 정지시킨다."(SM 65; 72) 이런 점에서 사디스트는 그가 꿈을 꾸지 않으면서 꿈을 꾸고 있다고 믿는 한편, 마조히스트들은 꿈을 꾸면서도 꿈을 꾸지 않는다고 믿는다. 결국 환상은 상상적인 **장면**이다. 자허 마조흐의 소설에서 실재적인 것은 일련의 그림과 같은 정취를 풍기는 연극처럼 변형되는 경향이 있다. 사드에게 있어서는 에로틱한 장면이 잔인하게 기계적으로 되풀이되는 한편, 자허 마조흐의 환상에서 형상들은 움직이지 않는 예술품(석상·초상화·사진과 같은), 즉 얼어붙은 이미지의 연속적인 더듬거리기가 반복되는 그런 요소들인 것으로 확인된다. 사드는 연속되는 폭력의 움직임을 추구하여 예술 대상의 정지 상태를 포기하는 한편, 마조히즘은 미결정과 기다림의 세계를 격려하고, 그리하여 실재적인 것을 일련의 **살아 있는 그림**

---

20) 판타지의 개념이 간결하게 소개되어 참고할 만한 것으로 라플랑슈와 퐁탈리스의 《정신-분석의 언어 *The Language of Psycho-Analysis*》, pp.314-19를 볼 것. 들뢰즈가 판타지를 다루는 중심에 수잔 이삭(Susan Issacs)의 고전적인 연구인 〈판타지의 본질과 기능 The Nature and Function of Phantasy〉(1948)과 라플랑슈와 퐁탈리스의 영향력이 있는 〈원(原)환상, 기원의 환상, 환상의 기원 Fantasme originaire, fantasmes des origines, origine du fantasme〉(1964)이 있다. 우리는 《반-오이디푸스》 이후, 들뢰즈가 분명 판타지의 정신분석적 개념을 거부하고 있다는 점을 주목해야 한다. 예를 들어 《디알로그》에서 그는 "사람들은 판타지가 기의에 의미를 더 보충하고, 하나의 기의를 다른 것으로 해석하며, 하나의 기의가 또 다른 기의를 가지게 하면서, 글쓰기에 가한 손상을 아무리 강조해도 지나치지 않다(심지어 시네마에도 침투되었다)."(D 59; 47)

(tableaux vivants)으로 미화한다.

만약 포르노가 "외설적인 묘사가 뒤따르는 몇 개의 명령어[mots d'ordre]으로(이렇게 하라, 저렇게 하라 등…) 환원된 문학"(SM 17; 17)이라면, 사드와 자허 마조흐는 명령어와 묘사를 위한 새로운 기능을 창안해 냈기 때문에 그들은 '포르노 작가들'이라기보다는 '포르노학자들'이라고 들뢰즈는 주장한다. 사드에게 있어서 명령어는 착란적 이성의 격렬한 시위로 기능하고, 냉담한 외설의 반복을 가속화하여 서술하는 기능을 한다. 한편 자허 마조흐에게 명령은 이상화된 상상의 설득력 있는 가르침으로, 그리고 에로틱한 분위기의 되풀이되는 그림으로 묘사하는 역할을 한다. 모든 작가들처럼 사드와 자허 마조흐도 환상으로 시작하지만, 많은 작가들과는 다르게 그들은 환상을 그들 작품의 대상으로 받아들인다. 특히 자허 마조흐는 자신의 예술을 환상의 예술이 되게 한다. 각각은 개인의 강박관념을 받아들이고, 그것을 예술적 창조를 위한 제재로 전환한다. 부정(否定)을 통해서든, 부인(否認)을 통해서든 각각은 실재적인 것에 대항하는 복잡하게 구성된 형식들의 틀인 이중적인 세계를 창조한다. 그러한 대항 세계를 통해, 각각은 그것들의 구조를 밝히고 강조함으로써 문명의 질병을 진단하며, 아이러니컬하게 또는 유머러스하게 그 구조들을 변형시키고 뒤틀어 버림으로써 삶을 위한 새로운 가능성을 연다. 그들은 포르노 작가처럼 폭력과 에로스 영역을 다루지만, 포르노학자로서 타당한 한계와 일종의 '비언어'를 가지고 언어와 관련짓는 시도를 한다(말하지 않는 폭력, 사람들이 거론하지 않는 에로티시즘)(SM 22; 22). 그들은 "언어에 내재적인 이중성"을 통해, 명령어와 묘사의 새로운 사용법을 창조함으로써 그렇게 한다.(SM 22; 22) 그래서 들뢰즈는 사드와 자허 마조흐가 이중의 세계를 만들어 낼 뿐만 아니라 "언어에서 의미에 직접적으로 효력을 발생할 수 있는 일종의 이중 언어를 형성한다"(SM 33; 37)고 주장한다.[21]

그렇다면 **비평**과 **진단**의 관계는 무엇인가? 징후학은 "예술가와 철학자, 의사와 환자들이 서로 만날 수 있는 영도(零度) 지점이다."(MM 13) 간접적이고 분석되지 않는 형태로 분열을 표출하는 환자들과는 달리, 사드와 자허 마조흐 같은 작가들은 그 형태와 구조들이 응집을 드러내는 방식으로 세계를 음절화한다. 철학자들처럼 그들은 사고의 양식을 행하지만, 그 사고는 명령 · 서술 · 장면 · 드라마 · 제의 · 행동 · 이중의 세계, 언어와 같은 형태의 것이다. 사드와 자허 마조흐는 정신분석가들처럼 도착에 관심을 가지지만, 마조히즘은 필연적으로 형식적이다. "그리고 일반적으로 도착의 세계는 정신분석이 진정으로 형식적인 정신분석, 거의 연역적인, 즉 많은 소설적 요소들처럼 형식주의적 절차들을 우선적으로 고려하는 정신분석이 되기를 요구한다." (SM 66; 74) 따라서 문학적 사유는 징후학의 영역에 의학적인 사고를 유도해야 하고, 문학 작품에서 음절화되는 세계 형태는 허위의 신드롬으로부터 진실된 징후를 미분화/변별화(differentiation)[22]할 수 있어야

───────────

21) 들뢰즈는 또 다른 방식으로 "사드도 그렇지만 자허 마조흐의 언어도 관능에 [sur la sensualité] 직접적으로 작용할 때 최고의 가치를 드러내는 것 같다"(SM 17; 17)고 말한다. 언어가 감각에 직접적으로 어떤 방식으로 작용하는지를 들뢰즈는 설명하지 않는다. 들뢰즈는 감각에 그리는 것에서 직접적으로 드러나는 효과에 대해 관심을 가지고 중점적으로 연구한다. 나는 이 문제를 《들뢰즈와 음악, 회화, 그리고 일반 예술》 제5장에서 논의한다.

22) 《차이와 반복》에서 들뢰즈는 설명/펼침, 그리고 내포/감싸기의 작용들에 대해 diffrénciation(일반적인 의미의 분화)과 diffréntiation(수학적 의미로 미분에 대한 프랑스어)을 구분하면서 미분으로 기술한다. diffrénciation은 현실화되는 잠재적인 것의 구분을 의미하고, diffréntiation은 잠재계 자체 내의 구분을 의미한다. "관념(Idea) 전체는 미/분화(different/ciation)의 수리-생물학적 체계 속에 붙들려 있다. 하지만 수학과 생물학은 단지 차이의 두 개의 반쪽들, 즉 변증론적 반쪽과 감성론적 반쪽을 탐색하면서, 잠재적인 것의 현시와 현실화의 과정을 허용하는 어떤 기술적 모델의 외관을 갖추고 나타난다. 변증법적 관념은 다양한 미분적 관계들과 상호 연관성을 맺는 특이성의 분배(미분화 différentiation)에 의해 이중적으로 결정된다. 감성론적 현실화는 종의 결정과 합성에 의해 이중적으로 구성된다.(분화 diffrénciation) 종별화는 관계들을, 합성은 특이성을 육화한다. 현재적인 특질과 부분들, 종과 수들은 관념속의 질화가능성의 요소와 양화 가능성의 요소에 상응한다."(DR 221) (역주)

한다. 설령 만약 사드와 자허 마조흐 자신들이 환자들이라면 그들의 병은 문명의 조건이며, 그 조건에 대한 그들의 비평적 분석은 삶을 위한 다른 가능성을 전망하는 수단이다. 그들은 이중의 세계를 개방하는데, 하나는 아마 질병이라 생각될 수 있는 세계이며, 다른 하나는 풍자적으로 혹은 우스꽝스럽게 실재를 붕괴시키고 새로운 것을 위한 길을 여는 세계이다.

의미와 표면

《의미의 논리》(1969) 13계열에 나오는 〈정신분열증과 어린 소녀에 관하여〉에서 들뢰즈는 어린이와 광인, 작가 루이스 캐럴[23]과 앙토냉 아르토[24]와의 관계를 연구하면서 다시 비평과 진단의 개념으로 돌아간다. 들뢰즈의 서문의 요점은 한 편의 시 작품인 〈재버워키〉[25]의 해설과 함께 설명된 아르토의 준번역 부분이다. 아르토는 "나는 결코 좋아하지 않았다(I have never liked)"고 말한다.(LS 113; 92에서 인용) 캐럴의 무의미한 어구는 종종 어린아이들의 문학으로 분류되기도 하며, 아르토의 많은 텍스트는 두서없는 정신병적인 배설의 수준으로 읽혀

---

23) Lewis Carroll(1832-1898): 주요 저서로는 《이상한 나라의 앨리스 *Alice's Adventures in Wonderland*》(1865), 《스나크 사냥 *The Hunting of the Snark*》(1876)이 있다. 캐럴의 소설이나 시는 현대의 초현실주의 문학과 부조리문학의 선구자적 입장에 있으며, 난센스 문학의 전형이라고도 할 수 있다.〔역주〕

24) Antonin Artaud(1896-1948): 프랑스의 극작가·시인·배우. 정신질환에 시달리면서도 창작 활동을 계속하여, 《연극과 그 분신 *Le Théâtre et son double*》(1938)에서 세계를 움직이는 것은 서로 투쟁하는 힘이라고 하면서 '잔혹극' 이론을 밝혔다. 연극은 대사뿐만 아니라 몸짓·광선(조명)·음향 등의 종합적 효과에 의하여 관객을 집단적 흥분 상태에 빠뜨리고 무대와의 사이에 신비적인 일체감을 자아내지 않으면 안 된다고 주장했다.〔역주〕

25) 재버워크(Jabberwock): 알아 들을 수 없는 말의 의미로 캐럴이 만든 단어, Jabberwocky와 같은 의미로 사용된다.〔역주〕

지기도 하지만, 〈재버워키〉의 두 가지 번역간의 차이는 어린 앨리스와 분열증 환자의 대립에서는 찾아볼 수 없다. 들뢰즈는 시 · 자장가 · 미친 장황설 이 세 가지가 마치 합성된 단어들처럼, 설령 유사한 기법을 사용한다고 할지라도 혼돈되어서는 안 된다고 경고한다. "위대한 시인은 과거 자신의 어린 시절과 자신이 사랑하는 어린이와 직접적으로 연관되면서 작품을 쓸 수 있을지 모른다. 광인은 과거 시인이었던 자신과 시인되기를 멈추지 않는 자신의 모습을 직접적으로 관계지으면서, 가장 위대한 시적인 **작품**을 가지고 다닐지도 모른다. 그렇다고 하여 어떤 식으로든 어린이와 시인과 광인의 그로테스크한 삼위일체를 정당화하지는 않는다."(LS 101; 82-83) 캐럴과 아르토는 그들의 뜻 모를 소리에 대해 서로 다른 문제들을 검토하게 된다. 그리고 그 문제들은 어린이들의 운율과 광인들의 창작품에 걸려 있는 문제들과는 다르다. "문제는 **진단**의 문제, 즉 하나의 조직에서 다른 조직으로의 미끄러짐 혹은 진보적이고 창조적인 탈조직화를 도모하는 문제이다. 문제는 또한 **비평**의 문제, 즉 난센스가 그 형상을, 혼성어가 그 본질을, 전체적으로 언어가 그 차원을 변화시키는 미분화 수준을 결정하는 문제이다."(LS 102; 83) 캐럴과 아르토의 대립에서 드러나는 임상적인 문제는, 들뢰즈의 주장으로는 **표면**과 **깊이**의 문제인데 그것은 비평적인 문제이고, 그 두 가지 차원이 가지는 특유의 언어적 요소들의 문제이다. 캐럴의 표면과 아르토의 깊이는 우리들에게 유아 신경증과 분열증적 분리에 대해 많은 가르침을 주지만 그 **진단**이 비평, 즉 문학적 창조에 의한 정신분석 이론에 유도될 때임을 전제한다.

《의미의 논리》에서 들뢰즈는 루이스 캐럴 작품들의 개연성 없는 병치와 스토아 학파[26]의 사유를 통해서 의미의 이론을 전개한다. 《이상

---

26) 《의미의 논리》를 명쾌하게 읽기 위해 레서클(Lecercle)의 《유리-쳐다보기를 통한 철학 *Phylosophy through the Looking-Glass*》, pp.86-117을 볼 것.

한 나라의 앨리스》의 속편 《거울 속 여행》과 다른 작품들의 난센스, 패러독스를 통해 들뢰즈는 캐럴이 스토아 학파가 비물질 이론[27]에서 밝힌 의미의 불가해한 표면을 재발견했다고 주장한다. 스토아 학파에게는 신체만이 실재적 존재를 가진다(비록 '신체'가 영혼과 같은 실체[28]조차 포함하는 매우 광범위한 용어로 해석되지만). 신체는 식물과 동물 같은 유기체의 선을 따라 자라고 자아를 형성하는 실체로 여겨진다. 신체는 그 자체의 원인[29]이며, 설령 서로가 서로에게 작용한다 할지라도 신체는 원인과 결과의 관계를 맺지 않는다. 오히려 그것은 서로에게 원인이 된다. 왜냐하면 궁극적으로 모든 신체들은 우주 혹은 신이라고 하는 단 하나의 신체의 일부이기 때문이다. 신체는 마치 누군가가 와인을 마시거나 혹은 칼로 살을 찌를 때처럼 서로 깊숙이 침투되고 섞이지만, 신체의 행동이나 열정은 원인과 결과가 아닌 서로에게 배타적인 원인으로 남는다. 칼이 살 속에 상처라는 결과를 야기하는 것이 아니라, 칼과 살은 신의 우주적 신체의 자기-원인적 전개 속에

---

27) 들뢰즈는 비물체적인 것에 대한 논평을 위해 우선적으로 브레이에(Bréhier)의 《고대 스토아 학파의 비물체 이론 *La théorie des incorporels dans l'ancien stoïcisme*》을 자료로 삼고 있다. 옛날부터 증거가 가지는 파편적 본질 때문에 이 주제에 대한 스토아 학파 철학자들의 많은 부분이 아직 논쟁의 여지가 남아 있다.

28) 스피노자는 실체를 다른 모든 것이 그 안에 내재하거나 혹은 그것에 의존하는 사물들을 위해 남겨두었다. 실체는 그것의 원인들이 아닌 그 자신을 통해서 파악된다. 보다 적은 실재성을 가지면서 의존적인 존재들이 실체의 '양태'들이다. 스피노자는 실체를 일원론으로 본다. 스피노자는 《에티카》 제1부 정의 5에서 보다 적은 실재성을 가진 이러한 사물들을 변용들(affectations)이라고 부른다.(《스피노자》, 로저스크러튼 지음, 조현진 역, 궁리, 2002. p.23)〔역주〕

29) "나는 자기 원인이란 그것의 본질이 존재를 포함하는 것, 또는 그것의 본성이 존재한다고 생각할 수밖에 없는 것이라고 이해한다."(제1부, 정의 1) 여기에서 자기 원인(causa sui)은 존재하기 위하여 어떤 다른 것에 전혀 의존하지 않는 실체를 뜻한다. 그리고 "나는 실체란 자신 안에 있으며 자신에 의하여 생각되는 것이라고 이해한다. 즉 그것의 개념을 형성하기 위하여 다른 것의 개념을 필요로 하지 않는 것이다."(정의 3) 자신 안에(in se) 존재한다는 것은 그 자체로 존재한다는 뜻이다. 따라서 자신 안에 있으며 자신에 의하여(per se) 생각된다는 것은 다른 것과 상관없이 절대적으로 존재한다는 것이다.(《에티카》, B. 스피노자 지음, 강영계 역, 서광사, 1990, p.13)〔역주〕

뒤섞인 것이다.

그러나 설령 그것들이 신체의 세계에 속하지는 않지만, 효과와 같은 것들로 존재한다. 그것들은 실재적 존재를 가지지 않는 그저 '요구하고' '고집하며' '존속하는' 표면 현상이다. 그러한 것들은 비물체적인 것(asomata)이다. 스토아 학파는 개가 도로를 가로지를 때, 그 걸음이 개의 신체에 아무런 보탬이 되지 않는다는 상식적인 관찰에서 시작한다. 개의 신체에는 어떠한 것도 보태어지지 않는다. 그러나 그들은 이야기를 더 깊이 전개한다. 나무의 '녹색화'를 똑같이 비실체적인 것으로 간주하면서, 나무라는 몸체의 자기−원인적인 성장에 의해 생산되는 단순한 표면 효과로 본다. 도처에 신체는 마치 안개나 오로라처럼 신체를 뒤덮는 표면 발산과 같은 효과를 만들어 낸다. 그런 비물체적 효과는 그 자체의 일시성을 지닌 사건이다. 현재만이 실재적 존재를 가지며, 신체는 영속적인 현재 속에 존재한다. 신체의 지속은 확장된 현재,[30] 즉 신의 몸체의 위대한 현재 속에 속하는 시간의 전체성으로 생각될지도 모른다. 이 시간을 들뢰즈는 **크로노스**(Chronos)라고 부른다. 과거와 미래, 기억과 기대의 차원은 실재적 존재를 갖지 못하지만 요구하고 고집하며, 들뢰즈가 **아이온**(Aion)이라고 명명한 사건의 시간 속에서 명백하게 드러난다. 아이온의 시간은 미분화되지 않은 무정형의 일시성, 즉 현실화된 현재의 순간으로 들어간 적이 없는 과거와 미래로 뻗어 나가는 부정사와 동사의 시간이다. 신체는 순수한

---

30) "인간 정신을 구성하는 관념의 대상은 신체이거나, 또는 오직 현실적으로 존재하는 어떤 연장의 형태일 뿐이다."(제2부, 정리 13) 여기서 인간은 정신과 신체로 성립되며, 인간의 신체는 우리가 그것을 느끼는 대로 존재한다.(《에티카》, p.80) 스피노자의 주장은 내 자신이 지각하는 심신 관계가 자연 자체 곳곳에서 반복되고 있다는 것, 즉 모든 물리적인 것이 그것의 자신의 상관자를 가진다는 것이다. 정신은 사유로 파악된 무한 실체의 유한 양태이며, 신체는 연장으로 파악된 무한 실체의 유한 양태이다. 이를 말하는 또 다른 방식은 정신이 신체의 '관념'이라는 것으로, 이는 두 양태들이 사실상 두 방식으로 파악된 동일한 실재라는 것을 의미한다.(《스피노자》, p.36)〔역주〕

현존재[31]의 시간 속에 머물기 때문에 순수한 되기의 시간은 사건을 전달한다. 가장 핵심이 되는 사건이 전쟁이다.(LS 122-23; 100-101) 전쟁터의 도처에서 신체는 다른 신체를 만나 서로 찌르며, 베고, 찢기도 하지만, '전투'는 주어진 현장 어디에도 없고, 항상 어딘가 다른 곳에 있다. 전투는 신체로부터 발산되며, 마치 안개처럼 신체 위를 배회한다. 전투는 하나의 효과로서 신체들에 의해 생산되지만, 신체들의 우발적인 충돌의 개연성을 지니는 조건으로서 신체들보다 선재한다.

그때 신체들의 실재적 특성은 특질들, 즉 명사에 내재한 형용사들인 까닭에 사건들은 신체의 속성들이며, 동사로서 최고로 간주되는 존재 방식들이다. 그러나 사건과 신체는 각각 언어적인 짝을 가지지만, 언어 그 자체는 사건에 대해 특권화된 관계를 가진다. "사건은 되기와 동연적(同然的)이며, 되기 그 자체는 언어와 동연적이다."(LS 18; 8) 스토아 학파가 인정하는 비물체적인 것의 가장 중요한 것은 '렉톤(lekton)'[32] '의미하는 것' '표현 가능한 것' 혹은 '의미된 것'[33]이다. 그리스인이 바르바리언에게 말을 걸 때 그 말들은 이해되어질 수 없지만, 다른 그리스인이 그와 같은 말을 들을 때는 이해된다. 두 가지의 경우에 소리의 똑같은 실체가 화자에 의해 발산되지만, 두번째 사례

---

31) 들뢰즈의 크로노스와 아이온의 도식적인 대립은 스토아 학파 사유가 가지는 어려운 문제를 다소 단순화하고 있다. 그가 스토아 학파의 시간에 대해 언급한 부분은 원칙적으로 브레이어의 《고대 스토아 학파의 비물체 이론》(pp.54-59)과 골드슈미트(Goldschmidt)의 《스토아 학파의 체계와 시간의 관념 Le système stoïcien et l'idée de temps》을 참고로 했다. 섹스토스 엠피리쿠스(Sextos Empiricus, Adv. Math. X, 218; Arnim II, 331)는 스토아 학파가 네 가지, 즉 표현 가능한 것(lekton) · 공허(kesos) · 장소(topos) · 시간(chronos)을 무형으로 인식한다고 말한다. 그리고 그는 지나가는 것으로서의 시간과(만약 붙잡을 수만 있다면 현재적 존재를 가질 수도 있는) 현재를 미분화하는 것처럼 보인다. 마르쿠스 아우렐리우스를 포함한 후기 스토아 학파 철학자들에게서 유일하게 시간이 논의되면서 아이온의 개념이 체계적으로 다루어진다. 이 문제의 복합성을 다소 간결하게 다룬 것으로 리스트(Rist)의 《스토아철학 Stoic philosophy》에 나오는 〈시간에 대한 스토아 학파의 세 가지 관점 Three Stoic Views of Time〉(pp.273-88)을 볼 것.

에서 무엇인가가 물리적인 소리, 즉 의미의 표면 효과에 부가된다. 그런 언어적인 효과들이 **렉타**(lekta)인데, 이것은 신체의 표면에서 발산되는 '표현 가능한 것들'이고, 사물과 단어들의 윤곽을 가능케 한다. 단어들은 하나의 의미를 표현하지만 표현되는 것은 사물의 속성, 즉 사건이다. **렉톤**(lekton)은 단어의 음향적 실체의 표면이자 사물의 표면적인 속성이다. 그것은 단어와 사물 간의 표면이고, 사건들──의미의 단 하나의 표면이다. 단어와 사물들 간의 경계──표면은 "그것들을 혼합하지도, 통일화시키지도 않는다(일원론이라기보다는 이원론이

---

32) '표현 가능한 것'이란 말과 사물 사이에 존재하는 것이다. 19세기 철학자 마이농은 객체(objektiv) 개념을 사용하여, 표현의 대상 그 자체가 하나의 대상이라고 주장한다. 마이농은 이를 '객체'라고 부른다. 이것은 스토아 학파의 '표현 가능한 것'처럼 '표현된-것으로서의-대상'이다. 마이농은 표현된-것으로서의 대상을 명사와 사물을 통해 규정하고자 하지만, 스토아 학파와 들뢰즈는 그것을 동사와 사건을 통해 규정하고자 한다. 마이농의 객체 개념이 결정적으로 중요한 점은 그것이 의미 논리의 근본적인 본성을 분명하게 해준다는 것이다. 말은 의미를 표현하지만, 표현된 그것은 사물의 부수물(사건)이다. 그래서 의미(말의 표면 효과들)와 사건들(사물의 표면 효과들)은 두 측면을 지니는 하나의 표면을 형성한다. 들뢰즈는 사건과 의미가 하나의 단일한 표면을 형성한다고 주장하면서 언어의 의미란 하나의 시뮬라크르이고, 상식을 거부하는 역설적인 모순된 존재로 본다. 의미란 언어 속에 내재한 것처럼 보이지만 사물 속에서 나타나는 것으로 보이고, 말 속에서 찾는다면 그것은 단순한 사후적 효과이면서 언제나 거기에 있는 것으로 보인다. 우리가 사물 속에서 그것을 찾는다면 그것은 언제나 이미 끝났거나 막 존재하려는 하나의 사건으로 보인다. 우리는 의미가 명제의 '관념적인 물질'이라는 것, 가능한 의미들의 집합을 묘사하는, 일련의 잠재적 부정법들로 간주될 수 있는 그러한 비범주적이고 전개인적이며 비논리적인 매개체라는 것을 발견하게 된다. 그리고 우리는 과정들이 특이점의 영역 또는 가능성의 장소들을, 다양한 방식으로 현실화될 수 있는 잠재적 에너지의 준안정적인 상태들을 형성하는 것을 발견한다(각 특이점들은 여러 방식으로 구현될 수 있는 일종의 부정법으로 기능한다). 그들은 펼쳐지기 전의 함축적이고 잠재적인 차이의 중심들일 뿐이다. 잠재적 차이의 집합들로서 의미와 사건은 하나의 단일한 선험적인 장을 형성한다. 선험적인 장은 말과 사물의 표면에 모순된 역설적인 시뮬라크르를 통해 하나의 "형이상학적 표면"(LS 150)에 존재한다. 선험적 장으로서 의미/사건과 표면 효과로서의 또는 시뮬라크르들로서의 의미/사건을 구분하는 것은 유용하다. 그러나 궁극적으로 볼 때 그들은 동일한 비물체적·형이상학적 표면을 형성한다.(《들뢰즈와 가타리》, 로널드 보그 지음, 이정우 역, 새길, 1995, pp.120-23)〔역주〕

다). 오히려 그것은 차이, 즉 언어/신체의 음절화와 같다."(LS 37; 24)

들뢰즈는 이러한 표면을 '상스[sens]'(의미 또는 뜻)라 칭하고, 《의미의 논리》를 통해 언어적 의미의 역설이 사건과 되기의 역설이라는 것을 보여준다. 단어는 부차적인 효과로 의미를 생산하지만, 어떤 점에서 의미는 언어가 발생하는 요소로서의 단어에 선행한다. "베르그송이 말한 바로는 사람들은 소리에서 이미지로, 이미지에서 의미[sens]로 가지 않고 '처음부터' 자신들을 의미 안에 놓는다. 의미는 마치 가능한 목표를 수행하기 위해, 심지어 그 목표의 환경을 고려하기 위하여 이미 자리잡은 어떤 공간과도 같다."(LS 41; 28) 이런 점에서 의미는 언어 이전의 것인 동시에 언어 이후의 것이며, 가능성의 조건이고, 여분의 효과이다. 하지만 또한 의미는 특정한 언어적 발화로 표현될 수 있다는 점에서 결코 완전히 현재인 것이 아니다. 하지만 그 의미는 제2의 발화에서 의미를 지정할 수 있을 뿐이며, 그 다음으로 제3의 발화에서 그 의미가 지정되어야 한다. 그리고 또 그 다음 (…) 그리

---

33) 스토아 학파에 의하면 "세 개의 사물들은 서로서로 연결되어 있다. 1) 지시하는 것(significans), 즉 기호; 2) 의미하는 것(significate); 3) 존재하는 것이다. 지시하는 것은 사운드이다. 예를 들어 '디온'의 사운드. 존재하는 것은 외부적으로 존재하는 대상이다. 똑같은 예에서 디온 그 자신이 될 수 있을지도 모른다. 이 두 가지——사운드와 존재하는 것——는 '사운드로 지시되거나 드러나는 현재적인 실체'로서 기술되고, 우리는 생각[안에]과 더불어 존속하는 것으로 이해한다."(섹스토스 엠피리쿠스, *Adv. Math*, VIII, 12) 그것은 바르바리언들이 그리스어로 말하는 것을 들을 때 이해하지 못하는 것과 같다. 스토아 학파들은 그것을 기술적인 용어로 **렉톤**(lekton)이라고 하며, 글자 그대로 '의미된 것'(Mates, *Stoic Logic*, p.11)으로 번역될 수 있다. 들뢰즈는 휴버트 엘리(Hubert Elie)·그레고리 리미니(Gregory of Rimini)·앙드레 네프샤토(André de Neufchâteau)의 작품들에서 상세하게 추적했던 스콜라철학의 **의미화 가능한 복합체**[complexe significabile]라는 개념과 스토아 학파의 **렉톤**[lekton](표현 가능한 것)을 유사한 개념으로 보고 있다. 엘리는 또한 스콜라 학파의 **의미화 가능한 복합체**(complexe significabile)와 19세기 후반과 20세기초 마이농(Meinong)이 내놓은 객체(objectives) 개념을 연관시킨다. 엘리가 마이농에 대해 중점적으로 비평한 것에 대한 초기 자료는 핀들레이(Findlay)의 《마이농의 대상과 가치에 대한 이론 *Meinong's Theory of Objects and Values*》이다. 들뢰즈는 《의미의 논리》에서 스콜라 철학과 마이농에 대한 그의 비평을 위해 주로 엘리에 의존한다.

하여 의미는 소진 불가능한 혹은 결론을 맺는 일이 불가능한 의미 지정의 무한한 퇴행을 야기한다. 사건처럼 의미는 결코 현재에 존재한 적이 없는 과거와 미래에 거주한다. 상상적 실체(그리핀),[34] 불가능한 물체(사각의 원), 심지어 일련의 신조어("Twas brillig, and the slithy toves……"), 이 모든 것이 좋은 의미는 아니지만 의미를 가진다는 점에서 의미는 내부에 난센스를 포함한다. 실제로 들뢰즈의 주장은 좋은 의미, 즉 양식(bon sens)은 제한된 의미일 뿐이며, 한 방향의 의미라고 한다("일방통행 도로"라는 의미의 sens unique처럼 프랑스어에서 sens는 방향 지시의 의미를 가진다). 난센스에 있어서 보통의 관계는 빈번하게 전복되고, 계열은 순간적으로 무시되며, 정체성은 혼돈된다. 난센스의 역설들은 플라톤[《필레보스》[35] 24 a-d, 《파르메니데스》[36] 154-55]이 그리 불신했던, 동시에 더 덥거나 차거나, 더 늙거나 젊거나, 더 크거나 작거나 하는 대상들의 '되기'의 역설들이다. 앨리스는 그전보다 더 자랐지만 과거의 앨리스(앨리스 A)는 되기의 앨리스(앨리스 B)보다 더 작다. 보다 커진 앨리스(앨리스 A가 앨리스 B되기)가 사실은 똑같은 앨리스라는 점에서(그러나 그녀는 A 지점이나 B 지점 어느 쪽에서도 더 이상 똑같은 앨리스는 아니다) 그녀는 동시에 더 커지거나 작아

---

34) Griffins: 머리 · 앞발 · 날개는 독수리이고, 몸통 · 뒷발은 사자인 상상의 동물. [역주]

35) Philebus: 쾌락과 선의 관계에 대해서 다룬 대화(플라톤의 도덕론). [역주]

36) Parmenides(BC 515년경): 엘레아학파의 창시자이며, 존재(being)하는 것만이 실재하는 것일 뿐, 비존재는(nonbeing) 실재하지 않을 뿐 아니라 사고(思考)되지 않는다는 입장을 고수하여 참된 실체는 완전히 충실한 '존재'(to eon)이며, 이것이 유일하고 불변하며 불멸하는 것이라고 논증하였다. 그러므로 여타의 철학이 인정하는 사물의 다양성이나 운동 및 변화를 일체 인정하지 않았으며, 그것은 모두 허위이거나 환상에 지나지 않는다고 비난하였다. 이러한 사유(思惟)는 형이상학적인 세계와 물리적인 세계의 차이를 거의 구분하지 못했던 밀레투스 철학과 피타고라스 철학으로부터 실체를 본질과 형상으로 극명하게 구별하게 하는 시금석이 되었으며, 이후의 철학으로 하여금 그와 같은 논리적 오류에 빠지지 않도록 권고하는 합리주의를 낳게 되었다. [역주]

진다(오히려 똑같은 되기 안에서, 아이온은 결코 똑같은 현재의 순간인 크로노스에 있지 않게 된다). 난센스의 경우 아주 간단하게 세계는 똑같은 아이온에서 모든 방향으로 열려 있게 된다.

캐럴의 난센스는 의미의 부재와는 거리가 멀며, 좋은 의미가 일어나는 복수적인 방향의 의미의 장이다. 들뢰즈는 순수한 난센스가 광범위한 의미의 장이 유발하는 발생적인 요소라고 주장한다. 《스나크 사냥》에서 '스나크(Snark)'[37]라는 단어가 단순히 '상어(shark)'와 '뱀(snake)'의 혼성어로 보일지 모른다. 그러나 그 기능은 두 가지의 분기되는 요소들의 계열을 생산하는 것이다.

> 그들은 쇠고리들을 가지고 조심스럽게 그놈을 찾았다.
> 그들은 갈퀴와 희망을 가지고 그놈을 추적했다.
> 그들은 철로-지분(주식)으로 그놈의 목숨을 위협했다.
> 그들은 미소와 비누로 그놈을 유혹했다.

스나크는 일련의 물체(쇠고리·갈퀴·비누)와 비물체(조심·희망·목숨·철로-지분·미소) 계열들의 접합이다. 그것의 난센스는(두 계열의) 의미에서 파생된 미분적인 요소이다. 만약 이 두 계열이 기하학적으로, 복수적인 점들로 구성된 분기된 선으로 인식된다면 '스나크'는 '우발점(aleatory point)'(LS 72; 56)이다. 겉으로 보기에 두 개의 선에 동시에 있는 것처럼 보이지만, 주어진 순간에 결코 단 하나의 지점에 있지 않다. 우발점으로서의 스나크는 양(羊)이 지키는 가게에서 앨리스가 대면하는 사물과도 같다.(《거울 속 여행》 175-76) 즉 그것은 결코 그녀가 바라다보는 곳에 있지 않고, 항상 선반 위에 있거나 그 아래에

---

37) 루이스 캐럴의 소설 《스나크 사냥 *The Hunting of the Snark*》(1876)에 나오는 기묘한 동물을 말한다. 스나크 사냥은 늘 사냥이 벌어지는 그곳에 없으면서도 그곳에 존재하는 역설적인 사냥과 같은 것을 말한다. [역주]

있다. 그곳은 자신의 장소가 결핍된 비어 있는 공간이고, 결정적인 요소들이 발생하는 고정되지 않는 요소가 된다. 들뢰즈에 의하면 우발점과 그것이 내재하는 두 개의 분기된 계열은 어떤 구조의 최소한의 구성 요소가 되며, 의미의 영역이 무-의미의 우발점의 놀이를 통해서 생성되는 것처럼 사건의 영역도 우발점의 놀이에서 비롯된다. 왜냐하면 결국 우발점이란 차이, 즉(어느 곳에도 스스로 고정되거나, 안정되거나, 단 하나의 정체성을 소유하지 않는) 그 자체와 구별되는(분기되는 결정을 통한) 자기-변별화하는(즉 발생적인) 미분화를 위한 형상이기 때문이다.

캐럴의 〈재버워키〉(Jabberwocky 뜻 모를 소리)의 난센스는 **의미**의 표면 유희의 난센스이고, '재버워크(Jabberwork)'를 추구하고 정복하면서 용어들의 분기된 계열을 개방하는 혼성어[38]의 난센스이다.

Twas brillig, and slithy toves
  Did gyre and gimble in the wabe:
All mimsy were the borogoves,
  And the mome raths outgrabe.[39]

험프티 덤프티[40]의 설명에 의하면 brillig은 "오후 4시──정찬을 위해 뭔가를 굽기 시작한 시간을 의미하고, slithy는 '유연한(lithe)'과 '늘씬한(slimy),' toves는 "배지 또는 도마뱀 그리고 타래송곳(corkscrews) 같은 것"(캐럴 187-88)을 의미한다. 오후 4시/굽기, 유연한/늘씬한,

---

38) 들뢰즈는 캐럴에게서 세 가지 종류의 신조어를 구분한다. 축약하는 신조어들은 한 명제 혹은 일련의 명제들의 음절적 요소들에 근거해 복합적인 의미를 만들어내고(함언), 순환하는 신조어들은 두 이질적 계열들 사이에서 공존과 좌표화의 종합을 수행하며(연언), 공존하는 계열들의 무한한 분지화를 수행하고, 선언적인 신조어들은 말과 의미를, 음절적 요소들과 기호학적인 요소들에 동시에 근거하는 분지화적인 기능을 한다.(선언)(《의미의 논리》, p.114)[역주]

배지/도마뱀/타래송곳과 같은 복수의 계열은 단어들과 사물들 간의 표면 위에 사건 의미인, 재버워크의 우발점을 통해 생성된다. 그러나 아르토의 캐럴의 시 '번역'에서 들뢰즈는 완전히 다른 종류의 난센스를 발견한다.

> Il était roparant, et les vliqueux tarands
>   Allaient en gibroyant et en brimbulkdriquant
> Jusque là où la rourghe est à rouarghe a rangmbde et rangmbde
>   a rouarghambde :
> Tous les falomitards étaient les chat—huants
> Et les Ghoré Uk'hatis dans le Grabugeument. (LS 103,342에서 인용)

물론 이 텍스트를 험프티 덤프티처럼 다룬다는 일은 가능하다. 사실 아르토 자신은 'rourghe'와 'rouarghe'가 ruée[rush], roue[wheel], route[route], règle[rule], route à régler[축어적 의미: 보수해야 할 도로, 비유적인 의미: 곧게 펴야 하는 물질]를 모은 것이라고 제안한다. 그러나 들뢰즈는 'rourghe'를 'slithy'의 다른 꼴로 간주하는 것은 심각한 비평적·진단적 실수를 범하는 것이라고 말한다. 캐럴과 아르토, 즉 아르토의 언어적인 창안이 의미의 표면에 남아 있는 예들 사이에 접촉지대가 있을지도 모른다. 하지만 rourghe, rouarghe, rangmbde, rouarghambde와 같은 계열에서 단어들은 확산되고 규정되지 않는 혼합, 섞임, 상호 침투의 물리적인 영역에서 다른 신체들과 상호 작용하

---

39) 저녁 무렵 유연활달 도마뱀이
　　언덕빼기를 선회하며 뚫고 있었다.
　　보로고브들은 모두 우울해 했고
　　침울한 라스는 끼익거리고 있었다.
　　(《거울나라의 앨리스》, 루이스 캐럴, 손영미 역, 시공주니어, p.29).
40) 캐럴의 《거울 속 여행》에 나오는 말의 뜻을 마음대로 바꾸는 인물. (역주)

는 음향적 실체가 되면서 의미의 표면은 용해되고 붕괴된다. 들뢰즈는 정신분열증 환자들이 살을 벗겨내고, 대상들을 갈기갈기 찢어서 박해하듯이 단어들을 체험한다는 사실을 관찰한다. 이러한 단어들은 '열정-단어(passion words)'로, 정신분열증적 신체와 섞이는 분절들이며, 그 신체 자체는 일관된 유기체로서 존재하는 것이 아니라, 침투 가능한 구멍을 가진 하나의 **신체-체**(body-sieve), 이질적인 파편과 조각들의 **분절된 신체**, 내부와 외부의 장벽이 없는 **분열된 신체**로 존재한다.(LS 107; 87) 열정-단어는 중단 없는 카니발적 사지 절단 · 용해 · 흡수 · 방출의 공포스러운 영역들 속에 섞이게 된다. 그러나 분열증적인 신체가 하나의 유기체로서가 아니라 "부분 없는 한 몸체로서 완전한 전체성을 획득하는 순간이 있다. 그것은 고취 · 감화 · 소멸 · 유체전달(최상의 신체, 아르토의 기관 없는 신체)을 통해서 모든 일을 행한다."(LS 108; 88) 기적적인 신체는 여기에 '행동-단어(action-words)', 즉 음향 물체의 분리할 수 없는 덩어리를 형성하는 소리-신체들을 결부시킨다. 언어적인 기호를 잘게 쪼개어진 음소적인 요소로 원자화하는, 수동적으로 고통을 받는 열정-단어들과는 달리, 능동적으로 향유되는 즐거움을 갖게 되는 행동-단어들은 **"분절화가 없는 언어"**의 **"절대적으로 주음적(主音的) 가치"**를 가진다.(LS 108-9; 88-89) 아르토가 말한 **비명-호흡**(cris-souffles)은 분리될 수 없는 음향적 합성 속에서 자음과 모음을 녹여 버린 그러한 행동-단어, 외침-단어, 호흡-단어들이다. 열정-단어와 행동-단어는 의미가 없지만, 그 무-의미는 비물체적 표면이 아닌 신체의 표면이다. "그것들은 두 가지 유형의 무의미, 즉 수동적이고 능동적인 무의미"[41]와 관련을 맺는다. 이는 음소적인 요소로 분해되어 의미가 박탈된 형태와 의미를 박탈당한 것과 마찬가지의, 분해 불가능한 단어를 형성하는 주음적 요소들의 형태로 분류된다."(LS 110-11; 90) 아르토의 〈재버워키〉에서 표면의 무의미는 열정-단어와 행동-단어, 위협적인 신체의 분절들, 영광스러운 기관 없는 신체, 음소적 분절들, 주음적(主音的) 융합의 무의미로 바뀐다.

몇몇 정신분석학자들은 캐럴에게서, 예를 들어 앨리스의 변신이 계속되는 몸, 그녀의 식품에 대한 강박, 정체성의 혼란, 착란적인 등장인물(3월의 토끼·미친 모자장수·체셔 고양이 등)과도 같은 정신분열증적 모티프를 지적했지만, 그런 식으로 독해하는 것에 대해 들뢰즈는 "임상적 정신분석학적인 부분[l'aspect clinique psychiatrique]과 문학비평적인 부분[l'aspect critique littéraire]이 어설프게 한데 엮여 있는 것으로 본다."(LS 113; 92) 들뢰즈는 정신분석은 표면과 깊이를 구분해야 하기 때문에 제일 먼저 '지리학적인 것'이 되어야 한다고 본다. 왜냐하면 아르토로부터 캐럴을 변별화하면서 들뢰즈는 처음부터 임상적인 문제를 "하나의 조직으로부터 다른 조직으로 미끄러지기[le glissement[42]]" 혹은 진보적·창의적인 무질서 형성의 문제"(LS 102; 83)로 보기 때문이다. 캐럴은 언어에서 양식으로부터 무의미에로의 미끄러짐을 유도해 내지만 단어와 사물들 사이의 표면이 유지되는 그러한 것이다. 양식의 조직화된 규칙성은 저해되지만, 그것은 조직화된 무의미의 형태로 대체되고, 여러 분기된 계열들을 가로지르는 우발점의 유희가 구축된다. 대조적으로 아르토는 단어의 진보적이고 창

---

41) 분열증적 단어의 이중성에 대해 충분히 주목하지 못했다. 그것은 손상당한 **음성적** 가치들로 파열하는, 열정-단어와 분절되지 않는 **주음적** 가치를 접합하는 행동-단어로 구성된다. 이 두 단어들은 신체, 즉 조각난 신체와 기관 없는 신체의 이중성과 관련하여 전개된다. 그것들은 두 개의 극, 즉 공포 혹은 열정극 그리고 본질적으로 능동적인 잔혹극을 말한다. 그것들은 두 가지 유형의 무의미를 말한다. 수동적인 것과 능동적인 것이다. 즉 의미가 없는 단어의 무의미, 이것은 음성적 요소로 분해한다. 그리고 주음적 요소의 무의미, 이것은 분해될 수 없는 하나의 단어를, 그야말로 의미가 전혀 없는 단어를 형성하는 것이다. 여기에서 모든 것이 일어나고, 의미 아래에 표면으로부터 멀리 떨어져서 작용하고 영향을 받는다. 하위 의미, 하나의 의미, Untersinn——이것은 표현의 무의미와는 구분되어야 한다. 횔덜린(Hölderlin)의 말에 따르면 이 두 측면의 언어는 "의미가 비어 있는 하나의 기호이다." 비록 기호이기는 하지만 그것은 신체의 행동 혹은 열정과 합병되는 기호이다."(질 들뢰즈, 《의미의 논리》, tr. 마크 레스터, 컬럼비아대학교 출판부, 1990, p.90)〔역주〕

조적인 해체, 즉 공존하며 파괴된 부분들과 혼합된 점착물(기관 없는 신체)의 유동 속에서 다른 신체들과 뒤섞이는 비통사적·비문법적인 음향 실체와, 기호의 음향적 파편과 음향적 덩어리로의 용해에 참여한다. 이때 우리는 캐럴과 아르토가 제기했던 **비평**의 문제가 "난센스가 그 형상을, 혼성어가 그 본질을, 대체로 언어가 그 차원을 변화시키는 미분적 수준의 결정"(LS 102; 83)의 문제인 이유를 알 수 있다. 왜냐하면 캐럴의 표면에 있어서 언어가 그 조직을, 난센스 그 자체가 이상하게 구조화된 의미를 유지하지만, 아르토의 깊이에 있어서 언어는 무서운 기적적인 신체의 심연 속으로 사라지기 때문이다.

"어린이·시인·광인의 그로테스크한 삼위일체"(LS 101; 83)는 캐럴의 경우, 어린이는 언어의 비물체적 표면 효과(자장가, 무의미한 어구 등)로 유희적으로 드러나며, 한편 광인은 아르토의 경우 물체적 깊이의 음향적인 흐름을 즐기기도 하고 고통받기도 한다. 그러나 작가들은 어린이와 광인들과는 다른 방식으로 언어를 실험한다. 왜냐하면 그들의 창작물에는 어린이와 광인들에게 부족한 자율성·비개인성·분석적인 선명함이 들어 있기 때문이다. 캐럴은 재미있는 난센스를 만들어 냈을 뿐만 아니라, 스콜라학파들을 통해 스토아 철학자들로부터 마이농과 후설에 이르는 전통의 발견을 통합하는 완전한 '의미의 논리'를 열었다. 아르토는 언어를 용해시켰고, 외침 단어와 호흡 단어들을 잔혹극으로 전환하면서 분절화가 불가능한 열정 단어와 행동 단어들을 음절화한다. 《의미의 논리》에서 들뢰즈는 작가를 "문화 의사"(LS

---

42) 음악에서의 글리산도(glissando)는 일종의 사선 내지 대각선을 그리는 연속적인 소리인데, 글리산도로 연주하는 시작음과 끝음 사이에 있는 모든 음을 연속적으로 통과하는 것이다. 그것은 그 사이에 있는 모든 주파수의 소리를 연주한다. 모든 주파수의 모든 소리들이 음악을 구성하는 입자 내지 파동이 되고, 음색조차 일정한 주파수의 배음(倍音) 구조물을 갖는 음향적 구성물로 재정의된다. 나아가 '주파수 변조'를 통해 새로운 음색, 새로운 음향이 만들어진다(《노마디즘 2》, 이진경 지음, 휴머니스트, 2002, p.148)〔역주〕

277; 237)로 언급했다. 그는 신경증환자들과 소설가들이 표면에 드러내는 그 유형들을 대조 분석했다. 신경증환자들은 '가족 로망스'(프로이트의 Familienroman, 프랑스의 roman familial, 말 그대로 '가족 소설')에 사로잡혀 있는 한편, 소설가들은 표면으로부터 객관화되면서 등장 인물과 주어진 예술 작품의 행동을 통해 펼치게 되는 '순수 사건'을 추출해 낸다.[43] 유사한 예술적 자율성과 비인격성이 시인/소설가로서의 캐럴을 어린이(신경증의 성장한 어린이)와 구분짓는다. 이와 같이 시인/극작가로서 아르토도 더 많은 정신분석적 증상을 발산한다. 들뢰즈는 정신분열적인 루이스 볼프슨의 글쓰기에서, 아르토가 시도한 예술적인 실천에 관한 도움이 될 만한 안내서를 찾게 된다. 그러나 볼프슨의 텍스트 중 "아름다움, 밀도"(beauty, the density)는 "임상적으로 남아 있을" 뿐이고, 그의 재능도 "아르토의 천재성과는 거리가 먼"(LS 104; 84) 것이었다. 볼프슨의 작품에서 드러나는 징후들은 **그를** 단순하고 장황한 이야기를 쓰는 수준에 머무르게 하는 반면 아르토의 **비명-호흡**은 여러 가지의 무대 배경과 장면[44]에서 복수적(複數的) 형태를 띠고 있다.

---

43) 이것은 들뢰즈가 소설가와 신경증환자에 대해 주석을 붙인 부분의 기초가 될 만한 것이다.(LS 278; 359) "그렇다면 신경증적 · '가족적,' 수명이 긴[roman vécu] 소설과 예술 작품으로서의 소설 간의 차이점은 무엇인가? 소설 속에는 항상 증상이 나타나고, 때로 소설은 증상의 실현[effectuation]을 결정한다. 하지만 그와는 반대로, 소설은 증상으로부터 허구적 등장 인물들 속에서 반-실현화(역실행)하는[contre-effectue] **사건**을 풀어 놓는다(중요한 것은 등장 인물의 허구적 본질이 아니라 소설이 펼치는 것, 즉 순수한 사건의 본질과 반-실현화(역실행)[contre-effectuation]의 기제이다). 예를 들어 사드와 자허 마조흐는, 사디스트와 마조히스트들이 단순히 신경증적 · '가족적인' 소설(설령 그들이 그런 소설을 쓴다고 하더라도)이 되어 버리는 것으로부터 소설이라는 예술 작품을 만든다. 들뢰즈는 《의미의 논리》 스물한번째 계열(LS 174-79; 148-53)에서, 사건의 비개인적인 펼침과 개별화된 형태(effectuation)를 가정하는 신체의 구상적 현실화를 대조하면서, 반-실현화(역실행)(contre-effectuation) 개념을 전개한다. 문학 작품에서 차이의 '펼침' 또는 '전개'의 개념은 다음 장에 나오는 프루스트의 중요한 관심사가 될 것이다.

《의미의 논리》는 언어에 대해 들뢰즈가 가장 포괄적으로 논의를 한 저서이다. 그러나 어떤 점에서는 변칙적인 입장도 나타난다. 매우 상세하고 공들여 설명한 표면과 신체의 대립은 《반-오이디푸스》와 이후의 저서에서는 사라진다──실제로 우리는 《반-오이디푸스》의 욕망하는 기계와 기관 없는 신체들이 《천의 고원》의 일관성의 구도(planes of consistency)의 배치들에 자리를 내주듯이, 표층과 심층이 결국 결합한다고 말할 수 있을 것이다.[45] 《의미의 논리》의 후반부에서 들뢰즈는 프로이트와 라캉의 용어를 장대하게 펼쳐 가면서, 신체의 깊이로부터 언어 표면의 발생에 대한 복잡한 정신분석적 설명을 전개해 나간다. 그러나 그는 《반-오이디푸스》에서 정신분석에 대한 정면 도전을 시작하고, 그후 실제로 정신분석적 어휘를 포기한다. 의미는 신체와 대립되면서 절대적으로 표면에 관계한다고 말하며, 스토아 학파의

---

44) 루이스 볼프슨의 1970년 저서 《정신분열증과 언어 *Le schizo et les langues*》 서문(《비평과 진단》에서 〈루이스 볼프슨, 혹은 방식 Louise Wolfson, ou le procédé〉로 개정되어 출판됨)에서 들뢰즈는 볼프슨의 언어적 실험을 소설가 레이몽 루셀의 실험과 비교한다. 그러나 그는 "볼프슨의 책은 문학 작품이 아니다. 또 그것은 시라고 주장할 수도 없다. 루셀의 전개 과정을 문학 작품으로 만드는 것은 독창적인 구절과 그것의 변환 사이에 생기는 간격을 기적적인, 증식의 스토리로 가득 채운다는 점이다. 그리하여 항상 출발 지점을 더욱더 멀리 밀고 나가, 결국 그것을 완전히 숨기면서 결말이 난다는 것이다"(CC 21; 10)라고 언급한다. 대조적인 점으로, 볼프슨의 전개 과정은 자율성이 부족하고 항상 명백한, 강박적 출발점으로 시작하는 단순한 스토리를 만들어 낸다.

45) '루이스 캐럴'에서, 《의미의 논리》의 논의를 간략하게 반복한 부분이 처음으로 《비평과 진단》(1993)에 출판된다. 들뢰즈는 심지어 캐럴의 작업에서도 표면과 깊이의 대립이 사라지는 경향을 보인다는 점을 지적한다. "캐럴의 훌륭한 세번째 소설인 《실비와 브루노 *Sylvie and Bruno*》에서 훨씬 더 깊은 진전을 보인다. 사람들은 이전의 깊이 그 자체가 완전히 평평해져서, 다른 표면을 따라 또 하나의 표면이 만들어진다고 말할 수 있을지 모른다. 그리하여 두 개의 표면이 공존하게 되고, 그 위에 두 개의 인접하는 이야기가 씌어지고, 하나는 중심이 되며, 다른 하나는 작은 이야기가 된다. 즉 하나는 중심 기조가 되고, 다른 하나는 작은 기조가 된다."(CC 35; 22) 그러나 《의미의 논리》에서 들뢰즈는 캐럴의 예술 작품 전체가 표면과 깊이의 대립에 의해 구성되어 있다고 언급하면서 《실비와 브루노》에 대한 주장은 하지 않게 된다.

우주론인 비물체적인 사실/사건은 신체적인 힘과는 대립되지만, 《니체와 철학》에서 우리가 보아온 바와 같이, 해석의 의미는 힘과 권력에의 의지의 관계에 의해 결정된다. 모든 기호 체계의 결정 요소로 힘과 권력에 대한 이런 동일한 강조는 들뢰즈의 많은 작품 속에 나타나는데, 특히 《반-오이디푸스》《천의 고원》《푸코》에서 현저하다. 마침내 《의미의 논리》 몇몇 부분에서 들뢰즈는 "사건은 되기와 동연적(同然的)이며, 되기 그 자체는 언어와 동연적이다"(LS 18; 8)와, "사건은 필연적으로 언어에 속하며, 사건은 반드시 언어와 연관된다."(LS 34; 22) 또는 "사건-효과는 그것을 표현하는 명제 외부에 존재하지 않는다"(LS 36; 23)라고 주장하면서 사건에 대한 언어-중심적인 관점을 촉진하는 것 같다. 그러나 사건의 특성은(열다섯번째 계열인(LS 122-32; 100-108) 〈특이성〉에 잘 요약되어 있다) 《천의 고원》에 잘 드러나 있는데, 본질적으로 되기의 특성이고, 되기는 언어의 외부에 존재할 수 있다는 것이 분명하다. 사실상, 언어와 사건 사이의 분리의 가능성도 있는데, 그것이 들뢰즈로 하여금 각 예술에 사건이 참여하는 자율적 양식을 허용하는 예술 이론을 발전시키게 한다.

문학적 의미의 **비평**과 의학적 의미의 **진단**에 대한 관심으로 들뢰즈는 정신분석 이론에 최고도로 집중한다. 《마조히즘》에서 그는 징후 발견자 사드와 자허 마조흐를 대조 분석한다. 그들의 소설은 사디즘과 마조히즘으로 알려진 임상적인 형태의 실체들을 낱낱이 밝혀 준다. 《의미의 논리》에서 그는 캐럴과 아르토를 왜곡된 표면과 정신분석적 깊이를 가지는 기호학자로 보는 것에 반대한다. 들뢰즈는 정신분석으로부터 멀어지면서 문학과 임상적 의학 간의 특별한 관계에 대한 연구를 중단하게 된다. 그러나 그의 저작을 통해 니체적 기호의 해석자, 문화의 진단가로서의 작가에 대한 포괄적인 개념은 그대로 유지하게 된다. 프루스트의 연구에서 들뢰즈는 기호의 펼침(전개)과 생산으로서의 글쓰기에 대해 연구한다. 카프카에 대한 연구에서 그는 '소수 문학'의 저자를 문화[46]에 대한 진단가로 취급한다. 1988년의 한 인터뷰에서, 들뢰즈는 "프루스트의 《찾기》가 전반적으로 세계에 대한 징후이자, 전반적인 기호론이라고 말한다. 카프카는 작품에서 우리를 기다리는 악마적 권력을 진단한다. 니체가 그것을 지적했듯이 예술가와 철학자는 문화 의사들이다."(PP 195; 142-43) 이후 3개의 장(障)에 걸쳐 우리는 세계에 대한 프루스트의 징후학과 악마적인 권력에 대한 카프카의 진단을, 이 두 가지의 경우에서 들뢰즈가 문학에 부과했던 어떤 특정한 역할을 확인하면서 좀더 자세히 살펴보고자 한다.

---

46) 들뢰즈 저서에서 '문화'는 권력이나 국가, 도급 저서의 일치 여부를 판단하는 기구들의 보호 아래 합의된 정신적 창조를 의미하지 않는다. 문화의 권리나 의무는 충돌(dissentiment)에 의한 새로운 사유의 가능성과 개인적 삶, 공동체적 삶의 창조이다. 모든 창조적 분야는 상식이나 양식 또는 표상 세계와의 단절, 보편적인 상호 주관성의 분할된 형태들과의 단절을 통해 개인을 가로지르는 창조적 사유 조건들을 표현해야만(펼쳐야만) 새롭게 만들어질 수 있다고 주장한다.(《들뢰즈》, p.112)〔역주〕

제2장
프루스트의 기호 기계

《프루스트와 기호들》(1976) 제3판 서문에서 들뢰즈는 1964년 《마르셀 프루스트와 기호들》로 출판된 책의 제1부에서는 '기호의 해석과 방출'에 대해 언급하고, 1970년 제2판에 첨가된 제2부는 1976년 여러 장으로 나누어졌는데, 《찾기》[1]의 구성 관점에 입각한 기호의 생산과 증식에 관심을 가진다고 밝힌다. 두 경우에서 들뢰즈가 언급하는 문제는 프루스트의 작품 《잃어버린 시간을 찾아서》에 대한 통일성의 문제이다. 이 거대한 저서에는 잃어버린 시간(그리고 제7권의 《되찾은 시간》)에 대해 조사하고, 질문하고, 연구한다. 본질적으로 하나의 전체로서 파악될 수 없는 어떤 것——즉 시간을 그 주제로 하는 소설의 단일성이란 무엇일까? "이러한 분절들의——하나의 원리가 아니라, 정반대로 복수적인 것과 연결되지 못한 부분들의 '효과'일 수 있는 일자이기도 하고 전체이기도 한——전체로서, 무엇이 이 복수적인 것의, 이 다양체의 통일성일까?"(PS 195; 144) 기호의 방출과 해석으로 보면, 《찾기》는 기호에 있어서 "도제살이의 이야기"(PS 10; 4)이지만, 예술 작품 속에서 기호의 진실에 대한 최후의 묵시록적 관점과 발견해

---

1) 《찾기》로 번역한 Recherche는 《잃어버린 시간을 찾아서》를 가리키지만, 간혹 '진리 찾기' 행위 자체를 가리키기도 한다.(《프루스트와 기호들》, 질 들뢰즈 지음, 서동욱 · 이충민 역, 2004, p.19)〔역주〕

가는 진행 과정의 관점으로 파악되어야 하는 이야기이다. 기호의 증식과 생산의 전망에서 《찾기》는 독자에게 변화뿐만 아니라 '통일 효과'를 생산하는 기계이다. 시간은 내레이터의 탐구 대상이고, 탐색이 일어나게 하는 매개체가 되지만, 시간은 또한 기호나 《찾기》의 통일 효과를 생산하는 능동적인 주체이다. 왜냐하면 "시간은 그런 식의, 내레이터의 차원으로, 부분들을 전체화하지 않는, 즉 부분들을 통일화시키지 않는 부분들의 전체[le tout]가 되는 역능[puissance]을 가지기"(PS 203; 150) 때문이다.

기호의 방출과 해석

들뢰즈의 기본 목표는 비자발적인 기억과 주체적인 연상이 《찾기》의 해석에 관건이 된다는 평범한 인식에 대한 도전이다. 마르셀의 마들렌이 소설의 중요한 요소이지만, 그것은 단지 일종의 기호에 불과하고, 제7권 《되찾은 시간》을 주의 깊게 읽으면 기호들을 통해 계시된 진리들이 단순히 정신분석학적 상태보다 더 연관 있음이 분명해진다. 들뢰즈에 의하면 프루스트에게는 기호가 수수께끼이며, 손쉬운 해독을 거부하는 상형문자라고 한다. 기호는 드러내는 동시에 숨으며, 기호로서 기능하는 한, 기호들은 즉각적인 이해를 거부하고 간접적인 암호 해독 과정을 유도한다. 기호의 내용들은 스스로 접혀서 감기며, 압축되고, 위장되어 있으며, 기호를 해석한다는 것은 그것을 풀어서 **펼치는**(explicate) 것이다(라틴어 explicare는 펴기 또는 말아둔 것을 풀기). 이런 점에서 마들렌은 기호의 모델이다. 왜냐하면 마르셀이 말하듯이, 이 기호의 설명은 "마치 일본 사람들이 즐기는 게임과 같고, 거기서 일본인들은 도자기에 물을 채우고, 그 안에 작은 종잇조각들을 넣는다. 그때까지 특성이나 형태를 드러내지 못했던 작은 종잇조각들이 물에 젖는 순간, 펼쳐지면서 꼬이고, 색깔을 가지면서 분명한 형태를 띠고, 단단하거나 식별 가능한 꽃이나 집 또는 사람들이 된다."(프루스트 151)

그러나 마들렌은 단지 네 종류의 기호 중 하나만을 재현한다. 첫째, 그것은 **사교계의 기호**(worldly signs), 즉 사회적 관습·정중한 대화·적절한 형식·에티켓·관습·예의 등의 기호들이 있다. 사교계의 기호는 많은 수수께끼를 가진다. 왜 어떤 사람은 어떤 모임에 허용되면서 다른 사람은 허용되지 않는가? 한 패거리와 다른 한 패거리를 구분하는 기준은 무엇인가? 완곡한 말과 엿보는 시선, 그리고 갑작스러운 얼굴 붉힘은 무엇을 의미하는가? 결국 이러한 기호들은 아무것도 언급하지 못하고, 단지 하나의 행동이나 생각의 "장소를 붙들고 있을" 뿐이다. 그것들은 활기를 잃은 진부한 것들이지만, 이러한 진공 상태는 그 기호들에게 어디에서도 찾아볼 수 없는 의례적인 완벽함이나 형식주의적인 것을 부여한다."(PS 13; 7) 둘째, **사랑의 기호**(signs of love)가 있다. 이는 미지의 세계를 표현하는 연인들의 기호이다. "연인들은 해독, 즉 해석되어야 할 세계를 함축하고, 감싸며, 감금하고 있다."(PS 14; 7) 실제로 연인들 사이에는 다중적인 세계가 펼쳐진다. 그리고 사랑한다는 것은 연인의 눈에서 흘러나오는 것과 같은 그러한 숨겨진, 신비스러운 풍경을 펼치고, 전개해 나가는 것이다. 그러나 반드시 연인은 이 펼쳐진 세상 속에서 배제되는데, 그 이유는 질투와 실망이 사랑의 진실을 사로잡기 때문이다. 연인의 말은 불가피하게 기만한다. 왜냐하면 그 말은 연인이 알지 못하는 세계를 펼치기 때문이다. "연인의 거짓말은 사랑의 상형문자이다. 사랑의 기호 해석은 필연적으로 거짓말의 해석이 된다."(PS 16; 9) 셋째, 마치 마들렌이나 베네치아의 고르지 않은 포석이나 **게르망트 호텔**에 있는 빳빳하게 접혀 있는 냅킨과 같은 **감각적인 기호**(sensual signs)이다. 이것은 잘 알려진 비자발적인 기억의 기호이다. 그리하여 함축적인 세계가 갑작스럽고, 예상 못한 감각적인 경험으로부터 펼쳐진다. 마르셀은 마들렌에 대해 언급하면서 "우리 정원과 스완의 공원에 있는 모든 꽃들, 비본에 있는 수련(睡蓮)들, 마을의 착한 사람들 그리고 그들이 거주하는 작은 집들, 교구 예배당과 콩브레이 전체, 그리고 주변이 형체와 입체성을 가지는 순간, 나의 홍차컵으로부터 도시와 정원이 모두 존재하게 된다."(프루스트 I, 51) 그러한 기호들은 압도적인 즐거움을 가져오고, 해석과 설명을 요구하면서, 생각이 행동으로 옮겨지게 된다. 그 기호들은 단순한 관념에 대한 연상이나 추억의 집합 이상을 드러낸다. 왜냐하면 그것은 어떤 감각적 경험이나 기억을 넘어서는 본질──콩브레이 · 발베크 · 베네치아의 본질──을 개방하기 때문이다. 그러나 이 기호들은 물질적인 것으로 남아 있고, 그 안에 육화된 본질은 떠다니는 것이어서 유지하기가 대단히 어렵다. 넷째, **예술의 기호**(signs of art)에 와서야 본질이 물성(物性)을 잃게 되고, 자율성을 띠면서 자기-유지적인 것이 된다. 비자발적인 기억의 기호들이 중요하지만 본질적인 목표로서가 아니라, 예술 기호의 입구로서 중요하다. 그 안에서 본질은 완전하고 적합한 형태로 드러난다.

프루스트의 "잃어버린 시간 찾기"는 진리 찾기, 즉 기호의 진리 찾기이지만, 진리는 선의나 자발적인 행동을 통해 찾을 수는 없다. 기호들이 생각과 부딪히게 되고, 불균형과 방향 감각 상실을 유도한다. 고르지 못한 포석에 대한 감각을 반추하면서 마르셀은 그것이 "이런저런 감각들이 우연히 만나, 생의 활기를 되찾게 한 과거의 진실을 입증했던 우연하고, 불가피한 유형의 것임을"(프루스트 III, 913) 주목한다. 지성(知性)만으로 형성된 관념들은 "논리에 불과한 진리를 가질 뿐이며, 그것들은 임의적으로 선택된 것이다. 상형문자로 된 책은 우리에의해서 추적이 안 되는 양상을 띠지만 실제로 우리에게 속하는 유일한책이다. 우리가 스스로 형성한 관념이 논리적으로 올바르지 않다는 것이 아니라, 당연하지만 우리는 그 관념들이 진실한지 진실하지 않은지 알 수는 없다."(프루스트 III 914) 그래서 진리는 우연하고도 불가피한 것이어서 그 탐색은 탐구되지 않는 진리를 선택하는 기호와의 우연한 조우를 통해 나아간다. 진리를 찾는다는 것은 기호를 해석하는 것이 지만, 기호를 해석하고 그 숨겨진 의미를 펴는 행위는 기호 자체의 펼침이나 그 자체의 자기—전개와 분리할 수 없다. 이러한 의미에서 진리를 위한 탐색은 항상 일시적인 것이다. "그리고 진리는 항상 시간의 진리이다."(PS 25; 17) 따라서 들뢰즈는 마르셀이 기호에 대한 견습에서 조우한 각각의 진리와 함께 시간을 네 가지로 구분한다. "지나가는 시간(Time that passes)"은 "잃어버린 시간(lost time)"(temps perdu)의 한 형태이고, 변화·노화·부패·파괴의 시간이다. 사교계의 기호는 여러 가지 사회적인 형상의 물리적인 쇠락의 뚜렷한 형태 속에서 뿐만 아니라 정치 사회를 선정하면서 변화하는 양식과 유행 속에서 이 시간을 배반한다. 시간의 통로는 사랑의 기호에서도 분명이 나타나는데, 그것은 그저 연인이 늙어가기 때문만은 아니다. 만약 사랑과 질투의 기호들이 스스로 변질 과정을 겪는다면, 그것은 사랑이 끊임없이 사라질 준비를 하고 그 파국을 흉내낸다는 단순한 이유에서이다."(PS 27; 18) 그리고 《소돔과 고모라》(프루스트 II 783)에서, 마르셀이 신발을 벗으면서 돌아가신 할머니를 기억하며, 압도적인 번민에 빠지듯이 감각적 기호에 있어서도 시간의 소멸을 느낄 수 있다. 예술의 기호에서만 이 지나가는 시간이 극복된다. 잃어버린 시간은 우리가 "잃어버리는 시간(the time one loses)"의 형태, 즉 세속적인 다양성과 실연, 심지어 마들렌적 취향 같은 그런 사소한 일들에 대한 감각적 탐닉의 낭비된 시간의 형태를 띤다. 그렇다고 하여 진지한 문제에 한층 주의를 기울이는 일만이 반드시 진리로 나아가는 것은 아니다. 왜냐하면 심오한 목적은 의지에 속하고, 진리는 기호와의 우발적인 조우를 통해서 드러나기 때문이다. 세속적인, 사랑의, 감각적인 기호에 낭비된 시간은 결국 마르셀의 견습에 필요한 부분, 즉 그것에 의해 기호의 교육이 제 코스를 밟는 신비스러운 방법이다. 결국에 가서는 꼭 필요한 한 부분으로 나타나게 된다. "어느 누구도 어떻게 배우게 되는지 아무도 모른다. 그러나 어떻게 배우든간에 객관적인 내용과 동화되어서가 아니라 시간을 잃어가면서, 항상 기호라고 하는 매개를 통해서 배운다."(PS 31; 21-22) 시간의 세번째 형태는 "되찾는 시간이다(the time one regaine) [le temps qu'on retrouve]." 이것은 지성(知性)에 의해서만 파악되어지는 시간이다. 겉으로 보기에 프루스트는 진리를 찾는 데에 지성은 별로 사용하지 않은 듯하지만, 이는 기호와의 조우의 필요성에 근거하지 않으며 단순히 지성이 독립적으로 작용할 때이다. 기호와의 조우 **後에** 지성이 작용하면, 그것은 기호의 진리와 시간의 진리를 뽑아낼 수 있는 유일한 능력이 된다. "과학자에게 있어서는 지능 작업이 실험에 선행해야 하고, 작가에게 있어서는 인상이 지능보다 선행해야 한다는 차이점이 있지만, 실험이 과학자를 위한 것이듯, 인상은 작가를 위한 것이다."(프루스트 III 914) 반성적인 분석을 통해 지능은 비어 있는 기호의 세계가 일반적인 법을 따르며, 사랑의 기만적인 기호는 반복적인 주제를 되풀이하고, 비자발적인 기억의 속절없는 기호가 비물체적 본질을 개방한다. 이러한 의미에서 잃어버린, 낭비해 버린 시간은 되찾는 시간이 된다. 그러나 시간의 네번째 형태는 예술 작품 속에 존재한다. "되찾은 시간(time regained)[le temps retrouvé]," 순수한 형식의 시간, 그 진리가 모든 사교계의, 사랑의, 감각적인 기호를 변형시키는 시간이다. 마르셀은 이런 순수한 시간을 자신의 탐색의 끝에서 발견하게 된다.

마르셀의 견습에는 네 종류의——사교계의, 사랑의, 감각적인, 예술적인——기호가 포함되어 있다. 그리고 그의 탐색 과정은 네 가지 형태의 시간, 즉 지나가는 시간, 잃어버리는 시간, 되찾는 시간, 되찾은 시간에 의해 구조화된다. 그것은 또한 혼돈과 실망이라는 필수적인 형태 속에서 복잡한 리듬을 발견한다. 마르셀은 불가피하게 기호를 두 가지 방식으로 오해한다. 첫째, 그는 기호의 대상이 어찌 됐든간에 진리를 가진다고 가정한다. 그는 마치 그릇 그 자체에서 콤브레이의 비밀을 발견할 수 있는 것처럼 차를 홀짝거리며, '게르망트(Guermantes)'라는 이름을 반복적으로 계속 발음한다. 마치 그 음절 자체가 게르망트의 명성을 지니고 있는 것처럼. 그가 일찍이 세상을 접했을 때 "그는 기호를 내뿜는 사람들이 코드를 이해하고 소유하는 사람들이라고 믿는다."(PS 38; 27) 그러한 혼돈은 불가피한 것이다. 왜냐하면 지각은 자연적으로 기호들의 특질을 그것들이 근거하는 대상에 기인하는 것으로 보기 때문이다. 욕망이라는 것 또한, 대상 그 자체가 바람직한 것으로 가정을 한다. 그러한 이유로 연인들은 애인을 소유하려고 한다. 이와 같이 지성은 진리가 음절화되고 의사소통되어야 한다는 신념에서 객관성을 향하는 내재적인 경향을 가진다. 사람들로 하여금 대화·우정·일·철학 등을 통해서, 즉 전통적인 담론적 사고의 자발적인 행동이나 선의나 자발적인 행동을 통해 진리를 추구하도록 하는 것이 이런 편견에 연유한다. 그러나 만약 기호가 대상을 지정한다면, 그것은 항상 무엇인가를 지시하게 된다. 그래서 마르셀은 영속적으로 그 자신이 추구하는 대상 속에서, 기호들에 의해 지정한 실체들 속에서 실망한다. 이러한 이유로 그는 종종 보상적 주관론으로 관심을 돌리게 되고, 그것이 그의 견습기간의 두번째 실수를 구성한다. 만약 기호의 비밀이 그것이 정한 대상 안에 있지 않다면, 아마도 그것이 주관적인 연상 속에 있을지도 모른다고 그는 생각한다. 그러나 "모든 것은 연상 작용이 실행되는 범위 내에서 허용 가능하며,"(PS 48; 35) 무엇이든지 그밖의 무엇과 연결되어 있을지도 모른다. 비자발적인 기억이 주관적인 관념 연합설의 교훈을 가르쳐 주는 것 같아 보이지만 만약 그렇다면, 마들렌의 힘과 뱅퇴이유 소나타의 힘 양자가 엄격하게 개인적이고 특이한 본성의 임의적이고, 덧없는 연상 작용 안에서 유사하게 자리잡고 있다는 점을 제외하고, 마들렌은 마르셀에게 예술에 대하여 아무것도 보여줄 수 없다. 그러나 반드시 그러하지는 않다. 왜냐하면 기호의 비밀은 지정된 대상이나 해석하는 주체에 있지 않고, 기호속에 싸여 있는 본질 안에 있기 때문이다.

예술의 기호와 다른 기호를 구분하는 것은 예술에서 기호는 비물체적인 것이라는 것이다. 사실, 바이올린과 피아노가 뱅퇴이유 소나타의구절의 소리를 내지만, 예술적 기호는 음향매체를 통하여 전달됨에도,물질적인 실체가 아니라 본질이며 개념이다.[2] 사교계의, 사랑의, 감각적 기호에서, 기호의 의미는 다른 곳에서 발견되지만 "예술은 우리에게 진실한 통일성, 즉 비물체적 기호와 완전하게 정신적인 의미의 통일성을 부여한다."(PS 53; 40-41) 들뢰즈는 프루스트의 경우, 본질이"차이이고, 궁극적이고, 절대적인 차이"[3](PS 53; 41)라고 주장한다. 들뢰즈는 마르셀의 말에서 이것이 의미하는 바에 대한 최초의 근사치를발견하는데, "화가의 경우 색깔에 지나지 않는 작가에게 있어서의 문체는 기법의 문제가 아니라 비전의 문제이다. 즉 직접적이고 의식적인방법으로는 불가능한, 질적인 차이의 계시이고, 우리 개개인에게 세상이 출현하는 양식의 유일무이함이며, 예술이 없다면 영원히 모든 개인

---

2) 프루스트는 뱅퇴이유 소나타에 대한 스완의 첫 반응에 대해 "이것이 가지는 질서에 대한 인상은, 말하자면 순간적으로 사라져 버리는 **단독 질료(sine materia)**이다. 의심할 여지없이, 그 순간 우리가 듣는 음조들은 음의 고저와 음량에 따라 다양한 차원의 표면 위로 우리의 눈앞에서 펼쳐지면서 아라베스크 음악을 추구하고, 우리에게넓이 혹은 소리의 미약함, 안정성 혹은 급변의 감각을 전하는 경향을 띤다. 그러나연속적인 심지어 동시적인 음조들이 이미 우리를 일깨우기 시작하는 그것들 아래로침몰되는 것을 피하기 위해, 이 감각들이 충분히 전개되기도 전에 그 음조들은 바로사라져 버린다"(프루스트 I 228)라고 쓴다.

3) 들뢰즈에 따르면 "프루스트는 라이프니츠주의자이다. 본질은 진정한 모나드들이다. 각 모나드는 그들이 세계를 표현하기 위해 출발점으로 삼는 각 관점에 의해정의되며, 각 관점 자체는 노마드의 심장부에 있는 하나의 궁극적인 특질을 가리킨다. 들뢰즈에 따르면 프루스트의 본질 역시 어떤 세계를 드러낸다. 그리고 이 세계를 여는 예술가는 본질에 복종한다. 즉 그는 본질을 분화시키기보다는 본질에 의해분화된다."(《들뢰즈와 가타리》, 로널드 보그, 루틀리지 출판사, p.39)〔역주〕

의 비밀로 남을 어떤 차이와 같은 것이다."(프루스트 III 931–32) 각 개인은 특별한 관점으로 세계를 표현하고, "그 관점이 차이 그 자체이며, 내부의 절대적인 차이이다."(PS 55; 42) 그러나 이것이 주관론에 해당하는 것은 아니다. 왜냐하면 표현되는 세계가 그것을 표현하는 주체의 기능은 아니기 때문이다. 주체가 세계와 그것의 내적인 절대적인 차이를 생산하지는 않는다. 주체와 세계는 그 차이의 펼침을 통해서 나타난다. "본질을 설명하는 것은 주체가 아니라, 오히려 주체 안에서 그것을 함축하고, 그것을 봉하며 감싸는 본질이다."(PS 56; 43) 모든 주체는 라이프니츠의 모나드와 같고, 비록 분명한 형태는 아니지만, 그 자체 내에 모든 세계를 포함하고 있다. 세계는 모나드 속에서 스스로 펼쳐지고, 설명하며, 그리고 세계는 각 모나드 안에서 펼쳐지고 함축된다. 이는 특별한 전망의 조명에 의해 제한되는 세계에 대한 개별적인 모나드의 표현이다. 라이프니츠는 세계가 마치 도시와 같고 도시에 대한 여러 가지 관점을 가진 그곳의 거주자인 모나드는 전체에 대한 다른 관점들이라고 종종 말한다. 그러나 프루스트에게는 세계와 모나드의 통합을 확실하게 하기 위해 '미리 설정된 조화' 같은 것은 없다. 모든 주체는 다른 세계를 표현하고, 예술 속에서만이 이 세계는 서로 의사소통을 할 수 있다. 마르셀이 언급한 것처럼 "예술을 통해서만이 우리는 자신의 모습을 드러낼 수 있고, 다른 사람이 우주에 대하여 보는 것이 우리 자신의 것과는 같지 않다는 것을 알 수 있다. 예술이 없다면, 풍경은 우리에게 달에서나 존재할지도 모르는 그러한 미지의 것으로 남을지도 모른다. 예술 덕분에 하나의 세계만을, 우리 자신만을 보지 않고, 그 자체를 복수화하는 세계를 보며, 우리는 임의대로 독창적인 예술가들의 숫자만큼의 세계를, 무한한 우주에서 회전하는 것들 외의 다른 것과 구분되는 다른 세계를 가질 수 있다."(프루스트 III 932)

뱅퇴이유 소나타의 피아노와 바이올린의 대화를 들으면서 스완은

"마치 지구상에 오직 그 둘만 있는 것처럼, 마치 세계가 시작되는 듯했고, 혹은 차라리 나머지 모두로부터 닫혀진 세계에, 창조주의 뜻에 의해 형성되었기에 자신들을 제외하고는 어느 누구도 존재할 수 없는, 그런 느낌의 소나타의 세계에 있는 듯하다"(프루스트 I 382)라는 생각에 잠긴다. 들뢰즈는 프루스트에게 있어서 모든 예술 작품은 세계의 시작이며, 그것도 "근본적인, 절대적인 시작"(PS 57; 44)이라고 주장한다. 각 작품에서 우리는 마르셀이 사춘기 소녀들의 면전에서 "우리가 바다 앞에 서 있을 때 명상하는 자연의 원초적인 요소들의 영속적인 재창조를 상기하는 불안한 힘의 유희"(프루스트 I 967)를 분별함을 발견한다. 그러나 원시적인 자연의 불안정한 힘의 유희와 더불어 세계의 시작이 시간의 시작을 동반하고, 이것이 예술 작품에서 개방되는 시간, 즉 질적으로 다른 시간의 형태인 본질을 되찾은 시간, 즉 le temp retrouvé이다. 들뢰즈는 일부 신플라톤 철학자들이 "일자 속에 다자를 봉하고 다자의 일자를 긍정하는 **복합**(complication)"[4]인(PS 58; 44) complicatio라는 용어로, 세계의 시원의 상태를 명시한 점을 주목한다. 창조의 행위로 세계를 펼치기 전에 **복합**(complicatio)은 정상(正常)의 외부에 있고, 연대기적인 시간이지만 영원한 것이 아니라, 오히려 "시간 자체의 복잡한 상태이다."(PS 58; 44) **복합**은 그 내부에 봉함된 시간, 즉 순수한 시간의 형태이고, 그것은 창조의 과정 동안 현재의 순간적인, 여러 가지 차원의 경험 속에서 연속적으로 스스로를 펼친다. 예술 작품은 그 안에 드러나는 본질이 "자연의 원시적인 요소의 영속적인 재−창조"에 영향을 준다는 점에서, 그리고 본질이 **되찾은 시간**, 복잡화한 시간, 순수 형태로서, 시간의 가능성의 조건으로서의 시간에 참여한다는 점에서 세계의 근본적이고 절대적인 시작이다.

들뢰즈는, 그렇다면 본질은 어떻게 구현되는가?라고 묻는다. 본질은 예술 작품이라고 하는 물리적인 제재에서 명백하게 드러나지만 "예술은 질료의 참다운 변화이다."(PS 61; 46) 그러므로 예술이 질료를 변화시키는 수단이 문체이다. 《되찾은 시간》에서 마르셀은 이질적인 감각과 특별한 순간의 연상 작용이, 단 하나의 체험에서 현재의 자극과 과거의 기억을 결합하는 방식을 생각한다. 그는 작가가 주어진 장면의 개별 대상들을 상세하게 묘사할 것이라 생각하지만, "진리는 그가 두 개의 다른 사물을 취하여, 그것들의 관계——과학의 세계에서 인과율로 규정되는 유일한 관계와 예술 세계의 유비적 관계——를 진술하고, 잘 짜여진 문체의 필요한 연관 속에 그것들을 감금할 때 그를 통해 획득될 것이다. 그리고 그 진실——삶도 또한——은 두 개의 감각에 공통적인 하나의 자질을 비교함으로써 우리가 그것들의 공통적인 본질을 추출하여 재결합시키는 데 성공하여 메타포 안에서 시간의 우연으로부터 해방될 때, 우리를 통해 획득될 수 있다."(프루스트 III 924-25) 이때 서로 다른 대상간에 '필요한 연결'을 꾸며낸다는 점에서, 가장 기본적인 수준에서 문체는 메타포이다. 그러나 문체는 단순

---

4) "들뢰즈 철학에서 '복합'은 두 가지 점에 유념해서 이해해야 한다. 첫째, 이 개념은 표현 개념과 상관 개념이다. 중세와 르네상스 시대의 기독교적·유대교적 신플라톤주의의 표현주의적 사유를 일컫는다.(질 들뢰즈, 《스피노자: 실천철학》, p.104) 《스피노자와 표현의 문제 Spinoza et le probleme de l'expression》에서 스피노자의 표현 개념의 배경을 살피기 위해 철학사 일반 속에서 표현의 이념이 어떤 모습으로 출현했는지를 논의하면서 이 개념이 다루어진다. 함축(implication), 펼침(explication), 감쌈(enveloppement)은 대립되는 개념이 아니라 그 자체가 복합(complicatio)이라는 종합적 원리에 의거한다. 신플라톤주의에서 복합은 일자 속에서 다자의 현존, 다자 속에서의 일자의 현존을 가리킨다. 신은 곧 복합된 자연이다. 자연은 신을 펼치고, 감싸고, 전개한다. 신은 모든 사물을 '복합'하고 있지만, 모든 사물은 신을 펼치고 또 감싸고 있다. 이런 상반된 운동을 하는 개념들의 접합이 표현을 구성한다.(질 들뢰즈, 《스피노자와 표현의 문제》, p.12) 이 상반된 운동은 동시적이며 하나의 종합적 원리를 구성한다. 시간도 마찬가지이다. 복합의 상태가 펼치고 전개되는 것이 시간이다. 둘째, 《프루스트와 기호들》에서는 이 개념이 두 가지 의미로 사용된다는 것이다. 제1부는 기호의 방출과 해석을, 제2부는 통일된 유기적 전체를 이루지 않는 부분적 대상, 조각들 혹은 파편적 글쓰기에 관한 것이다. 제1부는 해석하는 활동을 통해 통과 같은 기호 안에 들어있는 내용물을 펼쳐내는 것이라면, 제2부는 '복합'의 형태로 불균형하고, 서로 소통되지 않는 부분들과의 공존 문제이다."(《프루스트와 기호들》, 서동욱·이충민 역, 민음사, p.77).〔역주〕

한 언어 유희 이상의 것이다. 서로 다른 대상을 연결한다는 점이 공통적 특질이다. 그것은 본질의 표현으로, "발광체 안에 석화되어 있고, 이 굴절된 맥락 속으로 내던져진다."(PS 61; 47) "본질은 독창적인 세계의 특성이며,"(PS 61; 47) 예술가는 서로 다른 대상을 "필요한 문제로 연결"하면서 "공통적인 본질"을 "추출해 내고" "시간의 우연성"으로부터 대상들을 해방시킨다. 그러나 들뢰즈는 문체가 만약 메타포라면 "메타포는 본질적으로 변용 과정이다"(PS 61; 47)라고 주장한다. 만약 예술이 질료 내의 공통적 특질로 인해 필요한 연결을 꾸며낸다면, 그것은 또한 질료의 변형을 유도하게 된다. 엘스터의 그림처럼 바다는 육지가 되고, 육지는 바다가 된다. 수성(水性)의 육지가 형성되어, 가로지르는 힘이 퍼지면서 휘기 쉬운 덩어리가 되고 지질학적 대양이 파도치게 된다. 문체는 "물질을 영화(靈化)하고, 본질을 충분히 드러내게 하며, 불안정한 대립이나 독창적인 복잡화·투쟁·본질을 구성하는 원시적인 요소들간의 투쟁과 교환 등을 재생산한다."(PS 62; 47)

만약 본질이 세계의 시작이라면, 창조 과정에 일어나는 힘이다. 본질은 시원적인 차이이자 개별화하는 힘이며, 그것은 "문체의 연결 속에 감싸여 있는 대상들처럼, 스스로를 육화시키는 질료들을 개별화하고 결정한다."(PS 62; 48) 본질은 반복을 되풀이하는 하나의 차이이고, 예술 작품에서 펼쳐지는 세계를 통해 작용하는, 끊임없이 자기-변별(미분)화와 자기-개별화하는 과정이다. 차이와 반복은 서로 대립되는 것이라기보다는 "본질의 두 가지 역능[puissance]이며, 분리되어질 수 없으며, 상호 연관성을 가진다."(PS 63; 48) 세계의 한 자질로서 차이는 "여러 맥락을 가로지르며, 다양한 사물들을 결합하는 일종의 자동-반복을 통해 스스로를 긍정할 뿐이다. 반복은 독창적인 여러 등급의 차이로 구성되고, 다양성은 또한 기본적인 반복에 지나지 않는 것들이 구성 요소가 된다."(PS 63; 48) 이때 본질은 세계의 시작이며, 원시적 요소들의 놀이이고, 복잡한 시간의 불안정한 힘일 뿐만 아니라, 세계가 끊임없이 재시작하도록 펼침을 야기하고 그것을 반복하는 하나의 시작이다. 예술 작품에서 질료는 변화되고, 탈물질화되어 본질에 충분한 것이 된다. 결과적으로 예술의 기호는 투명하며, 그 의미는 기호를 통해 유희하는 본질이 된다. 문체는 필요한 부분들이 연결되어 기호를 개방하고 물질을 변화시키는 예술적 힘으로, 본질을 지닌 것이고, 세계를 펼치는 차이와 반복의 힘이다."(PS 64; 49) 뷔퐁은 "문체는 사람과 같다(c'est l'homme même)"고 말한다. 그러나 문체는 단순히 예술가-주체의 창작품은 아니다. 문체는 관점으로서의 주체를 포함하고, 필연적으로 주체를 통과해 지나가는, 세계에서 그것을 펼치는 자기-변별화하는 차이이다. 그러나 주체에 기원을 가지지는 않고, 세계의 복합 요소로서 주체를 구성할 뿐이다. 이런 점에서 "문체는 사람이 아니다. 문체는 본질 그 자체이다."(PS 62; 48)

기호의 재해석

만약 마르셀의 기호 견습이 그로 하여금 세계와 사랑과 의미들의 물질적 기호들로부터 예술의 비물질적 기호로 나아가게 했다면, 예술에 대한 그의 완전한 이해가 오히려 사교계의, 사랑의, 감각의 기호들의 이해를 가능케 한다. 특히 이것은 비자발적인 기억에 대한 기호의 경우이며, 《찾기》의 마지막 권에서 충분히 분석되고 있는데, 처음에 비자발적인 기억은 단순히 관념의 무의식적 작용의 문제, 즉 현재와 과거의 감각 간의 유사성인 것 같다. 그러나 마르셀이 경험하는 압도적인 즐거움은 어린 시절 추억과의 조우의 결과 그 이상의 것이 된다. 우선 그것은 다른 형태의 시간, **본질적으로 과거의 존재**(PS 72; 56)에 대한 계시이다. 들뢰즈는 이러한 점에서 프루스트가 베르그송적[5]이라고 주장한다. 베르그송은 만약 현재가 시간 속의 한 단순한 지점이라면, 현재는 결코 지나가지 않는다는 점을 주목한다. 현재가 미래를 향하여 움직이기 위해서는 어떤 현재의 순간과 그것 바로 앞의 순간 사이의 연속성, 즉 유동하는 흐름 속에서 현재와 과거의 공존이 있어야 한다. 이것으로부터 베르그송은 현재의 매순간에는 과거의 순간이 공존한다는 결론을 맺는다. 나아가 그는 과거의 순간들이 하나의 연속적이고, 공존하는 전체를 포함하는 과거의 한 부분에 지나지 않는다고 주장한다. 과거는 마치 원추형처럼 시간 속에서 무한하게 뻗어나가며, 그 끝이 현재와의 공존 지점에 있게 된다. 그러나 만약 과거가 현재와 공존한다면, 그 둘은 질적으로 다른 방식으로 존재한다. 과거는 잠재적 존재인 한편, 현재는 실재적(현재적) 존재를 가진다. 둘 다 실재적이지만, 잠재적 과거가 결코 실재적인 적은 없다. 그래서 사람들은 기억을 할 때 한때는 현재였던, 하지만 지금은 과거가 되어 버린 순간의 흔적을 현재로 가져오지 않는다. 대신 사람들은 잠재적 과거의 장으로 질적인 도약을 한다. 거기서 모든 과거의 사건들은 단순히 일시적인 차원 속에서 서로 공존한다. 들뢰즈는 이러한 베르그송주의적 잠재적 과거가 마르셀이 비자발적인 기억을 통해 탐색했던 과거와 매우 유사하다고 주장한다. "과거의 한순간, 내가 말했던가요? 아마도 훨씬 더 이전의, 과거나 현재에 공통적이면서 어느 한쪽보다 훨씬 더 본질적인 어떤 것?"(프루스트 III 905) 단순한 현재에서 감각들은 나른해진다. "그러나 과거에 들었던 소리나 냄새 맡은 적이 있는 향기를 동시에 다시 현재에 냄새를 맡아보거나 소리를 들어보아라. 실재적이지만 현재적(실재적)이지는 않고, 관념적이지만 추상적이지는 않은 것으로, 그 즉시 영원한, 습관적으로 숨겨진 사물의 본질이 해방된다."(프루스트 III 905-6) 비자발적인 기억은 마치 베르그송의

---

5) 들뢰즈는 베르그송의 잠재적 과거를 《베르그송주의 *Bergsonism*》(특히 B 45-57; 51-61을 볼 것) 제3장에서 논의한다.

과거처럼 "실재적이지만 현재적이지는 않으며, 관념적이지만 추상적인 것은 아니다." 그리고 "현재와 과거에 동시에" 존재하는 일시적인 차원의 경험이다. 비자발적인 경험을 통해서 한순간이 "시간의 질서로부터 자유롭게 되고"(프루스트 III 906) "순수한 상태속의 시간의 분절에로"의 접근이 허용된다.(프루스트 III 905)

그러나 잠재적 과거의 개방보다 프루스트의 비자발적인 기억에 더 많은 것이 있다. 또한 펼쳐진 그리고 감싸인 차이로서의 본질의 계시가 있다. 비자발적인 기억은 두 개의 감각 사이의 유사성을 단순히 만들어 내기보다는 "엄격한 **아이덴티티**, 즉 두 감각에 대한 공통적인 자질의 아이덴티티 즉 현재와 과거, 두 순간에 대한 공통적인 감각을 드러낸다."(PS 74; 58) 마르셀이 마들렌을 맛볼 때 그것의 맛은 두 가지 서로 다른 순간에 대한 공통적인 자질이다. 그러나 그는 콤브레이의 단순한 연상과 마들렌의 맛 이상을 경험한다. 그러나 비자발적인 기억을 통해서 마들렌이 과거에 맛보았던 그 맥락이 현재의 경험 속으로 내재화된다. 비자발적인 기억은 그 맥락을 내재화하고, 현재의 감각과 분리될 수 없는 종전의 맥락을 부여한다.(PS 75; 58) 콤브레이는 현재의 마들렌의 맛으로 밀려온다. 이런 점에서, 한 공통적인 자질——마들렌의 맛——의 정체성 안에서 한 차이가 내재화된다. 현재와 같은 과거의 콤브레이. 그러나 콤브레이 그 자체가 차이이며, 과거에 경험했던 콤브레이가 아니라, 콤브레이의 본질은 이전에 결코 체험될 수 없었던 것이다. "현실 속에서가 아니라 진실 속에서, 하지만 외재적이고 우발적인 관계에서가 아니라 내재화된 차이 속에서, 그 본질 속에서."(PS 76; 59) 그리하여 비자발적인 기억은 두 가지 서로 다른 것들끼리의 필수적인 연결이 차이를 내재화시키는 공통적인 특질을 통해 꾸며진다는 점에서 예술의 상사물(相似物)이다. 공통적인 특질은 세계를 펼치는 본질이며 "순수한 상태 속의 시간의 분절"인 것으로 드러난다. 그러나 비자발적인 기억들의 기호들은 여러모로 예술적 기호들과 다르다. 기호들이 구현되는 질료들이 예술적 기호에서 보다 더 불투명하고, 덜 유연하다. 기호들은 지역화된 것들[6]——콤브레이 · 발베크 · 베네치아——과 독특한 감각적 대상들과 결합되어 덧없고, 유지하는 것이 어렵다. 그것들이 개방하는 시간은 복잡한 시원의 시간을 향하지만, 비자발적인 기억의 시간은 예술의 "되찾은 시간"이 아니다. 그것은 "이미 배치되어 전개된 시간 속에서 갑작스럽게 일어난다. 지나가는 시간의 중심에 그것은 감싸임의 중심을 재발견하지만, 이것은 독창적인 시간의 이미지일 뿐이다."(PS 78; 61) 결국 예술 작품에서 서로 다른 요소들의 선택과 관계는 "연성의 혹은 투명한 매개체 스스로를 육화시키는 본질에 의하여 완전히 결정된다. 비자발적인 기억 속에서 관계는 우발적인 연상 작용에 의존한다. 그리하여 본질 그 자체는 더 이상 육화의, 그리고 선택의 주인이 될 수 없지만, 그것에 외재적으로 남아서 주어진 것에 따라 선택된다."(PS 80; 63)

기호의 진리는 "우연의, 불가피한 것이다."(프루스트 Ⅲ 913) 자유롭게 선택된다기보다는 비자발적이며, 우발적이라기보다는 필수적인 것이다. 예술에서는 기호와 의미의 충분함이 있다. 본질은 내적인 필요성에 따라서 펼쳐지고, 본질이 개방하는 세계는 예술가들이 선택하는 세계가 아니라, 그 불가피한 세계의 일원으로서의 예술가를 펼치게 하는 것이다. 그리고 기호와 의미의 충분함 속에 "개별의, 심지어 개별화하는"(PS 77; 60) 단일한 관점을 생산한다는 점에서 본질은 단수화된다. 감각적 기호는 상당 부분 "우연의, 불가피한" 것이기는 하지만, 예술의 기호보다는 더 우발적이고 일반적이다. 감각적 기호에 의

---

6) 지역화(국부화 localisation)된 시간은 국부적인 지역들로 나타난다. 주인공이 무의식적으로 회상하는 과거(국부화된 즉자적 과거)가 발베크 · 베네치아와 같은 장소들이기 때문이다. 들뢰즈는 '절대로 지나가지 않는 현재'로 표현되는 시간, 즉 모든 시간대를 현재로 환원하는 전체화된 시간에 반대하여 서로 환원되지 않는 여러 시간대가 있음을 보이려고 한다.(《프루스트와 기호들》, pp.100-101)〔역주〕

해 드러나는 본질은 그 선택에 있어서 외재적인 환경에 의존하며, 그들이 개방하는 세계는 두 가지 순간의 공통적인 세계인데, 예술의 독특한 세계보다 약간 더 일반적이다.

사랑의 기호와 사교계의 기호에서 본질은 점점 더 우발적이고 일반적인 형태를 취하며, '법'의 극한을 지향한다. 본질은 사랑의 순간들을 통해서 유희하며 그 순간들을 연속적으로 배열하는 하나의 일반적인 모티프, 즉 하나의 주제로서 사랑의 기호 속에서 스스로를 개방한다. 질베르테 · 게르망트 부인 · 알베르틴에 대한 마르셀의 사랑은 "각각의 용어들이 작은 차이를 수용하는 하나의 계열을 구성한다."(PS 85; 67) 각각의 사랑은 또한 내부에 일련의 전복이 포함되어 있고, 마르셀은 알베르틴에 대해 복수적으로 연속적인 사랑을 하며, 그의 애정은 일련의 미분화된 단계들을 거친다. 그리고 초월주체적인 계열은 여러 사랑을 관계짓고, 오데트에 대한 스완의 사랑은 마르셀과 질베르트, 게르망트 부인과 알베르틴을 포함하는 계열을 이루며, 그 복잡한 계열에 마르셀과 그의 어머니를 포함시킨다. 그러나 일반적인 사랑의 법칙인, 가장 광범위한 계열의 진리는 성(性)의 분리(sequestration of the sexes), 즉 소돔과 고모라[7]라는 세계의 구획화 속에 나타난다. 사랑의 기호는 숨겨진 세계의 비밀을 펼치고, 알베르틴의 레즈비언에 대한 비밀은 마르셀의 경우 고모라의 세계에서 동성애적인 관계의 확산되는 계열들을 드러낸다. 이와 같이 칼루스의 주핀과의 만남은 소돔 세계의 평행적인 계열을 개방한다. 그러나 각 개인에게는 성의 분리, 즉 소돔과 고모라의 법을 보편화하는 원시적인 자웅동체성[8]이 있다. 모든 개인은 두 가지의 성을 수용한다. 마치 자웅동체의 식물과 달팽이처럼 그들의 수태 작용은 단지 우발적인 외부 요소를 통해 발생한다. 심지어

---

7) 소돔(Sodome)은 남자의 동성애를, 고모라(Gomorrhe)는 여성의 동성애를 상징한다.(《프루스트와 기호들》, p.32)〔역주〕

이성간의 사랑에 있어서도 여성은 남성을 위한 남자로서, 남성은 여성을 위한 여자로서 기능한다.

이때 일반적인 주제는 사랑의 계열을, 같은 사랑을 하면서 생기는 작은 폭포와 같은 순간들을, 그리고 사랑을 반향하는 초월주체적인 네트워크를 통과하게 된다. 그러나 세계에서 그러한 주제는 사회 안에서나 개인으로부터 성을 분리시키는 동성애적인 사랑의 반복되는 계열을 통해서 공명한다. 본질이 드러나지만 혼란스럽고 우발적인 형태로, 또한 연인이 더 이상 사랑하고 있지 않을 때에만 이해되어질 수 있는 것으로. 질투의 고통은 연인으로 하여금 사랑의 기호들을 해석할 것을 강요하지만, 이해의 즐거움은 사랑이 죽었을 때에만 도착한다. 본질은 사랑 안에서 무의식인 주제로 남고, "사랑의 기호 안에서 육화된 본질의 선택은 감각적 기호보다 외재적인 조건과 주체의 우연성에 훨씬 더 많이 의존한다."(PS 93; 73) "우리의 주관적인 계열 상태를 결정하는 것은 바로 테마, 즉 관념[9]이며, 관념의 선택을 결정하는 주관적 관계의 우연한 사건이다."(PS 93; 73)

사교계의 기호에서, 본질은 계열이 아니라 "그룹의 일반성"(PS 100;

---

8) 무한히 흘러나오는 사랑의 근원에는 자웅동체(Hermaphrodite)가 있다. 자웅동체란 내면에 여성이 감추어져 있는 남자 동성 연애자, 혹은 내면에 남성이 감추어져 있는 여자 동성 연애자를 일컫는다. 즉 동성 연애자란 생물학적인 성과 내면의 성 두 가지를 가진 자웅동체이다. 자웅동체를 나타내는 헤르마프로디토스는 그리스 신화에 나오는 남녀 양성을 가진 신의 이름이기도 하다.(ibid. p.33)〔역주〕

9) 들뢰즈는 관념(이념 Idea)이라는 말을 두 가지 의미로 사용한다. 하나는 보편적인 의미의 용법으로 운동-이미지에서 몽타주의 상이한 체계들이 가리키는 이념의 범주이고, 다른 하나는 미분, 잠재태, 다양체 등의 속성을 포괄하는 이념으로 《차이와 반복》 제4장에서 집중적으로 분석된다. "이념들은 다양체들이다……. 다양체는 하나와 여럿의 조합이 아니라 여럿 그 자체에 고유한 조직화를 지칭해야 한다……. 모든 것은 다양체이고 심지어 하나도 여럿도 다양체이다……. 이념은 n차원을 띤, 정의되어 있고 연속적인 다양체이다."(DR, 182/236) 말하자면 이념은 일의적 다양체의 또 다른 표현이자 그러한 다양체 자체이다.(《질 들뢰즈의 시간 기계》, 데이비드 노먼 로도윅 지음, 김지훈 옮김, 그린비, p.496)〔역주〕

79) 속에서 가장 일반적이고 우발적인 본질의 구현(체화)을 발견한다. 《찾기》의 끝 부분에서 내레이터는 비평가들이 사회적 관습들을 그리면서 지나치게 신중하고, 세부 사항에 대해 미시적인 탐색을 했다고 언급한다. "그와는 반대로, 실제로 육안으로 보기에는 너무 작았던 사물을 관찰하기 위해 내가 망원경을 사용했다면, 그것은 단지 아주 먼 거리에 위치하고 있기 때문이며, 그것들 각각이 본질적으로 하나의 세계였기 때문이었다. 내가 일반적인 법에 이르고자 했던 그 통로들도 세부적인 것들에 대해 현학적으로 조사되어 서술되어 있었다."(프루스트 III 1098-1099) 사건들의 다양체(multiplicity)는 그것이 정치적이든, 역사적이든, 문화적이든, 가족적이든간에 그 시대의 정중한 사회의 시대를 차지하고 있지만, 궁극적으로 세속적인 기호들은 비어 있다. 그것들은 단순히 사고와 행동의 장소만을 붙들고 있으며, 정서와 관념이 그 안에 나타난다. 그것들은 결국 어리석음의 기호이다. "가장 어리석은 사람들은 그들의 몸짓, 말, 비자발적으로 표현하게 되는 정서에서, 스스로 인식하지 않지만 예술가들이 놀라는 법(法)을 드러낸다."(프루스트 III 938) 제의적인 형식주의가 만연하고, 본질은 느슨하며 광범위한 세상 속에서 스스로를 드러내면서 어떤 코믹한 힘을 보여준다. 각 개인은 서로의 생각들을 되풀이한다. 그들의 진부한 의견은 그룹의 정신성과 예술가/분석가가 추출해 낼 수 있는 숨겨진 친밀성을 시사한다. "일반성을 위한 감정이 있다. 그것은 미래의 작가에게 일반성을 파내게 하고, 그러한 이유로 한때 예술 작품을 시작하기도 한다. 그리고 이러한 것으로 인해 작가는 비록 사람들이 우둔하고 불합리했을지라도, 유사한 성격을 지닌 타인들이 습관적으로 말하는 것을 앵무새처럼 반복하면서 스스로 전조의 새, 즉 정신분석학의 떠벌이로 스스로를 외면하여 왔다고 할지라도, 유일하게 사람들이 불합리하고 우둔할 때 그는 사람들에게 귀를 기울인다."(프루스트 III 937)

사교계의 기호는 마르셀의 기호 견습에서 시작한다. 그러나 그 중요성은 그의 탐색 끝부분에서 명백해진다. 기호는 이중적 읽기를 필요로 한다. 첫째는 진보적인 이해의 관점에서, 둘째는 반성적 읽기의 관점에서이다. 들뢰즈는 기호에 대한 마르셀의 기호 견습에서 《찾기》의 통일성을 찾는다. 그는 비어 있는 기호들, 세속적인 교환, 속임수의 기호, 질투하는 사랑, 비자발적인 기억(involuntary memory)을 묶는 기호와 예술의 비물질적인 기호를 펼치면서, 점진적으로 기호를 함축된 본질로 보게 된다. 그는 기호의 진리에 대한 의문을 가지면서 또한 다른 형태의 시간, 즉 멸망의 시간, 사람들이 소비하는 시간, 감각적 경험에서 해방된 "순수한 상태 속의 시간의 분절," 예술의 복잡한 시원(始原)의 시간을 발견한다. 그는 여러 가지 실망과 환상을 통과한다. 기호들을 인식하는 주체나 지정하는 대상들에 기호의 진실을 잘못 두기도 한다. 그러나 일단 예술의 기호를 이해하고 나면 다른 기호는 변형된다. 설령 그 본질이 다양한 수준의 유순성과 저항의 질료로, 다양한 각도의 일반성과 우발성의 서로 다른 기호로 표현된다고 하더라도, 모든 기호는 본질을 내포하고 함축하고 있다. 예술 작품에서 개별화하는 특이성의 차이가 변형된 질료로 반복되고, 자율적인 세계와 관점을 개방한다. 감각적인 기호에서 공통적인 특질은 필수적이고 국지적인 차이와 잠재적인 과거를 내재화한다. 사랑의 기호에서는 그 일반적인 주제가 개인의 연속적인 열정 안에서, 특별한 관계 내부의 세분화 속에서, 초월 주체적인 애정망과 분리된 성의 평행적 계열 안에서 반복된다. 그리고 사교계의 기호에서 본질은 제의적 형식의 일반적인 법칙과 광범위한 그룹의 친화성으로 스스로를 드러낸다.

　들뢰즈가 그리고 있는 통일성은 주제적인 통일, 즉 《찾기》의 '생각' 또는 '내용'이 그 하나의 의미가 될 것이고, 또 다른 의미로 기호 문제에 있어서 기호 견습의 통일성은 《찾기》의 그 '형태'와 형성 과정이라고 특징지을 수 있다. 기호의 해석은 감싸인 내포된 차이를 펼쳐서 설명하는 것이다. 그러나 기호의 해석은 단순히 기호 자체의 움직임의 과정을 따른다. "왜냐하면 기호는 발전하고 해석되는 동시에 그것 자체를 펼치기 때문이다."(PS 110; 89) 마르셀의 기호 견습에서 기호의 펼침은 《찾기》의 기호, 단일한 세계와 관점을 개방하는 예술의 기호를 펼치는 것이다. 본질은 변형된 질료를 통해 사교적인, 사랑의, 감각적인 기호를 예술의 기호로 변형시키고, 그 기호들을 필요한 문체로 연결하며 그 자체를 차별화한다. 소설의 끝부분에서 마르셀에게 개방된 본질의 세계는 그가 기호의 진리를 추구하며 개방한 《찾기》이다. 그것은 시간 **안의** 진리이고, 점진적인 계시의 과정이며 복수적으로 위장한 시간에 **대한** 진리, 자체의 복잡한, 시원의 시간을 펼치는 예술 작품이다. "예술 덕분에 우리는 한 세계만을 보지 않고 복수화되는 세계를 보며, 우리 마음대로 독창적인 예술가들의 숫자만큼 많은 세계를 가질 수 있다.(프루스트 III 932) 그러한 세계가 《찾기》이다.

기호의 증식과 생산

1970년 들뢰즈는 프루스트에 대한 연구에 두번째 부분을 첨가하면서, 자신의 관심을 기호의 방출과 해석으로부터 기호의 증식과 생산으로 관심을 돌리게 된다고 말한다. 제1부에서는 《찾기》의 통일성이 비자발적인 기억 속에 있는 것이 아니고, 마르셀의 기호에 대한 기호 견습 이야기 속에 있음을 보여준다. 그러나 이런 식으로 언급할 경우 오해를 불러일으킬 소지가 많다. 《찾기》는 그 응집력이 서사적 궤도로부터 파생된 단순한 교양 소설[10]일까? 만약 우리가 소설의 형태가 필요한 교훈들의 논리적인 연결에서 파생된 것을 의미한다면 그것은 아니다. 들뢰즈는 기호의 종류, 시간의 형태, 마르셀이 마주치는 환상의 유형들을 체계화한다. 그러나 이해를 향한 마르셀의 이행 운동은 발작, 제멋대로의 방향 전환, 퇴행과 반복, 산발적인 도약과 공중제비로 나아간다. 그리고 예술의 계시라는 광휘 속에서 《찾기》의 재독(再讀)을 강제하는 것 외에, 그의 기호들에 대한 소급적 재해석은 횡단되는 영토의 단일한 지도가 아닌, 복수적으로 변경 가능한 통로들을 제공한다. 그렇다면 《찾기》는 하나의 기호 체계로 통일화되는 것일까? 만약 우리가 기호들이 차이를 펼치는 상형문자(hieroglyphs)라는 것을, 기호들이 우연하지만 불가피한 형태로 사고에 침범한다는 것을, 또 기호들이 보편적인 의사소통의 일상 세계가 아닌 예술의 특수한 세계를 연다는 것을 명심한다면 그렇지 않다. 사실상, 최후에는 《찾기》가 통일화되는가? 본질은 아마도 스스로 반복하는 개별화하는 차이일지도, 그리고 그것이 펼치는 세계는 특이성의 세계일지도 모른다. 그렇다면 그 본질 혹은, 그 세계는 일자(one)일까? 만약 들뢰즈가 기술한 대로 기호의 본질이 주어진다면, 《찾기》에서 기호들의 **통일성**(unity)에 대해 말한다는 것은 무엇을 의미하는 것일까?

들뢰즈는 프루스트의 생각이 **안티 로고스**(anti-logos)라고 주장한다. 로고스는 서양철학의 전통을 지배하는 사고로, 항상 부분을 포함하는 전체를, 암호 해독을 상정하는 진리를 전제로 한다. "각 사물을 전체로서 관찰하고, 법에 의해 전체의 부분들로 나누어지고, 전체 그 자체는 이데아를 통해서 각각 부분들로 나타난다. 다시 말해 이것은 보편적인 로고스가 아닌 전체화를 위한 취향인가?"(PS 127; 93-94) 로고스에서는 항상 지능이 우선하고 진리의 방향으로 어떤 행로를 택한다

---

10) 교양 소설(Bildungsroman): 일반적으로 제한된 사회질서의 상황 속에서의 한 개인이 가지는 성장과 발전에 관련되는 이야기. 이야기의 근저에는 추구하는 이야기가 담겨 있고, "삶에 대한 견습"이나 "사회 내에서 의미 있는 존재를 추구하는 이야기"로 기술될 수 있다. apprenticeship은 습득·수련으로 해석되어질 수 있는데, 교양으로도 해석되며 독일어의 Bildung에 해당된다. 성장 소설로도 해석되며, 독일비평가들이 사용하는 교양 소설 Erziebungsromanrhk과 거의 유사한 의미로 보기도 한다. 헤르만 헤세의 《데미안》, 디킨스의 《데이비드 카퍼필드》, 괴테의 《빌헬름 마이스터의 수업시대》 등을 예로 들 수 있다.(《소설학 사전》, 한용한, 고려원, p.241)〔역주〕

하더라도, 사고는 단지 처음 그곳에 있었던 것을 발견하게 된다. 대조적으로 프루스트에게는 그 지능이 나중에 온다. 사고가 재발견하는 선재하는 진실은 없다. 그러나 프루스트에게 플라톤주의가 어느 정도 있다는 점을 들뢰즈는 주목하지만, 두 형상의 차이는 교훈적이다. 두 가지 다 기억과 본질과 연관된다. 그리고 양자는 독창적인 사고의 비자발적인 기원을 인정한다. 《공화국》 제7권에서 소크라테스가 관찰한 것은, 사고라는 것은 대립적인 인지나 냉정함과 부드러움의 정도, 혹은 크고 작음을 통해 자극되거나 일깨워진다는 점이다. 그것에 의해 사람들은 동일한 사물에 대해 딱딱하기도 하고 부드러운, 크기도 하고 작은 것에 대해 말할 수 있을지도 모른다.[11] 그러나 이러한 골치 아픈 특성의 융합이 사물의 상태로 확인되고, 그것은 어느 정도 이데아(Idea)를 모방하고 있다. 재기억의 끝지점은 이데아, 즉 대립되는 특성을 분리시키는 안정적인 본질이고, 그 종결점은 사고가 모순적인 인식과 조우할 때 미리 전제된다. 대조적으로 프루스트에게 있어서 대립적인 감각 작용은 사물이나 세계에 있는 것이 아니라 내재적이다. 기억은 중재한다. "왜냐하면 그 특질이 주체적인 연상 작용의 연쇄와 분리될 수 없고, 우리가 그것을 처음 경험한 순간과 함께 자유로이 실험할 수 없기 때문이다."(PS 132; 97) 그러나 발견된 본질은 주관적인 것은 아니다. 관찰된 어떤 것도 아니라 "일종의 최상의 **관점**에 지나지 않는다. 축소될 수 없는 하나의 관점, 그것은 세계의 탄생과 동시에 독창적인 세계의 특성을 지시한다."(PS 133; 98) 관점은 개별 주체의 관점이 아니고, 개별화의 원리이다. "여기에 정확하게 프루스트적인 회상의 독창성이 있다. 그것은 플라톤처럼 세계의 어떤 상태로부터 관점을 가진

---

11) 《공화국 *Republic*》, VII, 523a-524b. 대립되는 감각과 관련하여 《필레보스 *Philebos*》 24d와 《파르메니데스 *Parmenides*》 154-55를 볼 것. 들뢰즈는 이 단락에 대해 《플라톤과 시뮬라크르 *Platon and the simulacrum*》에서 논의한다(《의미의 논리》 부록, LS 292-307; 253-66). 그리고 《차이와 반복》, DR 180-86; 138-43에서도 논의됨).

객관성으로 가는 것이 아니라 영혼의, 연상적 연쇄 고리 상태에서부터 창의적인, 즉 선험적인 관점으로 간다."(PS 134; 98)

만약 프루스트적 회상이 본질에 이른다면, 그것은 선재해 있는 질서로서의 본질은 아니다. 들뢰즈는 프루스트의 작품에서 플라톤이 제기한 객관성과 통일성의 의문점을 자신이 현대 문학에 있어서 필수적인 것으로 생각하고 있는 '현대적인' 형식으로 확인하고 받아들인다. 현대 작가들에게는, 세계의 여러 상태 · 본질 · 세계를 모방하는 것으로 회자되는 이데아에는 질서가 없다. 그들에게 세계는 분절되고 혼란스러운 것이다. 예술 작품에서만이 확실한 응집을 얻어낼 수 있는 것이다. "정확하게 회상이 주관적인 연상에서 독창적인 관점으로 가기 때문에 객관성은 예술 작품을 제외하고는 더 이상 존재할 수 없다. 그것은 세계의 여러 상태로 의미심장한 내용이나 안정적인 본질로서 이상적인 의미 과정에 더 이상 존재하지 않고, 오로지 작품의 형식적인 의미화 구조, 즉 문체 속에 존재한다."(PS 134; 98-99) 프루스트적인 회상에서 일련의 연상 작용은 주체에 침범한다. 연상의 연쇄는 그것이 깨어질 때까지 추구된다. 그때 주체의 외부에 하나의 도약이 있으며, 주체와 연상의 연쇄를 포함한 반성적으로 펼쳐지는 세계가 유출되면서 개별화하는 관점이 확립된다.

들뢰즈는 한 부분, 즉 분절이 전체를 언급하기 때문에 "혹은 정반대로 그것에 상응하는 부분이 어디에도 없고, 그것이 진입할 수 있는 전체성도, 비끄러매어 회귀시킬 수 있는 어떠한 통일성도 없기 때문에"(PS 136; 100) 가치를 가질 수 있다는 점을 주목한다. 시간에 대한 작품은 부분들과 전체를 연관지을 수 없다. 왜냐하면 시간은 전체화될 수 없기 때문이다. 실제로 들뢰즈는 시간이 부분이나 분절로 가장 잘 정의되어질 수 있다고 주장한다. "아마도 이것이 시간이라고 하는 것이다. 즉 시간은 똑같은 리듬으로 전개되지 않고, 문체의 흐름도 똑같은 속도로 전달되지 않으며, 스스로 채택되는 것을 허용하지 않는 서로 다른 형식과 크기를 가진 각 부분들의 궁극적 존재이다."(PS 137; 101) 만약 하나의 통일성이 예술 작품 속에 존재한다면 그것은 외부적인 것을 참고하는 것이 아니라, 격식을 갖춘 작품 구조에서 오고, 작품의 통일성을 생산하는 요소 그 자체가 하나의 부분이다. 《되찾은 시간》에서 마르셀은 샤토브리앙의 《죽음 저편의 회상》에 나오는 한 줄의 시에서 비자발적인 기억에 대한 계시를 발견한다. "양꽃마리의 달콤하면서도 미묘한 향기를 맡으며 꽃 속에 있는 조그만 콩조각에도 기뻐한다. 그것은 우리가 살고 있는 곳의 미풍에 의해서가 아니라, 추방된 식물과는 관련이 없는, 공유하는 기억이나 기쁨에 대한 동정심 없이(프루스트 III 959) 거칠은 신천지 바람에 의해[par un vent sauvage de Terre-Neuve] 우리에게 온다." 주제와 양꽃마리를 서로 접촉하게 두는 것은 식물과 관계 없는 신세계로부터의 바람이다. 그것은 전체에 속하지 않으면서, 다른 부분들을 연결하는 변칙적인 부분이다. 프루스트의 회상에 대한 현대적인 개념이 이 속에 존재한다. **"변칙적인 연상 작용의 연쇄는 창조적인 관점에 의해서만 통일되고, 그 자체는 전체에서 변칙적인 역할을 한다."**(PS 138; 102) 들뢰즈는 창의적인 관점은 마치 핵결정체("결정화[crystallization]를 결정하는 파편")와도 같다는 점을 시사한다.(PS 138; 102) 개개의 결정체가 용액에 첨가될 때까지 액체의 상태로 남아 있는 어떤 화학적 용액이 있다. 몇몇 경우, 주입된 핵결정체의 성질에 따라 여러 결정체들을 형성할 수도 있다. 일단 초기의 결정체가 첨가되면 결정화의 과정이 시작되고, 종속되는 개별화가 준안정적인, 사랑의 매개체를 안정적이고 결정화된 고형 물질로 변형시킨다.[12] 베르메르의 〈델프트 풍경〉에서, 베르고트가 찬미한 부분은 그것의 통일성이 아니라, 경사진 지붕 아래에 있는 노란색 벽의 작은 헝겊조각이다."(프루스트 III 185) 스완과 오데트는 뱅퇴이유 소나타로부터 악절의 '작은 부분'을 가치 있게 생각한다.(프루스트 I 238) 마르셀은 발베크 성당에 조각된 용(龍)에 그 초점을 맞춘다. 만약 이러한 예술 작품에 통일성이 있다면, 그것은 미리 인식된 계획이나 유기적인 필요성에서 온 것이 아니라 변칙적인 부분에서 온다. 그리고 그것들은 핵결정체처럼 변화와 재형상화의 과정을 유도한다.

들뢰즈는 《찾기》를 분석할 때 전체에 초점을 맞추기보다 각각의 부분들, 즉 "궁극적인 다양성을 보장하는 균열·단절·간격·간헐성과 함께 부조화·불균형(공통성 없음),[13] 《찾기》에서의 각 부분들의 조각남"(PS 140; 103)으로 시작해야 한다고 주장한다. 두 가지 기본적인 특징은 작품의 부분간의 관계를 상자와 닫힌 용기로 특징짓는다. 첫째는 **내용-용기**(contents-container), 둘째는 **부분-전체**(parts-whole)의 관계[14]이다. 기호는 숨겨진 내용이 담긴 열리지 않는 상자와 같아서 그 안에 비밀이 넣어지고, 봉해지며 감싸진다. 이것이 들뢰즈가 자신의 연구의 제1부에서 모색한 내포나 펼침의 모양이다. 그러나 두번째 후반부에서 그가 강조한 것은 내용과 용기 간의 공통적인 잣대가 부족하

---

12) 길버트 시몽동(Gilbert Simondon)은 자신의 저서 《개체와 물리-생물학적 기원 *L'individu et sa genèse physico-biologique*》에서 개별화 과정에 대한 패러다임으로 결정체 개념을 사용한다. 시몽동은 개별화가 개인의 존재에 선행하며, 결정체의 형성 과정은 항상 실체의 표면을 따라 진행되고, 형성된 실체는 개별화 과정이 끝난 직후에 나타난다는 점을 강조한다. 들뢰즈는 자주 시몽동을 언급하게 되는데, 특히 LS 125-26; 103-4, DR 316-17; 246-47, MP 508-10; 408-10, 그리고 FB 86을 참고로 할 것.

13) 공통성 없음(incommensurability): 같은 단위로 묶일 수 없는 성격·불균형·공통성 없음·공약수 없음 등을 일컫는 말이다. 여기서 이 말은 '기호'와 '기호 안에 담겨진 의미' 사이에 공통 분모, 공통 원리가 없음을 나타내기 위해 사용된다. 다시 말해 기호로서의 어떤 사물(혹은 사람)이 담고 있는 의미는 그 사물 자체로 환원되지 않는다. 어떤 의미에서 기호(예컨대 마들렌)가 담고 있는 의미(예컨대 마들렌 속에 담긴 콩브레)는 기호와는 전혀 상관이 없는 것이다.(《프루스트와 기호들》, p.175)〔역주〕

14) 전자는 '살짝 열린 통,'(boîte entrouverte) 후자는 '막힌 관'(vase clos)으로 표현된다. 전자는 기호(통)와 그 안에 담긴 해석되어야 할 내용물간의 관계를 표현한다. '막힌 관'으로 표현되는 '전체와 부분들'의 관계는 들뢰즈의 《반-오이디푸스》에서도 중요하게 다루고 있다. 들뢰즈가 말하는 전체는 부분들을 전체로 묶지 못하는 전체성이다. 그것은 부분들 전체의 통일체이기는 하지만 이것들을 통일하지 못하는 단일체이다.(《프루스트와 기호들》, p.176)〔역주〕

다는 것이고, 해석 과정에서 내용과 용기 양쪽에 영향을 미치는 분절화에 관한 것이다. 이를테면 열 수 있는 그 상자 속에는 물건, 존재 그리고 이름들, 즉 마들렌, 알베르틴, **발베크**라는 단어가 들어 있다. 마들렌 상자는 사실 마들렌 그 자체는 아니다. 하지만 그것의 감각적인 특질·맛·내용은 콩브레이를 감싸는 연상 작용의 연쇄가 아니라, 이전에 결코 있지 않았던 콩브레이의 본질이다. 설령 그 내용이 용기로부터 펼쳐진다 하더라도 본질로서 콩브레이의 출현은 경험적 주체의 관점 외부의, 순수한 관점의 자율적인 출현과 연상 작용적 고리의 균열을 수반한다. 콩브레이의 기억은 아주 멀리 떨어져 있어서 예상되는 재생이 사실상의 새로운 창조가 된다. 거기서 부활된 자아가 나타나고, 본질로서 콩브레이는 그것이 쏟아내는 상자와는 공통성이 없는 것이 된다. 알베르틴의 상자에는 발베크의 풍경이 담겨 있고, 동시에 발베크의 풍경은 알베르틴을 담고 있다. 그러나 다시 "연상 작용의 연쇄는 그것을 파괴하는 힘과 관련하여 존재할 뿐이다."(**PS** 145; 107) 왜냐하면 상자를 여는 자아인 내레이터는 그가 펼치는 세계에 사로잡혀 풍경 속에 놓이게 되고, 자아가 비워져 있는 것을 발견하기 때문이다. 마르셀이 알베르틴을 포함한 세계와 **빼앗긴** 것들 그리고 풍경을 펼칠 때, 그러한 연상 작용의 파열에서부터 최상의, 비개인적인 관점이 발생한다. **발베크**의 상자에는 장소의 신비가 담겨 있지만 마르셀이 실재의 도시에 그러한 내용을 계획할 때에는, 불가피하게 그가 계획해야 하므로, 음절과 그 숨겨진 비밀 사이의 연결고리는 파괴된다.[15] 이

---

15) "(…) 그러나 (…) 발베크로 향하여, 내가 그곳에 발을 들여놓자마자 그곳은 마치 연금술적으로 닫혀 있어야만 했던 이름이 입 밖으로 터져나오는 듯했다. 그러자 내가 그들에게 경솔하게 주었던 그 안의 기회를 즉시 붙들면서 그때까지 그 안에 있었던 모든 이미지를 추방시킨다. 공중전차 선로·카페·광장, 예금이 들어 있는 은행 지점을 지나는 사람들, 불가항력적인 어떤 외부적인 힘에 의해 추진되어 영적인 힘에 의해 그 두 음절 내부에 출현하여 그것을 덮어 버리게 되고, 페르시아인 교회의 현관을 짜 맞추고, 그리하여 멈추지 않고 그 내부에 머무르게 된다."(프루스트 I 710)

세 가지의 경우 모두에서 내용은 용기와는 비교되어질 수 없는 것이다. "**잃어버린 내용**(a lost content), 그것은 이전의 자아를 회복시키는 본질의 광휘 속에서 다시 얻게 되는 것이고, **비워진 내용**(an emptied content)은 자아의 죽음과 함께 오고, **분리된 내용**(a seperated content)은 우리를 불가피한 실망 속으로 내던진다."(PS 147; 108) 각각의 경우, 내용은 용기를 폭발시키지만 또한 내용은 각각 펼쳐지면서 흩어진다. 가령 뱅퇴이유 7중주처럼 위대한 예술 작품에 있어서도 내용은 각 부분의 갈등을 유지한다: "그것에 대한 대답으로 평범한 종류의 구절이 생겨났지만, 너무 심오하고, 너무 모호하고, 너무 내적이고, 거의 유기적이고, 본능적인 것이어서 각각 재입장하게 될 때, 그것이 하나의 주제인지 혹은 신경통의 공격이었는지 구분할 수 없었다. 이윽고 이 두 가지의 모티프는 아주 밀착된 포옹 속에서 씨름하게 된다[les deux motifs luttèrent ensemble dans un corps à corps]. 때때로 그들 중 하나가 완전히 사라질지도 모른다. 그후 나머지 다른 하나의 파편만이 힐끗 보여질 수 있을지도 모른다."(프루스트 III 262)

들뢰즈가 그린 두번째 형상은 **막힌 관**(vase clos)이다. 이는 화학의 증류기 혹은 봉인된 유리용기에 대한 프랑스어 용어이다. 마르셀은 '메제글리즈 쪽'과 '게르망트 쪽'16)이 "서로 멀리 떨어져서, 서로의 존재를 인식하지 못하고, 분리된 오후의 밀폐된 칸막이 속에 존재했다"[inconnaissables l'un à l'autre, dans les vases clos et sans communication, entre eux d'après-midi différents]"고 언급한다.(프루스트 I, 147)《되찾

---

16) 두 산책길인 메제글리즈(Méséglise) 쪽과 게르망트(Germantes) 쪽은 주인공이 평생 탐구하게 될 부르주아 계급과 귀족 계급의 두 방향을 나타낸다. 두 방향은 생루(게르망트 공작의 조카)와 질베르트(스완의 딸) 부부의 딸인 생루 양으로 합쳐지게 된다. 생루 양은 여러 갈래의 산책로가 보이는 숲 속의 교차점 같은 존재이다. 여러 갈래의 길이 생루 양에게 귀착하고 그녀에게서 뻗어 나간다. 이 방향들 사이에는 여러 개의 횡단선이 그어져 있다(《되찾은 시간》III, 1029-1030).《프루스트와 기호들》, p.189)〔역주〕

은 시간〉에서 마르셀은 주어진 감각으로부터 분리될 수 없는 복수적인 연상 작용에서 "가장 간단한 행동이나 몸짓과 천 가지의 막힌 관[comme dans mille vases clos] 안에 감금된 상태로 남아 각각은 서로 완전히 다른 색깔·향기·온도의 물질로 가득 차 있고, 게다가 그 용기들은 우리의 세월 전 영역에 걸쳐 배열되어, 그 세월 동안 우리의 꿈이나 생각 속에 있기만 한다면 결코 변화하기를 중단하지 않으며, 가장 다양한 도덕적 태도에 위치하고, 우리에게 특별한 여러 분위기의 감각을 제공한다."(프루스트 III 903) 막힌 관은 **"의사소통 없는 근접함[un voisinage sans communucation]을 지니고, 한 부분의 대립을 기록한다."**(PS 149; 110) 메제글리즈 쪽이나 게르망트 쪽과 같은 각각의 용기는 다른 요소와 인접하여 있지만 뚜렷이 구분되는 요소이며, 연금술적으로 밀폐되어 다른 것과는 분리되어 있지만, 비-의사소통적 관계를 통해 그 상황 안에서 결정된다. 비록 자체적으로 밀폐되어 있다 하더라도, 막힌 관 그 자체가 전체를 구성하지는 않는다. 각각의 용기는 다른 용기로 쪼개어질 수 있고, 각각의 세계는 하위 세계로, 각각의 알베르틴은 미시적인 알베르틴으로, 각각의 자아는 복수적인 자아로 쪼개어질 수 있다. 그리하여 주어진 막힌 관의 아이덴티티는 특별한 혼합 속에서 지배적인 집합적 요소의 비율에 따라 결정되는 단지 "통계적인 것일 뿐"(PS 152; 112)이다. 그러나 용기간의 움직임이 **횡단선**(trasversals)을 통해 가능하더라도, 각 용기는 "의사소통 없는 근접함" 속에 존재한다. "그것은 우리의 삶과 같은 숲 속에서 가장 다양한 구역들로부터 유래된 길들이 합류되는 숲 속에 난 별모양의 십자로이다."(프루스트 III 1082-3) 메제글리즈와 게르망트 쪽은 마르셀에게는 분리된 세계이다. 그리고 이 두 개의 높은 도로 사이에는 횡단의 네트워크가 설치되어 있다."(프루스트 III 1083) 그러나 횡단선은 전체화 혹은 통일화하지 않는다. 오히려 그것은 차이를 확인하는 통로를 열어둔다. 마르셀은 열차 여행에 대해 말하면서 "여행의 특별한 매력은 우리가 가는 도중에 여러 장소에 내릴 수 있고, 우리가 피곤할 때 모든 것을 중단하는 데에 있는 것이 아니며, 지각불가능한 것으로서가 아니라 가능한 한 강렬한 것으로 출발과 도착 간의 차이를 만드는 데에 있다."(프루스트 I 693) 그때 여행은 장소의 횡단선이 되며, 여러 장소들간의 차이에 대해 최대한의 강밀도를 주는 하나의 통로인 것이다.

상자들인 기호를 해석하는 것은 그것을 열어서 그 내용을 펼치는 것이지만, 막힌 관(봉인된 용기)의 기호를 해석하는 것은 횡단선을 통해서 연결되는 용기들로부터 선택하는 것이고, 그 안에 들어 있는 자아와 함께 "비-의사소통적인 부분인 닫힌 용기를 뽑고 고르는 것"(PS 154; 113)이다. 이러한 선택의 가장 순수한 형태는 사람이 잠에서 깨어날 때 일어난다. 잠은 복수적인 순간을 연결하며 잠에서 복수적인 세계와 자아로 하여금 잠자는 자의 주변을 빙글빙글 도는 횡단선이다. 잠에서 깨어나자마자, 잠을 자던 자아와 세계를 선택한다. "어느 누구도 더 이상 한 사람의 개인이 아니다. 그렇다면 어떻게 사람이 자신의 생각을, 자신의 성격을 찾아서, 잃어버린 대상을 찾으면서 다른 사람이 아닌 자신만의 자아를 회복할까? 다시 생각하기 시작할 때, 왜 그것은 자신 안에 육화된 이전의 자아와 다른 인격체가 아닐까? 사람은 무엇이 선택을 명령하는지를, 혹은 왜 사람이 수백만 중에 한 사람으로, 확실하게 손을 땅에 놓아 버리는 바로 그 전 날의 존재로 있어야 하는지 그 이유를 알지 못한다."(프루스트 II 86) 그리고 누가 선택을 할까? 선택되어진 자아인 것은 아니다. 오히려 비개인적인 선택과 순수한 해석 활동이 일어난다. "새벽에 심오한 잠으로부터 깨어나, 우리가 누구인지 모르면서, 어느 누구도 아니고, 새로이 태어나, 어떤 일이든 대처할 준비가 되어 있으며, 두뇌는 그때까지 삶으로부터 과거를 비운다…… 그때 우리가 지나온 것 같은(그러나 심지어 우리는 **우리**라고조차 말하지 않는다) 검은 폭풍으로부터 우리는 기진맥진한 채로, 어떠한 생각도 없이, 내용이 비워져 있는 하나의 **우리**로 나타난다.(프루스트 II 1014) "내용이 비워져 있는 **우리**는 해석자이며, 막힌 관과 그 내부의 자아를 선택한 선택자이며, 또한 통일화함이 없이, 막힌 관을 연결하는 하나의 횡단선을 확언하는 선택이다. "마침내 《찾기》의 '주체'는 자아는 없지만, 스완·내레이터·찰루스를 분배하는, 그들을 전체화함이 없이 그들을 분배하고 선택하는 내용 없는 **우리**이다."(PS 156; 114)

상자들은 용기들과 내용의 공통성 없음의 형상들이다. 그래서 내용은 용기 안에 담긴다. 그리고 막힌 관은 비의사소통적 형상이지만, 그 용기는 서로 가까운 거리에 위치한다. 공통성 없음의 힘은 용기와 내용을 결속하고, 비의사소통의 힘은 용기들을 근접하게 연결시킨다. 그리고 그 두 가지의 힘은 시간의 힘이고, "이것은 비−공간적인 거리의 체계이고, 이 거리는 우발성[17] 그 자체, 내용 그 자체의 고유한 거리이며, **간극 없는 거리들**(distances without intervals)이다."(PS 156; 115) 잃어버린 시간은 사람이 잊어버려, 한때——연관된 것들을 더 이상 결속시킬 수 없을 때처럼 인접한 것 사이의 거리를 도입한다. 되찾은 시간은 오랫동안——잃어버렸던 기억을 부활시키고, 그것을 현재에 소생시킬 때처럼 멀리 있는 사물들을 서로 가까이 모이게 한다. 그러나 두 가지의 경우에 있어서 연속적인 거리, 간극 없는 거리가 유지되고, 이것이 정확하게 횡단선, 즉 차이를 확인케 하는 간극이 없는 통로인

---

17) 우발성(contingency): 라이프니츠의 용법에 따른 것으로, 우발적인 것은 논리적인 필연과 대비되는 '사건'의 차원을 말한다. "사과는 **빨갛다**"에서 우발성의 층위는 사과를 빨갛게 해주는 요소들과 그 요소들이 일으키는 '차이들'이다. 라이프니츠와 들뢰즈의 맥락에서는 '질'로 일컬어지며, 명제에서는 '술어'(predicate)에 해당한다. 따라서 우발성의 층위는 스토아 학파에서 일컫는 '비물질적인 것'에 해당한다. 우발적인 것은 실현(realization)과는 다른 층위에서 내재적인 질들의 다양성을 포함한다. 그 다양성이 교환되는 지점이 '잠재태−현형태 회로'이다. 잠재성은 발현될 수 있는 다양한 질적 차이를 내포하고 있으며, 현실성은 잠재태가 내포한 질이 나타남으로써 구현된다.(《질 들뢰즈의 시간 기계》, 데이비드 노먼 로도윅 지음, 김지훈 역, 그린비, 2005, p.493)[역주]

것이다. 그때 시간은 간극이 없는 거리의 체계로서 진정한 해석자이고 위대한 횡단선이다. "궁극적인 해석자이자 해석 행위인 시간은 시간의 연속에서 하나의 전체를 형성하지 않는 것과 마찬가지로, 공간에서도 하나의 전체를 형성하지 않으면서, 여러 조각들을 동시에 용인하는 이상한 힘을 가진다. 시간은 정확하게 시간의 공간들을 포함한 모든 가능한 공간의 횡단성이다."(PS 157; 115)

기계[18]

상자-기호의 내용을 펼칠 때 연상 고리의 깨어짐이 일어나고, 자아와 세계가 펼쳐지면서 비인칭적인 관점이 발생한다. 막힌 관을 선택할 때, 내용 없는 우리는 횡단선의 네트워크를 선택하고 드러낸다. 비인칭적인 관점이나 "내용 없는 우리" 양자 모두 뭔가를 생산하게 되는데, 그것은 기호의 해석보다 선재하는, 기호에 속한 하나의 진실이다. 해석하는 것은 이미 그곳에 있는 그 무엇을 발견한다는 것이 아니고, **무로부터**(ex nihilo)의 창조도 아니다. 오히려 그것은 효과를 생산하는 것이고, 뭔가를 일어나게 하는 것이다. 이런 점에서 현대 예술 작품은 "본질적으로 생산적인, 어떤 진리를 생산하는 것이다."(PS 176; 129) 그런 점으로 들뢰즈가 말하기를, 본질적으로 생산적이라는 점에서 현대의 예술 작품은 하나의 기계이다. 그것은 의미하는 것이라기보다는 **기능하는** 것이다. "로고스는 그 기관과 기관류의 의미가 그것이 속한

---

18) 기계는 프랑스어로 mécanique이다. 그러나 두 저자가 사용하는 표현은 machinique이다. mécanique는 이미 존재하는 구조의 효과에 의하여 작용하는 힘을 표현한다면, machinique는 구조를 넘쳐 흐르면서 작용하는 힘을 표현한다. 어떤 흐름을 절단하고 채취하는 방식으로 작동하는 모든 것을 '기계적'이라 부르고, 가타리는 무의식을 이러한 기계적인 차원에서 파악하여, '기계적 무의식'이라고 부른다.(《노마디즘 2》, 이진경, 휴머니스트, 2002, p.265)〔역주〕

전체 속에서 발견되어야 하는데, 이것은 안티–로고스에 대립되며, 기계–기계류의 의미는(당신이 무엇을 원하든지) 그 기능에만 의존하고, 그 기능은 그 분리된 조각에 의존한다. 현대 예술 작품은 의미의 문제는 없다. 단지 사용의 문제만 가지고 있다."(PS 176; 129)

《찾기》는 기계이자 진리의 생산자이고, 진리의 생산은 기호 해석을 통해서 일어난다. 해석한다는 것은 생각 안에서 생각을 생산하는 것이고, 방향 감각을 상실한 기호의 충돌을 통해서 생각을 움직이게 하는 것이다. "상상이나 반성적인 **능력**[la pensée]은 아마도 본질적으로 칭송할 만한 기계일지도 모르지만, 어쩌면 활기를 잃은 것일지도 모른다. 고통이 그것을 작동하게 한다."(프루스트 III 946) 기호는 생각을 생산하고, 해석을 부추기기도 하지만, 해석은 오히려 진리가 나타나는 곳에서 비개인적인 관점을 생산하기도 한다. 《찾기》에서 그러한 진리는 시간의 진리이다. 들뢰즈는 자신의 연구 제1장에서 네 가지 종류의 시간을 확인한다. 그것은 두 가지 종류의 **지나간 시간**(temps perdu)–지나가는 시간과 잃어버리는 시간, 그리고 두 가지 종류의 **되찾는 시간**(temps retrouvé)–되찾는 시간, 되찾은 시간이다. 그러나 제2장에서 그는 텍스트의 움직임이 우리로 하여금 **세 가지의 시간 질서**(three orders of time)의 고립을 강요한다고 주장한다——사랑의, 사교계의 기호들의 일반 법칙들과 계열을 증식시키면서 가장 분명히 드러나는 **잃어버린 시간**(lost time), 예술 작품과 비자발적 기억에서 개방되는 본질의 **되찾은 시간**(regained time) 그리고 "죽음과 죽음의 관념, 대재난(노화 · 질병 · 죽음의 기호)의 발생, **전 자연계의** 변화의 시간." (time of universal alteration)(PS 179; 132)

이러한 시간의 질서와 진리의 질서 각각에 상응하는 기계가 있다. 첫번째 기계는 잃어버린 시간의 진리, 일반적인 계열과 법의 진리를 생산한다. 하지만 그것은 오로지 대상들의 분절화, 이질적인 상자와 닫힌 용기의 생산을 통해서만 생산한다. 즉 "종전의 전체성 없는 파편,

분쇄된 부분, 의사소통 없는 용기, 분리된 장면으로 정의되는 **부분 대상**(partial objects)들의 생산이다."(PS 180; 133) 그때 첫번째 기계는 부분 대상과 계열과 그룹에 관련된 진리를 생산한다. 두번째 기계는 공명을 생산한다. 두 개의 순간들이 서로 공명의 관계에 놓일 때 비자발적인 기억에서 가장 두드러진다. 하지만 예술에서, 마치 바이올린과 피아노가 서로 울릴 때의 뱅퇴이유 소나타에서처럼, 혹은 악기들이 "**신체-대-신체**"(corps à corps)를 수행할 때의 뱅퇴이유 7중주곡에서처럼 반향을 생산한다. 그러나 두번째 기계는 첫번째에 의존하지 않는다. 그래서 단지 첫번째 기계의 부분적 대상을 진동의 소통 안에 둔다. 각 기계는 그 자체의 분절과 진리, 시간 질서를 형성한다. 첫번째는 부분 대상을 따르는 계열과 법을 생산하는 한편, 두번째 기계는 상호 작용하는 부분들과 그 부분들에 주입된 전체적인 시간처럼 "독특한 본질, 즉 공명하는 두 순간보다 더 최상의 관점"(PS 183; 134)을 생산한다. 세번째 기계는 시간 자체를 감지할 수 있게 하는 보편적인 멸망의 진리와 강제된 동작을 통과하는 죽음의 관념을 생산한다. 《찾기》의 마지막 부분에서 마르셀은 다른 두 가지 기계에 의해 생산되는 모든 것을 제거할 수 있고, 완전히 비생산적인 것 같아 보이는 시간의 질서, 그리고 불가피한 멸망과 죽음이 편재하는 대혼란 속에서 그의 예술적인 기획에 대한 가장 큰 도전을 발견한다. 마르셀이 궁극적으로 발견한 것은 죽음의 **관념**이고, 시간의 세번째 경험이다. 수십 년 전에 그가 알고 있었던 노인과 여자들을 생각하면서 마르셀은 그가 기억했던 과거의 형상이 "더 멀리 떨어져 있어서, 거의 상상할 수 없는 얼굴의 지질학에서 그러한 혁명이 성취될 수 있기 전에 분해되었음이 틀림없는 방대한 기간을 생각하게 하는 과거 속으로 밀려왔을 때, 갑작스런 시간의 팽창을 감지한다."(프루스트 III 982-83) 현재와 과거는 상호 격퇴의 강제된 움직임을 겪고, 이렇게 팽창된 거대한 공간에서는 혼돈이 생겨 사람들은 더 이상 산 자와 죽은 자를 구분할 수 없다. 이렇게 발전된 나이의 영역에서는 죽음이 도처에 일어나게 되고, 동시에 더욱 무한하다.(프루스트 III 1025) 다시 말해, 이는 죽고 사는 것을 동시에 구성하는 산 자와 죽은 자가 똑같이 죽음이라는 영속적인 과정 속에서 단순히 한 종(種)의 존재가 되는 불확실성이다. 그러나 이 시대의 주민들은 이러한 팽창된 시간을 차지하는 만큼 거대한 비율로 성장하게 된다. "왜냐하면 거의 동시에 세월에 뛰어들던 거인들처럼 그들은 많고, 많은 날의 느린 성장에 의해 무한하게 분리된 신기원을 접촉하기 때문이다."(프루스트 II 1107) 그리고 시간은 "습관에 의해 보일 수 없게 되었다가" 갑자기 "볼 수 있게 되는 것"(프루스트 III 964)이 허용된다. 그리하여 보편적인 멸망은, 처음에는 보였던 것과 같이 완전히 비생산적인 재앙임을 입증하지 못한다. 왜냐하면 세번째 기계는 뭔가를, 즉 죽음의 관념을, 그것은 최대한 팽창된 강제된 움직임으로서의 시간에 대한 현명한 계시를 생산하기 때문이다.

프루스트의 위대한 업적은 들뢰즈가 주장하기를, 단순히 다양한 시간과 진리의 질서들을 가진 세 가지 기계를 발견했다는 것 뿐만 아니라, 예술 작품 내에 효과와 작용을 내재화한 것이라고 주장한다. 이것은 특히 두번째 기계의 경우이다. 왜냐하면 프루스트 외에 많은 작가들이 그들의 관심을 감각적인 엑스터시와 초월적인 계시의 순간에 집중하기 때문이다. 그러나 프루스트에게 있어서 두번째 기계는 변형의, 감각적 경험을 고립시키는 수단으로서 뿐만 아니라 적절한 문학 기계로서 기능한다. 《찾기》의 종결 부분에는 비자발적인 기억이 가속화하는 국면에 이르게 되는데, 고르지 않은 포석, 스푼이 부딪히는 소리, 뻣뻣한 냅킨의 느낌이 마르셀의 추억에 구두점을 찍는다. 마치 두번째 기계가 결국에 가서는 최적의 작동 수준에 다다른 것처럼. 증식되는 비자발적인 기억은 작가와 문학 외적인 경험을 연결하는 수단으로서 뿐만 아니라, 문학 작품 속에서 효과로서 드러난다. **"본질적으로 자체적인 효과를 생산하고, 그 효과로 채우면서 그 스스로 의지하는 것이**

예술 작품이다. 즉 작품은 진리의 토양 위에서 태어난다."(PS 185; 136) 만약 그런 경우가 아니라면 예술은 필요성이 없을 것이다. 왜냐하면 예술 작품이 비자발적인 기억과 같은 황홀한 경험에 첨가해야 할 것은 아무것도 없기 때문이다. 그러나 예술이 제공하는 것은 자율적이면서 자기—결정적인 공명의 생산이고, 그러한 것의 지속을 위해 어떠한 외재적 환경이나 비자발적으로 강제하는 것에 의존하지 않는 생성적인 과정이다. "결국 우리는 예술이 자연에 첨가하는 것을 본다——예술은 바로 공명이라는 것을 생산한다. **문체**를 통해 두 개의 대상들이 공명하게 하고, **무의식적 자연의 산물의 결정적인 조건들을 자유로운 예술 생산의 조건들로 대체하면서** 대상들로부터 '귀중한 이미지'를 풀어 놓는다."(PS 186; 137)

프루스트의 문학 기계는 자급(自給)할 뿐 아니라, 내적인 효과를 창조하면서 외부 세계에 따라 행동하고, 독자들 속에서 효과를 생산한다. 마르셀이 쓰고자 하는 책은 독자들로 하여금 "그들 스스로 독자가 되게 한다. 나의 책은 단지 콤브레이의 안경사가 자신의 고객들에게 제공하곤 했던 일종의 확대경 같은 것이다——그것이 나의 책이다. 나는 그들에게 자신들의 내부에 있는 것을 독해하는 수단을 제공하는 셈이다. 그래서 내가 그들로 하여금 나를 칭찬해 달라거나 혹은 비난해 달라고 할 수는 없지만, 그저 '그것이 저것과 실제로 같은지'를 나에게 말해 달라고 할 뿐이다. 나는 그들에게 그들의 내부에서 읽어낼 수 있는 단어들이, 내가 글로 써왔던 것들과 같은지 물어볼 수 있다."(프루스트 III 1089) 위대한 화가나 작가가 "안과 의사의 선위로 지나가고," 마르셀이 또 다른 지점에서 관찰한, 우리를 둘러싼 세계는 "구세계와는 완전히 다르지만 매우 투명한 세계이다."(프루스트 III 338) 그전에는 르누아르를 해석하기가 어려웠지만, 이제 우리는 르누아르의 작품으로 그 세계를 이해할 수 있다. "거리를 지나가는 여성들은 르누아르가 그린 사람들이기 때문에, 우리들이 이전에 보았던 여성들과는 다른, 우리가 완고하게 여성으로서 보기를 거부했던 르누아르의 인물들이다. 마차들 역시 르누아르적이며, 물과 하늘도 역시 (⋯) 그러한 것은 이제 막 창조되어 새로운, 소멸할 수 있는 우주이다."(프루스트 II 338-39) 그러므로 《찾기》는 작품 자체에 그리고 독자들에게 효과를 생산하는 하나의 기계이다. 그 자체의 구조의 물질과 또 다른 세계의 물질, 즉 "구세계와는 완전히 다른, 하지만 완벽할 정도로 명료한 프루스트적인 우주"를 생성한다.

세 가지의 기계가 《찾기》에서 기능한다. 부분 대상 기계, 공명 기계, 강요된 이동 기계, 이 세 가지는 모두 독자들에게 내부의, 자기-생성적인 효과와 외재적인 효과를 생산한다. 그러나 무엇이 기계를 한데 묶는가? 무엇이 이러한 기계들의 배치에 단일성을 부여하는가? 핵심적인 요점은 들뢰즈가 말하기를 "《찾기》의 부분들은 **어떤 부족함도 없이 분절된 채로** 파편화되어 있다"(PS 193; 142-43)는 것이다. 만약에 우리가 《찾기》의 본질을 위해 그 단일성을 살펴본다면 부가적인 부분만을 발견하게 된다. 왜냐하면 본질은 "각 개인보다 훨씬 뛰어난 개별화하는 관점"이 연쇄고리를 **따라서** 닫힌 부분에 육화되어 그것이 지배하는 것에 **인접하여**, 가시화하는 것에 **우발적으로** 나타나기 때문이다."(PS 194; 143) 나아가 예술 작품의 본질은 스스로 반복되는 차이이며, 스스로 개별화하는 관점은 복수적인 관점으로 분쇄하는 관점이기도 하다. 《찾기》의 단일성은 문체에서도 발견되지 않는다. 왜냐하면 문체는 "기호의 펼침이고, 서로 다른 속도로 전개되면서 각각의 고유한 연상적 연쇄를 수반하고, 관점으로서 제각각 본질의 파열 지점을 획득하기"(PS 199; 147) 때문이다. 문체는 기호를 펼치는 과정이다. 그것은 세 가지 기계를 통해 부분 대상, 공명, 그리고 강요된 움직임을 생산하면서 효과를 생산하지만 문체 그 자체가 전체화하는 힘을 가지는 것은 아니다. 《찾기》는 하나의 단일성, 즉 조각들의 특별한 배치의 단일성, 즉 "원리라기보다는 효과, 즉 기계들의 효과로서 기능하는 일자이자 전체이다."(PS 195-96; 144) 마르셀은 《감옥》에서 19세기의 위대한 작품은 "항상 불완전하다"(프루스트 III 157)고 언급한다. 그러나 그 작품들은 어쨌든 배후에 일종의 회고적 통일성을 소유하고 있다. 발자크의 《인간 희극》은 계획에 의해 통제되는 것도, 유기적인 필요성을 가지는 것도 아닌 부분들로 구성되어 있다. 그러나 발자크는 자신의 책들에 주목하여 창작 과정의 말미에서 "똑같은 등장 인물들이 재등장하는 하나의 원 안에 그것들을 한데 모으는 것이 좋을 것이라 결정했고, 자신의 작품을 민첩한 붓놀림과 최후의, 최상의 숭엄함으로 손질했다. 그러나 이면의 통일성은 인공적인 것이 아니다…… 인공적인 것은 아니지만 숨어 있기에 더욱더 실재적인 것이 된다. 왜냐하면 단지 결속될 필요성을 가지는 파편들 사이에 존재하는 것으로 발견되는, 열정의 순간에 탄생되기 때문이다. 그러므로 이러한 단일성은 스스로를 인식하지 못하는 단일성이며, 생동감은 넘치지만 논리적이지는 않은, 다양성을 금지하거나, 창의력을 둔화시키지는 않는 단일성이다. 그것은 서로 분리되어 구성되는 그렇고 그런 하나의 파편처럼 나타난다(그러나 이러한 시점은 하나의 전체로서 작품에 적용된다)."(프루스트 III 158) 단일성의 효과는 잔존 효과, 즉 핵결정체가 준안정적인 화학 용액을 안정적인 형태의 특별한 배치로 변형시키는 결정화의 과정을 유도하면서 회상적인 단일화를 유도하는 마지막 솔질이다. 마지막 솔질은 개별화하는 본질과도 같고, 문체와도 같으며(왜냐하면 예술 작품에는 본질과 문체의 완벽한 적절함이 있기 때문이다), 복수성의 단일성이라는 잔존 효과를 만드는 부가된 부분이다. 그러나 그러한 효과를 가능케 하는 것은 부분들의 상호 관련성이며, 비의사소통적인 닫힌 용기와 공통성이 없는 내용을 가진 상자들간의 의사소통의 수단이다. 들뢰즈는 현대 예술 작품에서 세상은 파편화된 카오스로 존재하므로 어떠한 '단일화'로도 환원될 수 없는 매우 특별한 단일성의 양식이 "지금껏 다른 어떤 것으로도 지시된 바 없으므로, 유일하게 예술 작품의 형식적 구조로부터 생겨날 수 있다"(PS 201; 149)고 주장한다. 그러나 이러한 형식 구조는 횡단선의 네트워크, 즉 횡단선이 연결되는 차이를 확언하는 간극 없는 거리의 네트워크로 구성된다.[19] 횡단선은 메제글리즈 쪽과 게르망트 쪽을 연결하지만, 그 두 방향은 섞이지 않는다. 횡단선은 두 개의 성(性)을 연결하지만 그/그녀의 분리된 성을 유지하는 각기 자웅동체와 함께한다. 그리고 횡단선은 그들의 파편화된 계열들을 연결하고, 감각적이고 예술적인 순간들을 공명하며 멸망의 순간을 팽창시키면서 확장하지만, 구분이나 차이를 용해시키지는 않는다. "그러므로 새로운 언어적 관습인 작품의 형식이 가지는 구조는 횡단성이다. 그것은 모든 문장을 가로지르며, 전 작품에서 하나의 문장에서 다른 문장으로 이동하며, 프루스트의 책과 그가 사랑했던 네르발·샤토브리앙·발자크와 같은 작가의 책들을 통합하기도 한다. 왜냐하면 만약 예술 작품이 민중과 소통하고, 심지어 민중을 고취시킨다면, 다른 예술가들의 예술 작품과 소통하며, 도래할 작품들을 생성한다면 단일성과 전체성이 대상들이나 주체들을 통일화하거나 전체화하지 않고, 스스로 확립되는 곳은 늘 횡단성의 차원 속에서이다. (PS 202; 149-50)

---

19) 마르셀은 기차를 타고 여행하던 어느 한순간을 회상한다. 여행을 하다가 그는 유리창 너머 창틀 크기만큼의 아름다운 분홍빛 하늘을 바라보았다. 기차가 돌아가자 하늘은 사라졌지만, 곧 반대쪽의 창문에 모양을 이룬 하늘을 다시 보게 된다. 이번에는 아주 붉게 보였다. "하늘을 다시 이어서 보기 위해, 단 하나의 캔버스 위에 단속적인 순간들을 모으면서, 멋진, 진홍빛의, 끊임없이 변화하는 아침의, 오스트레일리아 주민의, 간헐적으로 펼쳐지는 파편들을, 단 하나의 캔버스에 주워 모으기 위해 그 광경을 연속적으로 이해하려고, 이쪽저쪽 창문을 뛰어다니며 창을 통해 보이는 하늘을 짜 맞추면서 나는 시간을 보냈다."(프루스트 I 704-5) 들뢰즈는 "이 텍스트는 실제로 연속성과 전체성을 불러일으킨다. 하지만 핵심적인 부분은 어디에서 이러한 것들이 정교하게 조각되는가를 알아내는 것이다. 관점에서가 아닌, 더욱이 보이는 사물에 있어서도 아닌, 이쪽 창에서 다른 창쪽으로 옮아가는 횡단선의 문제에 있다"(PS 153; 153)고 말한다.

들뢰즈의 프루스트 연구 제1부와 제2부인 '기호의 방출과 해석' '기호의 증식과 생산'의 차이점은 본질보다는 정도와 강조점의 차이이다. 제1부에서 강조하고 있는 점은, 사람들이 독자의 활동이라고 생각하는, 기호를 받아들이고 처리하는 활동에 대한 것인 반면, 제2부에서는 작가가 기호를 생산하고 배치하는 것을 강조하는 것처럼 보인다. 하지만 기호의 해석은 기호를 펼치는 것으로, 그 펼침은 기호 그 자체의 펼침[20]을 수반한다. 기호에 대한 해석자의 설명은 해석자에 대한 기호의 침범에 의해서 사주되고, 예술 작품을 통한 기호에 대한 최종적인 해석은 구성 요소로서의 해석자를 포함하는 세계를 전개하는 비개인적인 관점의 확립을 내포한다. 그렇다면 사람들은 기호가 해석의 출발점을 낳고, 해석 과정의 각 순간을 생산하며, 세계를 설명하는(펼치는) 요소로서의 해석자를 생산한다고 말할 수 있을 것이다. 그러므로 기호에 대한 견습이 기호의 진실로서의 예술적 계시로 나아갈 뿐만 아니라 예술가로서, 활동적이고 자율적인 기호의 생산자인 해석자로서의 소명으로 이끌어 간다는 점이 불가피한 것 같다. 그러나 들뢰즈가 《프루스트와 기호들》을 통해 기호의 생산에 대해 말한다면, 그는 오해의 소지를 일소해 버릴 수 있는 결정적인 개념——기계 개념——을 제2부에 첨가할 것이다. 해석은 일반적으로 의미를 함축한다. 그리고 들뢰즈가 제1부에서 해석이 암호 해독이 아니라 전개라는 점을 강조하지만, 항상 펼침이라는 것이 기호의 깊고 숨겨진 의미의 노출로

---

20) 펼침(explication): 들뢰즈가 스피노자로부터 빌려왔다. '표현'은 상반되는 두 측면으로 이루어진다. '펼치다(Ex-pli-quer): 접힌 것을 펼쳐내다.' 이는 곧 전개하다(dé-velopper)이다. 감싸다(혹은 감아들이다: envelopper), 이는 함축하다(im-pli-quer: 접어 pli 들이다)이다. 이 두 항은 서로 모순되는 것이 아니라 표현의 양 측면을 이룬다.(질 들뢰즈, 《스피노자와 표현의 문제 Spinoza et le probleme de l'expression》, p.12) 이러한 상반된 운동이 표현이다. 이렇게 서로 반대 방향으로 움직이는 표현의 운동은 '기호'와 그 기호로부터 펼쳐지거나 안으로 접혀 들어가는 '의미'의 관계를 설명하기 위해 응용된다.(《프루스트와 기호들》, p.21) [역주]

보게 될 위험이 항존한다. 그러나 들뢰즈는 기계의 개념을 가지고, 기호는 깊은 의미가 없는, 단지 기능일 뿐이라는 점과 그 기능도 효과를 작동하고 생산하는 것 외의 어떤 다른 목적이 없음을 분명히 밝힌다. 《찾기》에는 실제로 기호의 진리와 그 시간의 질서가 있지만, 이것은 기계들——부분 대상 기계, 공명 기계, 강제된 움직임의 기계——에 의해 생산된다. 기호의 '의미'는 그것이 유출하는 비개인적인 관점에 있을지도 모르지만, 그 의미라는 것도 결국은 되풀이되는 하나의 차이, 즉 개별화와 변별(미분)화의 힘이다——다시 말해 하나의 기계이다.

만약에 기호의 생산에 하나의 목적이 있다면, 현대 예술가들에게 세계는 파편화된 카오스이고, 유용한 하나의 전체성과 통일성이 예술 속에서 구축될 것이라는 점에서 예술 작품 안에 있는 것 같다. 하지만 들뢰즈는 예술을 통한 어떤 구원을 옹호하지도, 인습적인 미학 추구나 형식주의를 껴안지도 않는다. 예술 작품은 독립적인 창조 행위로 세계에 저항하는 입장에 서 있는 것도 아니다. 세계의 기호들을 펼치면서 참여를 통해 예술 작품은 생산되고, 작품은 이 세계에서 효과를 생산하는 기계로서 기능한다. 그 기계는 독자들을 "그들 자신들의 독자"로 전환하고, "구(舊)세계와는 완전히 다르나 완벽할 정도로 명료한" 우주를 존재하게 한다. 예술 작품은 통일성을 가지나, 주어진 다양체의 통일성일 것이다. 통일성은 첨가된 부분——최종적인 붓질, 비개인적인 관점, 핵결정체(結晶體)——에 의해 생산되는 효과이고, 원인보다는 결과로서 하나의 전체를 소급하여 유도하는 요소이다. 그 전체의 형식이 가지는 원리는 횡단성, 즉 공통성이 없는 비의사소통적인 부분을 내부적으로 연결하고, 차이를 억압하기보다는 차이를 강렬하게 하는 간극 없는 거리이다. 그때 예술의 질서는 세계로부터의 후퇴가 아니라 일종의 반응이며, 자기 반복적 차이로부터 펼쳐지고 횡단하면서 연결되는 분절의 세계를 생산하는 것이다. 현대 예술 작품은 조이스적인 '카오스모스(chaosmos),' 즉 코스모스가 되는 카오스이지만, 카오스의 형식적 원리에 따라 구축되는 특유의 코스모스, 즉 예술가의 유일하고 개별적인 코스모스이지만, 이는 혼돈스러운 세계를 통해 작용하는 다양체에 대한 동일한 펼침을 통해 생산되는 것이다.

제3장
카프카의 법 기계

《프루스트와 기호들》 제2부에서 들뢰즈는 《찾기》가 기계임을 주장함으로써 작품의 기능이 생산하는 힘이라는 점을 강조한다. 《찾기》는 진리를 생산하지만 선재하는 진리를 발견하는 것도, **무로부터** 진리를 창조하는 것도 아니며, 실재에 대한 실험을 통해 진리를 생산할 뿐이다. 그리고 《찾기》는 작품과 독자에게 모두 효과를 생산한다. 《카프카: 소수 문학을 위하여》에서 들뢰즈와 가타리는 카프카의 전 작품을 "문학 기계, 글쓰기-기계 혹은 표현-기계"(K 52; 29)로 다루면서 기계의 개념을 더욱 발전시킨다. 그러나 《카프카》에서 초점을 둔 부분은 복수성의 횡단적 통일성 문제가 아니라 실재 내 문학 기계의 효과 문제이다. 들뢰즈와 가타리는 카프카가 '소수 문학'의 실천가라고 주장한다. 소수 문학이란 높은 수준의 언어적 탈영토화와 언술 행위의 집단적 배치를 표현하는 사회적·정치적 문학이다. 카프카의 문학 기계는 소수적 기계이고, 그 구성 요소에는 일기·편지·단편·소설을 포함하며, 그 기능은 "다가올 악마적 권력이나 구축될 혁명적인 힘"(K 33; 18)을 드러낸다. 그것은 또한 욕망하는 기계로, 확산되는 계열과 연결자와 블록이 흐름과 강도를 전달하고, 움직임을 유도하며, 탈주선을 열어 준다. 이 장에서 우리는 기계-욕망하는 기계, 독신 기계, 법 기계, 글쓰기 기계-개념에 대해 알아보고, 다음 장에서 소수 문학의 개념으로 복귀할 것이다.

욕망하는 기계와 욕망하는 생산

1970년에 출간된 자신의 《프루스트와 기호들》 부록에서, 들뢰즈는 《찾기》가 다른 현대 예술 작품처럼 의미한다기보다는 기능을 한다고 평한다. 즉 "현대 예술 작품은 의미의 문제는 없고, 다만 사용의 문제만 있을 뿐이다."(PS 176; 129) 분석가의 작업은 작품의 숨겨진 의미를 찾아내는 것이 아니라, 그 구성 요소들과 그것들의 작용을 묘사하는 것이다. 이런 점에서 예술 작업은 하나의 기계이다. 즉 외관상 어떠한 깊이도 영혼도 없는, 작동하거나 작동하지 않는 하나의 장치에 불과하다. 기계 개념은 《프루스트와 기호들》에서 들뢰즈가 다루고자 하는 주요 관심사는 아니다. 그러나 《반-오이디푸스》에서는 그 개념이 폭넓게 다루어진다. 여기서 단지 기계로 확인되는 것은 예술품이 아니라 세계에 있는 모든 것이다. "모든 곳에 기계들이 있다. 결코 은유적인 것이 아니라 짝을 이루면서 연결되는 기계들의 기계들이다. 한 기관 기계는 원 기계와 연결되어 있다. 하나는 흐름을 개방하고, 다른 하나는 그 흐름을 절단한다."(AO 7; 1) 이러한 기계들은 들뢰즈와 가타리가 감응으로 뒤덮인 채 편재하는 활동으로 보는 '욕망하는 생산'의 우주론적 과정의 구성 요소인 '욕망하는 기계들'이다.[1] 프로이트 학파의 영혼에 대한 이드·에고·슈퍼에고의 분석에 대응하는 일종의 답변으로서 들뢰즈와 가타리는 욕망하는 생산(desiring production)의 세 가지 기본 요소들을 욕망하는 기계(desiring machines), 기관 없는 신체(body without organ) 그리고 노마드적[2] 주체(nomadic subject)로 규정한다. 각각은 욕망하는 생산의 특정한 단계——생산의 생산(욕망하는 기계), 등록의 생산(기관 없는 신체), 그리고 소비/성취의 생산(노마드적 주체)――와 연결된다. 욕망하는 기계의 단순한 모델은 엄마의 젖을 먹는 유아의 기계이다. 입-기계는 유방-기계와 짝을 이룬다. 유방-기계로부터 입-기계로 흘러가는 젖의 흐름. 차례로 유아의 입-기계는 소화관(식도-기계, 위장-기계, 창자-기계, 요도-기계, 항문-기계)의 다양한 기계들과 연결되고, 영양의 흐름은 점차 아기의 몸속에 들어 있는 평행적으로 욕망하는 기계(순환계·신경계·호르몬 등)의 다양한 에너지 회로로 전환되면서 결국엔 배설의 흐름으로 마감한다. 유방-기계 자체로부터 나온 젖의 흐름은 엄마의 입-기계로 들어오는 복수적인 영양소로 확장되는 음식물의 회로에서부터 나온다. 그러면 욕망하는 기계들은 흐름이 통과하는 연쇄고리 또는 회로에서 서로 짝을 이루고, 각 회로는 끝없이 확장되는 활동성의 네트워크로 뻗어 나간다(즉 엄마의 영양 생산에 내재하는 복수적인 회로, 혹은 유아의 배설물에 대한 분해가 포함되는 미생물적 회로).

하지만 유아의 입-기계는 단순히 식사-기계는 아니다. 그것은 또한 숨쉬기-기계, 침뱉기-기계, 우는-기계이기도 하다. 이런 점에서 모든 욕망하는 기계는 "제 안에 강화되고[machiné], 비축된 일종의 코드"

---

1) 들뢰즈와 가타리는 '욕망하는 생산'의 개념에 프로이트와 마르크스의 욕망과 생산의 모티프를 결합한다. 하지만 양쪽 모두를 변경하는 방식을 취한다. 그들은 생산을 강조하면서 보편적인 활동 과정과 에너지 순환에 상품의 생산·분배·교환·소비라는 전통적 개념을 포섭한다. 그들의 욕망의 편재성에 대한 주장은 욕망이 결핍이 아니라 정동(변용태)이나 강도이고, 리비도적 질료 흐름에 의한 요소들간의 상호 변용 작용이며, 그것에 의해 에너지와 정보가 서로에 둘러싸이고, 통과하면서, 사이를 지나가는 것을 특성화하기 위한 것이다. 욕망하는 생산에 관한 논의로 유익한 저서는 특히 마수미(Massumi)·굿차일드(Goodchild)의 《들뢰즈와 가타리: 욕망의 정치학 입문 Deleuze and Guattari: An Introduction to the Politics of Desire》과 홀런드(Holland)의 《들뢰즈와 가타리의 반-오이디푸스; 분열분석 입문 Deleuze and Guattari's Anti-Oedipus: Introduction to Schizoanalysis》을 볼 것.
2) 정착을 싫어하는 유목민이라는 의미를 처음으로 쓴 사람은 칸트이다(질 들뢰즈, 《칸트의 비판철학 La philosophie critique de Kant》, 서동욱 역, 민음사, 1995, p.185). 〔역주〕

(AO 46; 38)를 지니고 있다. 이 코드는 주어진 시간에 기능하는 특정한 회로를 결정하는 교환 메커니즘을 의미한다. 나아가 욕망하는 기계의 어떤 회로도 다른 회로들로부터 고립되어 존재하지 못한다. 예를 들어 유아의 영양-회로는 시각-회로(말하자면 거실의 램프에 초점을 맞추는 아이의 눈-기계), 후각-회로(주방 냄새의 흐름과 결부되는 코-기계), 촉각-회로(열·구조들·살·안개·공기 흐름과 접촉하는 표피 기계들)에 연결되어 있다. 만일 우리가 단 하나의 표면 위의 수많은 선으로 이러한 회로를 묘사한다면 격자 같은 표면은 기관 없는 신체, 공존하는 회로들(우리가 예를 든 바와 같이 영양·시각·후각·촉각 회로들)의 단일한 지도, 그리고 교차하는 이접적 회로(영양·호흡·우는 회로)로 구성될 수 있다. 주목해야 할 것은 기관 없는 신체는 단일화된 정신적 육체 이미지와 혼돈해서는 안 된다는 점이다. 첫째, 그것은 회로는 어떤 경험적 육체의 윤곽너머 무한히 확장된다. 예를 들어 만약 우리가 막연히 '유아의' 기관 없는 신체를 언급할 때, 우리는 그 기관 없는 신체 안에 엄마의 유방, 거실의 램프, 주방 냄새, 음식을 영양소와 쓰레기 등으로 변질시키는 세균을 포함한다. 둘째, 그것은 그 개념의 어떤 인습적 의미 내에서 하나의 통일체를 구성하지 않는다. 그것은 내부에 연접(conjunction)과 이접(disjunction), 즉 여러 사례에서 공존과 공동으로 기능하며, 다른 사례에서 서로 계승하고 대체하며, 역행하는 이질적인 순환을 포함한다. 욕망하는 생산은 "순수한 다양체, 즉 통일성으로 환원되어질 수 없는 긍정이며," 만약 우리가 기관 없는 신체 안에서 하나의 '전체'와 대면한다면, 그것은 "각 부분들 곁에 있는 총체성이며 각 부분들의 전체이다. 그러나 그것은 부분들을 전체화하지 않는다. 부분들의 통일성은 부분들을 통일화하지 않는다. 분리되어 구성되는 하나의 새로운 부분들로서 그것들에 첨가된다."(AO 50; 42)[3] 셋째, 그것은 단순한 환상이나 정신적 이미지가 아니다. 오히려 그것은 실재적이지만 현재적이지는 않은 하나의 잠재적 실체이

다. 어떤 의미에서 그것은 사후 작용으로 욕망하는 기계에 의해 생산된다. 그러나 또 다른 점으로 그것은 욕망하는 기계에 선행하는 가능성의 조건이고, 욕망하는 기계의 어떤 주어진 연결고리가 특정한 시간에 현재화되는 잠재적인 순환 회로의 격자이다.

욕망하는 기계와 기관 없는 신체 사이의 상호 작용에서, 우리가 '편집증적 기계(paranoiac machine)'와 '기적적인 기계(miraculating machine)'라고 부를 수 있는 두 가지의 복합적인 기계가 발생한다. 기관 없는 신체는 기관이 없는 것이 아니라 그것은 규칙적이고, 고정된 조직이 없다. 그것은 반유기체이고, 이접적 종합의 양식이며, 끊임없이 파괴하고, 더듬거리게 하며, 동결·분해시키는 반생산의 기계이다. 그리하여 욕망하는 기계의 회로를 떼어 분열시킨다. 동시에 다양한 욕망하는 기계들을 복수적이고, 횡단하며 연결되는 회로 속으로 서로 연관짓는 기계이다. 편집증적인 기계는 욕망하는 기계가 절박한 전체성으로서, 또는 불연속적인 조각으로 부수어지면서, 망상증적으로 피하면서 기관 없는 신체를 격퇴할 때 생산된다. 기적적인 기계는 욕망하는 신체가 마치 기적적인 표면의 발산인 것처럼, 기관 없는 신체를 끌어당길 때 나타난다.[4] 왜냐하면 기관 없는 신체는 이접과 종합을, 분해와 결합을 생산하기 때문에 분열증적인 기계와 기적적인 기계는 끊

---

3) 기관 없는 신체의 통일성과 프루스트의 《찾기》의 통일성 간의 관련성은 《반-오이디푸스》에서 명백하게 설명되고 있다. "그리하여 프루스트는 전체가 생산되고, 그 전체는 각 부분들 곁에 하나의 부분으로서 생산되며, 통일화하지도 전체화하지도 않지만, 비-의사소통적인 용기들 사이에서 궤도를 벗어나는 의사소통을 성립시킬 때, 유일하게 전체를 각 부분들과 연결지을 수 있으며, 그것들 고유의 차원이 가지는 완전한 차이를 보존하는 요소들간의 통일성들을 횡단하게 된다."(AO 51; 43)

4) 들뢰즈와 가타리는 다니엘 폴 슈레버(Daniel Paul Schreber)로부터 "기적을 일으키는(miraculating)"이라는 용어를 취한다. 슈레버는 《신경증에 대한 회고록 Memoirs of My Nervous Illness》에서 신의 광휘를 받아 신체가 "기적을 일으키는" 여러 가지 방식을 기술한다. 그것은 예를 들어 그는 "오랫동안 위장이 없이, 내장도 없이, 거의 폐도 없이, 식도는 찢어진 채, 방광도 없이, 그리고 갈비뼈는 산산이 부서진 채로 살았다."(AO 14; 8에서 인용)

임없이 서로 호환되면서 욕망하는 생산이 무한하게 진동하는 상태로 공존한다.

욕망하는 생산의 세번째 요소는 노마드적인 주체이다. "낯선 주체로, 고정된 아이덴티티가 없이 기관 없는 신체를 헤매고 다니며, 항상 욕망하는 기계를 따라 그것이 취하는 생산되는 것의 부분에 의해 정의되고, 하나의 되기(becoming) 혹은 화신(化身)의 보상을 도처에 모으면서 그것이 소비되는 상태에서 태어나고, 각각의 새로운 상태로 거듭난다."(AO 23; 16) 만약 기관 없는 신체를 욕망하는 기계의 회로에 의해 격자화된 표면으로 볼 수 있다면, 노마드적인 주체는 표면에 새겨진 여러 군데의 통로를 여기저기 번뜩이며 지나다니는 하나의 편력 지점, 즉 **콘소메이션**(consommation)(프랑스어로 경제적 소비인 동시에 리비도적 절정의 의미)[5]의 부수적인 기계이다. 노마드적 주체는 제3의 복합 기계인 '독신 기계,' 즉 "욕망하는 기계와 새로운 인류 또는 영광스러운 유기체를 탄생시키는 기관 없는 신체 사이의 새로운 결연 관계를 형성하면서 창조된다."(AO 24; 17) 독신 기계가 생산하는 것은 "순수한 상태의 강렬도적인 양, 거의 견딜 수 없을 때까지의 독신의 비참함과 극도의 지점까지 견뎌낸 영광, 마치 죽음과 삶 사이에 매달려 있는 울음에 가까운, 강렬한 이주(移住)의 느낌, 모양과 형식이 벗겨진 순수한 날것의 강렬한 감정"(AO 25; 18)이다. 기관 없는 신체는 제로-강밀도(intensity)[6]를 구성하고, 욕망하는 기계는 작동하면서 변용태적 강밀도의 다양한 수준을 기록한다. 분열증적 기계에서, 욕망하는 기계

---

5) "기관 없는 신체는 알이다. 축과 문턱, 위도와 경도, 측지선들이 그곳을 횡단하고, 되기와 통로, 나아가는 목적지들을 기록하는 **그레이디언트**(gradients; 경사도)가 그곳을 횡단한다. 유일하게 일단(一團)의 강도·잠재성·문턱·강밀도만이 있을 뿐이다."(AO 26; 19) 이러한 통로에 대한 언어는 표면의 에너지 미분 요소에 의해 결정되는 측지선을 따라 싹을 틔우는 것을 발생학적으로 서술한 것에서 차용했다. 들뢰즈는 자주 달크(Dalcq)의 《알과 조직 역동론 L'oeuf et son dynamisme organisateur》을 이 개념의 출처로 인용한다.

와 기관 없는 신체는 서로를 격퇴하고, 기적적인 기계에서는 서로를 끌어당긴다. 그러나 두 가지 경우에서, 욕망하는 기계는 강밀도의 긍정적인 수준들을 결정한다. 인력과 척력의 진동 속에서 강밀도의 수준 차이가 발생하고, 하나의 강밀도의 상태에서 다른 상태에로의 통로들이, 그리고 그러한 각각의 통로에 노마드적인 주체가 출현하고, 그것으로 욕망하는 기계와 기관 없는 신체 간의 새로운 관계가 생기며, 독신 기계를 형성함에 있어 편집증적인 기계와 기적적인 기계들의 인력과 척력을 '화해시키는' 새로운 기능화가 일어난다.[7] "요약하면, 인력과 척력의 힘들 사이의 대립은 강도적인 요소들간의 열린 계열, 즉 모든 긍정적인 것, 결코 체제의 최종적인 균형 상태를 표현하는 것이 아닌, 하지만 주체가 거쳐야 할 무제한적인 숫자의 정지된, 준안정적인 상태들을 생산하게 된다."(AO 26; 19)

기계란 무엇인가?

이제 우리는 독신-기계의 개념으로 돌아가야 한다. 그러나 그 이전에, 먼저 기계 그 자체의 개념부터 좀 확장시켜 보기로 하자. 들뢰즈

---

6) '강밀도'에 대한 들뢰즈의 견해는 도교의 기(氣)(또는 역동적인 에너지) 개념과 비교할 수 있다. 왜냐하면 강밀도와 기 양쪽 모두가 에너지라는 견지에서 사유되기 때문이다……. 보그는 "강밀도의 가장 기본적인 경험은 무차원의 심연(asdimensional profoundeur)의 경험이다"라고 말한다. 이 '무차원의 깊이'는 기관 없는 신체의 '영-도 강밀도'와 유사하다. '무차원의 깊이' 또는 '영-도 강밀도'와 선불교의 공(空; sunyata; 없음의 있음) 개념과 비교가 가능하다(《들뢰즈와 가타리-포스트구조주의와 노매돌로지의 이해》, 정형철 지음, 세종출판사, 2004, p.18-19). 〔역주〕

7) 《프랜시스 베이컨》에서 들뢰즈는 한 수준의 강밀도에서 또 다른 수준으로 가는 통로를 '잠정적 기관'(provisional organ)으로 정의한다.(FB 35) 노마드적 주체와 잠정적 기관들의 등가성으로 인해 노마드적 주체를 전통적인 프시케, 즉 의식으로 동일시하는 것을 경계해야 한다.

와 가타리는 욕망하는 생산의 세 가지 기본 요소에 대해 서술한 후 질문하기를 "어떤 의미로 욕망하는 기계들이 진정 기계들이며, 어떠한 은유와도 독립적인 것이라고 할 수 있는가?"(AO 43; 36) 그들은 기계란 "절단 체계[système de coupures]로 정의될 수 있다"(AO 43; 36)고 주장한다. 그리고 욕망하는 생산의 세 가지의 복합 요소에 속하는 것으로 세 가지 다른 종류의 절단이 있다. 그것은 욕망하는 기계의 분할-절단[coupure-prélèvement], 기관 없는 신체에서 생겨나는 분리-절단[coupure-détachement], 그리고 노마드적 주체를 생산해 내는 잔여-절단[coupure-reste]이다.[8] 모든 기계는 우선적으로 "기계를 절단하는 연속적인 물질의 흐름(hylè)과 관련된다."(AO 43; 36) 예를 들어 유아의 입-기계는 젖의 흐름을 절단하고, 항문-기계는 배설의 흐름을 절단한다. 그러나 우리가 기계와 흐름이 마치 분리된 실체인 양 이야기하지만, 사실상 그것은 하나의 과정으로 구성되어 있다. 유아의 입-기계가 우세한 입장에 있으므로, 어머니의 유방-기계는 흐름의 근원이 된다. 마치 입-기계가 위장-기계에 흐름의 근원이 되는 것과 마찬가지이다. "요약하면 모든 기계는 그것이 연결되어 있는 기계와 관련하여 흐름이 절단되지만, 또한 그것에 연결되어 있는 (인접한) 기계에 대해서는 그 자체로 하나의 흐름 또는 흐름의 생산이 된다."(AO 44; 36) 그리하여 들뢰즈와 가타리는 '절단 흐름(cut-flows)' 혹은 '정신분열 흐름(schizo-flows),' 즉 흐름을 따라 다양한 중계와 처리되는 장소

---

8) 《반-오이디푸스》의 번역자들이 주목한 바로는, 영어에는 실제로 분리[prélèvement]에 상당하는 단어가 없다는 것이다. "프랑스어 단어는 많은 의미를 가지고 있다. 예를 들어 대강 훑어 보는 것 또는 고갈시켜 버리는 것, 실험적 목적으로 혹은 표본으로서 약간의 양을 제거하는 것, 전체의 한 부분 또는 할당 몫을 나누는 것, 예치된 총액으로부터의 공제액 등의 의미를 가진다."(《반-오이디푸스》, p.36) 어느 한 지점의 분리-절단(coupures-prélèvement)을 "얇게 베어낸 조각들"(p.39)로 번역하는데, 이것은 들뢰즈와 가타리가 욕망하는 기계의 절단에 대해 처음에 "마치 햄을 얇게 자르는 기계와 같은"(comme machine à couper le jambon)(AO 43-44; 36) 기능을 하는 것으로 설명했던 부분을 상기하게 한다.

(정거장)에 의해 중단되는 질료 흐름(matter-flow)의 순환 회로에 관해 언급한다. 그러한 질료 흐름은 **휠레**[hylè; 그리스어로 질료]이다. 이것은 한 물질이 관념으로서 소유하고 있는 "무한한 연속적인 흐름"(AO 44; 36)이다. 이는 분명 실증주의적 무감각한 질료의 흐름에 제한되는 것이 아니라 에너지의 흐름(환경학적인 모델처럼)이나 정보(특정한 형태의 정보 이론과 시스템 이론의 형태로 정의되는), 그리고 기호(다양한 기호학적인 모델로 특징지을 수 있는, 특히 퍼스[9]적 입장을 가지는 유형으로)를 포함한다. 각 흐름은 "순수한 연속성,"(AO 44; 36) 즉 시작이나 끝이 없는 단 하나의 지속적인 흐름으로 생각되어져야 한다는 점에서, 그리고 그 연속성이 절단 행위와 대립되지 않는다는 점에서, 왜냐하면 그 절단이 "순수한 연속성으로서 절단을 내포하거나 정의"(AO 44; 36)하기 때문에 이상적이다. 이것의 의미는 절단이 연결적 종합(connective synthesis)을 수행한다는 것이다. 그리하여 평범한 흐름을 통해 각 요소들이 서로 관계를 맺고, 하나의 요소가 하나의 흐름을 방출하며 제2의 요소가 그 흐름을 절단한다. 그리하여 제3의 요소가 절단하는 하나의 흐름 등등을 방출하고, 흐름 절단의 연속은 하나의 이상, 즉 엄격하게 자연에 첨가되는 요소들의 끝이 개방된 연결을 구성하게 된다(a+b+c+x+……, "그리고 그 다음, 또 그 다음, 또 그 다음……"[AO 44; 36]). 이때 이러한 기계의 최초의 절단인 분할-절단(portioninig-

---

9) **Charles Sanders Peirce**(1839-1914): 미국의 철학자 · 논리학자. 매사추세츠 주(州) 케임브리지 출생. 프래그머티즘의 창시자이다. 케임브리지 하버드대학교 수학 교수의 아들로 태어나 하버드대학교를 졸업하였다. 미국 연안측량부 기사로서 기술면에서 갖가지 공헌을 하는 한편, 철학 및 논리학에 대한 독창적인 논문을 차례로 잡지에 발표하였다. 그러나 당시로서는 너무나 선구적인 업적이었으므로, 일반에게 주목을 받게 된 것은 1930년대에 이르러 전 8권 전집(1958, 완결)이 출판된 후부터였다. 그에 의하면 개념이란 그 개념으로부터 나오는 실재적인 결과에 지나지 않으며, 이것이 곧 프래그머티즘의 기본적 문제로서 W. 제임스 · J. 듀이에게 계승되었다. 논리학에서는 '관계의 논리학' 영역에 뛰어난 업적을 남겼으며, B. 러셀 등에게 영향을 끼쳤다. [역주]

cut)[coupure-prélèvement]은 절단함으로써 연결하는 역설적인 기능을 수행한다. 하나의 중단을 통해 연속성을 세우고, 단 하나의 제한받지 않는 과정 내에서 작동하는 복수적인 요소들의 분열증적-흐름을 만든다.

두번째 절단인 분리 절단(detachment-cut)[coupure-détachement]은 "a 또는 b 또는 c 또는 x 또는……"과 같은 형태의 이접적 종합(disjunctive synthesis)을 만들어 낸다. 그러나 이러한 이접성은 배제적이기보다는 포함적이고, 어떤 배제적인 선택항을 가지지 않으며, 각각의 요소는 차별화되면서 긍정이 된다. 이러한 포함적 이접성은 기관 없는 신체의 격자를 구성한다. 다시 확인하겠지만 모든 기계는 활동의 복합적 네트워크 속에서 기능들과 참여로 나누어진다. 그러므로 각각의 기계는 "그 안에 비축되고 저장되어, 처리되는 [machiné] 일종의 코드(규준)같은 것을 가지고 있다."(AO 46; 38) 입 기계는 갖가지 흐름들——음식 · 액체 · 공기——을 절단하고, 그리고 각 절단들은 내부적 · 외부적 과정을 거쳐서 다양한 방식으로 결합된다. 만약 주어진 순간에 입-기계가 음식 흐름을 차단하게 되면, 이 기능들의 복잡한 망은 입-기계의 음식-절단 속에 복잡한 기능의 연결망으로 등록되고 코드화된다. 앞서 살펴보았던 수유하는 유아의 예에서도, 램프의 불빛, 주방의 냄새, 직물의 주름 등과 같은 것들은 유아의 입-기계의 작동 속에 코드화된 결합 사슬의 일부를 형성한다. 램프 회로, 냄새 회로, 다양한 직물 회로 그리고 영양 순환들의 결합 사슬은 각각의 이접들과 함께 일종의 기능들의 '블록'을 형성한다. 이 분리들은 입-기계 또는 먹기-기계, 숨쉬기-기계, 마시기-기계 등과 같은 구체적인 작동을 결정하며, 결합 순환의 덩어리는 활성화되고, 그러한 덩어리는 다른 가능한 회로망으로부터 분리된다. 이러한 의미에서 분리-절단은 "이질적 연쇄들과 관계하며, 날아다니는 덩어리들이나 벽돌들처럼 이탈 가능한 선분들, 가동적인 저장물들을 통해서 행해진다"(AO 47; 39-40)

그러면 기계들은 물질 흐름들 속에서 연접적인 절단을 만들고, 동시에 연상된 기능의 연결고리와 덩어리를 분리시키는 이접적인 절단을 수행한다. 그러나 다양한 여러 덩어리들이 내포적으로 탈구되고, 다양하게 분리된 덩어리의 등록이 모두 기관 없는 신체의 표면에 격자구성을 하는 그러한 형태를 취한다.

세번째에 해당하는 잔여(殘餘)-절단(remainder-cut)[coupure-reste]은 남겨진 그 무엇에 해당하며 잔여물을 남긴다. 그것이 생산하는 것은 "기계 곁의 하나의 주체, 기계에 인접해 있는 하나의 조각(AO 48; 40)"이다. 그 주체는 우리가 보듯이 고정된 정체성(자기 동일성)을 갖지 않으며, 기관 없는 신체의 격자들을 가로지르는[10] 강렬한 노마드적인 명멸과 같은 것이다. 이것은 기계를 따라 생산된 한 부분이기도 하지만 "부분들로 나누어진…… 하나의 부분[une part…… partagée]"이기도 하며, "연결고리의 분리와 기계에 의해 수행되는 흐름의 분할[prélèvements]에 대응하는 각 부분들"(AO 49;40 41)로 기록된다. 그러나 만약 주체가 "부분들로 이루어진 하나의 부분이라면, 개개의 부분은 단번에 기관 없는 신체를 채우게 된다."(AO 49; 41) 아마 사람들은 그 주체가 그 부분들을 통일시키지 않고 결합하면서 조립한다고 말할지도 모른다. 이런 의미에서 세번째 절단은 통접적 종합(conjunctive synthesis)을 수행한다. 연접적 흐름과 이접적 연결고리의 이질적인 요소들이 부가적 부분에서 하나가 되는 순간을 생산한다. 그 부가적 부분은 "통과하는 상태를 소비하고, 그러한 상태로 태어난다."(AO 49; 41)

그때 기계는 절단의 체계이다. 그 각각은 역설적인 종합을 수행한다. 구획을 나누는 절단은 하나의 흐름을 깨기도 하고, 부가적인 연속

10) 들뢰즈는 이 '개인을 가로지르는(transindividual)'이라는 개념을 질베르 시몽동의 저서 《정신과 공동의 개체화 *L'individuation psychique et collective*》(파리, 오비에 출판사, 1989, p.173)에 나오는 사회적·문화적 개체화 이론에서 차용하고 있다.(《들뢰즈》, p.112)[역주]

에서 다른 기계와 연결시키기도 한다. 그리하여 분리된 동시에 연결된 요소들의 분열증적-흐름을 생산한다. 분리-절단은 연결고리간의 이접을 생산하지만, 선택적 회로의 공존 양식을 허용하는 포함적 이접 (inclusive disjunction)이다. 그리고 잔여-절단은 부분으로 쪼개어지지만, 그 부분들은 소비/달성의 즉각적인 순간에 결합하는 잉여 주체를 생산한다. 마침내 이 모든 세 가지 종합 모두가 **다양체들**, 즉 전체성이나 통일성으로 환원됨 없이 같이 기능하는 이질적인 실체들을 상상하는 수단들이다. 연접적인 종합들은 관련된 욕망 기계의 비통일화된 흐름을 생산하며, 이접적인 종합은 분리된 연상의 연결고리의 비전체화된 격자를 형성하고, 통접적 종합은 그것의 형성에 기능하는 부분을 한데 모으는 비전체화된 부속된 부분을 생산한다.

두 가지의 질문이 남는다. 만약 욕망하는 기계가 기계라면, 무엇이 기관 없는 신체이고, 노마드적인 주체인가? 그렇다면 어떤 방식으로 '절단 체계'에 대한 설명을 할 것인가? 들뢰즈와 가타리가 주장했듯이, 욕망하는 기계는 은유적 의미라기보다 실재적 의미의 기계인가? 첫번째의 질문은 일찍이 《반-오이디푸스》에서 다소 특별한 의미를 가졌던 것이었다. 거기서 들뢰즈와 가타리는 욕망하는 생산의 세 가지 요소를 욕망하는 기계, 기관 없는 신체, 노마드적 주체로 확인한다. 그러나 나중에 그들은 이 책에서 세 가지 요소를 부분 대상,[11] 기관 없는 신체, 노마드적 주체로 언급하고, 이를 모두 "욕망하는 기계"[12]라고 말한다. 그러므로 첫번째 질문에 대한 가장 간단한 대답은 기관 없는 신체와 노마드적인 주체 역시 기계라는 것이다. 이런 용어상의 회피는 세 가지 요소의 본질에 의해 어느 정도 정당화된다. 부분 대상들("부분 기관 대상들"과 "부분-기관들"로 언급됨)은 사후 효과로 기관 없는 신체를 생산하고, 노마드적인 주체를 부가물로 생산한다. 부분 대상과 기관 없는 신체 사이에는 사실상 차이점이 있다. 하지만 그것들간에 공동으로 상호 기능하면서 하나의 실체로서 작용한다.

근저(根底)에 있어 부분――기관들과 기관 없는 신체는 유일의 동일한 것, 분열――분석에 의해 그러한 것으로 고려되어야 하는 유일의 동일한 다양체이다. **부분 대상들은 기관 없는 신체의 직접적인 힘이고, 기관 없는 신체는 부분 대상들의 무감각한(가공되지 않은) 질료이다.** 기관 없는 신체는 항상 그렇고 그런 강밀도의 수준으로 공간을 채우는 질료이다. 그리고 부분 대상들은 이러한 여러 단계들이며, 강밀도 '0'인 질료에서 출발하여 공간에서 실재를 생산하는 강도적 부분들이다.(AO 390; 326-27)[13]

부분 대상과 기관 없는 신체 사이의 격퇴의 순간에, 후자는 "부분 대상 그 자체가 형성되는 순수한 다양체의 외재적인 한계를 기록"하고, 끌어당김(引力)의 순간에는 "부분 대상-기관이 그것에 매달리고, 그 위

---

11) 정신분석학적 용어인 '부분적 대상' 또는 '부분 대상'(독일어 Partialobjekt; 프랑스어 objet partiel)은 멜라니 클라인(Melanie Kleine)에 의해 처음으로 소개되었다. 《정신분석 언어》에서 라플랑슈와 퐁탈리스는 부분 대상을 "하나의 전체로서 인간을 애정 대상으로 받아들인다는 것을 함축하고 있는 게 아니라 복합적 본능이 향하는 대상 형태로" 정의한다. 중심이 되는 부분 대상으로는 실재적인 것이든 환상적인 것이든(유방·배설물·페니스), 신체의 각 부분들과 상징적 등가물이 있다. 심지어 한 개인은 스스로를 동일시할 수 있으며, 부분 대상과 동일시될 수 있다."(p.301) 들뢰즈와 가타리는 부분 대상이 "어떤 식으로든 상실된 하나의 통일체 혹은 다가올 전체성으로서의 환영적(幻影的)인 역할을 하는 하나의 유기체를 말하는 것은 결코 아니다"라고 주장한다. 만약 부분 대상들이 "성욕을 자극하는 몸"과 관련이 있는 것이라면, 그러한 신체는 "조각난 유기체가 아니라 전 개별화되고, 전 인칭적인 특이성의 방출이며, 통일성이나 전체성을 갖지 않으면서 순수하게 확산되는 무정부적 복수성이며, 그 요소들은 실재적인 구분이나 연결의 부재(不在)에 의해 결합되고 접착된다는 것이다."(AO 387; 324)

12) "부분 대상과 기관 없는 신체는 분열증적 욕망하는 기계의 두 가지 물질 요소이다."(AO 390; 327) "여기에 욕망하는 기계가 있다. 세 가지의, 즉 작동하는 부분들, 부동(不動)의 모터, 인접한 부품――그것들이 가지는 세 가지의 에너지 리비도(Libido)·누멘(Numen)·볼룹타스(Voluptas)――그것들의 세 가지 종합은 부분 대상들과 흐름의 연결적 종합, 특이성과 연쇄의 이접적 종합, 강밀도와 되기의 통접적 종합이다."(AO 404; 338)

로 포함적 이접과 노마드적인 결합의 새로운 종합이 시작된다."(AO 389; 326) 부분 대상들은 "마치 작용하는 부품들과도 같고," 기관 없는 신체는 "움직이지 않는 모터"(AO 390; 327)와 같으며, 그 둘은 마치 하나의 기계처럼 작동한다. 그리고 노마드적인 주체는 그저 이 단하나의 기계가 작동하는 동안 통과하는 소비이자 상태에 대한 자기-유희(자동-감응)이다. 게다가 어떤 의미로 사람들은 욕망하는 생산의 세 가지 구성 요소 전부 중에 "욕망하는 기계"로서, 작동하지 않는 모터의 존재와 기능하는 동안에 기계가 통과하는 상태를 항상 함축한다는 점에서, 부분 대상에 대해서만 무심하게 말할 수 있을지도 모른다.

두번째의 질문은 욕망하는 기계가 단순히 은유적인 것이 아니라 실재적인 기계라는 들뢰즈와 가타리의 주장에 관한 것이다. 기계를 흐름 속의 '절단 체계'로 정의함으로써 들뢰즈와 가타리는 실체간의 상식적 구분을 용해시키는 언어를 제공하고, 유동의 복수적인 흐름의 세계와 절단의 보편적인 과정을 통해서 유일하게 상호 관련성을 가지게 되는 세계를 시사한다. 도처에 흐름과 기계들이 있다. 그러나 가장 중요한 것은 절단 체계가 종합 체계라는 것이다. 《반-오이디푸스》 마지막 장에서 드디어 부분 대상들은 분산되며, 통일화되지 않고, 고정된 관계도 가지지 않는다는 점을 주장하고 난 뒤, 들뢰즈와 가타리는 무

---

13) 들뢰즈와 가타리는 "기관 없는 신체는 스피노자적 단어의 의미로, 내재해 있는 본질이다. 그리고 부분 대상은 그것의 궁극적인 속성과 같다. 또 그 속성들은 사실상 뚜렷하게 이러한 이유로 서로를 배제하거나 방해할 수 없는 한, 정확하게 그것(기관 없는 신체)에 속한다"(AO 390; 327)고 덧붙인다. 《스피노자: 실천철학》에서 들뢰즈는 "실제로 (형식적으로) 뚜렷하게 구분되는 속성들은 절대적으로 단일한 본질로 확언[se discent]할 수 있고, 그것은 모든 속성들을 소유하며, 더 큰 이유로(a fortiori), 스스로 인과율의, 무한의, 필요한 존재의 자질들을 누린다. 무한한 본질은 그것들이 표현하는 속성에 따라 형식적으로 구분되고, 속성들이 그것들을 귀착시키는 실체에 존재론적으로 병합된다.(I, 10, sc. 1) 속성들의 실재적 형식적인 구분은 절대적으로 본질의 존재론적 통일성과 대립되지 않는다. 반대로, 그러한 구분은 통일성을 구성한다."(S 148; 109) 스피노자의 본질, 속성, 실재적인 것의 구분을 다룬 들뢰즈의 상세한 논의를 위해 하트(Hardt), pp.56-85를 볼 것.

엇이 이질적인 부분들의 전체화하지 않는 상호 관련성을 가능하게 하는가? 그리고 무엇이 이질적인 부분들로 하여금 "기계를 형성하게 하고 기계의 배치를 허용하게 하는가?"(AO 388; 324)를 묻는다. 그들은 "수동적 종합의[14] 특징 내에서, 또는 같은 말이지만 고려되는 상호 작용들의 간접적인 성격 속에서"(AO 388; 324) 그 답을 찾을 수 있다고 말한다. 그 종합은 어떤 선재하는 질서나 지능을 지시함으로써 통제받지 않고, 무의식적이고 자율적이라는 점에서 수동적이다.[15] 종합은 통일화된 전체에 따라 부분들을 상호 공동 결정하는 것을 포함하지 않는다는 점에서 간접적이다. 부분 대상은 주어진 흐름을 절단한다. 그리고 그 자체가 흐름을 방출하지만 흐름을 절단하는 다음의 부분 대

---

14) "반복되고 있는 대상 안에서는 아무것도 변하지 않는다. 하지만 반복을 응시하고 있는 정신 안에서는 무엇인가 변하고 있다"는 흄(Hume)의 유명한 테제는 문제의 핵심에 이르게 한다⋯⋯. 반복에 있어서 불연속성이나 순간성이 지배한다는 것은 어떤 것이 나타나기 위해서는 반드시 다른 것이 사라져야 한다는 걸 말한다. 이것이 순간적 정신(mens momentanea)으로의 질료 상태이다. 어떻게 우리는 제2, 제3이 같다고 말할 것인가? 본질적으로 그것은 아니다. 왜냐하면 반복은 생성하는 가운데 소멸하기 때문이다. 사물의 상태 안에서는 아무것도 변화하지 않는다. 반면 응시하는 정신 안에서 어떤 차이, 새로운 어떤 것이 발생하는 것이다. 흄에 의하면 변화의 본성은 상상력을 통해 용해된다. 상상력을 통해 요소·경우·진동·동질적 순간들이 수축된다. 수축은 시간의 종합을 이루어 낸다. 순간의 계속은 시간을 와해한다. 이러한 종합을 통해 체험적 현재, 살아 있는 현재가 구성된다. 시간은 이런 현재 안에서 펼쳐진다. 과거와 미래도 모두 이런 현재에 속한다. 선행하는 순간들이 수축을 통해 유지되는 한에서 과거는 현재에 속한다. 기대는 똑같은 수축 안에서 성립되는 예상이므로 미래는 현재에 속한다. 현재는 수축을 통해 특수한 것을 봉인하고 있다가 자신의 기대 범위 안에서 일반적인 것을 개봉한다. 그러므로 이러한 종합은 **수동적 종합**이라고 불러야 한다. 이 종합은 정신에 의해 이루어지는 것이 아니라 모든 기억과 반성에 앞서 응시하는 정신 안에서 이루어진다.(질 들뢰즈, 《차이와 반복 *Difference and Repetition*》, tr. 폴 패튼, 컬럼비아대학교 출판부, 1994, pp.70-71)〔역주〕

15) 《차이와 반복》에서 들뢰즈는 시간의 세 가지 '수동적 종합'을 제시한다. 들뢰즈가 '수동적 종합'을 통해 드러내고자 하는 의미는 첫번째의 시간적 종합에 관한 이 단락으로부터 얻을 수 있다. "이 종합은 어쨌든 명명되어야 한다. 즉 수동적 종합으로. 비록 그것은 구성적이지만 어떤 식으로든 활동적인 것은 아니다. 그것은 정신에 의해 수행되는 것이 아니라 명상하는 정신의 **안**에서 모든 기억과 회상에 선행하여 일어난다. 시간은 주관적이지만, 그것은 수동적인 주체의 주체성이다."(DR 97; 71)

상을 결정하지 않는다. 하나의 흐름 속에서 부분 대상의 계열 형성은 간접적으로 작용하고, 각 단계는 끝부분이 개방되며, 부분과 부분에 대한 방향성 없는 부가(附加)로 이어진다. 흐름들이 겹쳐지면서 내포적인 이접들이 연상의 연결고리들의 격자를 가로질러 흐름이 서로서로 관계한다. 일단 흐름이 겹쳐지면 부분 대상의 상호 침투가 가능하게 되고, 하나의 상태에서 다른 상태로 결정되지 않은 간접적인 통로를 따라 이행하는 연상적인 연결고리의 격자를 가로 지른다. "이러한 모든 간접적인 수동의 종합은 이항 대립에 의해(연결적 종합), 겹쳐지면서(이접적 종합), 침투되는(통접적 종합) 욕망의, 단 하나의 동일한 기계류이다."(AO 388-89; 325)

이것이 시사하는 것은, 결국 기계들은 '신시사이저,' 즉 간접적인 수동적 종합(passive synthesis)의 생산자라는 것이다. 기계들은 간접적인 과정을 통해 연결적 · 이접적 · 통접적 관계를 형성하는 이질적이고 분산된 부분들이다. 그리하여 그 부분들은 기능하고, 상호 작용하고, 작동하고, 움직인다 그러면서도 여전히 부분으로 남아 있게 된다. '기계'는 부분들을 관계 속에 넣어두는 것에 대한 이름일 뿐만 아니라, 부분을 서로서로 전체화하지 않는 관계에 두는 것에 대한 이름이기도 하다. 이런 점에서 기계들은 스스로를 '기계화'하고, 그것들이 작동되는 과정에서 자신을 기계로 형성한다. "욕망하는 기계는 은유가 아니라 절단하는 것이고, 그것은 이러한 세 가지 유형에 따라 절단하고 절단되는 것이다."(AO 49; 41) 우주는 흐름과 절단으로만 구성되어 있고, 분열 흐름은 연결하고, 겹치고, 침투된다. 기계는 자신을 기계화시켜서 더 기계가 된다. 기계 외에 실재적인 것 안에는 아무것도 없으므로 기계는 은유적이라기보다는 실재적이다. 그리고 기계의 본질은 그것의 작동에 있고, 다양체들의 부분들간의 역동적인 관계를 생산하는 '기계화(작동)'에 있다.

독신 기계

부분-대상들과 기관 없는 신체 사이의 인력(당김)과 척력(밀어냄)의 이행 운동들이 노마드적 주체를 생산하게 되면서 "조화를 이루게 될" 때, 편집증적 기계와 기적적인 기계의 형성을 가능케 하는 제3의 혼합 기계인 '독신 기계(celibate machine)'가 창조된다. 들뢰즈와 가타리는 미셸 카루즈의 환상적인 기계와 19세기와 20세기초의 문학 작품들에 나타난 기계적 장치들에 관한 연구인 《독신 기계》에서 그 용어를 빌려온다. 이 작품에는 포의 《갱(坑)과 추》(1843), 로트레아몽의 《말도로르의 노래》(1869), 빌리에 드 일 릴라당의 《미래》(1886), 쥘 베른의 《카르파데의 모자》(1892), 앨프레드 자리의 《르 슈말》(1902),[16] 레이몽 루셀의 《로커스 솔루스》(1914)[17] 그리고 카프카의 《유형지에서》(1914; 1919년 출판) 등이 포함되어 있다. 카루즈가 말한 것은 들뢰즈와 가타리의 노마드적 주체 개념을 직접적으로 포함하고 있지는 않지만, 그가 다루는 카프카의 식민지 형벌 고문 기계는 전반적인 기계에 대한 이해뿐만 아니라, 카프카의 작품을 문학 기계로서 접근한 들뢰즈와 가타리의 설명을 명료하게 한다.

카루즈는 카프카의 고문 기계와 마르셀 뒤샹의 위대한 예술 작품 〈거대한 유리, 또는 독신 남자들이 발가벗긴 신부, 그조차도〉(유리판 대작)(1912-1923)의 이상한 메커니즘에서 놀랍게도 그 유사성을 주목하고 나서, 처음으로 그의 계획을 구상했다. 이후 그는 다른 문학이나 예술적 창작품에서 묘사되었던 기계에서도 기계적이고 유비적인 관계

---

16) 전기의 전류에 의해 생명을 얻고, 남자와 사랑에 빠지는 여자 인조 인간에 관한 소설이다.[역주]

17) 레이몽 루셀(Raymond Roussel, 1877-1933): Locus Solus는 외딴 곳이란 뜻의 라틴어이다. 프랑스 작가, 초현실주의와 누보로망의 선구자적 작가이다.[역주]

를 발견했다. 그래서 그는 "독신 기계의 신화"라고 명명했던 하나의 현대적 신화의 존재를 긍정적으로 가정한다. 거기에는 "우리 시대의 4중의 비극인 메커니즘 · 테러 · 에로티시즘 · 종교 혹은 반종교의 충돌"(카루즈 24)과도 같은 고르디언 매듭이 새겨져 있다. 그는 모든 작품에서 이 네 가지 주제를 분명히 찾아내지는 못했다. 그러나 카프카와 뒤샹의 기계들을 병치함으로써, 그는 그 두 개의 작품에서 모두, 그리고 후일 광범위한 다른 예에서도 그러한 것들이 존재함을 확인할 수 있었다.

카루즈의 《유형지에서》는 고문 기계의 스케치로부터 시작한다. 작품 속의 사무관 설명에서 우리가 알 수 있듯이, 이 "주목할 만한 장치"는 세 부분으로 나누어져 있으며, 각각은 "일종의 대중적인 별명을 갖는다." 가장 밑에 있는 것은 '베드[das Bett],' 가장 위에는 '디자이너[der Zeichner],' 그리고 아래 위를 왔다 갔다 하면서 가운데에 위치하는 것을 '해로[die Egge]'(《소설 전집》 142)라고 부른다. 처형되는 죄수는 발가벗겨서 목화솜으로 윤곽이 잡힌 침대 위에 얼굴을 묻게 한다. 해로(쇄토기[碎土機])는 희생자가 복종하지 않는 계율을 몸에 새겨넣는 유리에 상감(象嵌)된 이빨 같은 바늘이 있다(첫 부분을 예를 들면 "너의 상관을 존경하라!"). 베드와 해로 둘 다 작은 진동 속에서 흔들린다. 계율이 새겨지면서 그것들의 복잡한 움직임이 디자이너에 의해 조정되면서, 침대 위 2미터나 되는 어두운 나무로 된 장롱, 거기에는 식민지의 이전 사령관의 복잡한 디자인을 희생자의 살에 부상의 형태로 표현된 톱니바퀴들로 가득 차 있다. 형집행은 열두 시간 넘게 일어난다. 처음 그 희생자는 고통만 경험한다. 그러나 여섯 시간 뒤에, 그는 자신의 상처에 새겨진 비문을 해독하기 시작한다. "그러나 약 여섯 시간 동안 그는 얼마나 조용해지는지! 교화로 인해 가장 둔한 머리가 된다. 그것은 눈 주위로부터 시작해서 전체로 퍼져나간다. 순간, 해로에 굴복해 버리고 싶은 유혹을 받는다."(《소설 전집》 150)

카루즈는 형집행 장치가 인간과 기계를 단 하나의 구조, 즉 위로는 계획된 메커니즘에서부터 아래로는 신체에 이르는 끔찍한 법으로 결합되어 있음을 관찰한다. 풍부한 종교적인 인유를 통해 기계는 한때 잔인하지만 효과적으로 신성한 명령의 계시를 제공하고, 이전 사령관의 죽음으로 희생자는 교화의 힘을 상실한 고통만을 공유할 뿐임을 제시한다(사무관의 경우에도 역시, 그는 자발적으로 기계의 작동에 복종하였지만, 그의 얼굴에는 아무런 "약속받은 구원의"[《소설 전집》166] 징표도 없이 죽어간다). 카루즈는 카프카의 이야기에서 "신의 죽음의 비극"(카루즈 48)을 발견한다. 그것은 과학 기술에 대한 공포의 신화와 결합된다. 게다가 카루즈는 희생자의 벗은 몸을 가로질러 뚫고 지나가는 기계의 움직임 속에서 잠재된 관음증적 성애(性愛)와 고통을 관찰하게 하는 해로의 유리틀을 주목한다.

뒤샹의 〈독신 남자들이 발가벗긴 신부, 그조차도〉에서, 카루즈는 뒤샹의 기계와 카프카의 기계의 복합적인 요소들간에 복수적인 평행 관계뿐만 아니라, 메커니즘과 공포 · 종교 · 성애와 같은 주제들을 발견한다. 〈거대한 유리〉는 이때까지 창작한 예술 작품들 가운데 가장 복잡한 것 중 하나이다. 구성 요소들이 많기 때문이 아니라, 다른 작품에 대한 복수적인 시각을 제공하는 인유와 작품에 부속된 여러 구성 요소들을 위해 뒤샹이 모은 기록의 풍부함 때문이다.[18] 뒤샹은 작품 〈거대한 유리〉에서 여러 가지 대상에 대해 이름들을 부여하고, 공상과학적인 해설과 어지러운 설명을 확산시키면서 각각의 기능이 가지는 관계를 상세히 밝히고 있다. 그 작품은 두 개의 커다란 패널로 구성되어 있다. 위쪽은 신부의 영역이고, 아래로는 독신 기계(독신 장치; Machine Célibataire; L'Appareil célibataire], 혹은 간단하게 독신[Célibataire]의 영역이 있다. 신부의 영역에서부터, 그녀는 세 개의 피스턴 도안을 통해 삼중의 암호로 자신의 명령을 독신자에게 전달한다(작품 꼭대기에 은하수라고 불리는 구름에 둘러싸인 수평의 줄 가운데 세 개의 구역). 카프카의 기계에서와 같이 높은 곳의 비문은 그 아래의 신체로 전달된다. 그리고 신부의 바늘같이 나지막한 신체 부속 기관 속에서 카루즈는 해로(Harrow)의 형벌 기계의 반사음을 확인한다. 뒤샹이 신부를 해골로서, 교수형에 처한 여성(pendu femelle)으로, 독신자 영역을 유니폼과 리베리의 무덤으로 언급하는 부분에서 죽음의 모티프를 발견한다. 기술적인 에로티시즘이 독신 기계 패널 작동에 침투한다. 이 패널에는 독신자들(아홉 명의 악의 형상 또는 에로스의 모체라고 부름)이 표현되어 있고, 아홉 명의 독신자 패널의 상단 왼쪽에 있는 아홉 명의 인물들은 모세혈관을 통해서 가스를 쏟아내며, 그곳을 통해서, 체로 파악되는 일곱 개의 원뿔 모양들이 궁형(弓形)으로 계열을 이룬 곳으로 그 가스를 싣고 간다. 거기서 그 가스가 얼어붙어 스팽글(반짝이는 금속조각)로 전환되고, 그 금속조각은 액체의 부표로 응축되고, 그뒤 나선의 터보건 아래(독신자 패널의 오른쪽 아래)로 떨어진다. 그때 튀어오른 얼룩이 터보건 아래 바닥에서 검안사의 위트니스까지 연출되어 있다.(오른쪽 윗부분) 거기에서 그것들은 신부 패널과 소통하게 된다. 그에 상응하는 기계적 에로티시즘이 신부의 패널에 두드러진다. 신부의 까다로운/성의 실린더는 욕망의 발전기의 스파크를 조절하고 매우 약한 실린더를 가진 그녀의 모터를 만족시키는 사랑의 가솔린을 숨긴다.[19]

---

18) 작품 〈거대한 유리〉에 대하여 전반적으로 소개된 것으로 골딩(Golding)을 참고할 것. 〈거대한 유리〉에 나타난 과학 기술적 인유에 대한 상세한 연구물인 헨더슨(Henderson)을 참고할 것. 뒤샹의 〈거대한 유리〉에 대한 기록장으로 오르투로 슈바르츠(Arturo Schwarz)에 의해 편집 해석된 《작품 '거대한 유리'의 구상과 해설 Notes and Projects for The Large Glass》뿐만 아니라 《마르셀 뒤샹의 글쓰기: 소금장수 Salt Seller: The Writings of Marcel Duchamp》에 수록된 것들은 참고할 만하다. 15개의 기록물이 담겨 있는 박스로 구성된 뒤샹의 작품 〈신부〉는 〈1915년의 박스〉로 언급되기도 한다. 1934년 〈초록 상자〉에 모아둔 94개의 기록물들은 작품 〈신부〉에 대한 상당히 중요한 해설이 담겨 있다. 1967년 뒤샹은 À l'Infinitif(〈하얀 상자〉로 알려짐)라는 제목의 세번째 기록물 모음을 만들게 된다. 여기에는 이전에〈색 Couleur〉이라는 제목의 푸른색 폴더 안에 41개의 서류들과 〈원근법 Perspective〉이라는 제목의 초록 폴더에 38개 서류들이 들어 있는 〈초록 상자〉에는 제외되었던 부분들이 담겨 있다.

카루즈에게 카프카와 뒤샹의 기계들은 신성함이 없는, 불임의, 관음증적인 에로티시즘의 지배를 받는 폭력과 죽음의 현대 기계 문화의 신화를 전달한다. 카프카의 형벌 기계는 종교나 테러의 주제를 전면에 내세우고, 뒤샹의 〈거대한 유리〉는 기계적 에로티시즘을 내세운다. 우리가 완전히 형성된 '독신 기계'를 만나게 되는 것은 그 두 가지의 결합에 있다. 들뢰즈와 가타리는 카루즈가 독신 기계를 현대 비극의 4중 신화로 해석하는 것을 포용하지는 않는다. 하지만 그들은 그 안에 그가 배치하고 있는 카테고리와 예들이 그 설명을 돕고 있다는 것을 발견한다. 그들에게 있어서 독신 기계는 욕망 기계이다. 들뢰즈와 가타리가 그렇게 많이 언급하지는 않지만, 그 용어에 대한 의미와 카프카 기계에 대한 그들의 독해는 뒤샹의 〈거대한 유리〉와 카프카의 형벌장치의 병치에 의해 형성되어 있다는 점은 분명하다. 어떤 면으로 〈거대한 유리〉는 들뢰즈와 가타리가 《반-오이디푸스》에서 강조하는 것들보다 훨씬 나은 욕망하는 생산의 사례가 된다. 그것은 명백하게 흐름의 회로를 통해 작동하는 하나의 기계이고, 독신 기계의 휘발유는 냉각되고, 반짝거리는 금속조각으로 절단되어 안개로 전환되고, 액체로 응축되어 하나의 흐름으로 전달된다. 한편, 신부는 매우 약한 실린더를 지닌 그녀의 모터에 주유하는 사랑의 가솔린을 숨긴다. 그것은 루브 골드버그 기계와 베케트의 《몰로이》의 포켓-돌-입-기계의 특질을 결합한다. 그것은 자연의 배치에서 우리가 접하게 되는 목적 있는 비효율성과 목적 없는 효율성이라는 양 극단을 드러낸다.[20] 〈거대한 유리〉

---

19) 뒤샹의 기계의 작동에 대해서는 여기서 상세히 설명할 수 있는 것보다 훨씬 더 복잡하다. 작품의 기능성에 대한 좀더 명확한 해설을 위해 슈바르츠의 《거대한 유리의 기획과 초고 Notes and projects for The Large Glass》, pp.11-13에 있는 〈거대한 유리의 역학 The Mechanics of the Large Glass〉을 볼 것. 부가적으로 좀더 상세한 설명은, 《소금장수 Salt Seller》, pp.20-21에 있는 〈거대한 유리〉의 디아그램과 헨더슨의 《뒤샹의 컨텍스트 Duchamp in Context》 여든두번째 판유리의 신부에 관한 그의 도식을 참고로 할 것.

의 복잡하게 얽힌 장치들은 루브 골드버그의 새로운 장치들과 그 복잡성과 일어날 것 같지 않음이 서로 견줄 만한 것이 되고, 신비스러운 목적의 냉혹한 형집행은 몰로이의 빨아들이는 돌 회로처럼 모든 부분들이 그 의도가 효율적이고 투명한 것처럼 보인다. 뒤샹의 이질적 요소들의 배치는 욕망하는 생산의 비인습적인 형식의 분리된 실체들을 병치시킨 예가 된다. 피스톤, 은하수 구름, 욕망——고압자석 발전기, 맥 바늘, 아주 약한 실린더를 가진 모터, 모세혈관, 나비 펌프, 초콜릿 그라인더, 고운 체, 가위, 물방앗간, 물방아, 일인용 이륜마차, 터보건, 이동성 웨이트, 안과 의사의 차트, 고립된 플레이트, 열을 쬐인 쿨러, 신부의 옷——이 모든 것이 평범한 기계적 대상들의 있음직하지 않은 콜라주로 결합된다. 그리고 신부(新婦)와 독신자들, 인간이지만 그 자체가 메커니즘(신부)인 것 혹은 추상적인 산업 형태들("아홉 개의 악의 주형"으로서의 독신자들)이 이 회로 안에 통합되어 있다. 무엇보다도 〈거대한 유리〉는 에로틱하게 제작된 기계지만, 그 속에 드러나는 리비도는 회로 전체에 고루 분배되고, 흥미롭게도 단순한 어

---

20) 《들뢰즈와 음악, 회화, 그리고 일반 예술》 제3장에서 나는 들뢰즈가 자연 체계의 목적 있는 비효율성과 목적 없는 효율성 양 극단을 다룬 부분을 언급한다. 《반-오이디푸스》 증보판 부록에서, 들뢰즈와 가타리는 루브 골드버그(Rube Goldberg)의 두 가지의 풍자들을——욕망하는 생산의 일러스트레이션으로——재제작하여 제시하고 있는데, 각각은 뚜렷한 목적을 가진 하나의 기계를 제시한다("얼간이, 너 그 편지를 부쳐"의 경우, 한 남자가 편지를 부치게 되는 것을 "간단한 체중 감량 기계"의 경우, 어떤 남자의 체중 줄이는 일을 돕는 일을 상기시킨다). 그러나 그 구성 요소와 기능은 각각 우스꽝스러울 정도로 복잡하게 얽혀 있고, 일어날 법하지도 않은 그러한 것이다. 일찍이 《반-오이디푸스》에서(AO 8-9; 3), 들뢰즈와 가타리는 베케트의 《몰로이》(세 편의 소설 69-74)에 부분적으로 드러난 특징이 욕망하는——기계들과 연관성을 갖는 것으로 본다. 그 작품에서 내레이터는 돌을 빨아들이는 입을 통해, 이 포켓에서 저 포켓으로 돌을 옮기면서, 두 개의 커다란 외투 호주머니와 두 개의 바지주머니에 배분된 16개의 "빨아들인 돌"의 이동에 대해 낱낱이 서술한다. 돌, 포켓, 나르는 손, 빨아들이는 입은 구체적이고, 규칙적인 작동 계열에 의해 구분되는 상관 관계의 요소들간의 윤곽을 명확하게 그리는 회로를 형성한다. 그러나 그러한 것들은 그 자체의 고유한 기능성 외의 어떤 다른 목적도 가지지 않는 기계를 구성한다.

떤 인간의 성적(性的)인 관계로부터 분리된다.

《반-오이디푸스》에서 독신 기계를 묘사하면서, 들뢰즈와 가타리는 그것이 마치 〈거대한 유리〉와 형벌 식민지 집행 기계의 혼합물인 것처럼 말한다.[21] "두 가지 기계의 그런 통합은 둘 다 중요하게 작용한다. 뒤샹의 기계를 형벌 장치로 보는 것은 카프카의 구조가 가지는 유머와 아이러니와 부조리를 고조시킨다. 카프카의 관점에서 〈거대한 유리〉를 생각해 보면, 뒤샹이 피상적으로 마구 이종의 요소들을 콜라주한 것들을 심각한 사회 · 정치적 결과물로 인식하도록 강요한다. 그리고 양자를 독신 기계로 보는 것은 욕망하는 생산의 욕망의 본성을 분명히 밝혀 준다. **독신**(célibataire)이라는 단어에 기본적으로 내재된 영어의 '독신자(bachelor)'나 독일어의 '융거젤러(Junggeselle)'에 존재하지 않는 모호함을 주목하는 일이 중요하다. **독신**은 단순히 결혼하지 않은 남성을 가리키거나 독신을 맹세한 혹은 금욕주의자인 남자일 수 있다. 뒤샹의 **독신 기계**는 결혼하지 않은 구혼자로 인해 발가벗긴 신부의 에로틱한 기계인 동시에 역설적으로 중성적 리비도의 순수한 기계이기도 하다. 들뢰즈와 가타리가 **독신 기계**라는 용어를 채택했을 때, 그들은 욕망의 반혼인주의적이고 반가족적인 본성을 강조한다. 그 욕망은 합법적이고 비합법적인 성관계의 구분을 무시한다. 그들은 《카프카》에서, 카프카의 작품 《변신》에 나오는 누이에게 향하는 그레

---

21) 들뢰즈와 가타리는 카루즈의 독신 기계 전반에 대해 말하면서 "우선 독신 기계는 그 기계의 고문, 그림자, 옛법〔舊法〕[카루즈가 다루는 모든 기계의, 이런 식의 서술은 유일하게 카프카의 기계에 잘 들어맞는다]을 가진 이전의 분열증적 기계를 증명해 준다. 그러나 그것이 분열증적 기계 그 자체인 것은 아니다. 그 안의 모든 것은 다르다. 예를 들어 그것의 기어[**톱니바퀴**, 카프카] · 마차[**수레**, 뒤샹] · 가위[뒤샹] · 바늘[카프카와 뒤샹] · 자석[뒤샹] · 광선들[카프카: 카루즈는 네 개의 금속 막대기가 "햇빛을 받아 광선을 발하면서"(《소설 전집》 143), 디자이너를 받치고 있다는 것을 강조한다. 또한 기적을 일으키는 신의 광휘에 대한 슈레버(Schreber)의 강박에 대한 인유이기도 하다]. 심지어 그것이 전달하고 있는 고문이나 죽음에 있어서도 그것은 뭔가 새로운 어떤 것, 즉 태양의 힘[또다시 카프카의 기계를 처음으로 기술하는]을 증명한다."(AO 24-25; 18)

고르의 끌림은 결혼이라는 규범 안에서나 혹은 엄마에 대한 오이디푸스적 집착의 구조 안에서도 수용될 수 없는 욕망의 형태인 분열증적-근친상간의 예라고 주장한다.[22] 그들은 카프카의 작품에서 여동생·하녀·매춘부와 같은 계열을 모두 반혼인적이고 반가족적인 욕망의 대행자로 본다. 그리고 그들은 카프카의 동성애 상대자, 형제, 관료주의자 그리고 고독한 예술가들도 똑같은 시각으로 본다. 그러나 그들은 마침내 카프카의 예술 기계가 "**독신 기계**"(une machine célibataire)(K 128; 70)라는 주장을 한다. 그리고 그들의 욕망이 카프카의 반혼인적인 여성이나 동성애적인 남자들에게 개방된 관계를 넘어서는 독신이라고 주장한다. "그 **독신**(célibataire)은 근친상간적 욕망이나 동성애적 욕망보다 더 방대하고 더 강렬한 욕망의 상태이다."(K 129; 70) 왜냐하면 그러한 욕망은 궁극적으로 비개인적이고, 차별 없이 인간적이면서/이거나 비인간적이기 때문이다.[23] 뒤샹의 〈거대한 유리〉는 모세혈관, 체, 터보건과 안과 의사의 차트를 통해 욕망이 소통될 때, 신부와

---

22) 그레고르의 여동생은 "그레고르를 받아들였다. 그리고 그녀는 그처럼 분열증적 근친상간을 원했다. 강한 결속력을 가지는 근친상간, 오이디푸스적 근친상간에 맞서는 여동생과의 근친상간, 마치 동물-되기와 같은 비-인간적 성애(性愛)를 증언하는 근친상간을."(K 27; 15)

23) 엘리자베스 보아(Elizabeth Boa)는 들뢰즈와 가타리가 "카프카의 작품에서 갈등을 일으키는 많은 요소들을 실험하고, 오스트리아-헝가리 제국의 마조히즘을 간단하게 논의하면서 욕망을 독신자-영웅을 찬양하는 자기 만족적인 성차별주의자의 자본주의 사회의 역사적-장에 영향을 미치는 비역사적인 힘으로 남겨둔다"(28)고 주장한다. 욕망의 예증적 실천가인 독신(célibataire)에 대한 비평에서(K 128-30; 70-71), 들뢰즈와 가타리는 카프카의 《일기》(1910, pp.22-29)의 **융거젤러**(Junggeselle)에 대한 이야기 초안을 활용한다. 그러나 카프카의 융게슬레는 거의 영웅적인 의미를 갖지 않는 것 같다. 그리고 들뢰즈와 가타리의 독신은 인습적 의미의 독신자 영웅이라고 볼 수는 없다. 사실 카프카의 젠더·계급·민족적 갈등에 대한 보아의 철저한 독해는 들뢰즈와 가타리가 말하는 카프카에게서의 욕망의 역사적 현실화의 의미와 잘 조화를 이룬다. 들뢰즈와 가타리는 탈영토화된 욕망의 잠재적인 차원이 실재적인 것에 내재적이며, 그 욕망은 그들이 그 용어에 부여한 특별한 의미(아마도 그것은 영어로의 번역될 때, 그 의미가 덜 분명할지도 모른다)의 독신(célibataire)이라고 주장하고 있을 따름이다.

그녀의 구혼자 간의 인습적인 인간 관계가 용해 과정에 있을 때 가장 독신적이다. 형벌 식민지 고문 기계는 이행 운동을 지향하는 혼인적·가족적 좌표 없이, 욕망이 장치·희생자·증인의 회로에 침투한다는 점에서 독신적이다. 여기서 욕망은 순수한 강밀도이고, 즐거움과 고통 간의 변별화가 없는 황홀한 고문이다. **독신 기계**로서 고문 장치는 "자기 발정적인 혹은 차라리 자동적인 것으로 특징지을 수 있는 즐거움"(**AO** 25; 18)을 생산한다. 소외된 희생자와 기계가 분리된 어떤 단위를 형성하기 때문이 아니라, 희생자-기계회로가 자기 발생적이어서, 자동적인 자동-감응 혹은 자기-향유를 겪으면서 그 단위를 통하여 욕망이 분배되기 때문이다. 그러나 "가족이 없고, 혼인 관계가 없다"고 하더라도 독신자는 "보다 더 사회적, 사회적-위험을 지닌 사회적-반역자이고, 스스로 하나의 집단성을 가지게 된다." '고도의 욕망,' 즉 **독신**의 욕망은 "고독을 욕망하는 동시에 모든 욕망의 기계들과 연결되기를 욕망한다. 고독한 **독신**이기에 더욱더 사회적이고 집단적인 기계이다."(**K** 130; 71) 카프카의 형벌 기계는 고독한 희생자를 고문하나, 그것은 법의 계율·범죄·판결·처벌·유죄·구원의 기계이다. 그래서 그것은 세계 속으로 즉각적으로 확대되는 사회적인 기계이다. 이처럼 뒤샹의 신부와 아홉 명의 **독신자**(célibataire)들은 서로 분리되어, 그들의 욕망 안에서 고독하게 독신으로 남게 된다. 그러나 그들의 회로는 사회적·예술적·산업적·과학적·기술적인 영역으로 뻗어 나간다. 들뢰즈와 가타리는 독신 기계를 편집증적인 기계와 기적을 일으키는 기계의 계승자로 그 특징을 꼽는다. 그러나 어떤 의미로, 그것은 부분 대상들과 기관 없는 신체와 노마드적 주체 모두가 자연과 사회 정치적인 현실로 침투하는 비개인적, 비인간의 회로 속에서 기능하는 욕망하는 기계, 욕망하는 생산의 절정이다.

글쓰기 기계

《반-오이디푸스》에서 식민지 형벌 고문 기계는 들뢰즈와 가타리의 욕망하는 기계의 좋은 예로서 기여한다. 왜냐하면 평범한 의미의 기계이기 때문이다. 그것의 에로티시즘은 비인간적 메커니즘과의 상호 작용하는 고독한 희생물에 속하지만, 그 기능은 명백히 사회적이며 정치적이다. 그러나 《카프카》에서 고문 장치는 들뢰즈와 가타리가 탐구하는 기계들 중 하나에 불과하며, 그들은 최소한 독신자 욕망의 생산과 연속의 관점에서 그것은 카프카의 가장 성공적인 기계는 아니라고 주장한다. 고문 장치는 너무나 추상적이고 상당히 고립된 실체로 스스로 닫혀 있다. 그것은 불특정의 유배지와는 다른 제도와 관계하는 하나의 섬 위에 존재한다. 그 결과, 그것의 요소는 《구약성서》의 신과 무력한 메시아의 유사 종교 구조와 같이 오이디푸스적 아버지-아들 구조, 즉 과거의 지휘관과 관리자/희생자 속에 너무 쉽게 동화된다. 이야기의 결말에 이르러 기계는 산산조각 나고, 관리자는 죽고, 탐험가는 섬을 탈출한다. 탐험가의 도주만을 제외하고 모든 동작은 끝을 맺는다.

기계들의 기능은 '기계화' 하는 것—종합을 형성하는 것, 이항적인 연접, 포함적 이접과 노마드적 통접을 통해 흐름을 생산하는 것이다. 카프카의 문제는 욕망하는 생산의 흐름을 종합하고, 복수적인 연접·이접·통접을 형성하여 이행 운동을 생산하고 지속하는 것이다.[24] 《반-오이디푸스》에서 들뢰즈와 가타리는 욕망의 흐름의 이행 운동을 기술하고, 그 이행 운동이 봉쇄되는 방식과 그 흐름이 제한되고, 규칙화되고, 코드화되고, 홈을 파면서 연접으로 제한되고, 이접에 의해 배제되며, 통접에서 고정되는 회로가 되는 방식들에 대해 상세하게 언급한다. 만약 욕망하는 기계가 도처에 산재한 탈영토화의 흐름이라면, 그와 같은 흐름 역시 끊임없이 재영토화되어 인식 가능한 객체와 안정적인 주체의 조직화된 양식 속으로 끊임없이 재영토화된다. 그리하여 들뢰즈와 가타리는 욕망하는 생산의 두 가지 축, 즉 흐름을 제한하고 격리시키는 "편집증적·파시스트적인 형태 또는 극(極)"과 "욕망의 탈주선을 따라 벽을 깨고 통과하며 흐름을 자극하는 분열 혁명적 형태 또는 극"(AO 329; 277)을 규명하게 된다. 《반-오이디푸스》에서 그들은 보편적 역사의 세 가지 유형(원시적·전제군주적·자본주의적)의 편집증적 사회 기계를 서술하면서 양 극의 회로들을 그리는데, 각각은 흐름을 제한하고 조직화하는 특징적인 수단을 갖는다. 정신분석에 대한 그들의 비판은 이것에 대한 분석의 일부일 뿐이며, 부(父)-모(母)-나라고 하는 오이디푸스의 삼각형은 욕망을 규제하는 현대 자본 사회의 제약과 통제의 전반적인 체제의 하나의 구성 요소에 불과하다(이 경우 욕망은 근본적으로 가족, 에고 주체, 전체와 분리된 유기체 등에 위치한다).

《카프카》에서 들뢰즈와 가타리는 카프카에 대한 오이디푸스적 읽기에 반대하면서 정신분석에 대한 공격을 계속한다. 그러나 그들의 중심 목표는 동작의 생산·연속·확산의 관점에서 카프카의 글쓰기 기계 작업을 구체화하는 것이다. 그들은 카프카의 쓰기 기계의 요소를 세 가지, 즉 편지·단편·세 편의 소설들이라고 밝힌다.[25] 카프카와 펠리체 바우어 사이의 서신 왕래에서 들뢰즈와 가타리가 발견한 편지의 본질은, 카프카가 편지로 구애하고 약혼을 했지만 결코 결혼하지 않았다는

---

24) 카루즈는 "기계에 대한 핵심적인 정의"는 "움직임을 생산하거나 전달하는 것"이라고 언급한다.(카루즈, p.152)

25) 그들은 차례로 열거하면서 일기를 제외시킨다. 왜냐하면 "일기는 모든 것을 횡단하고, 리좀 그 자체이기 때문이다. 일기는 카프카의 작품 양상 중 한 요소인 것이 아니라, 마치 물고기처럼 카프카가 떠나고 싶어하지 않는 (환경의 의미에서) 요소이다. 왜냐하면 이 요소가 외부 전체와 소통하기 때문이며, 편지글의 욕망과 단편의 욕망, 소설의 욕망을 분배하기 때문이다."(K 76; 96)

것이다(그의 편지는 일종의 러브레터라고 그들은 주장한다. "편지의 지평선 위에는 항상 한 여성이 있다. 그녀는 연애편지의 진정한 수취인[des-tinataire]이지만, 짐작컨대 그의 아버지는 그로 하여금 그녀를 버리도록 권유했고, 그의 친구들 또한 그녀와 헤어지기를 바랐다."[K 53; 29]) 막스 브로트의 집에서 그녀를 만난 후, 카프카는 곧 그녀에게 매일 편지를 쓰면서 자주 답신을 요구하고 정기적인 서신 왕래를 했다. 결국 그들은 약혼하게 되지만, 서신 왕래를 통하여 카프카는 그들의 드문 만남의 장애 요인들과 결혼이 끊임없이 반대에 부딪히는 문제를 제기했다. 그러다 그가 자꾸 연기시킴으로써 카프카의 표현을 빌리자면, 호텔에서 심판[Der Gerichtshof im Hotel]하게 되었다. 그것은 자신의 의도를 결정짓기 위해 베를린의 아스카니치 호프에서 펠리체와의 인터뷰를 한 일이었다. 그날 이후 그는 그들의 실패한 약혼 소식이 그녀의 가족과 관련이 있음을 분명히 밝혔다. 카프카는 "그들은 내가 옳다는 점에 동의했으며, 나의 생각에 반대하여 말할 수 있는 것이라고는 아무것도 없으며, 있어도 그리 많지 않다. 나의 순진무구함 속의 악마적인 것[Teuflisch in aller Unschuld]."(일기 II, 65) 펠리체와 카프카는 얼마간 편지쓰기를 더 계속하다가, 결국 구혼과 서신 왕래는 끝이 났다.[26]

들뢰즈와 가타리는 편지들이 "문학 기계의 악마적인 권력의 모습을 직접적으로 천진난만하게"(K 52; 29) 드러낸다고 주장했다. 연애편지는 사랑의 대체물이고, **결혼 계약**을 대신하는 **악마적인 계약**의 산물이다(한때 그는 펠리체에게 하루에 두 번 편지쓰기를 약속하기도 했다). 카프카는 드라큘라와 같다. 그는 박쥐 같은 편지를 보내어 펠리체로 부터 생명을 빨아들인다.[27] 그는 언술 행위의 주체[sujet d'énonciation]로

---

26) 들뢰즈와 가타리 분석의 많은 부분은 엘리아 카네티(Elia Canetti)의 《카프카의 또 다른 심판: 펠리체에게 보낸 편지들 *Kafka's Other Trial: The Letters to Felice*》에 기초를 둔 것이다. 비록 그들이 "카프카 자신의 신체에 대한 수치감, 그의 모욕감, 비탄, 보호 욕구"(K 55; 94)에 대해 카네티가 강조한 점과 다소 거리를 두고는 있지만.

서의 자신과 언술의 주체[sujet d'énoncé]를 이중화한다. 순진한 언술 행위의 주체는 집에 남아 있고, 이같은 순진한 언술 속의 주체는 편지에서 모험을 하며, 용맹스럽게 도전한다. 하지만 물리적인 장애를 극복하려는 시도는 수포로 돌아간다. 편지의 목적은 서신 왕래를 계속하는 것이고, 결혼을 연기하면서 리비도적인 쓰기 기계를 계속 작동하는 것이다. 그러나 작가는 자신의 기계에 갇히는 위험에 처할 것이고, 흡혈귀는 "가족의 십자가와 냄새를 풍기는 혼인 관계"(K 54; 30)에 굴복하게 될 것이다. 카프카의 편지들은 법정으로 나가고, 작가는 자신의 기계에 갇히게 된다. "순진함 속의 악마적인 형식은 그다지 충분치 못한 것으로 결말이 난다."(K 60; 33)[28]

펠리체와의 서신 왕래를 시작한 직후, 카프카는 자신의 첫번째의 성숙한 이야기인 《판결》을 출판하고, 이어 《화부》《변신》을 내놓는다. 들뢰즈와 가타리는 편지들은 "그것들이 실어오는 피를 통해, 기계 전체를 움직이는 전동기의 힘과 같고," 단편들은 위험을 두드러지게 내세우거나 그것을 요술을 부려 없애 버리기 위해 씌어진다"(K 63; 35)고 말한다. 단편들은 **탈주선**(lines of flight)과 관계하며, 함정·우리·

___

27) 들뢰즈와 가타리는 클레어 파르네(Claire Parnet)가 쓴 카프카와 뱀파이어에 대한 미출판 연구 자료를 인용한다. 보아는 〈시골 의사〉 그리고 《심판》(pp.153-54, 198-200)에서 뱀파이어의 비유적 표현을 조사하고 월터 소켈(Walter Sokel)·리치 로버트슨(Ritchie Robertson)·데트레브 크레머(Detlev Kremer)가 카프카의 뱀파이어 모티프에 대해 논의한 점을 주목한다.

28) 들뢰즈와 가타리는 편지글과 "악마적 순진무구함"의 모티프가 《판결(선고) The Judgment》에서 재미있는 형상으로 나타나는 점을 지적한다. 처음 아버지는 게오르크와 서신 왕래를 해왔던 그의 러시아인 친구의 존재를 의심한다. 그러나 후에 아버지는 자신이 러시아인 친구와 서신 왕래를 해온 것을 폭로한다. "편지의 흐름은 방향을 바꾸어 반대 방향으로……."(K 60; 33) 이야기의 클라이맥스에서 아버지는 "좀더 큰 소리로" 말한다. "그래, 이제 세상에는 너 자신 외에도 뭔가가 있다는 것을 알았겠지, 지금까지 너는 너밖에 몰랐잖아! 순진한 녀석[Ein unschuldiges Kind], 그래, 너는 그랬어, 정말, 정말로 너는 악마 같은 인간이었어![Aber noch eigentlicher warst du ein teuflischer Mensch!] 그러니 주의해, 내가 너에게 판결을 내려주지[Ich verurteile dich], 넌 익사형(溺死刑)이야!(《소설 전집》 87)

감옥·막다른 골목·닫힌 공간, 그리고 위협적인 기계로부터 도피시킨다. 그들은 동작이 가능한 통로뿐만 아니라 제한하고 죽이는 방해물을 추적한다. 《판결》에서 게오르크 벤데만은 가족과 결혼의 구속으로부터 도피처를 찾지 못하고 아버지의 선고에 굴복한다. 《변신》에서 그레고르 잠자는 가족 관계로 인한 노예 상태로부터 해방로를 개척하고 동물-되기 과정을 시작한다. 그러나 그레고르의 탈주선은 끊임없이 절단되고, 그는 자신의 방으로 세 번이나 쫓겨서 되돌아간다. 그의 여동생은 그의 방 가구를 치워주면서 곤충-되기 상태에 있는 그를 격려한다. 그러나 그레고르는 항거하면서 벽에 있는 사진에 매달린다(들뢰즈와 가타리는 초상화와 사진들은 지속적으로 카프카에게 사회적 코드를 부과하는 것과 연관된다고 말한다). 그리하여 여동생의 분열증적-근친상간의 욕망은 도피하려는 그의 노력에 도움을 주지 못한다. 가족에 대한 죄의식과도 같은, 아버지가 집어던진 사과가 그의 육신에 박혀 썩게 되어 결국 그는 죽는다.

단편 모두가 《변신》과 같이 운명적인 종결을 맺는 것은 아니다. 예를 들어 원숭이의 "학술원에 드리는 보고"에서는 인간-되기 과정을 시작하면서, 원숭이는 우리에서 탈출한다. "아니야, 자유는 내가 원하는 것이 아니었어"라고 원숭이는 말한다. "단지 하나의 출구, 오른쪽이든 왼쪽이든 혹은 어떤 방향이든, 나는 그것 외에 어떤 다른 요구도 하지 않았어."[29](《소설 전집》 253-54) (원숭이의 이 말에서 들뢰즈와 가타리는 동물-되기와 탈주선의 본질을 찾는다——절대적인 자유가 아닌 하나의 출구를.) 그러나 원숭이는 탈출하지만, 탈주를 지속하기 위한 어떠한 수단도 존재하지 않는다. 어떠한 연결망도 원숭이의 인간-되기를 시작하게 하는 움직임을 확장시키지 않는다. 쓰기 기계의 문제는 이동과 연결의 문제이고, 독특하지만 개방된 결말을 가진 회로의 탈주선을 영속화하는 종합의 문제이다. 단편에서 탈주선은 닫혀 있기도 하고 연결되지 않은 채로 남아 있기도 한다. 이야기의 구성 요소들은 자기-파괴적인 기계가 되거나 진공 상태에서 작동하는 기계를 형성한다. 일부 예에서는 사람들이 어떤 종류의 기계가 기능하고 있다는 것을 감지하지만, 각 부분들 모두를 또는 그들의 상호 작용 방식을 분간하기는 어렵다. 그런 경우 이야기들은 완전히 구성된 기계라기보다는 **기계적 지표**(machinic indices)[30]를 제공해 준다. 예를 들어 "어느 개의 회상"에서 일곱 마리의 노래하는 개는 음악적 기계의 기능적인 부분들로 보인다. 그러나 그것이 어떤 종류의 기계인지, 어떻게 부분들이 다른 요소들과 관련을 맺는지 확실치 않다. 어떤 예에서는 잘 구분되어 조합된 기계인 것이 분명하지만, 어떻게 그 연결망들이 다른 요소들과 연계성을 가지는지가 미결정 상태인 것도 있다. 식민지 형벌 고문 기계는 그러한 하나의 **추상 기계**(abstract machine)이다. "가장(家長)의 근심"에서 신비스러운 오드라덱처럼 이것은 납작한 별모양

---

29) "저는 출구라는 말로 뜻하는 바가 제대로 이해되지 않을까 걱정이 됩니다……. 저는 의도적으로 자유라고 말하지 않았습니다. 저는 사방으로 열린 자유의 저 위대한 감정을 의미하는 것이 아닙니다……. 가외로 말씀드린다면 인간들 사이에서는 너무도 자주 자유라는 말로 기만당하고 있습니다. 자유가 가장 숭고한 감정에 속하는 것처럼 그에 상응하는 기만 역시 가장 숭고한 감정에 속합니다. 자주 저는 버라이어티 쇼에서 저의 등장에 앞서 어떤 곡예사 한 쌍이 저 위 천장에서 공중 그네를 타는 것을 보았습니다. 그들은 훌쩍 그네에 뛰어올라 그네를 구르고 도약하고 서로 상대방의 품안으로 날아들고 한 사람이 입으로 다른 사람의 머리카락을 물어서 그를 지탱하고 있습니다. '그것 역시 인간의 자유로구나' 하고 저는 생각했습니다……. 그렇습니다. 저는 자유를 원하지 않았습니다. 단지 하나의 출구만을 원했습니다. 왼쪽이든 오른쪽이든 관계없이. 그 출구가 하나의 착각일지라도 말입니다……. 하지만 이 탈출구는 도주를 통해서 얻을 수 있는 것은 아니라는 것을 적어도 느끼고는 있었던 것 같습니다."(카프카, 이주동 역, 〈학술원에 드리는 보고〉, 《단편전집》, 솔, 1998, p.261-263)〔역주〕

30) 지표(index)는 연기를 보면 불을 알 수 있고, 피를 보면 싸움이 있음을 알 수 있듯이, 인접한 어떤 사실의 징표로 기능하는 기호이다(반면 아이콘[도상]은 펜-아이콘이 워드프로세서를 표시하고, 도로 표지판의 기우뚱한 자동차-아이콘이 추락 위험을 표시하듯이 유사성을 특징으로 하는 기호이다). '기계적 지표'란 기계적 배치가 전체로서 드러나고 있지는 않지만 그것을 통해 어떤 기계적 배치를 짐작하고 예상할 수 있게 해주는, 따라서 기계적 배치의 징표적 기능을 하는 요소(원소·부품)들을 뜻한다. 《카프카: 소수 문학을 위하여》, p.112〔역주〕

의 실패와 같은 것으로, 끊어진 실조각들이 가닥가닥 잡아 매어져 있고, 별 모양의 한가운데에 조그만 나무로 된 수평봉이 하나 튀어나와 있으며, 이 작은 봉에서 오른쪽으로 꺾어져 다시 봉이 한 개 붙어 있다. "전체적으로는 충분히 의미 없는 모습이지만, 자체적으로는 완벽하게 완성된 것이다."(《소설 전집》 428) 그러한 또 다른 추상 기계가 "늙은 독신자, 블룸펠드"에게 나타난다. 어느 날 블룸펠드의 문 앞에 알 수 없는 "작은 셀룰로이드로 만든, 아래위로 푸른 줄무늬가 나란히 죽죽 그어진 두 개의 하얀 공"(《소설 전집》 185)이 나타난다. 이러한 추상 기계뿐만 아니라, 기계적 지표들은 또한 블룸펠드의 두 명의 견습사원들에서도 분명히 드러난다. 그들의 이상한 익살스러운 몸짓은 어쨌든 튀어오르는 셀룰로이드 공과 관련이 있는 듯하지만, 어떤 식으로든 복합적인 기계의 부분들로, 사람들이 결정할 수는 없는 것이다.

중단됨이 없이 동작이 계속되고, 탈주선이 특정한 회로에 연결되는 것은 유일하게 카프카의 쓰기 기계의 세번째 요소인 장편 소설 속에서이다. 카프카의 세 편의 소설은 완성되지 않은 채로 남아 있다. 그러나 들뢰즈와 가타리의 분석에 따르면, 이것은 단지 쓰기 기계가 이러한 작품들 속에서 완전하게 기능하는 것처럼 보이기 때문이다. 막스 브로트는 《심판》에 대해서 "프란츠는 그 소설을 미완성으로 생각했다"고 말한다. 그러나 브로트는 "저자 자신이 직접 말한 바에 의하면 심판은, 결코 최고 법원에까지 다다를 수 없는 그런 것이기 때문에, 어떤 의미로 보면 그 소설은 결코 종결되어질 수 없는 것, 즉 무한함으로 지연되어질 수 있는 그런 것"(《심판》의 후기, p.334)[31]이라고 한 작가의 말을 덧붙인다. 《심판》에서 보듯이 《아메리카》와 《성(城)》은 그것들

---

31) 들뢰즈와 가타리는 막스 브로트가 《심판》의 결론에 〈끝 The End〉이라는 장(障)을 넣은 것에 반대 의견을 펼친다. 그들은 이 장(障)이, 요제프 K.의 죽음을 자세히 설명하는 부분으로, 꿈의 연속이며, 실제로 이 소설에는 진짜 결론이 없다고 주장한다. K 80-81; 44를 볼 것.

이 완전히 망가짐 없이 계속해서 작동하는 기계들이라는 점에서 종결되어질 수 없는 것이고, 무한하며, 완성되지 않을 뿐이다. 그리고 기계들이 끝없이 작동하게 하는 것은 연결망들의 다양체와 특이성이다. 들뢰즈와 가타리는 이 세 편의 장편 소설들을 모두 다루었기는 하지만, 그 중 《심판》을 완전하게 글쓰기 기계가 작동되는 예로 삼았다.

법 기계

식민지 형벌 고문 장치에서 우리는 추상적인 법 기계에 직면하게 된다. 그러나 《심판》에 나오는 다양한 에피소드들 속에서 우리는 완벽하게 형성되고, 전체적으로 작동하는 법 기계, 즉 그 구성 요소로, 사람·텍스트·제도·관습·건물·사물들 등을 가지는 사회적 기계의 복수적인 **배치**(assemlages)를 발견하게 된다. 《심판》에는 일반적인 단어의 의미로서의 기계는 거의 나타나지 않지만(들뢰즈 가타리가 '기술 기계'라고 언급한 것), 설령 우리가 절단 체제로서 기계에 대한 《반-오이디푸스》의 폭넓은 개념을 채택하지 않더라도, 법의 다양한 요소에 속하는 사무관·희생자·하인·부하·지역 그리고 복장에 관한 것들이 마치 하나의 기계처럼 기능한다. 《반-오이디푸스》에서 들뢰즈와 가타리는 루이스 멈퍼드의 이집트 피라미드 건설에 있어서의 노동의 효용에 대한 분석을 인용하면서 '사회적 기계'의 개념을 상세히 설명한다. 멈퍼드는 실질적으로 피라미드를 지었던 파라오, 관료 그리고 실질적으로 피라미드를 건설한 수천 명의 노예들이 합쳐져서 첫번째 '거대-기계'를 형성했다고 주장한다. "만약 기계가 정의된다면, 어느 정도 프란츠 르로의 고전적인 정의와 부합되지만, 저항하는 부분들의 결합으로서 에너지를 이용하여 작업을 완성하기 위해 각각은 기능별로 세분화되고, 인간의 통제하에 작용한다. 그때 거대한 노동 기계는 모든 면으로 볼 때 진정한 기계이다. 이것은 인간의 **뼈 · 신경 · 근육**으로 구성되지만, 그 구성 요소들이 노골적인 기계 요소로 환원되기 때문에, 그리고 또 제한된 과업을 수행하기 위해 엄격하게 표준화되었기 때문에 더욱더 그러하다."(멈퍼드 191)[32] 《심판》의 법 기계는 파라오의 피라미드 구조물 장치와 같은 **노동** 기계는 분명 아니다. 그러나 그 법 기계는 어떤 종류의 작업을 수행하고, 특정한 종류의 인간 상품을 생산한다. 그러나 중요한 것은 카프카의 사회 기계가 **욕망하는** 생산의 **열린-결말**(open-ended)의 사회 기계라는 것이다.

《심판》에서 모든 인간은 법과 관계를 맺고, 모든 공간은 법적인 활동이 일어나는 장소이다. 체포 관리들과 동행하던 빈혈증 있는 세 명의 젊은 남자는 은행의 사무원이다. 나중에 K는 은행창고에서 자신을 체포하러 온 관리들에게 불만을 토로했기 때문에 채찍질당하는 그 관리들을 우연히 목격한다. K의 삼촌은 K의 그 사건에 대해 알고, K를 변호사에게 소개시켜 준다. 그 변호사의 하녀 레니는 피고 · 변호사들 · 판관들 모두와 친밀한 관계를 맺고 있는 듯하다. 티토렐리는 법정 화가이고, 성당의 신부는 감옥소 교회의 목사로 드러난다. K는 이미 자신의 소송사건을 알고 있었던 제조업자에게 말한다. "너무나 많은 사람들이 법정과 관련이 있는 듯해!"(《심판》 169) K가 가는 곳은 어디나 법이 늘 함께하고, 그리고 도처에서 법은 에로틱해진다. K는 육감적인 분위기의 흰 블라우스가 창문 걸쇠에 걸려 있는 프라울레인 뷔르스트너의 방에서 첫번째 심문을 받는다. 그후 K는 그녀를 쫓아가 그녀의 목에 흡혈귀와 같은 키스를 한다. 법전에는 외설스러운 그림들이

---

32) 르로의 고전적인 정의가 그의 《기계의 운동학: 기계 이론의 개요 *Theoretische Kinematik: Grundzüge einer Theorie des Maschinenwesens*》(1876)에 나타난다. "기계는 저항적 신체들의 결합으로 배열되어, 그것을 수단으로 자연의 기계적인 힘은 강제적으로 작동하게 되고, 어떤 결정적인 움직임을 수반한다."(p.35) 이러한 정의에 대한 각주 부분에서 르로는 기계 정의를 위한 선(先)연구자들의 노력에 대해 아주 재미있고 집중적인 내용 요약과 비평을 가한다.(pp.583-89)

담겨 있다. K는 처음에는 그를 자신을 법정으로 안내해 준 외모가 도발적인 여자 세탁부에게, 나중에는 자신이 변호사 숙소에 처음 방문했을 때 성관계를 맺었던 레니에게 끌린다. 명백한 마조히즘적 에로티시즘이 프란츠와 빌렘의 채찍질에 침투가 되고, 티토렐리의 스튜디오 밖에 있는 젊은 소녀들의 얼굴은 "유치함과 타락이 뒤섞인" 모습을 드러낸다.(《심판》 178)

이때 법은 모든 것을 포괄하는 에로틱한 사회 기계가 된다. 모든 사람은 법의 대리인이고, 모든 장소는 정의의 공간이며, K의 소송사건의 추적은 개인·담론·코드·사물들을 하나의 배치에서 다른 배치로 이끌며, 기숙사배치에서 공동주택/법정 배치로, 은행 배치, 법률 사무소 배치, 스튜디오 배치, 성당 등의 배치로 이끈다. 연계된 구성 요소들의 열린 결말의 모든 계열에는 내재적 욕망이 주입되어 있다. 카프카의 작가로서의 활동 관점으로 본다면, 우리는 어떤 식으로 《심판》이 무한히 욕망하는 기계로, 즉 끊임없이 영속적인 이행 운동을 가능케 하는 종합 발전기로 작용하는지를 알 수 있다. 하지만 이 정교한 사회 기계에 있어 가장 중요한 점은 무엇인가? 카프카는 현대의 사법 장치가 우스꽝스러운 루브 골드버그 기계나 베케트의 돌 빨아들이기 기계라는 것을 보여주면서, 그저 법의 부조리만을 논증하고자 하는가? 카프카는 종종 사회적 제도에 대해서는 어떠한 비평도 하지 않는 것으로 회자되는데, 들뢰즈와 가타리는 이 '비평'의 의미가 단지 사회적 재현에 대한 외부적인 해설인 것을 의미할 때에만 동의한다. 대신에 그들은 카프카가 "사회적 재현으로부터 언술 행위의 배치와 기계적 배치를 끌어내고, 이러한 배치들을 분해하면서 내재적 비평을 제공해 주고 있다고 주장한다."(K 85; 46) 그들은 글쓰기가 "이중성의 기능을 가지고 있다고 본다. 배치들을 전사(轉寫)하는 것과 분해하는 것, 이 두 가지는 같은 것이다."(K 86; 47) 카프카는 "웃고 깊이 즐기는 저자였지만" 또한 그는 "하나에서 열까지 정치적인 저자이다."(K 75;

41) 그리고 그의 정치적인 활동은 이 배치들을 전사하고 분해하는 것에 있다. 사회적 재현에 비평을 가하기보다는 카프카는 그것을 가지고 실험을 한다. 그들은 《심판》이 "과학적 탐험이자 기계의 작동에 대한 실험보고서"(K 80; 43-44)이고, 기계의 기능화 작업은 그것의 분해와 함께하는 작업이라고 주장한다. 이렇듯 들뢰즈와 가타리는 "우리는 카프카의 **정치학**을 믿을 뿐이다. 그의 정치학은 상상적인 것도, 상징적인 것도 아니다. 우리는 하나 또는 여러 개의 **기계**라는 것을 믿을 뿐이다. 기계들은 구조도 아니고, 환영(幻影)도 아니다. 또한 우리는 카프카를 해석이나 의미 작용이 없는 **실험화**로 믿을 뿐이며, 경험적/실험적 프로토콜[protocoles d'expérience]"(K 14; 7)과 함께 믿을 뿐이다. 이제 우리는 질문해야 한다. 어떤 의미로 표현과 사회적 재현에 대한 해체가 비평의 형식이 될 수 있는가? 그런 식의 작동이 어떻게 실험 양식이 될 수 있는가? 그리고 어떤 점에서 전사와 분해가 같은 것이 되는가?

우선 사회적 재현을 배치로 옮긴다는 것은 무엇보다도 사회적 기계의 친숙하지 않은 용어로 친숙한 코드와 제도들을 다시 쓰는 것을 의미한다. 많은 이들이 인정하듯이 카프카는 법을 전통적[33]이고, 상식적인 논리로부터 떼어냄으로써 낯설게 만든다. 《심판》에서 법은 내용이 없는 비어 있는 형식이다. 처벌은 구체화되어 있지 않고, 죄도 자연히 추측에 지나지 않는 수준이다.[34] 접근 불가능한 권위로 판결을 선포하고, 극도로 높은 수준의 판사, 재판 사무관들, 변호사들은 무작위로 선

---

33) 서구에는 법에 대한 고전적인 두 가지 관념이 있었다. 하나는 그리스적인 것으로서, 도덕적 선(善)이 강제적 규범의 형식을 취한 것이 법이라고 하는 것이다. 즉 법은 선에 기초한다는 관념이다. 다른 하나는 유대적인 것으로서, 선이 따로 있는 것이 아니라 금지와 규칙의 형식, 즉 법적 형식으로 규정된 규범이 선이라는 것이다. 즉 선은 법을 지키는 것이라는 관념, 법이 바로 선의 기초라는 관념이다. 이러한 유대적 법 관념은 칸트에 의해 근대적 윤리학의 기초가 된다.(《칸트의 비판철학》〈칸트철학을 간추린 네 개의 시구〉, 들뢰즈, 서동욱 역, 1995, pp.142-144)〔역주〕

택된 피고들의 모호한 사건들을 진행시킨다. 친숙한 법체계는 규칙 · 위반 · 증거 · 논증 · 평결의 논리와 함께 미로처럼 복잡한 권력 기제로 나타나고, 정의와 공평함의 규준과는 연관되지 않지만, 보편적인 과실로서의 추측과 불가피한 형벌 수행자들의 관계망과 힘의 계층들에 의해 통제된다. 이 기제의 함축적 의미는 죄의식의 문화로, 이는 판결의 집행을 통해 신의 선포를 드러내는 그런 불가해한 신의 종교적 전통에 그 기반을 두고 있다. 이러한 의미에서 재판 체재를 정교한 기계로 보는 카프카는 권력으로서의 법을 비판한다. 그러나 들뢰즈와 가타리는 《심판》에서 이러한 차원이 부인될 수는 없지만, 단지 예비적인 단계의 비판에 지나지 않는다고 주장한다. 왜냐하면 그 자체가 권위주의적 사회 제도에 의해 공고화되고 지속되는 힘의 개념으로 여기기 때문이다. 카프카가 보기에 권력이란 원천적으로 중심적이고 계급적이지 않으며, 한 개인이 소유하거나 또는 모자라게 되는 그러한 것이 아니다. 권력은 재판 기계의 회로에 침투하고, 기계들의 각 개체들과 그 구성 요소들을 권력의 장에 포함시킨다. 이런 점에서 들뢰즈와 가타리는 카프카의 권력에 대한 묘사가 《감시와 처벌》과 《성의 역사》 1권에서 권력을 분석한 푸코의 것과 상통하는 것으로 보고 있다. 나아가 카프카는 권력의 회로가 욕망의 순환회로이며, 법이라는 것은 소송절차를 받고 있는 피고인을 위한 기계일 뿐만 아니라, 권력/욕망이 모든 회로를 통해 고취되는 욕망하는 기계임을 보여준다. 이러한 주장이 의미하는 바는 권력의 문제는 단순히 억압하는 자와 억압받는 자, 권력을 지닌 자와 그렇지 않은 자의 문제가 아니라 모든 권력 관계를

---

34) 〈칸트철학을 요약한 네 가지의 시(詩) 형식에 관하여 On Four Poetic Formulas That Might Summarize the Kantian Philosophy〉(CC 40-49; 27-35)에서, 들뢰즈는 《실천 이성 비판》에서 카프카의 법과 칸트의 순수하고 텅 빈 법 사이의 유사점들을 끌어내고, 또한 그는 카프카와 칸트의 법과 《마조히즘》 7장(특히 SM 72-73; 72-73)의 마조히스트적 계약을 결합한다.

특징지어 주는 리비도적 투기의 문제이자, 훈육 규정의 범위를 확장시
킴으로써 강압적인 정신 상태를 확산시킬 뿐만 아니라, 억압받는 자
의 순응과 억압 속에서 그들의 공범자들의 문제를 의미한다.[35] 이는
진정한 의미의 억압이 존재함을 부인하고자 함이 아니라, 다만 억압
하는 자와 억압받는 자의 위치 관계가 권력-욕망의 일차적인 회로에
대한 이차적인 산물임을 주장하고자 함이다. "억압하는 자와 억압받
는 자 모두의 관점에서 억압은 권력-욕망의 이런저런 배치로부터, 기
계의 이런저런 상태로부터 흘러나오고…… 억압은 기계에 의존하는
것이지 이와 정반대는 아니다."(K 103; 56)

그러나 카프카가 법을 욕망하는 기계로 전사(轉寫)한 것 역시 기계
의 분해이고, 지배와 권위의 힘이 예측할 수 없는 지형에서 되돌려지
고 재구성되며, 재배치되는 방식에 대한 분석이다. 우리는 들뢰즈와
가타리가 욕망하는 생산의 두 가지 축으로, 배제적이고 차별적인 흐
름의 분할인 편집증적 축과 포괄적이고 결합적인 흐름의 종합인 분열
증의 축을 설정한 것을 상기한다. 카프카는 법에 있어서 편집증적 관
점, 즉 집중되어 있고, 원격 작동하며, 전제적이고, 구획화되어 있으
며, 관료 · 보좌관 · 조수의 복잡하게 얽힌 관료 제도를 통해 관리되는
것으로서의 법을 언급하기도 하지만, 그는 또한 규정되지 않는 관계
속에서 법정 체재의 복합 요소들을 연결하는 수단인, 법의 분열증적

---

35) 《반-오이디푸스》에서 들뢰즈와 가타리는 "라이히(Reich)가 말한 바대로 놀라운
일은 어떤 사람들은 도둑질을 하고, 또 어떤 사람들은 스트라이크를 일으킨다는 점
이 아니라, 오히려 굶주린다고 하며 항상 훔치는 것은 아니며, 착취를 당한다고 하
여 항상 스트라이크를 일으키는 것도 아니라는 점이다. 사람들은 왜 다른 사람을 위
해, 동시에 자신을 위해 **부족함을 느끼는** 순간에조차도 수세기 동안의 그러한 착취
와 모욕과 예속 상태를 견디기만 하는 걸까?"(AO 37; 29)라고 논평한다. 《카프카》에
서 들뢰즈와 가타리는 카프카가 브로트에게 이와 유사하게 언급한 부분을 주목한다
—— "카프카는 스스로가 상처받은 근로자들의 유순함에 놀라서—— '그들은 제도
에 폭풍을 일으키고, 그것을 짓뭉개어 산산조각 내지 않고, 대신 그들은 구걸한다'"
(브로트 p.82)(K 147; 82)고 말했다.

배치를 상세히 설명한다. 은행은 보관 창고를 통해 형벌 장치와 연결되어 있다. 티토렐리의 화실과 법정은 도시의 반대편에 위치해 있지만, 화실의 뒷문은 바로 법정으로 통하게 되어 있다. 공동 주택에는 사무실과도 상호 교통이 가능한 미로가 있을 뿐만 아니라 법정이 있는 곳이기도 하다. 세탁부 여인 프라울린 뷔르스트너와 레니는 K를 사법 기계의 초현실적인 미로 속의 여러 길을 따라 보내는 접속자와 같은 역할을 한다. K 자신은 모든 접속에서 법의 이질적인 요소들간에 이루어질지도 모르는 연결망을 매순간 탐색하는 교환 기계로 기능한다. "만약 모든 사람이 사법에 속한다면, 만약 모든 사람이 법의 부속물이라면 사제부터 어린 소녀까지, 그것은 법의 초월성 때문이 아니라 욕망의 내재성 때문이다."(K 92; 50)

하지만 편집증적 축과 정신분열증적 축, 모두가 욕망의 축임을, 그리고 법의 배제적이고 차별적인 적용과 그 포괄적이고, 결합적인 사용이 항상 사회 분야에서 같이 활동할 수 있음을 주목할 필요가 있다. "이렇게 공존하는 두 개의 욕망은 법의 두 가지 상태와 같다. 첫째, 유한한 구획을 긋거나, 그것을 완전한 대상으로 만들거나 이것저것을 결정체화하는 일을 결코 멈추지 않는 **초월적인 편집증적 법**(transcendent paranoiac law)과 둘째, 모든 배치 속에서 편집증적 법을 해체시키는 정의 · 반(反)법 · '절차'처럼 기능하는 **내재적 분열-법**(immanent schiz-law)이 있다."(K 108-9; 59) 《심판》의 모든 곳에는 계층적 · 권위적 규정들이 부과되는 동시에 파괴적이고, 돌연변이형의 연결고리가 형성된다. 배치의 관점에서 사회적 재현을 전사(轉寫)하는 것은 편집증적 법 내부의 분열증적 법의 내재성을 드러내는 것이고, 법 체계를 구성하는 친숙한, 상식적인 요소들이 실제로 거대기계의 복합 요소들이라는 점을 보여주는 것이다. 거대 기계는 끊임없이 편집증적 · 계층적인 법으로서 스스로를 구성하고, 동시에 기계의 요소들간에 연결의, 이접의, 통접적 종합을 형성하는 분열증적-법을 통해 스스로를 해체시킨다. 이런 점에서 "내재성의 배치를 발견하고 그것을 전사하는 것, 그것은 같은 것이다."(K 109; 59)

그러나 전사와 해체가 같은 작용이라는 또 다른 측면이 있다. 만약 카프카가 법의 사회적 재현들을 편재하는 합법적 기계의 배치 관점으로 옮겨 쓴다는 것은, 단순히 비인습적인 방식으로 오스트리아-헝가리 제국의 현실을 다시 쓰고자 함이 아니다. 만약 예술을 거울이라 할 수 있다면, 카프카는 자노슈에게 그것은 "마치 시계처럼 때때로 빨리 '지나가는' 거울이다"(자노슈 143)라고 말한다. 어떤 의미로 들뢰즈와 가타리는 카프카의 예술이 미래의 거울이라고 주장한다. 《심판》의 사법 기계에서 우리는 **"문을 두드리는 악마적인 권력"**(diabolical powers that are knocking at the door)을 분별해 낼 수 있다.[36](K 74; 41) 들뢰즈와 가타리는 그러한 힘들을 자본주의자 미국, 스탈린주의자 러시아, 나치 독일의 관료주의적 정부로 규정한다. 또 다른 이들은 카프카가 현대 경찰국가, 전체주의적 체제, 그리고 익명성의 관료주의에 대

---

36) 들뢰즈와 가타리의 이 구절은 1923년 10월 25일 카프카가 막스 브로트에게 보낸 엽서에 완곡하게 괄호에 넣어 언급한 부분에서 발췌한 것이다. ("내가 이렇게 말하는 데에는 특별한 데가 있다. 우리가 진실로 순수한 순진무구함을 가질 때——그것은 후회할 가치도 없는 것인데——좋은 과제이든 나쁜 과제이든 간에, 악마적인 권력들은 그저 언젠가 통과하게 될 그 입구들을 가볍게 손가락으로 두드리고 있을 뿐이고, 그 순간 이 그들에겐 이미 참을 수 없는 견딜 수 없는 기쁨으로 학수고대해 왔던 하나의 사건인 것이다.")(《친구들에게 보낸 편지글》, p.387) 원본은 다음과 같다. ('Es hat einen gewissen Sinn, das zu sagen, weil wir damals jene, der Sehnsucht vielleicht gar nicht werte, aber wirklich unschuldige Unschuld hatten und die bösen Mächte, in gutem oder schlimmem Auftrag, erst die Eingänge leicht betasteten, durch die sie einmal einzubrechen sich schon unerträglich freuten.")(Briefe, p.452) 들뢰즈와 가타리는 바겐바흐(《프란츠 카프카》)의 프랑스어역본에 있는 단락에 의존한다. 그것은 영역본보다 독일어 의미를 조금 다르게 다음과 같이 해석된다: ("Ce n'est pas sans raison que je le dis puisque, à cette époque, nous avions cette candeur vraiment digne de ce nom, quoique peut-être indigne de cette nostalgie, et les puissances diaboliques, quel que fût leur message, ne faisaient qu'effleurer les portes par où ils se réjouissaient déjà terriblement de s'introduire un jour.")(p.156)

해 예리하게 이해한 점에 대해 논평했지만, 들뢰즈와 가타리는 카프카가 단순히 눈치 빠른 예언자라는 주장은 하지 않는다. 대신 《심판》과 같은 작품에서 카프카는 그 자신의 세계 속에 존재하지만, 이후에 자본주의자·스탈린주의자·파시스트적 관료주의자의 구체적 형태로 **현실화**(actualized)되는 관계들을 전개하는 **잠재적**(virtual) 벡터를 펼치는 것이다. 나중에 아마 우리는 일반화된 관료주의적·경찰-국가적·전체주의적 '기능'이 오스트리아-헝가리 제국의 프라하에 작동되고 있다고 말할 수 있을지도 모른다(특히 카프카가 고용되었던 근로자 사고보험회사에서). 이것을 들뢰즈와 가타리는 《천의 고원》에서 '추상 기계'라고 부른다.[37] 이 일반화된 관료제의 기능은 오스트리아-헝가리 제국의 구체적 배치 속에 현실화되지만, 그것은 '탈주선,' 경향성, 되기, 여러 가지 종류의 잠재적 현실화를 향한 이행 운동 방향들의 잠재적 구도로서 그러한 배치들과 공존하게 된다. 오스트리아-헝가리 제국과 같이, 주어진 사회 체제의 현재적 배치는 그것의 경향성과 되기의 벡터와 함께 일반화된 관료적 기능의 존재를 전제하고, 이러한 잠재적 기능 혹은 추상 기계에 의해 추적되는 선들을 따라 형태

---

37) 《카프카》의 많은 부분에서 들뢰즈와 가타리는 '추상 기계'라는 용어를 "여전히 너무나 초월적이고, 아주 고립되고 구상화된, 하지만 여전히 너무나 추상적인"(K 72; 39-40), 마치 식민지 형벌 고문 장치와 같은 기계들을 언급하기 위해 사용한다. 그러나 마지막 장에서 그들은 다른 방식으로 이해할 것을 제안한다. "'추상적인'(비구상의, 비기표적인, 비분절의)의 또 다른 의미로, 추상 기계는 바로 무제한의 내재성의 장의 측면으로부터 지나가고, 욕망의 움직임이나 과정 안에서 섞인다. 구상적 배치들은 추상 기계로부터 초월적인 가식을 박탈하면서, 더 이상 그것에 실재적인 존재를 부여하지 않는 것이다. 오히려 그 반대이다. 추상 기계는 자체의 분절들을 원상태로 되돌리면서 탈영토화의 지점으로 밀어붙이고, 탈주선을 따르면서 내재성의 장을 채우며, 그러한 것들이 드러나는 힘에 따라서 존재 양식과 배치의 리얼리티를 측정하는 것이다. 추상 기계는 무제한의 사회적 장이고, 욕망의 신체이며, 끊임없이 계속되는 카프카의 책이다. 책에서 강밀도가 생산되고, 그곳에 모든 연결망과 다의성이 새겨진다."(K 154-55; 86-87) 들뢰즈와 가타리가 《천의 고원》에서 그 용어를 사용할 때는 바로 이 두번째의 의미이다(특히 MP 175-84; 140-48를 볼 것).

를 취하게 된다. 동시에 이러한 일반화된 기능은 들뢰즈와 가타리가 추상 기계에 대해 말한 바와 같이 '조종사 역할'을 완성한다. "추상 기계 또는 디아그램적 기계는 재현하기 위해 기능하는 것이 아니라, 실재적인 어떤 것이든, 다가올 어떤 실재적인 것, 즉 새로운 형태의 리얼리티를 구축하기 위하여 작동한다."(MP 177; 142) 그러한 '다가올 실재적인(real to come)'은 다양한 형태를——이 경우 자본주의자 미국, 스탈린주의자 러시아 그리고 나치 독일의 관료주의의 형태, 비록 이 형태들이 일반화된 관료주의적 기능에 의해 생산되었을 가능성을 가지는 유일한 형태는 아니라 하더라도——취할 수 있다.

이 모델의 복잡화는 욕망하는 생산 속에서 편집증적 축과 분열증적 축의 공존에서부터 비롯된다. 모든 사회적 질서는(최소한 현대 시대에는) 이전 질서의 수정·근절·재배치 또는 재정의를 통해 존재하게 된다. 오스트리아-헝가리 제국의 관료주의는 오로지 일련의 복잡한 사회적 관계의 변형, 코드의 재각인 작업, 물질 대상들과 관습의 배치전환을 통해서 구성된다. 하지만 그런 제국주의적 관료주의가 아무리 고정적으로, 기념비적으로, 구획지어지고, 계층적으로 드러나거나 혹은 스스로 존재를 드러낼 수 있다고 하더라도, 그것의 형성은 탈영토화와 재영토화, 코드와 관계의 지우기와 다시 쓰기라는 이중적 과정을 통하여 발생한다. 일반화된 관료주의적 기능의 잠재적 벡터는 현재적인 제국주의적 관료주의의 형성에 조종사 역할을 한다. 그리고 관료 장치의 엄격하고, 지층화된 형태 속에서 동시적으로 재영토화되는 탈영토화의 통로를 열어 준다. 그러나 탈영토화의 잠재적 벡터는 제국적 관료주의에 내재하고, 다른 사회 형태를 향한 제국주의적 관료주의의 변형을 위해 조종사 역할을 하며, 탈영토화와 재영토화의 동시적인 경로를 따라 스스로 구축될 것이다. 그러한 탈영토화와 재영토화의 잠재적 벡터가 취하게 될 특정한 형태는 미리 결정될 수 없다. 그것들은 다양한 "미래의 악마적인 힘" 속에서 일어나겠지만, 아마 현재보다는 충분히 더 나은 사회질서 속에서 나오는 것이 나을지도 모른다.

카프카의 글쓰기 기계의 혁신적인 기능에 대해서 고려해야 하는 것은 이러한 이점에서이다. 들뢰즈와 가타리는 이상적인 사회를 위한 계획 혹은 구상의 실현(realization)을 지향하는 것으로서의 혁명적 행동 개념은 어떠한 것이든 거부한다. 오히려 혁명적인 행동은 변형, 변화 그리고 되기를 통해, 현재의 견딜 수 없는 상황의 변형을 통해, 예견할 수 없는 미래를 향해 나아간다. 변형의 선들은 항상 탈영토화의 잠재적 벡터의 형식으로 실재적인 것에 존재하고, 혁명적인 행동은 단순히 특수한 사회 체제에 의해 안정화되고, 형성되며, 코드화되는 불안정하고, 기형적이며, 탈코드적인 힘들의 강밀도화를 통해 변형의 선들의 현실화를 유도한다. 들뢰즈와 가타리에 의하면, 카프카의 정치적 전략은 압제적인 제도에 항거하거나 혹은 유토피아적 대안들을 제안하는 것이 아니라, 이미 세계 속에 현존하는 탈영토화의 경향을 촉진시키는 것이다. "집단적이고 사회적인 기계들이 인간 존재의 거대한 탈영토화를 야기하였으므로 [카프카는] 그 길, 즉 절대적이고 분자적인 탈영토화의 지점으로 더 나아갈 것이다. 비평은 완전히 소용없다. 실재적이지만 현재적이지는 않은,[38] 잠재적인 이행 운동을 지지하는 것이 훨씬 중요하다(순응주의자·관료주의자들은 여기저기에서 항상 이행 운동을 멈춘다)."(K 107; 58) 그런 식으로 가속화된 탈영토화가 긍정적인 결과를 산출하리라는 보장은 없다. 선한 욕망과 나쁜 욕망 사이에, 편집증적이고 분열증적인 욕망하는 생산 사이에 뚜렷한 차

---

38) 실재적인(real) 것은 가능한 것과 대립되고, 현재적인(actual) 것은 잠재적인 것과 대립된다. 하지만 실재적인 것과 잠재적인 것은 모두 실재적인 것에 속한다. 잠재적인 것은 아직 현재화되지 않았지만 그 자체로 이미 현실의 일부라는 점에서, 단순한 가능성이 아니라 실재적인 것이다. 가령 '혁명'은 봉기와 낡은 권력의 전복으로 현재화되지 않은 경우에도, 혹은 눈에 보이지 않는 미약한 운동으로 출발한 경우에도 잠재적인 것으로 현실을 구성한다(《카프카―소수적인 문학을 위하여》, G. 들뢰즈/F. 가타리, 이진경 역, p.116). [역주]

이는 없다. 왜냐하면 "욕망은 수프, 즉 잡탕죽이므로 관료주의자나 파시스트적 부분들이 여전히 혹은 이미 혁명적인 선동 속에 존재하기 때문이다."(K 109-10; 60) 그리하여 "우리는 억압하는 자와 억압받는 자 사이의 구분을, 심지어 여러 다른 종류의 욕망들 사이의 구분 또한 정확하게 할 수 없으므로, 그 모든 것을 모든 가능한 미래를 향해 이전해야 한다. 이 이행 운동이 **또한** 탈주 혹은 행진의 선들을 해방시키기를 희망하면서, 설령 그것들이 소박한 것이라 할지라도, 설령 그것들이 진동하는 것이라 할지라도 무엇보다도 탈기표적이라 할지라도."(K 107-8; 59)

그후 《심판》에서 카프카는 오스트리아-헝가리 제국의 사법 체계 안에 내재되어 있는 복잡한 관계들의 사회적 재현으로 시작한다. 그리고 사회적 기계의 복수적인 배치의 관점에서 그것들을 전사(轉寫)한다. 법의 친숙한 체제는 삶의 모든 양상으로 파급되는 힘의 증식기제로 제시되고, 그 기능은 편집증적으로 영토화하는 제약들과 관계들의 코드화에 의해, 그리고 동시에 분열증적으로 탈영토화하는 망상 조직과 관계들의 탈코드화에 의해 유도되는 것으로 제시된다. 이런 의미로, 사회적 기계는 스스로를 구축하는 동시에 해체한다. 그러므로 우리는 기계를 전사하거나 분해하는 것이 같은 과정임을 알 수 있다. 그러나 카프카는 또한 기계의 탈영토화 운동을 가속화하고, 이질적 요소들 사이의 접속을 배가시킨다. 그리하여 그는 "미래의 악마적인 힘" 속에서 벌어질 변형의 경향성을 드러낼 뿐만 아니라, 현실화 될 것으로 남아 있는 혁명적 가능성을 보여준다. 그는 사회적 제도들 혹은 제기하는 대안을 언급하기보다, 자신의 세계 속에 내재된 잠재적 탈주선을 실험한다. 그는 이미 사회적 장(場)을 가로지르는 전체적인 이행 운동을 연장시키고, 가속화하는 것으로 구성된 "능동적인 해체 방식"을 수용한다. 즉 그것은 실재적이지만 현재적인 것이 아닌 잠재적인 영역에서 작동한다.(K 88-89; 48) 이 방법은 "해석도 아니며, 사회적 재현"

도 아니다. 이러한 방법은 "하나의 실험이며, 사회 정치학적 프로토콜"(K 89; 49)이다. 그러므로 분해한다는 것은 전사를 동반한 것이며, 동시에 실험화하는 것이다. 그리고 이러한 점으로, 《심판》은 "기계의 기능화에 심험보고서이자 과학적 탐험"(K 80; 44)으로 간주될 수 있을지도 모른다.

삶과 예술

카프카의 쓰기 기계는 세 가지 요소, 즉 편지들·단편·소설이다. 카프카의 문제는 기계의 기능화를 유지하고, 욕망하는 생산의 열린-결말의 회로 형성을 통한 이행 운동을 창조하고 유지하는 것이다. 비록 약혼자에게 보내는 편지의 흐름을 영속화하는 것과 흐름의 영속화에 대한 단편과 소설 쓰기 사이에는 근본적인 차이점이 있는 것 같아 보이지만, 들뢰즈와 가타리는 카프카에게 삶과 예술 사이에 대립은 없다고 주장한다. 그들은 "카프카에게서 삶과 글쓰기를 대립시키는 것과, 그가 삶에 직면할 때 가지는 결핍·약점·무능들을 느끼면서 문학에서 피신처를 구하고 있다고 가정하는 것은 매우 짜증나며 괴상한 것으로 본다. 리좀, 피신처, 그렇지, 하지만 상아탑은 아니죠. 탈주선, 맞아. 하지만 결코 피신처는 아니오."(K 74; 41) 들뢰즈와 가타리는 편지들과 단편 소설, 장편 소설들이 복수적인 횡단의 연결선들을 통해서 서로 소통한다는 점을 지적한다. 심판 기제에서는 모두 세 가지의 복합 요소가 나타나는데, 펠리체의 개-되기가 편지와 단편을 연결하고, 소설의 관료주의적 장치가 단편의 기계적 지표를 알린다. 사람들은 이것이 단지 작가의 의식 속에 삶과 예술의 상호 영향력을 보여주는 것이라고 주장할지도 모르지만, 결국 들뢰즈와 가타리가 말하고자 하는 요점은 카프카가 '실재적인' 편지를 쓸 때나 소설을 쓸 때, 그의 글쓰기 그 자체는 양쪽 모두 그가 한 부분을 차지하는 확대된 사회 기계 속에서의 '기계적' 활동이라는 것이다. 카프카는 여러 가지 기계 적 배치의 요소들간에 상호 연관성을 도표화하면서 사회적인 장을 탐색한다. 그리고 "그는 그 모든 연결이 자신을 표현이라는 문학 기계에 연결시키고 있다는 것을 알고 있다. 동시에 그는 전동 장치이자 기계공이고, 운용자이자 희생자이다."(K 106; 58) 《심판》에서 마치 모든 사람이 법과 연결되어 있는 것처럼 그렇게 카프카 자신도 관계적 연결망──사법·관료·정치·상업·예술·가족 등──에 자신을 위치시키고 있다. 모든 것은 기계들의 배치로서 기능하고, 그의 글쓰기 기계 역시 그가 펠리체에게 편지를 쓰든지, K에 대한 소설을 쓰든지, 그러한 사회 기계 내부의 그물망에 걸려든다.

카프카가 글을 쓸 때 그는 행동한다. 왜냐하면 글쓰기 작업은 사회적 행동의 광범위한 장(場) 내부의 행동이고, 그 장 내부에서 담론적이고 비담론적인 것은 동작·실천·수정의 상호 감화적인 형태로 서로 뒤얽힌다. 그러므로 카프카의 쓰기는 단순히 외부적 세계의 정신적인 재현이 아니며, 기초적인 경제적 현실에 대한 초구조적인 미학적 해설도 아니다. 그러므로 "어느 누구도 이[탈영토화의] 선이 오로지 정신[en esprit]에만 현존하는 것으로 말하게 해서는 안 된다. 마치 쓰기 기계가 기계가 아닌(다른 무엇보다 초구조적인 것도 아닌, 이데올로기적인 것도 아닌) 것처럼, 자본주의자, 관료적 파시스트 기계 속에 글쓰기 기계는 자리잡고 있으며, 이제 겸허한 혁명 노선을 추적한다." (K 109; 60) 카프카는 글을 쓸 때 세계로부터 물러나지 않고, 세계 안에서 행동한다. "그는 결코 서재에 칩거하는 작가가 아니다. 서재는 그에게 이중의 흐름을 제공한다. 즉 자신을 형성하는 과정에 있는 실재적 배치에 끼워져, 자신 앞의 위대한 미래를 보장하는 관료적인 공무원의 흐름과 자신을 사회주의·무정부주의·사회 운동으로 내던지면서 가장 최근의, 현재적인 방식으로 도피 과정중에 있는[en train de fuir à la façon la plus actuelle] 유목민으로서의 흐름을 제공한다.”(K 75; 41)

《프루스트와 기호들》에서 들뢰즈는 작품 《찾기》를, 의미를 가지는 것이 아니라 작동하는 하나의 실체, 즉 기계로 간주한다. 《카프카》에서 들뢰즈와 가타리는 카프카의 작품을 기계들의 세계라는 그물망에 사로잡힌, 세 부분으로 나누어진 기계로 다룬다. 마침내 《반-오이디푸스》에서 그들은 기계의 본질이 연접의, 이접의 그리고 통접의 종합을 형성하는 것이고, 흐름을 자르고/연결하는 것이며, 포함적 이접 속에 흐름을 겹치게 하는 것이고, 노마드의 강밀도의 진동에 흐름을 침투시키는 것이라고 주장한다. 기계들은 “기계화되는 것이고,” 기계들은 그것들이 한 부분을 이루는 회로들을 구성한다. 이것이 들뢰즈와 가타리가 카프카에서 발견한 기계들의 본질이다. 그들은 그의 천재성이 “남자와 여자들이 기계의 부분이고, 그들의 일에 있어서 뿐만 아니라, 심지어 그들의 인접한 활동에서 더 많이 기계가 되고, 그들이 휴식할 때, 그들이 사랑을 나눌 때, 그들이 항의할 때, 그들이 분노할 때 등등에서 기계의 한 부분이라고 생각한 점에 있다”(K 145; 81)고 말한다. 카프카에게 있어서 “욕망은 결코 기계 안에서 기계 만들기와[말 그대로 “기계 안에서 하나의 기계 만들기”(faire machine dans la machine)], 이전의 전동 장치를 따라서 새로운 전동 장치를 무한히 구성하는 것, 설령 서로 대립되는 것같이 보일지라도, 혹은 조화롭지 않은 방식으로 기능하는 것을 멈추지 않는다. 그것이 기계를 만든다.[Ce qui fait machine] 엄밀히 말하자면 그것은 연결망, 즉 분해를 유도하는 모든 연결망이다.”(K 146; 82)

《프루스트와 기호들》에서 들뢰즈는 《찾기》가 다양체, 즉 다른 부분에 부분이 첨가되면서 전체를 생산하는 하나의 기계라는 것을 보여준다. 프루스트는 자신의 작품을 성당과 드레스에 비유한다. 하지만 들뢰즈는 그 성당이 미완성이며, 드레스는 함께 바느질을 하고 있는 과정중에 있는 영원한 패치워크임을 강조했다. 이러한 다양체의 '하나됨'은 분기된 계열과 닫힌 용기들을 서로 소통 관계에 두는 횡단선을 통하여 형성된다. 비교하자면, 카프카의 기계는 훨씬 더 분명한 하나의 다양체이다. 그의 작품은 은둔처를 형성하고 있다. 마치 '은둔처' 안에 있는 사마귀 같은 생물체의 온상처럼 입구나 출구가 분명치 않고, 도피 가능한 복수적인 지점을 가진 터널이 서로 얽혀 있는 미로와도 같다. 그 은둔처는 리좀이고, 마치 바랭이류 잡초처럼 분산된 점들의 확산이며, 그 어느 지점이라도 다른 지점과 연결되어질 수 있는 그러한 것이다. 카프카의 편지·단편·소설들은 이러한 은둔처의 터널이며, 바랭이류 잡초의 리좀적 결절 부분이다. 그리고 일기는 "리좀(rhizome) 그 자체," 즉 마치 물고기처럼 "카프카가 떠나고 싶지 않다고 선언한 그 요소(맥락의 의미로)이다."(K 76; 96) 편지와 단편 그리고 소설은 내부적으로 서로 연결되어 있고, 각 구성 요소들은 연결망을 형성하고, 움직임을 시작하고 계속함으로써 그 기능을 다한다. 쓰기 기계는 터널을 뚫는 기계인 동시에, 그것이 파고 있는 터널이기도 하다. 즉 '리좀화하는' 기계인 동시에 그것이 형성하는 리좀이다. 그리고 그 기계가 성공적일수록 기계는 더욱더 불완전하다. 혼인의 덫이 닫히게 되면 편지의 흐름은 중단된다. 단편에서는 탈주선이 차단되고(《변신》), 지정하지 않은 기계의 지표들을 통해서만 모호하게 지적되거나(《어느 개의 회상》), 혹은 사회적 장으로부터 분리된 추상기계 안에서 고립된다.(《유형지에서》) 그러나 장편 소설에서는 기계가 완전하게 기능한다. 연결망은 복수화되고 무한히 퍼져 나간다. 예를 들어 《변신》에서처럼 통일화되고 '잘-형식화된' 단편들은, 그 은둔처에 너무나 많은 막다른 골목이 있다. 한편, 완성되지 않은 소설들은 지루하게 은둔처 숨기를 계속하면서 적절하게 작동하는 은둔처 기계이다. 기계의 기능은 기계화되는 것이다. 한편 기계가 기능하는 동안 반드시 열린 복수성을 창조하게 된다. 완벽하게 형식화된 완전한 기계는 미완성의 엔진이다. 들뢰즈와 가타리가 카프카의 책 기계를 이야기하면서, "모두 중단되어 버리지만 완전히 서로서로 소통되는 이행 운동으로 그렇게 완전한 **책**(oeuvre)을 이전에 어느 누구도 완성시킨 적은 결코 없었다"(K 74; 41)고 말한다.

카프카의 글쓰기 기계는 해석되어질 수 있는 것이 아니라, 서술되어질 수 있는 것이다. 그것은 의미하는 것이 아니라 기능하는 것이고, 그 기능은 열려 있는 다양체, 기어가는 은둔처, 확산되어 가는 리좀으로 스스로를 구성한다. 쓰기 기계는 사회 기계에 끼워져 있으며 사회 기계에 의해 횡단하게 된다. 그 기능은 보편적인 욕망하는 생산의 과정들로 내부적으로 연결되어 있다. 이런 점으로 쓰기 기계는 직접적으로 정치적이며, 집단적 활동의 장(場) 내부에서 일어난다. 지정된 것으로 남아 있는 것은 언어가 그러한 기계 안에서 기능하는 방식이다. 들뢰즈와 가타리는 카프카를 '소수 문학'의 실천가로 간주한다. 소수 문학은 바로 정치적인 문학이며, 그 문학의 언어는 높은 수준의 탈영토화에 의해서 영향을 받고, 그리고 집단적 언술 행위를 통해 조율된다. 다음 장에서 우리는 소수 문학이 언어의 소수적인 사용을 수반하고, 그러한 사용이 소수적인 글쓰기 기계의 기능에서 매우 중요함을 보게 될 것이다.

제4장

소수 문학

　들뢰즈와 가타리는 자신들의 카프카에 대한 연구 소제목을 〈소수 문학을 위하여〉로 정한다. 그리고 들뢰즈와 가타리에게 카프카의 작품은 부분적으로, 소수 문학이라고 하는 광범위한 개념을 전개해 나가기 위한 사례로 비추어진다. 소수 문학은 카프카가 제안한 것으로, 그의 저작들에서 여러 가지 그 예를 찾을 수 있다. 그러나 그것은 다른 작가들의 여러 가지 관례와 경향에서도 찾을 수 있는 특징이기도 했다. 소수 문학 개념의 중심은 언어의 특별한 사용에 있다. 그것은 이미 언어 내부에 본래부터 지니고 있던 특질들을 강밀도화하면서 언어를 탈영토화하는 하나의 방식이다. 그러한 언어의 소수적 사용은 언술 행위의 집단적 배치를 거쳐 진행되고, 정치적인 행동 양식으로 기능한다. 정확하게 말하자면, 소수 문학적 요소들이 서로 관련을 맺는 방식이다. 본질적으로 언어 내에서 명백히 드러나는 그 방식은 세심하고 명백한 설명을 필요로 하는 문제이다. 들뢰즈와 가타리는 《카프카》에서 소수 문학의 요소들을 상세하게 밝히고, 《천의 고원》에서 그 개념에 대해 고심한다. 이탈리아 극작가 카르멜로 베네의 1979년 〈마이너 선언〉(SP)이라는 에세이에서 들뢰즈는 그 개념을 연극 무대에까지 확장해 나간다. 이 텍스트가 제시하는 것은 무엇보다도 소수 문학이 언어 행위라는 것이고, 연극 무대가 실제 상황에서 드러나는 몸짓의 언어 행위를 포함하는 그런 행동의 패러다임이라는 것이다.

작은 민족들의 문학

들뢰즈와 가타리는 카프카의 1911년 12월 25일 날짜에 증보된 일기 서두에서, 소수 문학의 이론에 대한 영감을 얻는다. 그해 초 카프카는 렘베르크(갈리시아의 수도, 오스트리아 제국의 최북단 지역, 러시아 국경 근처)에서 온 이디시어 연극을 공연했던 유대인 극단의 공연에 참석하게 되었다. 거기에서 그는 배우 중 한 사람인 폴란드계 유대인 이차크 뢰비와 친분을 맺게 된다. 바르샤바의 유대인 문학에 대한 뢰비의 설명을 듣고 카프카 자신 또한 체코 문학에 관심이 있어, 그때부터 소수 문학¹⁾의 역학(문자 그대로 '작은 문학,' kleine Literaturen)에 대한 반성을 시작했다. 그리고 이 밀도 있는, 때로는 투명한 카프카일기의 도입 부분에는 리치 로버트슨이 바로 "문학의 사회학에 대한에세이" 그 자체라고 부르는 것들이 나와 있다.²⁾

카프카는 문학이, 특히 그러한 문학이 특별히 많은 집단의 문학은 아니더라도, 한 국가나 민족에 주는 많은 이점들을 먼저 목록화하였다. 문학은 정신과 영혼을 뒤흔들면서 대중의 삶에 결핍될 수 있는 통일된 국가 의식을 마련하고, 적대적인 환경에 맞서서 통일된 국가에 대한 자긍심을 가져다준다. 그것은 "불만족스러운 요소들간의 동화[die

---

1) '다수'와 '소수'는 두 개의 언어가 아니라 언어의 두 가지 사용 또는 두 가지 기능을 규정하는 방식이다.〔역주〕
2) 리치 로버트슨(Ritchie Robertson), p.24. 로버트슨은 들뢰즈와 가타리가 일기 도입 부분의 중요성을 강조했던 몇 안 되는 해설자에 속한다는 점을 주목한다. 비록 그 단락의 해석이 그들과는 다르지만, 로버트슨의 도입 부분 읽기는 카프카의 유대인 문학과의 조우에 관한 전반적인 그의 논의에서처럼 매우 계몽적이다(특히 pp.12-28 을 볼 것).

Bindung unzufriedner Elemente]"를 야기한다. 그리고 문학 잡지의 끊임 없는 활동을 통해 "전체에 대한 존경심을 가지면서 한 민족의 지속적 인 통합"(일기 I, 192)을 생산한다. 그것은 "용서를 하고 그리고 용서 를 받아 마땅한" 그런 방식의 국가적 과오에 대한 제시뿐만 아니라, "아버지와 아들 간의 안티테제[des Gegensatzes]에 대한" 논의를 가능케 한다. 그러한 문화적인 환경 속에서는 "문학에 종사하는 사람들에 대 한 존경심이 생겨나고, 생기 있음으로 자부심이 넘치는 책 사업이 시 작되며 책에 대한 열정이 넘친다."(일기 I, 192) "문학은 즉각적이면서 도 활기찬 힘이 된다. 거리감을 두는 평가의 문제가 아니라, 국가에 의한 일기 쓰기이며[Tagebuchführen einer Nation] 역사적인 문헌과는 완전히 다른 어떤 것이며, 더 빠른 발전(하지만 늘 세심하게 검사를 거 친)으로 귀결된다."(일기 I, 191)

작은 나라에서 이러한 '문학의 이익'을 얻을 수 있고, 더 고양될 수 있을지도 모른다. 그 문화적인 규모에도 불구하고라는 말보다 그것 때 문에 더욱 고양될 수 있다고 말할 수 있을지도 모른다. 일반적으로 소 수 문학은 영문학사의 셰익스피어나 독일의 괴테와 같이, 그 분야를 지배하는 선두적인 인물을 갖지 않는다고 볼 수 있다. 그리고 그러한 인물의 부재로 인해 몇 가지 긍정적인 결과를 갖기도 한다. 위대한 예 술가는 다른 사람들을 침묵케 하지 않으며, "가장 큰 규모의 진정한 경쟁은 실재적 정당성을 가진다."(일기 I, 192) 경쟁적인 작가들은 상 호 의존적인데, 그것은 그들을 동요시켜 쓰러뜨릴 만한 그런 지배적인 힘이 나타나는 일은 불가능하기 때문이다. 재능이 없는 사람들은 글 쓰기로 인해 좌절하게 되는데, 그것은 그들이 아무 생각 없이 모방할 수 있을 만큼 멋지고 대단한 모델을 가지고 있지도 않기 때문이다. 작 은 국가는 문학 역사를 쓸 때 지배적인 인물이 없다는 점이 독자의 취 향에 따라 동요를 일으키지 않는 안정적인 정전을 가지는 일을 가능케 한다. 이는 작가들의 거역할 수 없는 영향력이 "당연하여 그것이 그들의 글쓰기를 대신"(일기 I, 193)하기 때문이다. 설령 과거의 영향력 있는 작품들이 실제로 읽을 때조차도 독자들이 직면하는 것은 작품 그 자체가 아니라, 국가 전통에 있어서 그 작품의 명성과 지위가 가지는 아우라이다. 다수의 문학은 독자들의 취향이 변하면서 일부는 잊혀져 버리기도 하고, 일부는 새로운 세대의 독자들이 소홀히 했던 걸작의 힘을 경험하기 때문에 다시 부활하기도 하는 영향력을 가지는 작품들이 많다. 그러나 소수 문학의 경우, 핵심적인 작품들이 잊혀지지도 않고 "작품 그 자체가 기억과 독립적인 활동을 하지 않는다." 왜냐하면 작품들이 명성과 하나가 되기 때문이다. 그 결과 "잊혀진다는 것이 불가능하고 또다시 기억한다는 것도 불가능하다. 문학 역사는 그 시대의 취향에 의해 거의 영향을 받지 않는 어떤 변함없는 믿을 만한 전체적인 것을 제공한다."(일기 I, 193) 나아가 소수 국가는 문학 역사를 형성할 만한 작품들이 거의 없기 때문에 "현존하는 작품들을 좀더 철저하게 소화해 낼 수" 있다. 작품들이 서로 완전히 동화될 뿐만 아니라, 국가적인 차원의 자긍심을 가지고 그 작품들이 견고하게 후원되고 보호될 수 있을 것이다. 왜냐하면 소수 국가에서 "문학은 문학사의 문제라기보다는 민중에 대한 관심과 애정에 대한 것이기 때문이다. 그리하여 순수하지 않더라도 최소한 믿을 만한 정도로 보존되어질 수 있다."(일기 I, 193)

결론적으로 소수 국가에서는 문학과 정치 간에 밀접한 연관성을 가진다. 이 부분에서 카프카의 의견이 모호하여, 이 관련성에 대한 논리는 전적으로 확실치 못하다. 카프카는 "상호 연결되어 있는 사람들[die zusammenhängenden Menschen]"이 부족하기 때문에, "상호 연결되어 있는 문학 행위도 없다"[die zusammenhängenden litterarische Aktionen]는 점을 주목한다. 그로 인해 카프카는 소수 국가에서는 작품에 대한 판단이 기본적으로 문학적인 자족적이고 상호 연관되는 집단을 형성하지 못한다고 보는 것 같다. 심지어 어떤 작품이 아주 냉정한 관점을 가진 것으로 고려되어 분석된다고 하더라도, 그것의 '경계'가 '유사한 것'(즉 다른 문학 작품)과 관련하여 결정되는 것이 아니라 정치와 연관하여 결정된다. 실로, 정치와의 연관성은 '도처'에서 발견되고, 종종 "그것이 그곳에 있기 전부터 사람들은 그것을 찾아내려고 애를 쓴다. 그러나 카프카는 그러한 상황 속에서의 문학이 단지 선전 수단으로서의 역할을 하는 데에 대한 우려는 하지 않는다. 왜냐하면 문학은 내적으로 독립되어 있어서 무해한 정치와는 외부적으로 관계를 맺고 있기 때문이다."(일기 I, 194) 결과적으로, 소수 국가들의 문학은 정치적인 슬로건으로 빠르게 이용되어[sie sich an den politischen Schlagworten festhält], 나라 전역에 퍼지게 된다[die Litteratur sich dadurch im Lande verbreitet]. 카프카는 소수 문학에서 개인적인 것과 정치적인 사이에 내부적으로 서로 침투되는 부분이 있다는 점을 시사한다. 왜냐하면 "문학으로 의도된 것, 모욕 행위"는 작가와 독자들 간의 공개적이고 중요한 논의 부분이기 때문이다. "거대한 문학에서 밑에 가라앉은 것은 구조물을 이루는 데 꼭 필수적이 아닌 지하실 같은 것을 이루면서, 여기에서 충만한 일광을 받으며 드러난다. 거기서는 몇 사람의 관심을 끄는 그런 문제가 여기서는 모든 사람들에게 생사가 걸린 핵심적인 문제가 된다."(일기 I, 194)

카프카는 끝부분에 이르러 자신의 생각들을 다음과 같이 요약한다." 소수 민족의 문학에 대한 인물의 스케치는[Schema zur Charakteristik kleiner Litteraturen]"1. 활발함: a. 갈등. b. 학교. c. 잡지. 2. 제약이 적을 것: a. 원칙의 부재. b. 사소한 주제. c. 쉬운 상징 형성. d. 재능이 없는 사람들의 것은 던져버릴 것. 3. 인기: a. 정치와의 관련성. b. 문학 역사. c. 문학에 대한 신뢰가 자체의 법을 구성할 수 있다."(일기 I, 195) 그후 그의 결론은 소수 문학이 활발한 갈등을 제시함으로써 생기를 얻을 수 있고, 거장들로 인해 제약을 받지 않고 사람들의 생활에 밀접하게 연루된다는 것이다. 카프카는 이러한 특징을 야기하는 소수 국가들의 특이한 조건들을 연구한다. 그러나 그의 관심사가 경험적 관찰이나 사회학적인 설명을 넘어선다는 점은 분명하다. 카프카는 체코와 바르샤바의 유대인 문학에 대해 기술하고 있지만 그 자신도 그 일부가 되고자 하는 이상적인 문학 공동체의 초상을 그렸으며, 그런 식의 생각은 그의 일기 마지막 문장에 나타난다. "모든 존재가 유용하고도 행복한 삶을 느낄 때, 책을 읽는다는 것은 어려운 일이다."(일기 I, 195) 그런 이상적인 공동 사회는 소수 국가에서는 육성될 수 있을지도 모른다. 하지만 그 사회가 반드시 그런 우발적인 환경에 의존한다는 것은 아니다. 그러므로 카프카의 소수 문학은 이 세계에서 기능해야 하고, 이것이 들뢰즈와 가타리가 받아들인 그 용어의 의미이다. 카프카를 언급하면서 그들이 강조한 것은 철저하게 정치적이라는 것이다. "문학 역사에 대한 관심이라기보다는 사람에 대한 것이다." 아버지와 아들의 가족사적 논쟁이 개방되어 있듯이 정치적인 것 안에서 개인적인 것을 포섭하고, 개인의 갈등을 "삶과 죽음에 대한" 공공의 문제로 만든다. 그리고 위대한 개인의 형상이 아니라 생생하면서도 전체적인 일에 종사하는 복수적인 작가에 중점을 두고 있다.

탈영토화된 언어

들뢰즈와 가타리는 소수 문학에 대해 카프카가 서술하지 않은 다음의 두 가지 특징을 첨가한다: "소수 문학에서 언어는 탈영토화 계수가 매우 큰 것에 의해 영향을 받는다."(K 29: 16) 그리고 작가는 "언술 행위의 집단적 배치"(K 33; 18)를 통해 작용한다. 그들은 카프카가 언어적 탈영토화를 실천한 분명한 증거를 독일어 상황 속에서의 프라하 유대인 글쓰기에서 찾는다. 카프카의 초년기 연구에서 클라우스 바겐바흐가 상세하게 주장한 바에 의하면, 금세기의 전환기에 프라하 유대인들은 아주 특이한 언어적인 환경에 처해 있었다는 것이다. 대부분이 독일어를 말하고 독일인 학교를 다녔으며, 카프카처럼 많은 이들은 도시적인 삶과 프라하의 명성 있는 소수 언어를 포용하기 위해 모국어인 체코어와 향토의 뿌리를 포기한 부모들에 의해 양육되었다(바겐바흐가 추정하기로는, 프라하에서 80퍼센트의 시민들이 체코어를 구사하였고, 5퍼센트의 유복한 순수 독일인과 나머지 독일어를 구사하는 유대인들이 있었다[바겐바흐 28, 65, 191]). 카프카는 독일어를 말하는 가정에서 양육되었으나 그는 그 당시의 체코어를 배우는 동시대의 유대인들 사이에서는 매우 특별했다(바겐바흐 181). 카프카의 프라하에서의 언어적 환경은 독일어와 체코어의 혼합어인 'Kuchelböhmish'와 유대어에서 제한적으로 영향을 받은 일종의 독일어화된 이디시어인 'Mauscheldeutsch'가 뒤섞여 매우 복잡했다. 카프카의 아버지는 종종 대중적인 Mauscheldeutsch 표현을 사용했는데, 바겐바흐는 그의 아버지의 독일어는 "올바른 독일어와는 너무 거리가 먼"(바겐바흐 80) 것이라고 적고 있다.

바겐바흐는, 프라하의 독일어는 빈곤한 언어였고 "국가에서 지급한 일종의 의식용 언어이며," "마치 종이와 같이 건조한 빛깔 없는 외래어"(바겐바흐 87)에 불과하다고 말했다.[3] 《보헤미아》지의 편집자인 하인리히 테엘레스는 "프라하에는 끊임없이 언어를 새롭게 갱신하는 일

---

3) 바겐바흐는 프리츠 모드너(Fritz Muthner)로부터 'paper German' [papierenes Deutsch]이라는 개념을 취한다. 1918년 프라하에 대한 그의 회고 모음집에서 "체코의 시골사람들 중, 보헤미아의 독일인은 취약한 독일어(paper German)를 말한다……. 그는 풍부한 모국어 표현과 방언의 풍부함이 부족하다. 그 언어는 빈약하고 풍부한 방언의 상실로 인해 그것이 가지는 멜로디도 잃어버렸다.(바겐바흐 p.77 인용) 바겐바흐는 또한 루돌프 바사타(Rudolf Vasata)를 인용한다. 그는 1946년 카프카의 문체를 비평하면서 유사한 관찰을 한다 "중세 라틴어와 같이 죽은 언어, 살아 있는 언어 용법에서 벗어난, 내용이 빈약한 점으로 순수한…… 그것이 카프카의 전달 수단이되었다. 그것은 바른, 술 취하지 않은, 하지만 표현력이 풍부하면서 유연한" 그런 것이다.(바겐바흐, p.80)

을 조장할 만한 독일 민족이 없고, 우리 모두는 겨우 교육받은 독일인일 뿐이다"(바겐바흐 77에서 인용)라고 말하면서 탄식했다. 이러한 종 잇장과 같은 언어는 체계화된 사회에 뿌리를 내리지 못하는 언어일 뿐만 아니라, 끊임없이 체코어와 접촉하면서 발음이나 구문이나 어휘에 영향을 받았다. 프라하 독일어를 말하는 많은 사람들은 결정적으로 체코어의 악센트를 사용하였고, 그들의 말에 표본이 되었던 구절들이 비표준화된 변화를 겪으면서 빈번하게 체코어 문법 구조에 영향력을 드러냈다. 바겐바흐는 이러한 특징 가운데 전치사의 바르지 못한 사용이나(darauf denken, daran vergessen), 대명사적 동사의 오용(sich spielen), 관사의 생략(Wir gehen in Baumgarten, Eingang in Garten) 등을 중요한 특징으로 언급한다. 또한 전형적인 프라하 독일어는 전반적으로 어휘가 부족했다. 그리하여 부분적으로는 체코어와 독일어를 말하는 사람들끼리 의사소통 용어를 끊임없이 단순화시켜야 할 뿐만 아니라, 체코인들만의 독특한 어법을 유발하게 하였다. 예를 들어 독일어를 말하는 프라하인들은 legen, setzen, stellen, abnehmen(to lay, to set, to put, to remove) 같은 동사대신 체코어의 dati(to give) 같은 용법인 geben(to give) 동사를 간단하게 사용했다.

들뢰즈와 가타리의 관점에서 카프카의 프라하 독일어는 탈영토화된 독일어였다. 동화되고, 통합적인 정통 독일어 공동 사회와 분리되어 체코어에 근접하기 위해 수많은 변형을 겪었고, 언어적 빈곤함으로 인해 제한된 어휘들은 복수적인 기능을 수행해야 했으며, 각각의 어휘는 강렬하고 다양한 변화를 겪는 다중 발성법을 요구하였다. 바겐바흐는 많은 프라하의 작가들이 이러한 언어적 '유동성'과 '동사적 빈곤함'에 대한 보상으로 "동사를 풍요롭게"(바겐바흐 80) 사용하는 반응이 일어났고, 직유·메타포·상징·신조어, 복잡하고 기교적인 것, 완곡한 표현 등이 과다하게 부여된 언어로 반응했다는 점을 주목한다. 하지만 대조적으로 카프카는 이러한 언어적 변화와 빈곤함을, 바겐바흐가 묘사하듯이 거의 모든 지역적 영향력을 제거한 "매우 개인적인 프라하적 독일어"(바겐바흐 80)로 대응했다. 그의 언어는 "바른 용법의, 냉정한, 무감동의, 꾸미지 않은, 거대한 이성으로 축조된" 언어였다.(바겐바흐 76) 그리고 "순수주의적 경향"을 지니며, "그 단어의 철자에서 단어를 취하는 방식"(바겐바흐 86, 87)으로 알려졌다. 들뢰즈와 가타리가 이 냉정하고 무감동적인, 미니멀리스트적인 문체에서 발견한 것은, 프라하 독일어의 언어적 빈곤함을 수용한 점과 그 경향을 금욕주의적 제한을 통해서 강렬화시킨 점이다. 다시 말해 이미 언어에 나타난 탈영토화의 힘을 의도적으로 격화시키는 것이다.

이러한 점에서 그들은 카프카가 1912년 2월 18일 뢰비의 극단이 공연하기 전에 가졌던 그의 유명한 〈이디시어에 관한 머리말〉에서 밝힌 바와 같이, 이미 언어적 기형을 실천하고 있는 것으로 보았다. 카프카는 이디시어를 독일어의 한 갈래로 보고 접근하는데, 그 관용구는 "간단하고 신속하며" "그 구어는 끊임없는 유동적인 흐름 속에 있다." 그리고 그 단어들은 확고부동하게 뿌리박혀 있는 것이 아니라, 선택되는 그 순간의 속도와 생생함을 유지하고 있다. 이디시어 전반에 걸친 대이동이 한쪽 끝에서부터 또 다른 한쪽 끝으로 일어나고 있었다.(《아버지에게 드리는 편지》 382) "그것은 법과 변덕스러움 간의 언어적 혼성"이고, "전체적으로 방언으로만 구성된다. 심지어 문어에서조차도." (《아버지에게 드리는 편지》 383) 그것이 독일어와 근접하다는 것은 확실히 "독일어를 말하는 모든 사람들이 이디시어 또한 이해할 수 있다는 확신을 준다." 설령 그 두 언어간의 긴밀한 결속 관계가 번역을 불가능하게 한다고 하더라도. "사실 이디시어는 독일어로 번역될 수 없다. 이디시어와 독일어 사이의 관계는 너무 섬세하고 첨예하여, 이디시어가 독일어로 변형되는 순간 파괴된다."(《아버지에게 드리는 편지》 384-85) 즉각적인 이해를 할 수 있게 해준다는 것은 "당신이 알고 있는 것과는 별도로 본질적으로 적극적인 힘과 당신이 직관적으로 이디시어를 이해할 수 있게 하는 힘과 연관이 있다"(《아버지에게 드리는 편지》 385)고 카프카가 자신의 독자들에게 말한다. 간단히 말해 이디시어는 프라하 독일어와 매우 유사하다 과도하게 탈영토화된 독일어이고, 끊임없는 흐름 속에서, 간단하고 신속하게, 대이동에 의해 횡단되며, 법과 변덕의 혼성으로, 표준이 될 만한 말을 갖지 않는 방언들의 혼합물이고, 직관적으로 이해되는 것보다는 조금 덜 알려진 힘의 장이다.

카프카의 이디시어는, 들뢰즈와 가타리에 따르면 하나의 언어라기보다는 살아 있는 언어의 하나의 방식, 즉 다수 민족의 언어를 전유하고, 그 고정된 구조를 파헤치는 소수 민족의 수단이다. 이디시어를 말하는 사람들은 프라하의 유대인처럼 언어의 **소수적**(minor) 사용자이고, 그 언어는 독일어를 움직이고, 변조의 힘에 열려 있으면서, 표준이 되는 독일어 요소들을 불안정하게 하는 기형의 언어이다. 들뢰즈와 가타리는 이러한 언어의 소수적 사용이 제기능을 다하고 있는 문학 집단에 대한 카프카의 시각과 일치하는 것으로 본다. 그리고 언어적 실험과 정치적 행동을 수렴하는 것으로써 문학의 개념이 작가로서 카프카의 실천, 즉 그의 이디시어에 대한 이해와 '소수 문학'에 대한 분석에 나타나고 있다고 그들은 주장한다. 결국 그러한 문학이 소수적인 것이다. 그것이 제한된 집단의 문학이기 때문이 아니며(비록 문학의 정치적인 차원이 종종 '소수 문학'에서 가장 두드러지게 나타나기는 하지만), 소수 민족의 문학이어서도 아니다(비록 언어적 기형의 결과가 소수 민족의 말과 글쓰기에서 종종 주목을 받기도 하지만). 그것은 소수적 사용의, 언어 고유의 생득적인 지배력 구조에 대한 하나의 '소수화'된 문학이기 때문이다. 언어적 실험화가 직접적으로 사회적·정치적 효과를 가진다는 의미를 알기 위해 우리는 들뢰즈와 가타리가 《천의 고원》에서 밝힌 내용에 주목하여야 한다.

언어와 권력

들뢰즈와 가타리에게 있어서 언어란 하나의 행동 수단이고, 무엇인가를 행하는 하나의 방식이다. 발화—행위 이론가들이 오랫동안 지적해 온 바로는, 성직자들이 예를 들어 "I thee wed"라고 말할 때처럼 언술 행위에는 분명히 그들의 행동을 구성하는 어떤 표현이 있다는 것이다. 들뢰즈와 가타리는 그런 **수행어**라는 범주 내에서 모든 언어의 패러다임을 읽고, 언어학이 일반적인 화행론(化行論)이나 행동 이론의 세부 영역으로 취급되어야 한다고 주장한다. 언어의 기능은 우선적으로 의사소통의 기능이 아니라 명령을 강요하는 것 소위, **명령어**(mots d'ordre)('슬로건' '암호,' 글자 그대로 '명령어')의 전달이라고 주장한다.(MP 96: 76) 모든 언어는 이 세계를 암호화하고 실체와 행동과 사건의 상황들을 범주화하며, 윤곽을 결정하고, 관계 등을 세부화한다. 언어를 터득하면서 지배적인 사회질서에 따라 현실을 조직화하는 일이 가능하고, 발화 행위가 생기는 곳이면 어디든지 지배적인 사회질서가 확립되고 강화된다. 언어는 세계에 대해 "비물체적 변형"(MP 102: 80)을 유도하면서 작동하고, 발화 행위는 코드화되면서 사물·행동·사건의 상태 등을 변화시킨다. 예를 들어 신랑과 신부가 "나는 이제 너희들을 남편과 아내로 명하노라(I now pronounce you man and wife)"[4]와 같은 구절로 인해 남편과 아내로 바뀌듯이. 그런 비물체적 변형은 규칙적인 행동 패턴과 조직화된 실체의 외형을 전제한다. 그리고 언어의 코드화가 실행되는 것은 관습이나 제도, 그리고 물질의

---

4) 들뢰즈와 가타리는 스토아 학파의 비물체 이론에서 "비물체적인 변형"이라는 구절을 거론한다. 들뢰즈는 《의미의 논리》, 특히 23계열(LS 190-97; 162-68)에서 그것을 다루게 된다. 또한 《의미의 논리》에 나타난 비물체 이론과 들뢰즈의 논의를 위해 나의 저서 《들뢰즈와 가타리》(67-73)를 볼 것.

실체와 같은 사회적으로 인증되는 관계망을 통해서이다. 이러한 복잡한 관계망은 '배치(agencement),' 즉 이질적인 행동이나 어떤 식으로든 함께 기능하는 실체의 집합체로 구성된다.[5] 이는 넓게 두 가지 범주의 배치로 구분될 수 있다. 그 첫번째는 "행동 · 열정 · 신체가 서로 반응하면서 섞이는" 비담론적 **기계적 배치**(machinic assemblages)이고, 두번째는 "행동과 진술의, 신체에 기인하는 비물체적 변형의"(MP 112: 88) 담론적인 **언술 행위의 집단적 배치**(collective assemblages of enunciation)이다. 기계적 배치는 세계의 실체가 형성되면서 나타나는 다양한 형태의 관습과 요소들이고, 언술 행위의 집단적 배치[6]는 언어적 진술을 가능케 하는 행동 · 제도 · 관습의 형태들이다. 예를 들어서 재판관이 피고인에게 '유죄'를 선고할 때, 배심원의 평결은 사법 · 입법 · 행정적 제도의 법적 코드에 대한 모든 규칙, 법정에서의 행동 관습 등, 집단적 언술 행위로 기능하는 모든 것들을 동시에 전제한다. 이 배치의 실체들은 비담론적 관습이나 법정 또는 재판관의 망치나 옷 등을 통해 형성되고, 기계적 배치로서 기능하는 갖가지의 행동망을 통하여

---

5) 'agencement'라는 용어는 '배치' '배열' 또는 '조직' 등으로 다양하게 번역되는데, 특별한 실체의 배열을 의미하기도 하고, 조합 행위나 주어진 지형(배치)에서 요소들의 결합을 지칭하기도 한다. 특히 《디알로그》의 언어와 배치에 대한 들뢰즈의 논평은 유용하다. "최소한의 실재적 단위는 단어 · 관념 · 이데아 · 개념 · 기의(시니피에)가 아니라 **배치**이다. 언술(éconcés)을 생산하는 것은 항상 배치(assemblage)이다. 언술문들이 언술 주체(sujet d'énoncés)로서 하나의 주체와 관련을 갖는 것처럼, 그것들이 언술 행위의 주체(sujet d'énonciation) 역할을 하는 하나의 주체를 그 원인으로 갖지 않는다. 진술된 문장은 우리의 내부와 외부에서, 인구 · 복수성 · 영토 · 되기 · 정동, 사건들을 활동하게 하는 배치의 항상 전체적인 생산품이다."(D 65; 51)
6) 들뢰즈는 '말할 수 있는 것'과 '말할 수 없는 것'을 특정한 양상으로 분할하고 분배하는 조건을 '언술 행위의 배치'라 부르고, 이를 '볼 수 있는 것'과 '볼 수 없는 것'을 분할하고 분배하는 '가시성의 배치'와 구별한다. (중략) 지층화의 두 요소, 예컨대 언술 가능한 것과 가시적인 것, 담론적 형성과 비담론적 형성, 표현의 형태와 내용의 형태에 관한 일반 이론을 제시하고 방법론적인 결론을 끌어낸 것은 《지식의 고고학》이다(《푸코 Foucault》, 질 들뢰즈, 권영숙/조형근 역, 〈들뢰즈의 푸코〉, 새길, 1995, 81쪽 이하 참조). (역주)

생산된다. 이 두 종류의 배치들이 섞이기도 하지만, 여전히 분리 가능한 과정으로, 표현 수준으로 기능하는 집단적 언술 행위의 배치와 내용의 수준으로서의 기계적 배치로 남는다. 그러나 표현과 내용은 기의와 기표처럼 상호 관련성을 가지지는 않지만, 서로 간섭하는 뚜렷한 행동과 실체의 양식으로 서로 간섭하고, 서로의 기능을 조정한다. "비물체적 속성을 표현하고 동시에 그것을 신체에 속한다고 생각할 때, 사람들은 재현하거나 지시하는 것이 아니라, 어떤 방식으로 **조정하는** 것이다. 그것이 언어의 행위이다."(MP 110; 86)

일반적으로 언어학자들은 언어를 상수와 불변항으로 분석하는 데에 반해 들뢰즈와 가타리는 표준적이고, 고정된 언어의 형식이라는 것이 규칙적인 행동 양식에 의해 생산되는 파급 효과라 주장한다. 들뢰즈와 가타리에게 제1의 것은 변수들이다. 그것들은 복수의 "연속적인 변이선"으로 구성된 잠재적인 차원으로 존재하며, 그러한 배치는 독특하면서도 구체적인 예를 통해 현실화된다. 예를 들어 "I swear!"라는 문장을 생각해 보라. 음소론적으로 사람들은 "swear"의 발음에서 생기는 여러 변이 요소들을, 표준 음소 단위로부터 비롯되는 중요하지 않은 일탈로 볼지도 모른다. 그러나 들뢰즈와 가타리는 "swear"에서 생겨날 수 있는 발음들을 소리들의 연속체, 즉 끊임없는 변이선을 형성하는 것으로 본다. 그것은 실재적이지만 현재화된 것이 아닌, 하나의 잠재적 존재를 가지게 된다. 각 화자들은 그 연속체의 특별한 부분을 현실화하고, 지배적인 사회질서에서 규정짓는 행동 양식이 그 연속체를 따라 움직이면서 어느 지점이 '정확한' 발음인지, 또 어떤 지점이 '틀린' '비표준의' '일탈된' 지점인지를 결정한다. 유사한 연속체가 "I swear"라고 하는 문맥 아래 놓이게 되는데, "I do swear" "Me swear"를 포함하는 연속적인 변이선이나, "So do I swear" "Swear I" 등 규범과 일탈 요소들은 규칙적인 행동 양식을 통해 다시 강화된다. 마침내 연속적인 변이의 의미론적인 선이 "I swear!"를 통과하게 된다. 대개 한 진술문의 의미론적 내용은 다른 종류의 문맥에서 여러 가지 의미의 뉘앙스를 가진 안정적이고 외연적인 핵심으로 볼 수 있다. 그러나 들뢰즈와 가타리는 각각의 발화 행위를 의미론적 변수들의 연속체 상의 특정한 지점이 현재화된 것으로 본다. 아들이 아버지 앞에서 그리고 약혼자 앞에서의 약혼녀나 재판관 앞의 피고인이 맹세할 때, 각각의 예에서 "I swear"는 서로 다른 의미론적 내용을 가진 서로 다른 발화인 셈이다. 각각의 언어 수행은 잠재적 "I swears!"의 연속체가 현재화된 것이고, 의미의 다양한 뉘앙스는 사회질서의 지배적인 관습에 따라 표준 혹은 일탈의 것으로, 축어적 혹은 비유적인 것으로, 진지한 혹은 변덕스러운 것 등으로 허가를 받는다.

한 언어의 연속적인 변이체의 모든 선은 '추상 기계'의 한 부분인데, 그것은 보완적인 부분으로 세계의 실체를 형성하는 비담론적 행동 양식의 변화 가능한 궤도를 포함한다. 언술 행위의 집단적 배치와 비담론적 기계적 배치는 추상 기계를 현실화하며, 그 추상 기계는 두 개의 배치를 서로 관련짓는다. 주어진 사회질서의 규칙적인 관습은 변이를 조절하고 제한하지만, 연속적인 변이선은 배치 내에서 내재적으로 남아 있고, 규칙을 불안정하게 하는 비표준적 현실화를 가능케 한다. 그러므로 다양한 프라하 독일어의 '과오'와 유대어 안에서 생산되는 독일어의 변형은 연속체 변이선을 따르는 많은 점들의 현실화의 한 형태로 볼 수 있다. 그리고 그 변이체는 표준 독일어의 규칙성을 저해하고, 모든 관습·제도·실체 그리고 모든 언어적인 규칙성을 전제하는 사건 상태의 모든 배치를 불안정하게 한다. 우리는 여기서 들뢰즈와 가타리가 언어의 탈영토화를 정치적인 행위로 간주하게 된 이유를 이해할 수 있다. 왜냐하면 언어는 스스로 권력 구조나 언어의 소수적 사용에 의해 형성되는, 마치 프라하 유대인이 구성한 독일어와 같이, 표준 용법의 제한적인 통제에 대항하면서 언어 내에서 비표준적인 변이 요소를 설정하고 필연적으로 권력 관계에 참여하기 때문이다.

언어의 소수적 사용

들뢰즈와 가타리는 카프카가 자신의 작품에서 언어의 소수적인 사용과 유사한 방식을 취하면서, 그의 금욕적이고 장식 없는 문체의 글쓰기로 프라하 독일어의 탈영토화하는 빈곤함을 강밀도화한다고 주장한다. 그의 전략은 "자신의 언어 **내에서** 외국인이 되는 것"(K 48; 26)이고, "[자신]의 언어 안에서 다언어주의를 이용하는 것이며, 이것을 소수적인 혹은 강도적인 사용이 되게 하고, 이 언어의 압제자적 개성에 대해 억압받는 자들의 개성에 대항하는 것이며, 비문화 지점과 미개발 지점, 즉 언어가 도피하며, 동물이 스스로 접붙고, 배치가 끼어드는 제3세계 지역을 찾는 것이다."(K 49-50; 26-27) 들뢰즈와 가타리는 구체적으로 "자신의 언어에서 외국인 되기"의 의미를 상세하게 설명하고 있지는 않지만, 《카프카》와 다른 작품에서 제공되는 힌트로부터 우리는 그들이 의도하는 바를 사전에 알 수 있다. 그들이 《카프카》에서 독일어에 대한 소수적 사용의 문체적인 예들을 엄격하게 제공해 주지 않지만, 다른 작가들의 언어의 탈영토화에 대한 몇 가지 예를 인용하면서 아르토의 '비명-호흡'[cris-souffles](K 49; 26)을 짧게 언급한다. 그리고 들뢰즈는 《의미의 논리》에서 "호흡-단어[mots-souffles], 외침-단어[mots-cris]들이 모두 축어적이고, 음절과 음소적 가치가 예외적으로 주음적·비문어적 가치들로 대체된다는 점을 검토한다."(LS 108; 88)(제1장을 볼 것) 그들은 또한 《인형악단》에서 셀린이 프랑스어에서 만들어 내는 용법을 언급한다. "또 다른 하나의 선을 따라 최상의 순간에 감탄하는."(K 49; 26) (임의의 예 — "우르릉 쾅! 붕! (…) 그것은 대격돌이야! (…) 부둣가에서 함몰되는 거리! (…) 올리언즈가 무너지고, 그랜드 카페에 천둥이 치고! (…) 테이블이 떠내려가고 공중을 가른다! (…) 마블 새다! (…) 빙글빙글 돈다. 유리창이 깨어져 산산조각 난다!" [《인형악단》 6]) 《천의 고원》에서 그들은 커밍즈의 "he danced his did"와 "they went their came"과 같은 선을 소수의 '비문법성에 대한 예로 제시하고, "그 선은 연속적인 변이 상태에 문법적 변수들을 둔다."(MP 125; 99) 그들은 게라심 루카의 〈열정〉을 언어의 더듬거림의 예로 인용한다.(MP 124; 98) ("Passionné nez passionnem je/je t'ai je t'aime je/je je jet je t'ai jetez/je t'aime passionnem t'aime."[7] 들뢰즈는 "그는 더듬거렸다"(He Stuttered)에서 이 시에 대해 말한다. "I LOVE YOU PASSIONATELY[JE T'AIME PASSIONNÉMENT]"라는 외침의 극한에서 단 한 번의 호흡, 마지막 음향 덩어리를 풀어주기 위하여 모든 언어는 회전하면서 변화한다."[CC 139; 110]) 그들은 소수적 문체주의자로 베케트를 자주 언급한다. "고갈된 것"(The Exhausted)에서 들뢰즈와 가타리는 베케트의 소수적인 두 가지 실천을 언급하고 있는데, 첫째, "완전히 열린 단어의 표면을 부수는 노력의 일환으로 구절 어구의 내부에 끊임없이 짧은 분절을 첨가한다(E 105; CC 174)("folly seeing all this-/this-/what is the word-/this this-/this this here-/all this this here-/folly given all this-/seeing-/folly seeing all this this here-") [베케트, 《이야기를 들으면서》 132의 〈단어란 무엇인가?〉에서). 둘째, 끊임없이 문장의 표면을 줄이기 위해 구절에 구두점을 표시함으로써 구멍을 내는 것이다(E 106; CC 174)("No. NOT Best worse. Naught not best worse. Less best worse. No. Least. Least. best worse")[베케트, 〈가세, 더 나쁜 쪽으로〉, 단편집 《나아가지 않으며 나아가기》에서 118]).

그런 표준 용법으로부터 분명히 이탈된 성분들, 예를 들어 비명──호흡, 감탄조의 외침, 분절된 어구, 통사적 혼성, 자기 분절적인 문장, 강박적인 반복──과 같은 것도 카프카의 차분한 산문에서는 많

─────────────

7) Je t'aime passionnem에서 je와 t'ai를 붙여서 jetez로 표현하고, je를 반복적으로 문장에 사용하여 표면에 구멍을 내고 의미화를 지연시킨다. [역주]

이 제거된 것으로 보인다. 그리고 카프카의 비평가들은 일반적으로 들뢰즈와 가타리의 이러한 분석을 거부해 왔다. 그들은 그가 매우 엄격한 표준의 문체로 글을 쓰고 있다는 것이 상당 부분 확실하고, 언어학적으로 순수주의자임을 주장한다.[8] 그러나 우리는 언어의 소수적인 사용이 단순히 틀린 용법의 문장을 사용하는 것이라는 가정은 주의해야 한다. 소수적 글쓰기의 목표는 언어를 진동시키는 것이고, 불균형을 유도해 내는 것이며, 언어 그 자체로부터 문법적·통사적·의미적 양식에 내재한 연속적인 변이선을 활성화시키는 것이다. 프루스트는 "걸작품은 일종의 외국어[une langue étrangère]로 씌어지는 것이다"라고 말한다. 위대한 작가는 한 언어 속에서 자신만의 외국어를 만들고, 언어를 낯설게 만드는 자신만의 방법을 창조해 낸다. "외국인[un étranger]이 된다는 것은 단순히 자신의 언어 외의 말을 하는 사람이 아니라, 자신의 언어로 말하는 사람이다. 이중 언어적 또는 복수 언어적이지만 단일하고 동일한 언어 속에서 방언이나 은어조차 없는(방언이나 은어가 있어야 한 언어를 잘 구사하는 것은 아니다)…… 오로지 이런 결과는 명정함이나 창의적인 공제(控除)을 통해 다다를 수 있다. 연속적인 변주는 오로지 금욕적인 선을 가지며, 약간의 꿀과 순수한 물을 가진다."(MP 125; 98-99)

카프카는 프라하 독일어의 탈영토화 선을 따르면서 "독특하고, 고독한 글쓰기"를 창조한다. "하지만 그것은 새로운 명정함, 전례 없는 새로운 정확함, 무자비한 수정……분열증적인 공손함, 순수한 물을 마신 후의 술취함과 같은 의미에서이다."(K 47-48; 25-26) 들뢰즈와 가타리는 카프카와 동시대의 《히페리온》지 편집인인 프란츠 블레이를

---

8) 예를 들어 로버트슨을 볼 것. 그러나 "어떤 의미로든 카프카가 독일어를 전복시키려고 했다고 믿기는 어렵다. 그는 언어학적 순수파이다. 그는 어떤 저작이든 출판되기 전에 어휘·철자·구두점을 높은 수준의 독일어 표준에 맞추기 위해 각고의 노력을 했다."(로버트슨, p.27) 콘골드(Corngold), pp.89-90을 볼 것.

인용한다. 그는 카프카의 산문에 대해, "자기 자신을 세심하게 보살피는 어린아이의 순수함과 같은 분위기를 가졌다"(바겐바흐 82)라고 말한다. 그리하여 들뢰즈와 가타리는 카프카 언어의 낯선 부분이 어떤 과도한 정확성, 즉 표준 용법에 대한 직접적인 위반을 허용치 않는 완전한 순수함이라고 본다. 그러나 그 순수함에는 프라하 독일어의 "언어적인 빈곤함," 즉 다양한 기능과 음조를 가진 개별적인 어휘가 과부하된 어휘의 궁핍함을 반향한다. 예를 들어 geben과 같은 동사는 legen, setzen, stellen, abnebmen 대신 사용되어야 할 것이다. 어휘의 감소는 각 단어를 알아들을 수 없는 극단을 향해, 모든 의미가 단 하나의 음으로 표현되어야 하는 소실점을 향해 몇 걸음 더 가까이 밀고 나아간다.[9] 카프카가 프라하 독일어를 구사하여 "모든 미개발의 지점"과 그것을 "명정하고 엄격한 울음으로 외치는"(K 48; 26) 것은 바로 이러한 방식을 통해서이다.

소리와 의미

그러므로 언어의 소수적인 사용은, 직접적으로 언어의 규범이나 규칙을 위반할 뿐만 아니라 기본적인 관습을 손대지 않고 남겨두는 더 간접적인 수단에 의해서 명백해질 수 있다. 카프카 문체의 강렬함과 낯섦은 우선 엄격함과 단순함 그리고 냉정함 속에 있는 것 같다. 그러나 소수적인 사용은 "언어의 탈기표적인 **강렬한 사용**"(K 41; 22)이다.

---

9) 블레이즈 센드라(Blaise Cendra)의 소설 《모라바인 *Moravigine*》은 화성인의 "Ké-ré-keu-ko-kex"와 같은 말로 끝난다. 이 단어는 젖빛-유리마개가 우두둑 부서지는 소리의 의성어인데, 모바라진은 천체의 물질에 대한 나의 호기심을 알고, 화성인의 유일한 이 단어를 나를 위해 무려 20만 개의 사전과 같은 단어들의 의미를 만들어냈다.(센드라, p.417)

그리고 들뢰즈와 가타리는 카프카가 때때로 단어들을 탈기표화한 소리조각으로 다루고 있다고 주장한다. 그 증거로, 그들은 자신의 저서에서 음향적 방해에 대해 주목하는 카프카의 일기로부터 몇 개의 단락을 인용한다. "내가 쓰는 거의 모든 단어는 그 다음 단어와 삐걱댄다. 나는 자음들이 서로 무겁게 문지르는 소리를 듣고, 모음들이 민스트럴 쇼에서 흑인들처럼 반주하는 소리를 듣는다."(일기 I, 33) "나는 여기 저기 조그만 단어 속에서 살고 있다. 그 모음 속에서⋯⋯ 나는 잠시 쓸모없는 나의 머리를 잊는다. 첫 글자와 마지막 글자는 물고기 같은 내 감정의 시작과 끝이다."(일기 I, 61-62) 그들은 카프카가 완전히 무의미해질 때까지 한 구절을 반복하던 어린 시절의 경험을 되살리는 일기의 한 대목과 카프카가 그녀의 이름 소리로 자유롭게 연상하던 밀레나에게 보낸 편지도 인용한다. 예를 들어 '굴(窟)'이라는 작품 전체에 편재해 있는 윙윙거리는 소리, '변신'에 나오는 그레고르의 곤충 지절대는 소리들, '어느 개의 회상'에서 음악 같지 않은 음악을 하는 개들의 합창단, '가희 조세핀, 쥐의 무리'에서 쥐가 속삭이는 소리, 《심판》에서 프란츠의 비명 등. 그러나 이러한 것들은 카프카 자신의 언어 속에 명백히 드러나는 효과가 아니라 서사 속에 묘사되는 하나의 음성 효과이다. 들뢰즈와 가타리는 소리의 언어적 재현('he twittered'라는 구절)과 소리 자체(현재적 재잘거림) 사이에 혼돈을 일으킴으로써, 기본적으로 범주 오류를 범하고 있는 듯하다. 그러나 우리가 이러한 외양상의 혼돈을 따라가면 결국 언어의 소수적인 사용에 대해 보다 완전한 관계를 파악해 낼 수 있을지 모른다.

들뢰즈와 가타리는 탈기표적 사운드에 관련된 논의를 두 개의 숫자를 지닌 단락으로 나누고 있다.(K 38-41; 21-22) 그 첫번째는 카프카에게 그러한 소리가 존재한다는 점이고(우리가 앞에서 살펴본 논의에 대한 증거), 두번째는, 메타포와 변용 과정과의 차이점과 '동물-되기'의 과정에서 소리와 의미와 관련된다. 그들은 메타포와 변용 과정 간의 논의에 대해 카프카에게 "단어는 최상의 것을 지배하고 그것은 직접적으로 이미지를 탄생시킨다"(바겐바흐 88)라는 바겐바흐의 의견에 동조하면서 논의의 장을 펼친다. 그렇다면 그들은 어떤 방법으로 이러한 일이 일어나며, 어떤 '절차'(K 39; 21)를 거쳐 단어들이 이미지를 만들어 내는가?에 대해 질문한다. 모든 인간의 언어는 "입, 혀, 이빨의 탈영토화, 즉 먹기, 마시기, 짖기, 흥얼거리기 등과 같은 동물적 기능으로부터 어떤 구강적 활동을 분리한다는 것을 함축한다."(K 35; 19) 소리가 일단 어떤 동물적 기능과 분리되면, 의미(상스: 의의, 뜻)로 재영토화된다. "소리를 지정하여 할당된 부분을 지배하는 고유한 의미의, 바로 그 의미이다(단어가 지정하는 사물, 또는 사물의 상태). 비유적인 의미에서 이미지와 메타포(특정한 양상이나 특정한 상태하에서 단어가 적용되는 다른 사물들)를 할당하는 힘을 지배하는 것 또한 의미이다."(K 37; 20) 언어의 소수적인 사용에 있어서 결정적인 것은 그것이 소리를 탈영토화하고 그것을 이미 지정된 사물로부터 '분리'시키고, 그리하여 의미를 중화시킨다는 점이다. 단어는 의미화를 중단하고, 대신 임의적인 소리의 진동이 된다. 그러나 의미로부터 무엇인가가 존속하고, 탈주선을 유도하는 수단이 된다. 예를 들어 곤충-되기에서 '인간'과 '곤충'이라는 용어를 통과하는 탈주선은 단어의 의미로부터 존속하게 되지만, 탈주선에는 더 이상 그 단어들에 대한 축어적 혹은 비유적인 의미는 없다. 곤충-되기에 대한 생각은 메타포의 문제, 즉 단어에 의한 사물의 축어적 지정과 하나의 축어적 지정에서 또 다른 지정으로 나아가는 메타포적인 확장의 문제가 아니다(곤충 같은 인간 혹은 인간 같은 곤충). 대신 단어나 사물은 "강밀도 상태의 연속, 즉 사람들이 하나의 방향에서 또 다른 방향으로 가로지를 수 있는 순수한 강밀도의 규모나 회로"(K 39-40; 21-22)를 형성한다. 이전에 '인간'과 '곤충'이라고 정해 놓은 것 사이에, 그 단어들과 사물이 더 이상 구분되지 않는 강밀도의 연속 상태인 하나의 통로가 나타난다.

이 지점에서는 "이미지가 통로 그 자체가 되고, 그것이 되기가 된다."(K 40; 22) 되기의 과정은 메타포라기보다는 일종의 변용 과정(meta-morphosis)이다. "변용 과정은 메타포와 반대이다. 더 이상의 고유한 혹은 비유적인 의미는 없지만 그 단어의 범위 안에서 상태의 분배가 있다. 그 사물과 다른 사물들은 탈주선을 따르는 탈영토화된 단어들 혹은 단어들이 가로지르는 강밀도 외에 더 이상 아무것도 아니다. 그것은 동물의 행동과 인간의 행동 간의 유사성의 문제가 아니며, 심지어 단어놀이도 아니다. 더 이상 인간도 동물도 없다. 왜냐하면 각각은 흐름의 결합 속에서, 가역적인 강밀도의 연속선상에서 타자를 탈영토화하기 때문이다."(K 40; 22) 이미지가 되기가 될 때 "동물이 '인간' 처럼 말하는 것이 아니라, 의미화 없이 음조만을 추출한다. 단어들 자체는 동물 '처럼' 이 아니라, 스스로 기어오르고, 짖고, 떼지어 모이고, 적당하게 언어적인 개가 되기도 하고, 곤충이 되고, 쥐가 된다."(K 41; 22)

사람들은 이런 식의 되기에 대한 환영적(幻影的) 설명으로부터, 침착하고 조금은 명쾌한 작품 《변신》의 서사에 관심을 돌리면서 의아해할지도 모른다. 하지만 들뢰즈와 가타리가 서술하는 것은 하나의 완전한 텍스트라기보다는 좀더 구성적(compositional) 과정에 대한 것이다. 그들의 요점은, 카프카가 메타포보다는 변용 과정을 통해 창작을 하고 있다는 것이고, 그 변용 과정은 의미의 해체를 통해서 진행된다는 점이다. 본질적으로 의미의 탈영토화라는 것은, 그것으로 인해 단어가 프랜시스 베이컨의 그림에서 디아그램이 중요한 역할을 하는 것처럼 의미로부터 분리되는 한 음향적 방해물의 역할을 하는 것에 지나지 않는다는 것이다. 《프랜시스 베이컨: 감각의 논리》에서 들뢰즈가 관찰하듯이, 베이컨은 종종 일종의 재현적 이미지에 기초한(예를 들어 새나 얼굴 또는 침대와 같은) 구성물로 출발한다. 그러나 채색의 과정에서 그는 의도적으로 비이성적이고 촉감적인 얼룩, 스펀지로 밀기, 돌발적인 붓질을 이미지로 창출하거나 표현한다. 그는 이 얼룩을 디아그램

(diagram)(돌발 흔적)이라고 부른다. 재현적 이미지의 카오스적 교란 속에서, 그는 얼룩이 나타나기 전에 예상하지도 못했던 돌연변이적인 형태를 발전시키고 이미지의 변용 과정을 거치기 위해 여러 방향의 징후들을 찾는다. 베이컨의 디아그램은 대혼란의 궤적이며, 일반적인 구분과 정상적인 재현이 붕괴되는 지점이다. 디아그램으로부터 구성물이 나오게 되며, 그 윤곽은 새로운 요소나 사건의 상황에 대한 경향이나 방향 또는 움직임 속의 디아그램에 의해 제시된다. 디아그램은 신시사이저이다. 일종의 인습적인 재현을 갈아엎는 기계와 같다. 거기서부터 형상, 윤곽, 베이컨의 캔버스 위의 장이 펼쳐진다. 그러나 디아그램이 그림 전체를 차지하는 것은 아니다. 파국은 제한되고, 어떤 작품에서는 구성 자체로는 직접적으로 관찰할 수조차 없다. 이와 같이 카프카의 작품에서도 음향적 방해가 의미를 유예시키고, 축어적이고 비유적인 언어의 명칭들을 탈영토화시킨다. 이전에 '인간'과 '곤충'으로 지정되었던 것을 통과해서 지나가는 탈주선을 따라서 곤충-되기를 하는 경우, 탈기표화한 소리는 디아그램, 즉 창작물을 만드는 국지적인 파국으로 기여한다. 이런 디아그램으로부터 나타나는 것이 '변신'이다. 디아그램 그 자체는 그레고르가 지껄일 때에만, 그리고 카프카의 불필요한 것을 모두 벗겨낸, 빈약한 문체의 고르게 배분된 금욕적 강밀도에서만 나타난다. 그레고르 자신에게서 우리는 베이컨-같은 형상, 즉 형태간의 변용 과정의 통로의 힘을 사로잡는 자기-기형의 형태, 즉 인간도 아니고 곤충도 아닌 인간-곤충의 지각불가능 지대(zone of imperceptibility)를 만나게 된다.

유사한 과정이 《심판》이라는 작품에서 일어나는 것으로 추정할 수 있는데, 여기에 나타나는 발화-행위의 연속체는 곤충-되기에서의 인간과 곤충 사이의 통로와 같은 기능을 한다고 볼 수 있다. 피소되고, 조사받고, 증언하고, 변론하고, 기소하고, 판결을 내리는 것 등등은 재판이 이루어지는 배경 안에서 복수적인 발화 행위를 일으킨다. 관련되는 발화 행위들은 다른 영역, 즉 재정적·산업적·종교적·가족적 영역 안에 존재한다. 그러나 서로 격리되어 있고, 상식적 구분에 의해 통제되며 조직된다. 음향적 방해를 통해 의미가 정지되고 디아그램이 나타난다. 그 디아그램 내에서 "맹세합니다!" "유죄!" "변론하세요!" "체포합니다!" 등과 같은 강밀도의 연속체들이 나타나면서 통상 분리된 영역들간의 통로들과 행동·제도·이상한 구조물, 그와 관련된 풍습들, 제방-고문 집행실, 가옥-관료정치, 기숙사-구치소, 성당-감옥들을 생산하는 실체들 사이의 연결망들이 드러난다. 《심판》에는 이러한 디아그램이 나타난다. K의 움직임은 발화 연속체에 의해 열려 있는 길을 추적한다. 하지만 그 디아그램 자체는 이따금씩 등장인물의 불합리한 담론, 매질을 당하는 희생자의 비명, 서사 언어의 금욕적 단순성에서만 명백히 드러난다.

일면, 들뢰즈와 가타리의 소리와 그 재현의 혼돈은 언어적 디아그램의 역설적 본질을 더욱 부각시킨다. 그 속에서 의미가 유예되고, 타자-되기의 경로와 발화 행위의 연속체는 순수한 강밀도의 회로 속에서 단어와 사물을 섞는다. 디아그램은 언어 속에 내재해 있는 연속적인 변이선과 강밀도의 벡터로만 구성된 잠재적인 차원을 개방한다. 그것은 추상 기계의 차원이고 이는 "물체를 통해서가 아니라 **질료**(matter)를 통해서, 형태를 통해서가 아니라 **기능**을 통해서 작동한다. 물체와 형태는 '표현'의 것이거나 혹은 '내용'의 것이다. 그러나 그 기능은 아직 '기호학적으로' 형성되는 것은 아니다. 그리고 질료 역시 '물리적으로' 형성되는 것이 아니다. 추상 기계는 순전히 기능-질료(Function-Matter)이다. 분배될 표현과 내용, 형태와 실체로부터 독립적인 디아그램이다."(**MP** 176; 141) 합성 과정에서, 의미의 탈영토화는 그들이 지정한 사물들로부터 소리들을 분리시키고, 언어적 혹은 물리적으로 형성되는 것이 아닌 내재적인 기능-질료를 개방한다. 글쓰기가 진행되면서 이러한 비형태적인 기능-질료의 궤도는 분리 가능한 요소로 표현과 내용을 분배하고, 그 관계의 새로운 배치, 즉 진정한 창작으로의 완전한 구성물을 가능케 한다.

그러나 소리의 혼돈과 재현 또한 표현과 내용 간의 복잡한 관계를 시사한다. 이것은 카프카와 같은 작가에게서 특히 파악하기 힘든 것이다. 들뢰즈의 "그는 더듬거렸다"의 한 단락에서(이는 자국어에서의 더듬거리기에 대한 짧은 에세이인데) 그러한 관계의 본질에 대해 지적하고 있다. 사실주의 소설에서 들뢰즈가 주목하는 부분은, 저자들이 흔히 다양한 구절들로 직접적인 담론을 제시하는 경우이다. 예를 들어 "그는 말했다" "그녀는 대답했다" "그녀는 숨이 찼다" "그는 말을 더듬거렸다"와 같은 문장처럼. 직접적인 언어 행위에서 그들은 종종 더듬거리기를 종종 재현한다."("b, b, but I, I, I…….") 첫번째의 실천은 언어 자체를 더듬거리게 하는 그 행위와는 거리가 먼 것 같다. 그러나 들뢰즈는 이것이 항상 실질적인 예가 아닐 수도 있다고 주장한다.

저자가 **표현의 형태**(form of expression)("그는 더듬거렸다")를 그대로 놔두고 외적 지시에 만족하는 경우 그에 상응하는 **내용의 형태**, 즉 분위기가 주는 특질, 단어의 안내자 역할을 하는 맥락[un milieu conducteur de paroles]이 그 떨림, 소곤거림, 더듬거림, 전음, 진동을 결집시키지 못하고, 유도된 효과가 단어들에게 반향을 일으키지 못한다면 그 효과는 제대로 이해될 수 없을지도 모른다. 최소한 이것은 멜빌과 같은 위대한 작가에게 일어나는데, 그에게 숲이나 동굴의 소음이나 집안의 침묵, 기타의 등장은 이사벨의 중얼거림과 그녀의 달콤한 '이국적인 어조'를 증명해 준다[《피에르, 애매모호함》에서]. 또한 카프카는 발을 떨거나 몸을 주기적으로 흔들면서 그레고르의 지껄임을 유지한다……. 여기서 언어적인 효과는 간접적(직접적으로 일어나는 것과 유사한) 실행의 목표가 되고, 바로 그때 단어를 제외한 어떠한 등장 인물도 더 이상 남아 있지 않게 된다.(CC 135-136; 107-8)

아르토와 셀린, 루카와 베케트에게 단어 그 자체는 변용태적 강밀도이며, 직접적으로 언어적 관습을 혼란시키는 언어 내의 탈기표적 더듬거림이다. 멜빌과 카프카에게 탈영토화된 소리는 내용이라는 형태──숲과 집 그리고 이사벨의 말에 반향을 일으키는 기타 등에서 나는 소리에 대한 묘사와 그레고르의 경련을 일으키는 신체와 공명하는 흥분에 대한 묘사──에서 간접적으로 나타난다. 멜빌과 카프카에서 소리와 진동 사이에 소통이 일어나게 하고, 숲과 집 그리고 기타소리와 말〔言〕사이에 **반향**(echo)이 생기며, 발을 떨면서 몸에 전율을 일으키는 행위가 지껄임을 **확언**하게 하는 것은 그 분위기가 가지는 특성, 즉 '**파롤 수행자**(conducteur de paroles)'의 맥락이다. 이는 담론을 위한 지시적인 힘을 수행할 뿐만 아니라 단어를 통해, '**단어 위에**(sur les mots),' 단어를 넘어서, 단어 위를 가로지르며 변용태의 반향을 침투하게 하는 전기적(電氣的)인 수행자이기도 하다. 그러한 소통은 '위대한 작가'에게 일어나고, 그들은 작품 내에 다양한 진동을 모을 수 있는 분위기를 창조해 내는 사람들이다. 여기서 들뢰즈가 위대한 작가와 흐릿한 구성으로 모호한 감정을 과장되게 나타내는 재능이 덜한 작가를 구분짓고자 함이 아니라, 최소한 멜빌과 카프카와 같은 작가들에게는 각각이 언어의 사용과 대상들의 묘사에 있어서 특이한 낯섦이 충분히 드러나고, 분위기의 한 부분을 형성하는 책임감이 드러나는 문체를 가지고 있다고 보는 듯하다. 카프카의 독일어에 대한 절제된 금욕적인 언어 사용은 그레고르의 꿈과 같은 변신을 위해 꼭맞는 화법 수단이 되는 것은 아니다. 그것은 이야기에 침투하여 분리될 수 없는 환경적 매개체이고, 또한 대립적으로 '변신'이라는 산문의 기묘한 특징도 작품에 재현된 이상한 변형과 분리될 수 없다. 그러므로 그레고르의 재잘거림과 카프카 산문의 기본 요소 간의 반향들은 단순히 동물−되기를 통해 구성되는 절차에서 생기는 잔여 효과로, 단어들을 통해, 단어들 위에, 단어들 너머에서 재현된 효과들이 서로 교통하는 분위기에 대한 증거로 볼 수 있다.

언술 행위의 집단적 배치

들뢰즈가 카프카를 위대한 작가로 언급하는 것은 이상하게 보일지
도 모른다. 왜냐하면 카프카는 소수 문학의 실천가이기 때문이다. 소
수문학가는 "재능이 풍부하지 않고" "상황들도 **개별화된 언술 행위**를
위해 주어지지 않으며, 그것은 일종의 '거장'의 것일 수도 있고, **집단
적 언술 행위**와는 분리될 수 있을지도 모른다."(K 31; 17) 만약 소수
문학에 있어서 "모든 것이 집단적 가치를 띤다"(K 31; 17)고 한다면,
사람들은 왜 카프카를 "독창적이고, 고독한 글쓰기"(K 47; 25)를 하
는 작가로 말하는지를 궁금하게 생각할지 모른다. 카프카는 일기에서
'소수 문학'에 대한 비평을 하면서, 거장들에게는 부족한 문학 공동체
에서 생겨날 수 있는 이점으로 인해 충격을 받는다. 그러나 들뢰즈와
가타리에게 결정적인 것은 양적으로 잴 수 있는 재능이 부족하다는 의
미가 아니라 출중한 한 **개인**으로서의, **'개별화된 언술 행위'**를 똑똑하
게 표현할 수 있는 특별한 종류의 작가가 부재한다는 의미이다. 다수
문학과 소수 문학은 각기 사용하는 언어에 의해 특징지을 수 있는데,
다수적 사용은 지배적인 사회 코드를 손대지 않는 것이고, 소수적 사
용은 지배적인 코드를 붕괴시키는 것이다. 광범위한 문화 텍스트에서
들뢰즈와 가타리가 《카프카》에서 관심을 가졌던——서구 자본주의
——지배적인 사회질서는 개인주의와 개인적인 것과 정치적인 것의
분리를 강조한다.[10] 그리하여 그들의 주장은 다수 문학에 있어서 **개인
적 관심사**(가족 관계, 결혼 등)는 개인에 대한 관심 못지않게 다른 관
심사와 함께하려는 경향이 있고, 사회적 상황도 환경이나 배경으로 기
여한다." 한편 소수 문학에서는 "개개인의 관심이 즉각적으로 정치적

인 문제로 유입된다는 것이다."(K 30; 17) 위대한 작가는 반드시 중심이 되는(다수적인) 작가인 것은 아니다. 소수의 작가도 위대해질 수 있다. 단순히 위대한 개인적 작가여서가 아니라 정치적인 영역으로부터 떨어져 있는 자율적인 인물이라는 점에서.

그러나 언어에 대한 들뢰즈와 가타리의 전반적인 접근 방식으로 볼 때, 다수와 소수가 집단 대 개인처럼 단순히 서로 대립되는 것은 아님이 분명하다: 모든 언어는 언술 행위의 집단적 배치, 비담론적 기계적 배치 그리고 이러한 배치를 분배하고 연관짓는 추상 기계를 가정할 수 있다. 엄격히 말하자면 "주체는 없다. **언술 행위의 집단적 배치만 있을 뿐이다.**"(K 33; 18) 부분적으로 들뢰즈와 가타리는 언어가 사회적인 창조물이며, 그 규칙과 인습과 어휘들 등등이 개인보다는 그룹에 의해 만들어진 것이라는 다소 나무랄 데 없는 관찰을 하고 있을 뿐이다(설령 특정인에 의해서 만들어진 용어라 하더라도, 그 용어의 형성이 전체적인 컨텍스트 안에서 일어나기 때문에, 언어 안에 그것을 포함시키는 것은 화자 집단의 수용 여부에 달려 있다). 언술 행위의 집단적 배치는 언어의 다수적인 사용과 소수적인 사용 모두에 효력이 있다. 그러나 그 어느 쪽에서도 작가는 **무로부터**(ex nibilo) 창작해 내는 독립적인 대리인 역할을 하지 않는다. 이 양자의 차이는 다수의 사용에 있어서 작가는 사회질서가 예술가에게 부과하는 비정치화된 개인의 역할을 받아들이고 확언하는 것이고, 반면 소수적 사용에 있어서 작가는 그 할당된 기능을 거부하고, 직접적으로 집단적 언술 행위의 배치에 종사한다는 것이다.

---

10) 들뢰즈와 가타리는 개인주의와 다수의 문학에 대한 논평을 서구 자본주의 문화에 제한하지는 않지만, 《반-오이디푸스》와 《천의 고원》에서 광범위한 역사적 분석을 통해, 언어의 다수적 사용에서 두드러지는 특징으로 중국의 제국주의적 관료주의 혹은 중세 수도사들의 명령어에 나타나는 특징과도 같이 서로 다른 상황에서 중요하게 변화할 수 있는 부분을 분석한다.

소수 작가의 문제는 현재의 사회적 질서의 형상이 받아들일 수 없다는 점이며, 그 대안이 될 전체성은 여전히 존재하지 않는다는 것이다. 문학은 인간에 대한 관심사이다. 그러나 폴 클레는 "사람들만으로는 부족하다"(클레 55)고 말한다. 그러므로 문학은 "이러한 역할과 집단적인, 심지어 혁명적인 언술 행위의 기능을 수용해야 한다. 회의적이지만 능동적인 연대감을 생산하는 것이 문학이며, 만약 작가가 그/그녀의 연약한 사회 구조의 측면에서 좀 떨어져 있다면, 혹은 가장자리에 있다면, 그의 그러한 상황은 더욱더 작가로 하여금 또 다른 잠재적 가능성의 공동 사회를 표현하는 위치에, 그리고 또 다른 의식과 또 다른 감수성의 수단을 개진해 나가는 위치에 두게 된다."(K 31-32; 17) 우리가 주목하는 부분은 다른 잠재적 가능성의 공동체를 **표현한다**는 것이 완전하게 형식을 갖춘 어떤 것을 **기술하는** 것이 아니라, 오히려 하나의 다른 의식과 감수성의 "방법을 꾸준하게 밀고 나가는 것"이고, 새로운 공동 사회를 향한 길을 열어두는 것이라는 것이다. 소수 작가의 임무는 "사회적 재현으로부터 언술 행위의 배치와 기계적 배치를 끌어내어 배치들을 분해하는 것"이고, 그리하여 "사회적 재현을 탈주케 한다."(K 85; 46-47) 문학은 이러한 "배치들을 표현하고, 외부에서 주어지는 것이 아닌 상황하에서, 그리고 다가올 악마적인 힘으로서 혹은 건설하는 혁명적인 힘으로서만 존재한다."(K 33; 18)

들뢰즈와 가타리의 경우 새로운 무엇을 창조해 낸다는 것은 반드시 그 형태를 예견할 수 없는 무언가를 창조해 낸다는 것은 아니다. 변용 과정을 통해 그 결과를 예측할 수 없는 새로운 것이 나타난다. 만약 작가가 받아들일 수 없는 사회적인 관계에 존재하는 형상을 찾아낸다면, 그들이 할 수 있는 유일한 선택은 수용할 가능성이 더 많은 사회가 될 것이라는 결과에 대한 확증 없이, 기존의 사회적 장에서 생기는 어떤 변용 과정을 유도해 내는 것이다. 소수 문학에 있어서 표현이 내용을 앞서는 것도 이러한 이유이다. "내용이 유입될 엄격한 형식들을 미리 형상화하기 위해서든 혹은 탈주선이나 변형의 선을 따라 내용을 이탈시키기 위해서든 월등히 앞서거나 진보하는 것은 바로 표현이고, 내용을 앞서는 것도 바로 표현이다."(K 152-53; 85) 다수 문학에 있어서는 내용이 표현을 앞선다. 그러므로 "주어진 내용, 주어진 형태 속에서" 다수적 작가는 "그것에 적합한 표현 형태를 찾고, 발견하고 보고자 노력한다."(K 51; 28) 다수 문학의 작가는 미리 형성된 내용에 충분한 표현을 찾으면서, 언어에 구축된 규칙적인 코드나 조직화된 관습들을 방해받지 않은 채로 둔다. 대조적으로, 소수 문학 작가들의 경우 "표현은 형태를 부수어야 하고, 새로운 파열과 가지치기를 기록해야 하는 것이다. 형태는 망가지고, 사물의 질서와 함께 필연적으로 파열 상태에 있게 될 내용이 재건된다."(K 52; 28) 인습적인 약호의 '좋은 의미'는 강제적인 권력 관계의 입법화의 일환이므로, 소수 작가는 의미를 정지시키고 "단일한 강밀도적 질료 안에서 표현에 섞여 있는 순수한 내용을 해방시키기 위해 내용의 형식을 교란시키고, 그 자체의 형태를 파괴할 수 있는 **표현 기계**"(K 51; 28)를 발전시켜야만 한다. 단어들을 탈기표화하는 소리로 취급하면서 소수 작가는 의미를 유보한다. 그때 메타포는 변용 과정을 거치고, 이미지는 되기가 되어, 단어와 사물이 구분 불가능한 강밀도의 통로가 된다. 이러한 변용 과정의 결과로 내용이 재구성될 것이며, "사물의 질서와 더불어 필연적으로 파열 과정을 거치게 될 것이다."(K 52; 28) 그것은 파시스트·스탈린주의자·자본주의 관료들의 권력과도 같은, 미래의 악마적인 힘을 미리 형상화한 것으로, 혹은 언젠가 다가올 그러한 것들의 입법화 과정을 통해 특정하고 명확한 형태를 취할 수밖에 없는 새로운 사회적·물질적 관계를 향한 출구로 기여하는 것이 된다.

민중이 부재하는 상황에서 주변화되고 고독한 작가는 "또 다른 잠재적 가능성을 가진 공동체"(K 32; 17)를 표현하는 최고의 위치에 있는지도 모른다. 그런데 만약 그들이 그렇게 한다면 개인적인 주체로서는 아닐 것이다. 왜냐하면 "가장 개인적인 문학적 언술 행위는 특별한 경우의 집단적인 언술 행위이기 때문이다."(K 150; 84) 하나의 언술이 '독신자'나 예술적 특이성에 의해 생산될 경우, 설령 그 공동체의 객관적인 조건이 여전히 문학의 언술 행위 밖에서 잠시도 주어지지 않는다고 하더라도, 그것은 오로지 국민적·정치적·사회적 공동체의 기능으로서일 뿐이다."(K 149; 83-84) 실제로 민중을 기대하면서 작업하는 작가의 상황은 들뢰즈와 가타리가 그것을 문학의 명확한 특징으로 삼을 정도로 흔하게 일어난다. "그것은 심지어 하나의 정의에 해당한다." 즉 언술은 언술 행위의 집단적 조건을 앞서가는 '독신(Célibataire)'에 의해 그것이 '선택될' 때 비로소 문학적이다. 그러나 이것이 '다가올 민중'이 어쨌든 동일함을 증명할 수 있는 말의 주체로서 기능한다는 것을 의미하는 것은 아니다. "**독신자**에 지나지 않는 총체성이란 하나의 주체인 것은 아니다. 그들은 언술의 주체도 언술 행위의 주체도 아니다. 하지만 현재적 **독신자**와 잠재적 공동 사회——양자 모두 실재적이며——집단적인 배치의 부분들이다."(K 150; 84)

그러므로 요약하면, 세계에서 펼쳐 나가는 구체적인 실체로서 존재하는 현재적 작가는 언어를 사용하며, 권력 관계를 알리는 이질적인 관습·제도·실체들의 집단적 언술 행위의 배치, 기계적 배치, 담론적·비담론적 양식을 거쳐서 기능한다. 연속적인 변이선들, 잠재적인 변수들——음향적·형태소적·문법적·통사적·의미적——의 연속체는 언어 안에 내재되어 있다. 그것은 특정한 언술 행위 안에서 현실화된다. 언어의 연속적인 변이체의 모든 잠재적인 선들은 연속적인 변이선들과 함께 기계적 배치의 비담론적인 경로에 내재해 있으면서 추상 기계를 형성한다. 그것은 순수한 기능-질료 벡터이자, 기호적·물리적으로 조직되지 않는 경로이다. 언어의 소수적인 사용에서 현재적인 작가는 연속적인 변이의 잠재적인 선을 수행하며, 언어 자체를 더 듬거리게 하여 주어진 실제 예에서 활성화되는 연속적인 변이의 특정한 선들의 궤적을 따르는 변용 과정의 절차에 들어가게 한다. 그러한 변용 과정의 잠재적인 선들은 '미래의 민중'이고, 새로운 변성(變性)의 집단적 언술 행위의 배치로서 현재적인 작가와 함께 기능하는 잠재적인 집합체이다. 각 작가들은 언어를 더듬거리게 하여 자신만의 "독창적인 고독한 글쓰기를 발견한다."(K 47; 25) 그러나 그것은 언술 행위의 집단적 배치에 대한 실험을 통해서 할 뿐이며, 주어진 사회적 컨텍스트에서 특정한 권력 회로를 현실화하고, 언어에 내재한 연속적 변이의 잠재적인 선들을 활성화하면서 다가올 민중을 향한 변형의 벡터를 열어둔다.

소수 문학의 개념은 최소한 세 가지 서로 다른 범주로 나누어 볼 수 있다――숫자상 작은 국가와 집단의 문학, 억압받는 소수 민족의 문학 그리고 아방가르드적 모더니스트 문학이다. 몇몇 사례들은 처음 두 가지와 일치하지만, 세 가지 모두와 일치하는 것은 아니다. 소수 집단은 비교적 자율적이고, 동질적인 민족들로 구성될지도 모르며, 그들에게는 문학적으로 다수 문학과 견줄 만한 위대한 작품을 창조하는 것이 유일한 소망일 수 있다. 그럴 경우, 소수 집단이 억압받는 소수 민족들과 거의 공통되는 부분이 없다. 반대로, 억압받는 소수 민족들은 수적으로 작을지도 모르지만 그들이 통계적인 다수를 형성할 수도 있다. 왜냐하면 들뢰즈와 가타리가 주장하듯이(MP 133-35; 105-6), 소수성은 그들의 실제적 숫자보다 이 규범으로부터 이탈에 의해 정의될 수 있기 때문이다. 전세계적으로 백인 성인 남자의 숫자는 매우 적을지도 모른다. 그럼에도 불구하고 비-백인·여성·어린이들은 소수로 남아 있다. 언어학적으로 소수 민족은 그들 자신의 민족어를 말하는, 분리된 소수의 그룹으로 형성될지도 모른다. 그러나 또 다른 경우, 그들은 공통적인 언어를 특별히 사용하여 더 많은 인구 규모를 가지는 집단으로부터 분화되었을 수도 있다. 후자의 예가 들뢰즈와 가타리가 관심을 갖는 부분이다. '소수 문학'에 대한 그들의 관심은 언어의 소수적인 사용과 관련되는 것으로 한정된다. 들뢰즈와 가타리가 다수인의 언어에 거주하는 소수 민족의 언어적인 창작물을 한데 모으고, 아방가르드적 모더니스트들의 언어로 실험화를 시도하는 것은 바로 이 언어의 소수적 사용이라는 개념을 통해서이다. 이런 식의 결합에 대해 최소한 정당화할 수 있는 부분은 이러한 소수 민족의 사용과 예술적 실천이 둘 다 언어적인 규범으로부터 이탈을 보여준다는 점이다. 그러나 사람들은 소수 민족이라는 언어 집단이 실험적인 작가들과 사실상 많은 공통점을 가지고 있는지 없는지에 대해 의문을 가질지 모른다. 그러나 들뢰즈와 가타리의 의도가 이 두 그룹을 구분지으려고 하는 것도 아니고, 또 그들의 경험에 대해 기술하면서 그에 대한 분석적 도식을 제공하려는 것도 아니다. 오히려 소수 민족 문학과 모더니스트 문학의 개념을 수정하려는 것이고, 미래의 문학적 노력을 위한 가능성을 창조해 내는 것이다. 모더니즘을 종종 비정치적인 동향으로, 언어와의 실험도 흔히 단순한 형식적인 혁신으로 취급하기도 한다. 그러나 들뢰즈와 가타리는 소수 민족성과 모더니스트들의 실천을 연결지으면서, 아르토·베케트와 같은 작가들이 정치적인 작가들이며, **비명-호흡**과 분절적인 반복이 사회적인 창조의 형태들인 동시에 권력과의 상호 작용임을 주장한다. 그들의 입장에서 소수 문학은 종종 그룹 정체성에 의해 고려하게 되고, 여기서 들뢰즈와 가타리의 노력이 소수 민족의 글쓰기 내의 실험적 경향을 지지하려는 입장에 서는 것이며, 잃어버린 민족적인 단일성이나 미래의 동질적인 전체성에 대한 감상적인 호소를 비판하는 것이다. 그러나 궁극적으로 그들의 목표는 새로운 문학, 즉 미래의 민중 창조와 결합될 언어적인 실험이 실현되는 문학에 대한 입장을 밝히는 것이다. 카프카는 들뢰즈와 가타리에게 그러한 것들을 이론화시키는 데에 자극을 주었고, 그들의 개념을 정교하게 다듬을 수 있는 자료를 제공해 주었다고 볼 수 있다. 그러나 그들의 목표가 우선적으로 카프카의 삶과 작품을 명확하게 해석하여 공식화하는 것은 아니었다. 그들이 소수 문학에 대한 카프카 일기의 머릿글을 읽은 것도 선택적인 것이었으며, 카프카의 정신적 상태나 1911년도에 작가의 예술적 발전 정도와 같은 문제는 관심도 없었다. 그들이 카프카의 문체를 다룬 것이, 카프카가 이디시어에 제기되는 언어적 실험노선을 의식적으로 따르면서, 의도적으로 독일어를 탈영토화 시켰다거나, 그가 소수 민족 정치학에 아방가르드적 문제를 명백하게 결합시켰다는 점을 확신시키려는 것은 아니었다. 하지만 그들은 카프카를 이용하여 겨우 최근에야 많은 관심을 받게 된(특히 그의 많은 글쓰기 속에 함축된 사회적·정치적 비평) 그의 작품의 양상과 그의 소설에 나타난 프라하 유대인 문화의 복잡한 영향들을 분석 강조하고 있다. 카프카의 유머에 대한 그들의 주장은 그의 작품을 심리학적으로 축소시켜 읽어버리는 것에 대한 신선한 어떤 교정 수단으로 기여하고, 그의 **저서**(oeuvre)에서 요소들간의 기능적 관계에 대한 '기계적' 분석은 초기의 카프카 비평에 빈번하게 나타나는 그의 텍스트에 대한 상징적·신비주의적 전유에 반대하는 데에 도움을 준다.

들뢰즈와 가타리는 카프카의 문체를 다루는 부분이 아마도 그들의 분석에서 가장 혼란을 일으키는 양상으로 보이는데, 이는 부분적으로 그들이 단정하고 있는 언어적 효과들에 대해 어떤 구체적인 예를 제공하고 있지도 않을 뿐더러, 예술적 실천의 방향이 매우 다른 작가들인 아르토·셀린·커밍즈·루카·베케트와 같은 범주에 카프카를 포함시키려는 데에 그들이 목표를 두었기 때문이다. 때때로 들뢰즈와 가타리는 카프카를 그들이 바라는 작가로 보고자 하는 의도를 가지고 있는 것처럼 보인다. 그러나 그들이 카프카를 아르토와 베케트 그리고 다른 작가들과 함께 하나의 범주 속에 포함시킨 것이 '소수 문학'이라는 카테고리를 좀더 확장시키기 위한 것이라는 지적도 있다. 카프카는 언어에 대해 실험을 하고 있는데, 반드시 현대적 아방가르드의 명백한 방식 안에서일 필요는 없을 것이다. 그의 독일어에 대한 금욕적이고 냉정한 사용은 소수적인 사용이 기본적인 언어적 관습을 손대지 않고 남겨두면서, 언어 속의 낯섦을 유도한다는 점을 시사한다. 언어의 실험화는 의미를 정지시키고 타자-되기 과정에 참여하는 **구성적** (compositional) 실천을 수반한다. 그러나 이 과정을 거쳐서 만들어지는 작품은 본질적으로 표현 형태가 명백하게 드러나야 할 필요는 없다. 들뢰즈와 가타리는 언어를 이해하면서, 세계 사회에 대한 재현의 재형상화 작업 자체가 언어에 대한 실험화로 본다. 이는 언어의 의미론적 차원이라는 것이 음소적 · 문법적 · 형태소적 · 통사적인 요소처럼 상당 부분 연속적 변이의 내재적 장의 부분이기 때문이다. 그리하여 법정 · 공동 주택 · 은행 · 침실 · 아틀리에 그리고 성당과 같은 것들 사이에 생기는 복합적인 연관성을 가지는 법-욕망기계를 만드는 것이 언어에 대한 실험을 하는 것이고, 다양한 언어-행위를 통과하여 그것들 사이에 새로운 관계를 정립하는 연속적인 변이체의 선들을 활성화하는 것이다. 소리와 의미는 조음 가능한 것의 가장자리에서 **비명-호흡**으로 분리되어질 수 있지만, 그러한 것들은 또한 말하는 개나 종결되지 않는 심판의 이야기에서 재소환될지도 모른다. 그리고 문체의 파악하기 어려운 특성들(특이한 운율 · 리듬 · 어법 · 통사적 전환)에 의해 형태와 내용, 소리와 의미들이 분리될 수 없는 환경적 매개체를 구성할지도 모른다. 하지만 그것들을 낯설게 하고 외국어가 되게 하는, 즉 새로운 것이 되게 하는 그런 방식을 통해서이다. 프루스트는 "걸작은 일종의 외국어로 씌어진 책이다"(Les chefs-d'oeuvre sont écrits dans une sorte de langue étrangère)라고 말한다.

제5장

클라이스트, 베네, 소수 문학

    1978년 들뢰즈와 이탈리아 배우이자 극작가이며 영화제작자인 카르멜로 베네는 이탈리아어 제목의 《중첩》이라는 소책자를 공동 출간했다. 그다음 해, Superpositions이라는 제목의 프랑스어판이 나오게 된다. 그 책의 제1부는 베네의 연극 《리처드 3세, 혹은 전사(戰士)의 공포스런 밤》 대본과 제2부는 베네와 연극, 그리고 그것의 소수 문학과의 연계성에 관한 에세이인 〈마이너 선언〉[1]으로 구성되어 있다. 이 책은 들뢰즈의 연극에 대한 가장 확장된 광범위한 논평을 제공하는 것 외에, 들뢰즈가 언어의 소수적인 사용에 대한 문학적 기획을 완성하는 것으로 보는 동시대적인 글쓰기의 흥미로운 사례도 들어 있다. 이 책은 또한 베네의 연극과 들뢰즈의 에세이를 포개어 놓고 두 개의 텍스트간의 관계 분석으로 이끌어 가고 있는데, 그 관계는 대개 보완적이지만 술어에 대한 섬세하고 다소 복잡한 번역을 필요로 하는 서로 다른 어휘들로 구성되어 있다. 들뢰즈는 셰익스피어의 《리처드 3세》의

---

    1) 《중첩 *Superpositions*》에는 총 5개의 소제목—연극과 연극 비평, 연극과 연극의 마이너리티, 연극과 연극의 언어, 연극과 연극의 몸짓, 연극과 연극의 정치학을 그 내용으로 하고 있다. 그 중 첫장에서 베네 작법의 독특함이 '마이너스 방식' 에 있다는 것을 지적한 후, 들뢰즈는 이 방식이 '마이너리티 의식' 과 결부된다는 것을 밝히는 데 나머지 장을 할애한다.(《중첩》 질 들뢰즈, 카르멜로 베네 지음, 허희정 역, 동문선, 2005, p.169) 〔역주〕

모습을 '여성-되기'를 수행하는 '전사(戰士)'로 보고 있다. 그리고 베네는 이와 유사하게 셰익스피어의 대본을 극적으로 전유하고 변형하면서 리처드를 다룬다. 들뢰즈의 리처드에 대한 비정통적 독해를 이해하기 위해서는, 우선 클라이스트[2]와 그의 작품 《펜테질리아》를 살펴봐야 한다. 왜냐하면 유일하게 이 연극에서 들뢰즈는 전사와 여성-되기의 관련성을 명확하게 발견하기 때문이다. 베네의 《리처드 3세》를 이해하기 위해 그의 연극전체에 퍼져 있는 비밀스러운 해설들을 통찰하여야만 하고 동시에 그것들을 그의 특유한 연극 이론 내에 두어야 한다. 일단 그렇게 해석이 된다면, 베네의 연극과 들뢰즈의 에세이는 연극, 즉 끊임없는 변이 속에 무대의 모든 변수들을 설정하는 '소수 연극'에 대한 평범한 시각을 증진하는 셈이 된다.

클라이스트와 전쟁 기계

1977년 베네와 들뢰즈가 공동으로 추진하던 작업이 한데 모아지게

---

2) Kleist, Bernd Heinrich Wilhelm von(1777-1811): 독일의 극작가이자 소설가. 프랑크푸르트 출생. 대학에서 철학 · 물리학 · 수학을 배우고 칸트 철학의 영향을 받았다. 주요 작품으로 독일 희극의 최고 걸작 《깨어진 항아리 Der zerbrochene Krug》(1812)가 있다. 괴테 · 실러 · C. M. 빌란트 등과 교류하였으며, 희극 《암피트리온 Amphitryon》(1808) 및 2,3편의 단편 소설을 쓰고, 비극 《펜테질리아 Penthesilia》(1808), 소설 《미하엘 콜하스 Michael Kohlhaas》(1810), 낭만적인 기사극(騎士劇) 《하일브론의 케트헨 Das Käthchen von Heilbronn》(1810) 및 나폴레옹 1세에 대한 반항과 증오를 담은 애국극(愛國劇)인 《헤르만의 전투 Die Hermannsschlacht》(1821)를 집필하였다. A. 뮐러와 협력하여 잡지 《푀부스 Phöbus》를 창간하였고(1808), 또한 신문 《베를리너 아벤트블레터 Berliner Abendblätter》를 발간하였다. 예술적 · 정치적 · 물질적 불만이 누적되어 인생에 절망한 끝에, 불치병을 앓고 있던 유부녀 포겔과 함께 포츠담 근교 호반에서 권총으로 자살하였다. '일체' 아니면 '무(無)'라는 격렬한 성격으로 일관된 그의 비극적 생애는, 고전주의로도 낭만주의로도 분류할 수 없는 그의 독자적 문학의 강렬함, 예리함과 상징적인 관련을 이룬다. 낭만적 · 무구속적인 격정과 냉정함을 갖춘 작품으로 독일 최고 시인의 위치를 점하였다. 〔역주〕

된다. 9월과 10월에 카르멜로 베네 극단이 파리에 머무르고 있을 때, 연례적인 **가을축제**(Festival d'automne)를 위한 오페라 연극에서 베네는 《로미오와 줄리엣》과 《사드》를 무대에 올리게 된다. 그의 고도로 문체화되고, 다소 불가해한 자서전인 《파리에서 로미오와 줄리엣 중에서》(1983)에서, 베네는 1977년 수차례에 걸친 파리 공연 중 1회를 끝내고 난 뒤, 들뢰즈와의 만남에 대해 이렇게 말한다. "질 들뢰즈, 그는 자기 파괴자이다. 그는 지나치게 흡연을 많이 한다. 그리고 이 인간 **컴퓨터**는 담배를 피우지 않고는 지낼 수도 없다. 그는 쓰는 만큼 읽고, 읽는 만큼 쓴다." 그는 "내가 생각하기에 우리가 살고 있는 이 시대의 깊은 단절 속에서, 가장 위대한 생각하는 기계이다."(《작품집》 1165) 베네의 한 친구가 들뢰즈에게 베네에 관해 한 페이지 분량의 프로필을 직접 《르몽드》지에 써준다면 반길 것이라는 이야기를 하는 것을 듣고, 베네는 열광적인 마음이 되어 《리처드 3세》에 대한 자신의 계획을 말한다. 그러자 들뢰즈는 "나는 책을 쓰고 있다니까요. 누가 신문 따위 신경을 쓴답니까?"라고 소리친다.

그리고 그는 그것을 쓴다. 그 공연을 본 적도 없이. 그리고 그는 **나에 대해** 쓴다. 나는 테아트로 퀴리노에서의 나의 마지막 로마 공연에서 그가 보게 될 텍스트를 쓴다. 그리고 에세이가 출판된 지 4개월. 결국 그는 분장실에서 나를 포용하고, 지쳐서 안락의자에 앉는다. 눈에는 기대에 찬 열정을 가득 담은 채.

Oui, oui, c'est la rigueur."
(그래, 맞아, 그것은 혹독함이지.)
그것이 전부야.(《작품집》 1166)

1977년 《디알로그》에 나오는 다음의 단락에서 볼 수 있듯이, 비슷한 시기에 들뢰즈는 자신의 입장에서 《리처드 3세》라는 작품을 회고했던 것으로 보인다.

국가 인간이나 법 인간은 사기꾼이다. 하지만 전사(戰士)는 (군 최고 사령관이나 장군이 아닌) 반역자이다……. 셰익스피어는 많은 사기꾼 왕을 무대 위에 올렸다. 그들은 속임수를 써서 권력을 가지지만 끝에 가서는 좋은 왕이 된다. 그러나 그가 리처드 3세를 만나면, 가장 비극적인 소설의 인물로 부상하게 된다. 왜냐하면 리처드 3세는 단순히 권력을 원하는 것이 아니라, 반역을 원하기 때문이다. 그는 국가의 정복을 원하는 것이 아니라 전쟁 기계의 배치를 원한다. 사람들은 어떻게 온전히 반역자일 수 있으며 동시에 모든 것을 배반할 수 있을까? 앤 양과의 대화는 해설자들은 '불가능하고' '과도한 것' 으로 판단하였는데, 서로 외면하는 두 얼굴을 보여주고 있다. 그리고 앤 양은 이미 사랑을 허락하여 황홀해하며, 리처드가 추구하는 고통스러운 선(線)에 친근감을 가지게 된다. **대상의 선택** 그 이상의 반역은 없다. 그것이 대상의 선택——초라한 개념——이기 때문이 아니라, 그것은 하나의 되기이기 때문이고, 그것은 **탁월한**(par excellence) 어떤 악마적인 요소이기 때문이다. 그가 앤을 선택하는 것에는 리처드 3세의 여성-되기가 있다.(D 53; 41-42)

들뢰즈가 리처드 3세를 '전사' 로 동일시한 것은 〈전사의 공포스러운 밤〉이라는 베네 연극의 부제에 반영되어 있다. '여성-되기' 의 모티프는 베네의 연극에서 큰 중요성을 가진다. 이런 식의 관심이 집중되는 것이 일방향적인 것인지 혹은 양방향의 결과인지 그 정도를 알기는 어려우나, 전쟁 기계·배신·여성-되기와 같은 개념이 《디알로그》의 여러 부분에서 들뢰즈를 사로잡고 있음이 분명하고, 결국 3년 뒤, 《천의 고원》 여러 절들에서 그러한 것들을 상세하게 다루게 된다. 설령 어느 정도 있다고 하더라도, 이러한 저서들에서 리처드 3세는 좀더 광범위하고, 계속적인 연구 중에서 아주 작은 요소에 불과하고, 전쟁·배신·여성-되기에 관련된 많은 복잡한 개념들 가운데 간단한 하나의 사례인 것처럼 보인다. 그러나 결코 이 복잡한 개념들의 가장 분명한 보기가 되는 것은 아니다. 실제로 클라이스트의 《펜테질리아》는, 들뢰즈가 이를 리처드 3세와 연결하여 《디알로그》와 《천의 고원》에서 논의를 하는데, 이러한 개념에 대해 훨씬 더 좋은 사례를 제공하고 있으며, 셰익스피어의 들뢰즈적 읽기를 이해하는 데에 도움을 준다.

《카프카》에서 들뢰즈와 가타리는 클라이스트를 간단하게 언급하면서, "소수 문학이란 무엇인가?"라는 카프카의 핵심적인 물음과 "전쟁 문학이란 무엇인가?"라는 클라이스트의 문제를 구분한다. 그들은 이 물음이 "카프카의 물음과 관련이 없는 것도 아니지만, 동일한 것도 아니다"(K 101; 55)[3]라고 말한다. 《천의 고원》에서 그들은 "국가에 맞서서 야기되는 전쟁 기계가 클라이스트의 모든 작품을 횡단한다"(MP 328; 268)고 언급한다. 그들은 전쟁 기계와 국가 간에는 근본적인 양립불가능성이 존재하고, 전자의 무정부적·카오스적 경향은 후자의 질서를 분열시키기 위해 항상 위협을 가한다고 주장한다. 전쟁을 수행하기 위해 국가는 '전쟁 기계'를 사용해야만 하지만, **"국가는 스스로는 어떤 전쟁 기계도 갖고 있지 않다.** 국가는 군사 제도의 형태로 전쟁 기계를 전유할 뿐이며, 그 전쟁 기계는 국가에 문제를 유발하게 하는 것을 결코 멈추지 않을 것이다."(MP 439; 355) 들뢰즈와 가타리는 조르주 뒤메질이 전사와 왕의 대조적인 형상에서 전쟁과 국가 간의 긴장이 인도 유럽 신화 전반에 걸쳐 기능하고 있음을 발견하고 있다고 지적한다. 많은 전통에서 전사들은 사회질서에 반(反)하는 여러 가지

---

3) 들뢰즈는 《디알로그》에서 똑같은 구분을 명확하게 밝힌다. "문학? 이제 카프카는 독일어에 대한(오스트리아 제국의 소수적 배치는 이미 또 다른 형태의, 자허 마조흐의 관념이다) 새로운 집단적 배치, 즉 소수적 기계와 문학을 직접적으로 관련짓고 클라이스트는 전쟁 기계와 문학을 직접적으로 관련을 맺는다."(D 146; 123)

'죄'에 대해 죄책감을 느끼고, 이러한 점에서 "모든 것을 배반하는 위치에"(MP 438; 354) 있게 된다. 그러나 전쟁 기계는 본래 전쟁을 그 직접적인 대상으로 취하지 않는다. 들뢰즈의 설명에 의하면:

> 우리는 '전쟁 기계'를 탈주선상에서 구축되는 선형적인 배치로 정의한다. 이러한 점으로, 전쟁 기계는 결코 그 대상으로 전쟁을 취하지 않는다. 다시 말해 그 대상으로 매우 특별한 공간, 즉 **매끄러운 공간**(smooth space)을 가진다. 전쟁 기계는 그것을 구성하고, 점거하고, 번식시킨다. **노마디즘**(Nomadism)은 정확히 이러한 "전쟁 기계와 매끄러운 공간"과의 결합이다. 우리는 전쟁 기계가 어떻게 그리고 어떤 경우에 그것의 대상으로 전쟁을 취하는지를 보여주고자 한다(국가 장치들이 최초로 그들에게 속해 있지 않은 전쟁 기계를 전유할 때). 전쟁 기계는 군사적이 되는 것보다 훨씬 혁명적이거나, 혹은 예술적인 경향을 지닌다.(PP 50-51; 33)

매끈한 공간은 되기의 공간이자 흐름과 변형의 공간이며, 안정적이며 분명한 경계가 지어지는 공간인 홈 파인 공간(striated space)과 대립한다. 전쟁 기계는 "외재성의 순수한 형태"(MP 438; 354)이며, 탈주선들을 따르고 또 그것을 개방하여 배치를 이루는 탈영토화의 힘이다. 바로 이러한 의미에서 클라이스트의 글쓰기는 모든 것에서 전쟁 기계에 의해 횡단되고 있는 것이다.

설령 전쟁 기계가 직접적인 대상으로 전쟁을 취하지 않는다 하더라도, 클라이스트의 작품에서 전쟁과 전사들은 실로 중요한 역할을 맡고 있으며, 이러한 점에서 그의 연극 《펜테질리아》는 특히 의미심장하다. 클라이스트의 이러한 측면이 마침내 마티유 카리에르의 《전쟁 문학, 클라이스트를 위하여》에 자세히 개진되어 있는데, 사실상 들뢰즈와 가타리는 클라이스트에 대한 자신들의 논평 전부에 이 텍스트를 활용하고 있다.[4] 카리에르는 클라이스트에 대해 "전쟁은 그의 모든 경

힘을 결정하는 원동력이자 모체(matrix)이다"(카리에르 36)라고 말한다. 클라이스트는 오랜 기간 프러시아 관리를 지낸 귀족 집안 출신으로, 15세부터 21세까지 포츠담에서 왕의 정예부대인 근위병 연대에 복무했으며, 1799년 제2부관 계급으로 사임했다. 1803년 그는 나폴레옹 군에 합류할 것을 시도했고, 1808-1809년에는 일련의 전쟁 선전문구들을 쓰기도 했다. 그의 대다수의 작품들 《슈로펜슈타인 일가》《로베르트 지스카르》《펜테질리아》《미하엘 콜하스》《하일브론의 케트헨》《헤르만의 전투》《프리드리히 폰 홈부르크 왕자》의[5] 〈산토 도밍고의 약혼〉에는 전쟁, 격렬한 투쟁, 반란 등이 그 배경을 이루고 있다. 그러나 카리에르는 이러한 사실들을 더 큰 관심사의 단순한 징후 정도로 바라본다. 그가 주장하는 바로는, 클라이스트에게 전쟁은 '감염의 분위기'이고, 이 감염은 "신체들의 다양체에 대한 또 다른 다양체의 침입"이다. 전쟁의 목표는 감염된 신체의 탈조직화와 탈영토화이다⋯⋯. 감염은 같은 영토 위에 있는, 전투의 현장에 있는, 적어도 두 적대적인 주민들간의 충돌이다. 그것은 감응적 (affective) 조우의 한 형태이다."(카리에르 9-10) '감상'에 사로잡혀 있었던 시절 클라이스트는 '변용태(감응),' 즉 내부와 외부 간의 구분을 무시하고, 이성적인 통제에 반항하고, 논리적인 시간을 분해하는 비개인적인 분위기를 추구한다. 전

---

4) 사실상 《천의 고원》에서 들뢰즈와 가타리는 〈마티유 카리에르가 저술한 클라이스트에 대한 미출판 연구 an unpublished study of Kleist by Mathieu Carrière〉를 인용한다(MP 329; 542). 카리에르의 텍스트는 1981년 처음으로 독일에서 Für eine Literatur des Krieges, Kleist라는 제목으로, 그리고 1985년 마틴 지글러(Martin Ziegler)에 의해 Pour une littérature de guerre, Kleist라는 제목의 프랑스어 역본이 출판되었다(들뢰즈와 가타리의 《카프카: 소수 문학을 위하여》는 카리에르의 제목에서 인유된 점을 주목할 것). 카리에르는 그의 담론 내에 들뢰즈와 가타리의 용어법을 철저하게 포합(抱合)하였고, 카리에르 텍스트 내의 특정한 논의에 대한 들뢰즈와 가타리의 빈번한 인유는 그 세 가지가 모두 1970년대 중반에 서로 긴밀한 연관성을 가지고 있다는 점을 제시해 준다. 전체에 걸쳐 주로 내가 참고한 것은 프랑스어 역본이다.
5) 클라이스트의 문학 활동과 삶에 대해 자세히 알기 위해서는, 마스(Maass)를 참고할 것.

쟁이라는 감염의 분위기에 처한 적대적인 주민들은 주어진 개인의 내적 상태만큼이나 훨씬 더 실제적인 외부의 신체라고 볼 수 있는 힘, 즉 다양체들과 충돌하고 있다. 간단히 말해 전쟁은 탈영토화하려는 정동적인 힘과의 조우이다.

클라이스트에게 변용태의 중심 형상은 두 개의 무한한 선들의 교차점, "두 개의 혜성들이, 두 개의 사건들의 고리들이 교차하는 추상적인 지점"의 형상인 동시에 이 지점은 "부동성(不動性)의 중심이며, 가장 놀라운 속도의 흔적이다."(카리에르 13) 클라이스트의 〈망석중이 극장에 대하여〉에서 분명히 드러나고 있듯이, 부동의 지점에서 매우 아름다운 움직임이 발생한다. 이 짧은 에세이에서, 꼭두각시들의 움직임에 흥미를 갖고 있는 무용수는 각 동작이 꼭두각시 부리는 자가 망석중이에 더할 나위 없이 우아한 춤을 끌어들이는 데에 필요한 "중력의 중심"을 가진다고 설명한다. 꼭두각시의 움직임의 선은 어떤 의미로 간단한 기계적인 힘들의 작동에 불과하지만 또 다른 의미로, 그것은 "매우 신비스러운 것"이다. 왜냐하면 "그것은 **무용수(즉 꼭두각시 부리는 자)의 영혼의 통로**에 지나지 않기 때문이다."(《충분히 깊은 심연》 212) 무용수-내레이터가 가장 위대한 검객들의 공격을 슬쩍 피해갈 수 있는 곰의 기담(奇談)에서 설명하는 바와 같이 꼭두각시춤의 우아함은 부분적으로 그것이 의식을 결여하고 있다는 사실에서 비롯되고, 곰이 가지고 있는 움직임의 월등한 우아함은 그것의 동물적 무의식으로부터 생겨난다. 무용수는 유기적 세계에서 반성은 줄어들면서 우아함은 증가하고 있지만, "두 개의 교차하는 선들에서처럼 한 지점의 한쪽 끝으로 수렴한 것이 무한대를 통과하는 그들의 이행(移行) 이후 다시 다른 쪽에서 다시 나타난다. ……그렇게 무한을 횡단해 왔던 우아함도 다시 한번 우리에게 회귀할 것이다. 그리고 전혀 의식이 없거나 혹은 무한한 의식을 가지는, 말하자면 꼭두각시의 모습이나 혹은 하나의 신과 같은 신체적 형태를 갖추고 가장 순수한 모습으로 그렇게 다시 나타날 것이다"(《심연》 216)라고 결론짓는다.

우아함은 부동의 지점인 중력의 중심에서 나오고, 그것을 통해 무의식적이지만 신비스러운, 기계적이지만 신성한 힘들을 통과한다. 변용태는 그런 부동의 지점이다. 심리학적 관점으로 볼 때 그것은 연속성 속의 파열, 의식 가운데의 하나의 틈, 하나의 구멍 속으로의 점프와 도약으로 체험된다(클라이스트가 그려내고 있는 영웅들은 종종 황홀경에 빠져들고, 그들은 잠든 채 걸어다닌다 등등……). 변용태적 지점은 최대한의 가속도로 충돌하고 있는 힘들의 접합임과 동시에 움직임이 없는 긴장병적 발작이다. 설령 우아한 움직임이 변용 지점에서 일어난다 하더라도, 그것의 격렬한 발작적인 출현은 부조리, 서툶, 야비함의 외양을 유도한다(외견상 바보스러운 곰에 대해 탁월한 우아함의 이미지에로의 전유). 변용태는 이성적인 의식의 연속성 속에서 하나의 파열과도 같은 것이고, 연대기적인 시간의 규칙적인 흐름 속의 하나의 틈이라고 볼 수 있다. 그러한 무시간의 일시적인 불균형의 순간에는 자아라는 감각이 존재하지 않고, 내부와 외부가 분리되지 않는다. 오로지 남는 것은 하나의 "격렬한, 부동의, 우아한 분위기"(카리에르 18), 즉 "거기서 때때로 번개가 뻔쩍이는, 고요한 폭풍"(카리에르 23)이다.

전쟁과 펜테질리아

변용태의 분위기는 전쟁의 분위기로, 심리적인 깊이를 관통하여 사회적인 장으로 확산되어 나가는 힘의 차원이다. 클라이스트의 연극 《펜테질리아》(1807)에서 전쟁의 개인적·정치적인 장면들은 뒤얽히면서, 변용태적 강밀도의 힘들과 물리적인 폭력들이 사랑과 전투의 불안한 관계 속에서 만난다. 이 연극은 트로이의 평원에서 시작되고, 오디세우스는 트로이 군대와 함께, 트로이인들과 교전을 벌였고, 이제는 그리스인들과 전투를 벌이고 있으며, 아마존인들의 깜짝 놀랄 만한 출현에 대해 토론을 벌인다. 아마존인들은 뚜렷한 명분도 없이 싸움을 벌인다. 그들은 계속되는 트로이 전쟁에서 어느쪽과도 동맹하지 않는 파괴의 순수한 힘이자, 그리스와 트로이의 국가 기계에 항거하여 느슨하게 배치된 무정부적인 전쟁 기계인 것처럼 보인다. 하지만 실제로 아마존인들은 그들 자신의 국가 조직 형태를 가지고 있으며, 하나의 목적을 가지고 전쟁을 벌이는 것이다. 아마존인들은 후에 펜테질리아가 아킬레스에게 설명하듯이, 에티오피아의 왕 벡소리스에게 정복당했던 스키타이인들의 후손들이다. 에티오피아인들은 스키타이인 남자들을 모두 죽이고 여자들을 모두 겁탈할 계획을 세운다. 그러나 에티오피아의 남자들이 스키타이인 여자들의 침실로 왔을 때, 여자들이 그 남자들을 찔러 죽였다. "칼을 가진 살인자의 그 종족은 모두/그날 밤 어둠 속으로 사라져 버렸다."(《펜테질리아》 379) 그런 잔인한 일이 벌어지던 순간, "한 국가가 일어났는데, 그것은 여성들의 국가로…… 국가에 스스로의 정당한 법을 세우는/그 국가의 칙령에 순종하는 사람들."(《펜테질리아》 379) 여성들이 적대적인 남성 세력을 영원히 밀어낼 수 있을지에 대해 고위 여성사제가 의심을 표현했을 때, 아마존의 건국 여왕인 타나이스는 자신의 오른쪽 유방을 도려내고, 스키타이의 국가 권위를 상징하는 제의적 화살을 잡게 된다. 그 이후로 모든 아마존의 여성들은 활을 잡고 화살을 쏠 수 있는 호전적인 역할에 적응하기 위해, 자신의 오른쪽 유방을 제거했다(아킬레스는 《펜테질리아》의 내레이션에서 이 부분에 이르러 그들 모두가 "야만스럽게, 비인간적인 모습의 불구가 된"[beraubt, unmenschlich, frevelhaft, 《펜테질리아》 381] 것이 아닌지를 묻게 된다). 자손을 낳기 위하여 아마존인들은 주변 부족과 간헐적으로 전쟁을 벌여서 가장 강한 남자들을 포로로 삼아, 고향으로 돌아와 짝을 짓는 관습을 채택했다. 바로 이러한 목적으로 아마존인들은 트로이에 있는 투사들을 습격했던 것이다.

그리하여 아마존인들은 하나의 국가, 남성 정복자들의 죽음 위에 세워진 전쟁이라는 목표를 위해 자기-절단 행위로 건설된 국가를 갖고 있다. 하지만 그들의 제도는 '허약하고,' 그들의 사회 구조는 여전히 미숙하고, 동요하고 있었다."(카리에르 82) 아마존인들은 두 가지 의식을 지키고 있는데, 그 의식들은 둘 다 통제에서 벗어나기 위해 위협하는 힘들을 자유롭게 풀어 놓는 것이다. 꽃다운 처녀들은 축제 때 남자 사냥을 시작한다. 전사-처녀들은 군신 마르스의 신부들임을 선언한다. "마치 격렬한 허리케인의 폭풍처럼"(《펜테질리아》 383) 그들은 그들의 먹이에 달려든다. 여사제는 공격받을 사람들의 이름을 부른다. 그러나 어느 누구에게도 개별적으로 적수를 고르는 일은 허용되지는 않는다. 장미의 향연에서 전사-처녀의 귀환을 나타내는데, 그때 남자 포로들은 장미꽃으로 장식되며, 그들 정복자들과 함께 난교적인 쾌락에 합류하도록 초대된다. 첫번째 의식에서는 익명의 폭력적인 힘이 풀려나고, 두번째 의식에서도 마찬가지로 익명의 리비도적인 힘이 풀려난다. 두 가지 의식은 탈영토화하는 힘을 조절하는 제도이며, 두 가지 의식 모두 폭력과 에로스의 무제한적 유희 속으로 무너져 버릴 부단한 위험에 처하게 된다.

　《펜테질리아》는 아킬레스와 아마존의 처녀 여왕인 펜테질리아의 비극적인 사랑/전투, 즉 펜테질리아의 어머니가 임종 때 펜테질리아로 하여금 아킬레스를 찾아서 그를 남편으로 받아들이라는 맹세를 하게 하고, 그로 인해 펜테질리아가 아마존인들의 전쟁 의식에서 적수의 선택을 금지하는 법을 위반하게 되는 그러한 사실에 얽혀 있는 갈등을 모티프로 쓴 작품이다. 그러나 카리에르의 주장은 그 연극이 운명이나 비극적 필연성에 의한 것이라기보다는 "하나의 변용태(정동)에서 또 다른 하나의 변용태에로의 도약을 보여주는" 연극이라는 것이다. 펜테질리아가 처음 묘사되는 부분에서, 그녀는 말을 타고 군대의 선두에서 "꼼짝 않은 채" "아무것도 보고 있지 않는 멍한 눈으로/무표정하게" 그러다가 마침내 처음으로 "갑자기 그녀의 시선이 아킬레스에 붙들리게 된다." "갑작스럽게 발작적으로" 자신의 말에서 뛰어내려 "홀로 아무런 의식 없이, 이성을 잃은 채로, 펠레이드의 어슴푸레한 시선으로/술을 마시면서 서 있게 된다."(《펜테질리아》 316-17) 그뒤 펜테질리아는 다른 변용태적 도약을, 또 다른 부동성의 순간을, 발작적인 움직임과 무의식적 강밀도를 겪게 된다. 연이어 일어나는 전투 중 그녀는 트로이의 데이포뷔우스에게 공격받는 아킬레스를 목격한다. "그 여왕, 죽음의 빛깔, 2분간 내내/그녀의 팔엔 서툶이 내비친다……. 그때 하늘로부터 내리꽂히듯이/그녀는 트로이인의 목에 칼날을 꽂는다."(《펜테질리아》 319-20) 발작적인 더듬거림 뒤에 격렬한 속도의 돌진이 이어진다. 아킬레스는 "너무나 기이한, 너무나 사랑스러운/우아한 게임에 빠져들어 분별을 잃게"(《펜테질리아》 321) 된다. 그후 그는 펜테질리아를 추적하지만, "별안간 그의 말발굽 앞에/깊은 구렁이 입을 벌리고, 아래로 내려다보니 아찔한 높이에서 아래쪽으로 입을 크게 벌리고 있는 심연을, 옴짝달싹 못하고 바라다 보고만 있다." 그는 구렁 속으로 떨어지고 "전차와 군마는/견고하게 엉켜 혼돈에 놓이고," 그는 "사냥꾼의 올가미에 걸린 사자처럼 무력하게"(《펜테질리아》 322) 놓여 있다. 말 그대로, 혼돈의 틈바구니에서 움직이지 못한다. 펜테질리아는 아킬레스를 발견하고 "자신의 조그마한 손을, 이제 현기증이 나는 듯, 그녀의 이마에" 갖다 댄다. 그때 "격렬한 열정 속에서" "불같은 욕망 속에서" "판단력을 완전히 상실하고"(《펜테질리아》 323) 그녀는 아킬레스에게 다가가 보지만 수포로 돌아간다("턱에는 거품이 이는 하이에나와 같이! 이는 더 이상 여성의 모습이 아니구나" 앤티로커스는 외친다[《펜테질리아》 324]). 아킬레스가 이 구렁에서 벗어나자, 그는 트로이로 퇴각하여 펜테질리아를 무찌르기로 한 아가멤논의 명령을 거역하고 펜테질리아와 싸울 것을 맹세한다. "내가 먼저 그녀를 희롱할 수 있을 때까지/그리고 나서, 그녀의 이마가 피투성이의 상처로 아로새

겨질 때까지/나는 그녀로 하여금 나의 마차 뒷발에 발을 묶고 그녀의 발을 질질 끌려 가게 할 것이다."(《펜테질리아》 333-34)

　이순간 펜테질리아와 아킬레스는 한 사람은 적을 선택하고, 또 한 사람은 지휘관의 명령에 불복종하여 오디세우스의 말처럼 스스로를 "이 여성들과 그들의 미친 전쟁에"(《펜테질리아》 334) 투신하게 되면서 둘 다 국가를 배신한다. 그리하여 그 둘은 그들 자신들만의 투쟁에 빠져들게 된다. "아킬레스와 펜테질리아는 똑같이 변용태적인 전쟁 배치,"(카리에르 95) 즉 파괴를 위협하면서 동시에 규약을 벗어난 강렬 도적 사랑이라는, "클라이스트의 위대한 욕망-광기에 빠져 두 사람으로서 살아가는 것"(카리에르 102)을 완성하는 유토피아적인 약속을 지지하는 충돌하는 힘들의 분위기를 형성한다. 그 둘은 마침내 직접 전투에서 만난다. 펜테질리아는 일격에 정신을 잃고 아킬레스에게 그만 잡히지만, 그는 그녀에게 점점 애정을 드러낸다. 펜테질리아의 동생, 프뢰테는 아킬레스에게 펜테질리아가 패배의 수치심을 극복할 수 없을 것이라고 단언한다. 그리하여 그는 그녀가 깨어날 때, 그녀가 전투에서 이긴 것으로 거짓말을 하자는 의견에 동의하게 된다. 의식이 회복되자 펜테질리아는 자신이 상상한 승리에 황홀해하지만, 곧 그 사실은 밝혀진다. 그녀는 자신의 패배에 대해 공포심으로 반응한다. 두 명의 전사들은 각각 갈라져 서로의 진영으로 돌아간다. 하지만 아킬레스는 사랑에 빠졌고, 펜테질리아를 고국 프티아로 데리고 가려던 계획을 포기한다. 대신에 그는 싸움에 져서 그녀의 포로가 되려는 의도로, 그녀에게 전투를 하자고 도전한다. 불행히도 그녀는 그러는 사이 아난케를 포옹하고 있었고, '거친 황홀경'에 빠져서 "광기의 모든 징후를 드러내며"(《펜테질리아》 401), 그녀는 자신의 사냥개들을 불러모은다. 그녀는 아킬레스를 전투에서 만나자 "개들 사이를 미친듯이 걸으면서/입술은 거품으로 얼룩져 있는 채로 달려가 그들을 자매들이라고 부른다/울부짖고 또 울부짖는 이가 그 누구이던가."(《펜테질리아》

401) 그 개들이 아킬레스를 공격하고, 그녀는 화살을 쏘아 그의 목을 관통시킨다. 그는 그녀에게 "펜테질리아, 그대는 무슨 짓을 하는가요? 나의 연인이여!/이것이 그대가 약속했던 장미의 향연인가요?"라고 외치자, 그녀는 "그의 눈처럼 하얀 가슴에 이빨을 깊게 박는다/그녀와 그 개들은 소름끼치도록 대항을 하고" "그녀의 입과 손에서 검은 피가…… 뚝뚝 떨어진다."(《펜테질리아》 404-5)

결국 아킬레스는 여성-되기의 과정에 자신을 넘기지만, 펜테질리아는 동물-되기의 과정을 수행하게 된다. 그녀가 (사냥개) 무리의 다양체와 융합하면서, "호의적인 전쟁의 배치는 파시스트적 전쟁 기계가 되고, 사랑의 전쟁은 파괴의 신(神)인 군신(Mars)의 전쟁이 된다."(카리에르 71) 변용태는 변형의 접합점이고, 변용 과정의 순간들이다. 결과적으로 "각각 대참사가 생기게 된다. 그것은 중력의 모든 중심과 밀접한 지점이고, 각각 다른 것으로 변형시키는 힘이 되며, 이는 분열을 향한 경향성을 지닌다."(카리에르 71) 타자-되기는 창의적인 전망을 지니고는 있지만, 위험을 또한 수반하게 된다. 욕망의 변용태는 쉽게 파괴의 변용태로 바뀐다. 《펜테질리아》의 경우가 그러하다. 클라이스트의 《헤르만의 전투》에서도 마찬가지이다. 이 작품에서 로마인 벤티우스는 독일인 사령관 허먼의 아내인 서스넬다와 밀회를 가진다. 벤티우스가 서스넬다와 키스를 하기 위하여 어둠 속에서 입술을 벌리자, 잡혀 있던 게걸스러운 곰을 풀어 그를 집어 삼키게 한다. 서스넬다의 곰-되기, 펜테질리아의 개-되기에서 사랑의 입술은 파멸의 이빨로 바뀐다.

《펜테질리아》에서 들뢰즈와 가타리는 전쟁과 전쟁 기계와의 관계에 대한 폭로적인 분석이 드러나 있다는 것을 알게 된다. 전쟁 기계는 국가와 대립되고, 아마존인들은 "그리스와 트로이, 두 국가 '사이에서' 번개처럼 요동친다. 그들은 통로의 모든 것을 쓸어내어 버린다."(MP 439; 355) 전쟁 기계는 안정적인 코드와 사회적인 관계를 무너뜨리는 변용 과정의 힘이다. 그리하여 전사는 불가피하게 반역자, 즉 "지배적인 의미화와 확립된 질서의 세계를 배반하는 자이다."(D 53; 41) 아킬레스는 펜테질리아를 추구하면서 자신의 지휘관과 그리스의 사회적 질서를 무시한다. 한편 그녀는 "자신의 국민들의 집단적 법률, 즉 적의 '선택'을 금지하는 집단의 법을"(MP 440; 355) 위반한다. 전쟁 기계의 변용 과정은 주체들 속에서, 안정적인 대립의 두 극 사이의 통로인 타자-되기의 과정을 유도한다. 아킬레스의 여성-되기와 펜테질리아의 동물-되기는 전쟁 기계에 속하는 타자-되기의 일반적인 과정의 두 사례에 불과하다. 그 과정은 변용태적 강도, 비개인적·비이성적인 힘의 접속들을 통해, 동시에 부동의, 통제를 벗어난 속도의 접합을 통해 작동한다. "일련의 긴장병과 극단의 속도, 기절 그리고 화살…… 어떠한 형식도 전개되지 않고, 어떤 주체도 형성되지 않지만, 변용태들이 대체되고, 되기가 투석되고, 하나의 블록이 형성된다. 마치 아킬레스의 여성-되기와 펜테질리아의 개-되기처럼. 클라이스트는 어떻게 형태와 사람들이 추상적인 선 위에서의 중력 중심의 전위(displacement)에 의해, 그리고 내재성의 평면 위의 선들의 통접(conjunction)에 의해 생산된 외관에 지나지 않는지를 훌륭하게 설명한다."(MP 328; 268) 《펜테질리아》에서 변용태들은 내적 상태가 아니라 외재성의 형태이다. "감정은 '주체'의 내면성으로부터 찢겨서 믿을 수 없을 정도의 속도로 스며들어오는 순수한 외재성의 맥락으로 거칠게 투사될지도 모른다. 이는 투석된 힘이다. 그리하여 사랑 또는 미움은 더 이상 감각이 아니라 변용태가 된다. 이러한 변용태들은 여성-되기, 전사의 동물-되기(곰·개) 등의 많은 예가 된다. 변용태들은 화살처럼 몸을 가로지르고, 전쟁의 무기가 된다. 변용태의 탈영토화 속도."(MP 440; 356) 전쟁 기계는 절대적으로 파괴적이지 않지만 그것이 활성화시키는 힘들은 위험하고 잠재적으로 자기 파멸적이다. 그리하여 클라이스트는 국가에 대한 전쟁 기계의 투쟁을 찬미한다. 그러나 그 투쟁은 항상 "앞서서 패배하는 전투이다."(MP 440; 355) 그의 모든 작품에서, 그는

"국가가 승리하게 될 때 양자택일의 고민, 즉 국가 장치의 훈육적·군사적 기관에 지나지 않는 위치에 있을 것인가? **혹은 국가를 배신하고 두 사람을 위한**, 즉 고독한 한 남자와 고독한 한 여자를 위한 자살 기계가 될 것인가?에 빠져드는 것이 전쟁 기계의 운명인가?"(MP 440; 356)라는 질문을 던진다.

이제 만약 우리가 《펜테질리아》에서 셰익스피어의 《리처드 3세》로 관심을 돌려본다면, 우리는 들뢰즈가 리처드를 '전사(戰士)'(또는 전쟁 인간)라고 부르는 의도를 분명히 알 수 있고, 아마도 우리는 들뢰즈가 셰익스피어를 어떤 방식으로 읽었는가를 더 잘 이해할 수 있을지도 모른다. 권력에 미친 리처드에 대해 "그는 단순히 권력을 원하는 것이 아니라 반역을 원한다"(D 53; 42)라고 말하지 않을지도 모른다. 그러나 여기서 들뢰즈가 의미하려는 것은 리처드가 모든 사회적인 코드에 대한 반역자이고, 결과적으로 그는 모든 국가의 질서를 침식시킬 힘을 포용하고 있다는 점이다. 리처드가 자신의 사악한 계획을 추구하는 취향과 자신의 의도를 드러내는 순진무구함에 대해 독자들은 이미 오랫동안 인지해 왔다. "그러므로 나는 연인임을 증명해 보일 수 없기/이렇게 세련된 시대를 즐기기 위해,/나는 악한임을 증명해 보이기로 결심했지/그리고 이러한 시대의 헛된 쾌락을 증오하기로."(I, i, 28-31) 비록 그가 열광적으로 왕관을 추구한다고 해도, 그는 다른 사람들을 지배하기 위한 욕망만큼이나 큰 파괴 속에서 솟아나는 기쁨에 유래하는 그런 종류의 에너지를 가지고 왕관을 쟁취하고자 한다. 비록 그가 반역을 원한다고 결코 말하지는 않지만, 그는 자신의 충실하고도 막역한 친구인 버킹엄을 위시해서 모든 사람을 배신하며 인생을 끝낸다. 리처드의 질투와 악마적인 유머는 자신이 활성화시키는 무정부의 전쟁 기계로부터 생겨나고, 비록 그는 왕좌에는 이르지만, 자신이 냉혹하게 행하는 통제할 수 없는 힘들은 무정하게도 자신을 죽음으로 이끈다.

전사로서 리처드는 타자-되기, 엄밀히 말해서 제1막에 나오는 앤 양에 대한 기괴한 구혼에서 입증되고 있는 여성-되기 과정을 시작한다. 들뢰즈가 언급한 바와 같이 그 장면은 종종 "일어날 것 같지도 않고, 과장된 것[peu vraisemblable et outré]"으로 판단된다. 그러나 이것들이 정확하게 말하자면 타자-되기의 특성이다. 통상적인 기대나 고상한 취향의 표준적인 통제를 무시하는 하나의 과정이다(사람들은 아마 《펜테질리아》의 많은 부분도 이와 같이 "일어날 것 같지도 않은 과장된" 것으로 판단할지도 모른다). 앤 양은 리처드를 '비열한 악마'(I, ii, 50), 그리고 "신의 섭리도, 아니 인간의 법도 모르는"(I, ii, 70) 악한이라고 욕한다. 그녀는 그의 얼굴에 침을 뱉고, 그가 죽기를 바란다. 그러나 극이 끝날 무렵에 그녀는 그의 반지와 사랑의 구혼을 받아들인다. 그는 심한 "불구의 몸에, 세련되지도 않아서"(I, i, 23) 개들마저도 그를 향해 짖어대고, 그는 "연인임을 증명해 보일 길이 없어" 그래서 "악한이 되기로"(I, i, 28, 30) 결심한다. 그는 자신이 살해한 남자의 미망인에게도 구혼할 수 있는 남자이다. 그는 "나의 삶에서 그녀는/나 자신이 놀랍도록 멋진 사람이라는 것을 발견하지(비록 나는 그럴 수 없지만)"(I, ii, 253-54)라고 외친다. 이러한 일어날 것 같지 않은 과장된 부분들과 마주치게 되면서, 리처드의 추함은 마치 중력의 중심선을 통과하며 추상적인 선을 추적하는 클라이스트의 꼭두각시의 우아함처럼, 또는 검으로 찌를 때마다 비켜 가는 곰처럼 스스로 우아함을 획득한다. "이미 청혼을 허락하여 황홀해 있는" 앤 양은 "리처드가 추적중인 고통스러운 선(線)"(D 53; 42)에 대한 예감을 가진다. 그는 마치 펜테질리아처럼 대상을 선택했다. "앤을 선택할 때 리처드 3세의 여성-되기가 있는데,"(D 53; 42) 그것은 여성성의 모방이 아니라, 우아하고 정동적인 변용 과정의 힘들과의 교전인 타자-되기이다.

들뢰즈의 《리처드 3세》에 대한 논평은 개략적이고 상당히 추상적이어서, 사람들은 제1막에서 리처드와 앤과의 만남이 극의 나머지 부분과 밀접한 관련이 있는지에 대해 의문을 가질지도 모른다. 그 극 속에 여성-되기가 계속 나타나는가? 우리는 이 비극을 리처드의 여성성과의 연관성의 맥락으로 이해할 수 있는가? 이러한 것들이 베네가 《리처드 3세》에서 던지는 질문들이다.

베네의 리처드

카르멜로 베네[6]는 배우이자 감독, 작가 그리고 영화제작자였다. 1937년 아탈리아 리스의 남쪽 지방인 푸이유에 있는 캄피 살렌티나에서 태어난 그는 주로 다른 작가들의 유명한 작품들을 다시 영화화하였다. 베네는 1961년 자신의 회사를 설립한다. 그해 개작본인 카뮈의 《칼리굴라》, 스티븐슨의 《지킬 박사와 하이드의 이상한 소송》과 콜로디의 《피노키오》 그리고 셰익스피어의 《햄릿》(그가 제작한 7편의 햄릿 중 그 첫번째[7]로, 셰익스피어 이후의 몇몇 작품과 쥘 라포르그, 특히 1887년 그의 이야기 〈햄릿 또는 자식의 효성심의 결말〉은 베네가 극찬했다)을 출판한다. 1960년대 일련의 작품들로 말로의 《에드워드 2세》 각색본과 와일드의 《샬롬》(1964), 프레보스트의 《마농》(1964) 그리고 《페버

---

6) 카르멜로 베네(Carmeleo Bene): 주요 작품으로는 《터키인들의 노틀담》(1966), 《살로메》(1972), 《부족한 햄릿》(1973), 《S. A. D. E. 혹은 살렌티나 군악대의 방종과 퇴폐》(1974), 《셰익스피어의 이야기, 로미오와 줄리엣》(1976) 등이 있다. 〔역주〕

7) 베네는 1994년 햄릿 전집을 《햄릿》 '제5판'으로 언급한다. 그러나 베네의 1988년 《햄릿의 편지 전달부 Hommelettre for Hamlet》(베네는 '제4판'으로 이름을 붙이고 있다)에 대한 개관(槪觀)에는 이 작품을 "일곱번째 '햄릿'"으로 언급한다("카르멜로 베네: '햄릿의 편지 전달부'의 배경화[背景畵]" 7). 이러한 개관에는 제작을 위해 만든 화가 지노 마로타(Gino Marotta)가 디자인한 근사한 세트 사진이 포함되어 있는데, 장례식의 조각 정원에 있는 유명한 조각상들(베르니니의 성 테레사와 같은)로 구성되어 있다. 조상(造像)──이 인물들은 돌로 만든 것같아 보이지만, 연극의 후반부에 다시 살아나게 되는 활인화(tableau-vivants)의 배우들인 것으로 밝혀진다.

샴의 아덴》(1968)이 있다. 1968-1973년 사이에 베네는 시네마에 몰두했다. 그의 주요 영화로는 《우리들의 터키인 부인》(자신의 1964년 소설을 1968년 개작) 《카프리치》(《페버샴의 아덴》의 개작, 1969), 《돈 조반니》(1971), 《샬롬》(1972) 그리고 《부족한 햄릿》(라포르그 뒤의 작품, 1973)이 있다. 1974년 이후 셰익스피어의 《로미오와 줄리엣》(1986), 《리처드 3세》(1977), 《오셀로》(1979) 그리고 《맥베스》[8](1983)들을 다루었을 뿐만 아니라, 바이런의 《맨프레드》(1979), 괴테의 《에그몬트》(1983), 뮈세의 《로렌차초》(1986) 그리고 클라이스트의 《펜테질리아》(1989년 그리고 1990년) 등을 각색하여 제작했다. 베네는 2002년에 죽음을 맞이한다.

베네를 단순히 다른 사람들의 연극들을 감독한 사람으로 말한다는 것은 정확하지 않은 것일지도 모른다. 그는 스토리와 소설을 무대에 (그리고 영화에 맞게 드라마, 오페라 그리고 소설에) 맞게 개작하였을 뿐만 아니라, 몇몇 작품에서는 초기 작품의 제목들과는 관련성이 없는 대본을 쓰기도 한다. 그러나 많은 경우, 베네는 빈번하게 자신의 작품들을 C. B.(secondo C. B.)에 따라 '저자 x'로 언급하고 있기 때문에 연극의 저자로 부르는 것은 문제의 소지가 있다. 그의 작품 《리처드 3세》도 그러한 경우인데, 그의 참고 문헌의 서지 목록에서 베네는 그것을 저자 C.B.에 의해(secondo C. B.)"로 기록하고 있다. 그리고 그는

---

8) 베네에 관한 것은, 그의 공연에 대한 몇 개의 설명서와 코우자르(Kowsar)와 포르티에(Fortier)에 의한 《중첩》에 관한 두 개의 통찰력이 뛰어난 연구를 제외하고, 영어로 나타나는 것이 거의 없다. 이탈리아어로된 베네에 대한 비평서인 〈비평선집 Critical Anthology〉이 그의 《작품집》, pp.1381-1549에 포함되어 있다. 베네의 연극무대와 연극 작품에 대한 견해를 알기 위해 들뢰즈는 우선적으로 인터뷰 기록물과 가을 축제(the Festival d'automne)를 위해 모은 것과 후에 "중단 없는 에너지는 유토피아를 살아나게 한다"(L'énergie sans cesse renouvelée de l'utopie)로 출판된 자료들을 이용한다. 나는 주로 베네의 이론적인 입장을 요약하기 위해 같은 기록물에 의존했다. 베네의 이탈리아어 텍스트들을 작업하면서 나에게 도움을 준 프로린 베린디아누(Florin Berindeanu)에게 깊이 감사한다.

참고 문헌에서 그것을 "카르멜로 베네와 들뢰즈의 《중첩》으로부터 윌리엄 셰익스피어를 재퇴고한 이탈리아어 번역본"이라는 부제목을 사용한다. 《헨리 6세, 3부》에서 가지고 온 두 단락을 제외하고는, 사실상 배우들이 말한 모든 구절은 셰익스피어의 《리처드 3세》로부터 따온 대사의 번역들이었다(비록 종종 자유분방한, 때로는 멜로드라마와 같은 분위기의 번역이기는 하지만). 만약 사람들이 배우들의 대사들만 본다면, 베네의 《리처드 3세》를 원작에서 심하게 끝을 자른 대본으로 생각할지도 모른다. 그러나 베네의 대본은 광범위한 무대 지시와 해설이 포함되어 있고, 셰익스피어의 비극적인 플롯과는 거의 관계가 없는 행동이 세부적으로 그려져 있다. 그 연극 공연에 참석한 사람이라면 누구든지 단순히 셰익스피어의 작품을 이상한 진행 방식으로 제작한 것으로 그렇게 잘못 오해하지는 않을 것이다. 오히려 베네의 《리처드 3세》는 셰익스피어에 대한 비평적인 해설이기도 하고, 그 연극에 대한 창의적인 응답이기도 했다. 그 극 안에 잠재되어 있지만 여전히 이질적인 것을 텍스트에서 끌어낸 공연이었다.

무대에 나타나는 유일한 등장 인물은 리처드와 셰익스피어의 연극의 중심이 되는 여성들, 요크의 공작부인(리처드의 어머니), 앙주의 마거릿(헨리 6세의 미망인), 엘리자베스(에드워드 4세의 여왕) 그리고 앤양(웨일스의 왕자인 에드워드의 미망인, 그리고 미래 리처드의 신부)이다. 베네는 배역으로 두 명의 여성 인물을 첨가한다. 리처드가 "계속 버킹엄이라고 부르기를 고집하는"(SP 10) 시녀 한 명과 조용한 여주인 쇼어이다. 그 연극의 제1부는 《헨리 6세, 3부》(V, vi, 61-83)의 리처드의 마지막 독백 부분에서 시작한다. 거기서 그는 자신의 불구와 "사랑도, 동정도, 두려움도" 갖지 못한 것에 대해 말한다. 리처드는 자신의 유명한 첫머리 대사를 계속하려고 시도한다. "지금은 우리들의 불만족스러운 겨울이다." 그러나 그는 비통해하는 여성 때문에 침묵한다. 잠시 뒤 "최소한 15분의"(SP 15) 휴식 후 리처드와 어머니는 그의 남동생 클래런스의 투옥에 대하여 의논한다(I, i 43-80, 셰익스피어 작품에서는 클래런스에게 주어진 대사를 백작부인이 한다). 그리고 리처드는 클래런스를 살해할 의도를 밝힌다.(I, i, 117-21) 그리고 나서 약간 간결하게 개작한 제1막 3장이 뒤따른다. 거기서 엘리자베스 여왕은 남편의 병을 염려하고, 리처드는 엘리자베스가 그를 비방했다고 항의한다. 마거릿은 엘리자베스와 공작부인, 리처드를 저주한다. 그때 공작부인은 클래런스의 배가 난파되고 시체들이 나타나는 악몽에 대해 이야기한다.(I, iv, 9-33) 그런 뒤 리처드가 앤 양에게 구혼하면서 사실상 "일어날 것 같지 않은 과장된" 장면들이 이어진다.(I, ii, 5-263) 제1부의 결말 부분의 2장 독백에서 리처드는 곧 다음 막을 알리는 대사로 옮아간다.(I, i, 1-41) 그리고 나서 《헨리 6세, 3부》(153-95)의 제3막 2장 독백 부분이 시작된다. 거기서 그는 자신의 불구에 대하여 그리고 왕관을 얻기 위한 암살 계획에 대해 말한다. 베네의 연극 제2부에서는 셰익스피어의 제2막에서 제5막에 걸친 리처드의 권력 쟁취와 몰락에 대한 이야기가 간단하게 나온다. 주로 독백으로 다루어지고, 여성 인물을 끌어들이는 여러 장면들이 산재되어 있다. 리처드는 클래런스의 죽음을 언급하며(II, i, 80-84), 왕좌를 얻기 위한 그의 음모에 관하여 헤이스팅의 의사를 요구하고(III, i, 161-64, 172-85, 188-96), 작위에 대하여 질문하며(III, iv, 31-33), 에드워드의 사생아에 대한 루머를 퍼뜨리고(III, v, 72-94), 그가 기대하고 있는 왕좌에 대한 시민들의 반응을 알아보고(III, vii, 1-2, 21-24), 왕관을 쓰기 싫어하는 것처럼 가장하여(III, vii, 141-65) 왕관을 받아들이고(III, vii, 223-26), 그는 버킹엄에게 그 사생아가 죽기를 바란다고 말하고(IV, ii, 5-18), 버킹엄을 자극하고(IV, ii, 32-115), 티렐이 아이들의 살해에 대한 보고를 읊조리고(IV, iii, 1, 10-14, 26-29), 그의 희생자들의 유령들이 꿈에 나타나고(V, iii, 178-82, 201-2, 213, 210), 보스워스 전쟁터의 소식을 듣고 반격을 위해(V, iii, 272-302) 말을 준비시킨다.(V, iv, 7-13) 이러한 일련의 삽화적 장면들 와중에 희생자들로 인해 엘리자베스와 공작부인이 비통해하는 모습과(II, ii, 40, 47-54, 55-88), 앤 양이 리처드와 함께 떠난다는 소식에 대한 여성들의 반응이 나타난다.(IV, I, 13-103) 그리고 제4막 4장(9-465) 대부분은 공작부인과 엘리자베스의 통곡이 되풀이되며, 마거릿은 그들의 고통에 기뻐하고, 리처드는 엘리자베스에게 그녀 딸의 안부를 묻는다.

연극 대사들의 형상화는 이런 식으로 셰익스피어의 대본들에 비해 심하게 삭제되었고, 많은 부분이 각색되고 수정되었다. 그리고 등장인물들의 행동들도 완전히 다른 플롯을 드러낸다. 베네는 세트를 "완전히 장례식에 어울리는 분위기, 즉 도처에 관과 거울 투성이"(SP 9)로 묘사한다. 여주인 쇼어는 크고 하얀 침대에 누워 있고, 앤 양은 헨리 4세의 관 옆에서 울고 있다. "도처에 장롱들이 있었다."(SP 9) 그 안에는 거즈와 하얀 띠 모양의 천 조각과, 리처드가 착용할 여러 종류의 의족 팔다리들이 들어 있다. 시계는 "마치 포[9]의 작품 속에서처럼"(SP 9) 큰 소리로 똑딱거리고 있었고, "많은 사람들이 쓰러져서 누워 있을 수 있을 정도로 많은"(SP 9) 꽃들이 마룻바닥을 뒤덮고 있다. 무대 중앙에는 야윈 마네킹과 병약하게 보이는 에드워드 4세가 있다. 때때로 원반 위의 두개골이 스포트라이트에 비춰진다. 극 전체에 걸쳐 리처드는 시녀를 희롱한다. 한쪽에서 그녀의 옷을 벗기면서 "게으르고 음탕하게"(SP 27) 애무한다. 사실 모든 여성들의 "거동은 매우 수상하다." (SP 20) 어깨를, 유방을, 허벅지를, 엉덩이 등등을 노출하면서 옷을 입었다 벗었다 하고 있다. 리처드는 가끔 "유인원의 조음 방식으로……

---

9) Edgar Allen Poe(1809-1849): 미국의 시인이자 소설가, 그리고 비평가이기도 하다. 미국인으로는 처음으로 미국 추리문학의 형식을 형성했다. 포는 《어셔가의 몰락》에서의 주인공처럼 현실에 등을 돌리고 내면의 심연에 끌리면서도, 한편으로 추리와 분석 능력을 활용하여 《모르그가의 살인사건》에서의 탐정 뒤팽과 같은 인물을 창조하여 후세의 '셜록 홈스' 등 추리 소설의 장르를 개척하였다. [역주]

더듬거리며"(SP 15) 대사를 전달한다. 그는 바닥에 자주 넘어지고, 쓰러지고, 미끄러진다. 앤 양과 함께 있는 장면에서 리처드는 무대 위의 장롱에서 여러 가지의 수족들을 꺼내고, 어느 순간 "인공 수족들이, 뒤틀리고 불구의 것들이······ 그에게로 비처럼 쏟아져 내린다."(SP 36) 리처드는 헨리 4세로부터 받은 두루마리 서신을 펼쳐 보고 자신의 몸에다 여러 가지의 인공 장치를 감싼다. 그의 인공적인 기형물이 늘어날수록 앤 양은 점점 더 자극을 받아 "더욱더 뜨거워지고,""정말 타락하게 되어" 옷을 "계속 입었다 벗었다 한다."(SP 40-41) 제2부에서 리처드는 점차적으로 의족들을 떼어내게 되고, 여자들은 그에게 점점 흥미를 잃게 된다. 결국에 가서는 옷을 입고, 더 의례적인 방식으로 행동하게 된다. 극의 막바지에 마거릿은 왕의 침상을 정돈하고 또 정돈한다. 무대 위로 침대 시트와 베갯잇을 집어던진다. (리처드의 악몽에 나오는 유령들) 그런 뒤 그녀는 무대 위에 리처드를 홀로 남겨두고, "더러운 시트자락들을"(SP 83) 질질 끌면서 나온다.

베네는 "제1부 전체에서 리처드와 그의 **여성들**간의-유일무이함(**다른 것**[the different]의 불가능성)의 '저능함'과 **역사**에서 여성적인 것의 **외설성**에 대해 다루고 있다"(SP 10)고 말한다. 베네는 셰익스피어에게서 이러한 차이와 여성성의 주제를 일부 가지고 온다.《헨리 4세, 제3부》제5막 6장에서 리처드는, "나는 형제라고는 없다. 나는 형제 같은 것도 없다/그리고 이 '사랑'이라는 말은 노인들이 신성하다고 부르는 것이다/그리고 내 안에서가 아니라, 서로서로 사람 안에 거주하라/나 자신은 혼자이다."(II. 80-83) 이 대사들은《리처드 3세》시작 부분에 다음과 같은 형식으로 나온다. "나는 형제라고는 없다. 나는 어느 누구와도 닮지 않았다······. 나는······ 그리고 신성한 것으로 말하여지는 '사랑'이라는 단어는 서로를 위해 만들어진 사람들과 더불어 시작한다······. 나는······ 나는 **다르다**!(SP 14) 그리고 여성들의 중요성이 셰익스피어의《리처드 3세》앞부분에 제시되는데, 이때 리처드는 "여성들이 남자들을 지배할 때, 이것은 왜 이럴까?"(I, i, 62)라고 말하는데, 베네는 이 대사를 "그것은 항상 그렇지! 물론이지! 남자가 여자일 때는"(SP 17)이라고 표현한다. 리처드는 또한 클래런스에게 사람들이 입궐하기 위해서는 항상 여왕의 복장을 차려입어야 한다고 말한다.(I, i, 80) 베네는 리처드의 대사의 "우리들은…… 당신을 위해…… 종사한다……. 그리고 우리는 당신의…… **여성의**…… 상징을 [devise]…… 착용할 뿐이다"(SP 18)를 인유한다. 그러나 베네가 "유일 무이함의 '무능함'"이나 "**다른 것**의 불가능성" 그리고 **역사**에 있어서 여성성의 외설스러움"을 통해 의미하고자 하는 것은 셰익스피어의 텍스트를 통해서는 거의 파악해 낼 수 없는 그러한 것이다.

베네는 자주 자신의 연극에 대해 논의할 때 불가능성에 대해 이야기한다. "'연극에서 유일하게 중요한 것은, 내가 볼 때 순전히 사실을 창조하고, 일화를 종결짓는 것이다. 나는 재현하는 것이 불가능한 텍스트에 유혹을 느낀다."(〈에너지〉 65) 화가 프랜시스 베이컨처럼 그는 경험을 중재하는 인습적인 서사들을 붕괴시킴으로써 "사실에 대해 무감각적인" 즉시성을 추구한다. 생각은 적이다. 왜냐하면 "아리스토텔레스가 말했듯이, 생각은 생각의 생각이기 때문이다. 그래서 생각의 생각이 시작되는 그 순간부터 우아함은 상실되고, 즉시성이 사라진다. 즉시성의 삶은 상상으로도 얻을 수 없다[La vie de l'immédiate est impensable]"(〈에너지〉 74). 즉시성은 생각되어질 수 없는 것이다. "왜냐하면 그것은 담론이기 때문이다. 그것은 마치 내가 연극에서 **즉시성 속에서**(in the immediate), 재현되어질 수 없는 것이라고 부르는 것과 같은 것이다."(〈에너지〉 74) 베네는 확실히 비 인습적인 성자들, 요셉 코페르티노(1603-1663, 공중부양과 비행묘기로 유명하고 느린 위트를 하는 무아경에 빠져 있는 사람), 저능아, 백치 성자, 교황 앞에서 춤을 추는 성 프랜시스 아시니"(〈에너지〉 74)의 위대한 찬미자이다. 그들 모두는 즉시성 속에 살아가는 이들이다. 그리하여 그들은 우아함에 존재하게 된다. "우리가 즉시성의 바깥에 살 때마다, 매번 우리는 불명예 속에 살게 된다."(《에너지》 74) 설령 세속적인 기준으로 볼 때, 조화롭고 규칙적이며, 적절한 행동의 규범에 순응하면 정중해 보인다. 하지만 문화는 관념이 우리의 외부에 있는 그 순간부터 있었다기보다는 관념이 검토되는 순간 시작한다. "만약 **우리가 관념**이라면, 그때 우리는 성자 비투스의 춤을 출 수 있고, 우리는 우아함의 상태에 있게 된다. 우리가 '불명예'(《에너지》 74) 속에 있을 때, 정확하게 말하자면 현명해지기 시작한다. 다시 말해 우리는 세속적인 우아함이, 문화의 우아함이 결핍될 때 상상할 수도 없었던, 불가능했던, '저능함'의 우아함, 즉 재현되어질 수 없는 즉시성의 우아함을 획득하게 된다.

베네는 모든 인간이 유일무이한 존재라고 주장한다. 그러나 유일무이한 개인은 자아의 존재를 암시하지 않는다. "**나**(I)는 아니다. **나**(I)라고 하는 것은 주체이다. 조심하라! 그 유일무이한, 유일무이한, 흉내낼 수 없는…… 그 주체는 존재하지 않는다."(《에너지》 81) 그리하여 "유일무이함의 우둔함," 그것은 문화의 규범과 자아와 세계 간의 서사 밖에서, 우아함의 상태 속에서 살고 있는, 화법 외부에 살고 있는 개개인의 생각할 수 없는 직접성을 말하는 것처럼 보인다. 유일무이함은 차이이다. 그러나 그 차이는 의식적인 사고 안에서 짜여 지는 것은 아니다. 들뢰즈를 인용하면서, 베네는 "**반복은 개념 없는 차이**[10]**이다.** 이것을 이해하는 사람이면 누구든지 갈등을 드러내는 감상적인 연극(즉

---

10) 들뢰즈는 '차이의 개념'과 단순히 '개념적 차이'의 혼동을 비난한다. 개념적 차이는 동일성 내부의 차이이다. 차이의 개념은 동일성 내부의 차이뿐만 아니라 동일성과 비동일성 간의 차이 또한 생각할 수 있어야 한다. 차이는 '감각적인 것의 존재'로 규정될 수 있는 것이다. 참된 차이는 두 동일성 사이의 차이가 아니라, 개념과 직관, 지성적인 것과 감각적인 것, 논리적인 것과 미적인 것 사이에 존재하는 차이이다. 모든 경험은 그것이 어떤 것이든 '여기'와 '지금' 일어난다. 결과적으로 존재는 단성적이라고 하는 개념에 대해 언급하고, 그는 "존재는 차이이다"라고 단언한다(《동일자와 타자》, 뱅상 데콩브, 박성창 역, 인간사랑, 1996, p.192-193). [역주]

전통적인 연극)을 필요로 하지 않는다"(《작품집》1167)라고 말한다. 베네의 기획은 "일화를 종결짓고" "사실을 창조하고" 기존의 코드의 이야기들을 붕괴시키고, "원상복구로서 영원히 극화시키지 않는 것에 종사"하는 것이다(작품집 1167). 그래서 베네는 자신에 대해 C. B.는 완전히 다른 대단한 인물이다. **자기 자신으로부터가 아니라, 나머지 사람들과 다르다**"(작품집 1168)고 말한다. C. B.는 **동일성** 안에서 **다를 뿐이다……**. 그리하여 C. B.는 그가[할 수] 없는 것을[할 수] 있다. 그는 불가능한 것을 할 수 있을 뿐이다."(《작품집》1168) 그의 연극들은 "연극을 하는 데에 있어서 필요한 것과 불가능한 것인 **막다른 골목의 연극**"(〈에너지〉64)을 무대에 올린다. 그 막다른 골목이란 "의사소통이 전체적인 불가능성"(〈에너지〉70)을 포함한다. 현대 세계에는 도처에 일종의 의사소통이 있다. 베네는 이러한 "의사소통은 하나의 붕괴이고"(〈에너지〉73), 단순히 진부한 말들, 용인된 아이디어들 그리고 싫증난 가치관들의 순환에 불과하다는 것을 인정한다. 관중들은 그들이 이미 알고 있는 것에 대한, 그리고 그들이 이미 생각하고, 느끼고, 믿고 있는 것에 대한 확신을 기대하면서 연극에 온다. 그러나 그의 연극들은 그러한 의사소통에서 막다른 골목을 제시하고, 재현되어질 수 없는 것들을, 생각되어질 수 없는 즉시성으로서 차이를 제시한다.

외설적인 역사

베네의 작품에서 나타나는 리처드 3세의 행동은 리처드의 '타자성,' 즉 지배적인 인습과 확립된 코드로부터의 차이를 내포한다. 셰익스피어 작품에서 리처드는 외부 세계의 인간들과는 동떨어진 기형적인 괴물이지만 베네의 작품에서 그의 기형은 차이의 불가능성에 그를 열어둔다. 그의 반복된 인공 장구 착용, 미끄러지기, 넘어지기와 같은 것은 무도병자(舞蹈病者) 수호성인의 우아한 춤의 일부이며, 그 즉시성의 '저능아적' 발견이다. 그는 여러 가지 인공 수족을 몸에 부착함으로써 선천적인 그리고 후천적인 기형인 불구를 신체의 원상복구로서 끌어안는다. 그의 신체적인 '추함'은 참된 우아함을 만들어 내며, 그가 인공 수족을 포기할 때 그는 진정한 우아함을 잃고, 자연의 '규칙성'으로 돌아간다.(SP 57) 그러나 우리가 주목해야 하는 것은, 리처드의 불구는 "역사에 있어서 여성성의 외설성"과 분리되어질 수 없다는 것이다. 그 외설성은 베네의 정의에 따라 "욕망의 과도함"과 "지속적인 위반"을 의미한다.(SP 10) 과도함과 위반에 대한 언급은 바타유를 상기시킨다. 그러한 연상은 간접적으로 베네의 "사치의 관념"(l'idée de luxe, 라틴어 luxuria; 사치・번성함・무절제・과도함에 대한 분명한 인유를 가짐)에 대한 인터뷰 해설과 관련이 있음을 시사한다. 베네는 그의 "담론은 **사드적**이다. **전적으로**"라고 말한다.(〈에너지〉 81) "나는 이러한 명제로부터 시작한다. 즉 나는 홀로 존재한다. 나의 외부에는 아무것도 존재하지 않는다. 기쁨을 생산하거나 획득할 수 없는 것이라면 무엇이라도 나의 흥미를 끌지 못한다."(에너지〉 81) 일이란 한정적이고, 에너지를 조절하는 것이다. 그래서 향락에 대한 생각에 반명제적인 것이다. "요약하자면, 모든 일의 상황에서 향락을 위한 여지는 없다. 더욱이 에로티시즘을 위한 장소도 없다. 하지만 나는 에로티시즘이 인간을 대표한다고 생각한다."(〈에너지〉 81) 베네의 주장은, 근로자가 인간이 아니라 향락이 인간이라는 것이다. 그러나 현대에 이르러 **"성애적 인간**(homo eroticus)은 하나의 사치품이 되었다."(〈에너지〉 82) 어떤 과다함 같은 것. 인간이 어떻게 살아가야 하는가에 대한 질문을 받으면 베네의 대답은 "살인・대량학살・강탈・도난・유희적 삶[Joue ta vie]・무직(無職)"(〈에너지〉 82)이다. 물론 베네는 충격을 주는 것을 의미한다. 그러나 그의 요점은 분명하다. 즉 호색(에로틱)은 과도하게 위반하는 힘으로, 사회적 질서를 붕괴시키고, 모든 실질적으로 사려하는 것을 무시하는 힘이다. 호색은 필연적으로 안정적이고 정치적인 관계를 혼란시키므로, 베네는 "에로티시즘과 정치는 똑같은 것이다"라고 말한다.(〈에너지〉 77) 베네는 과도하게 향락적으로 살아간다는 것은 비극적인 삶이라고 말한다. 그리고 "비극적으로 살아간다는 것은 자살하거나 미쳐 버리는 것을 감수함을 의미한다."(〈에너지〉 82) 그러나 비극적으로 살아간다는 것은 또한 인간이 사회적 변형의 유토피아적 가능성 속으로 진입함을 의미한다. 그리하여 베네는 혁명에 대하여 말한다. 그는 "혁명의 유토피아"를 언급한다.(〈에너지〉 63) 고향 캄피살렌티나에서 그는 지방 정부에 공산주의자가 선출된 이후에, 사람들은 무정부의 축제, 축하와 파괴를 시작했다고 말했다. "굉장한 혁명이야! 그 혁명!" 그것은 "유토피아적이었어, 다시 말해 거의 불가능한." (〈에너지〉 62) 베네의 에로틱한 정치학은 유토피아적 혁명의 정치학이며, 불가능하고 비현실적인 향락의 정치학이며 가장 개인적이고, 가장 대중적인 영역에서 자명한 것이 될 과도한 위반의 정치학이다.

외설과 리처드의 불구가 진행되는 것의 관련성은 매우 분명하다. 둘 다 과도함의 형태이고, 규범과 규칙성과 한계의 붕괴이다. 연극은 여성들과의 관계를 통해 자기−전환의 에로틱한 정치학적 접근을 획득하게 된다. 그 안에서 욕망과 디코딩은 하나가 된다. 리처드가 헛디디며, 넘어지고, 점점 더 부자연스러워지고, 기형의 모습이 될수록 여성들은 그를 점점 더 매력적으로 느끼게 되고, 리처드와 여성들의 관계는 서로 더욱더 분방하게 에로틱한 관계를 이룬다. 이와는 반대로, 그가 의수족 장치들을 없애게 되면 여성들은 점차적으로 그에게 관심을 잃게 되고, 결국 그는 혼자 남게 된다. 오랜 시간에 걸친 앤 양과의 장면에서 불구와 욕망의 관계가 가장 두드러지게 나타나는데, 이 장면에서 베네는 행동을 특징짓는 과도함의 역학을 보여주고 있다. 리처드가 그의 인공적인 신체를 구성하는 것은 바로 이 장면에서이다. 각 무대의 배치에서 리처드와 앤은 감정적으로 고조된다. 그러나 그들의 열정은 또한 폭력과 파멸에 깊이 빠져 있기도 하다. 어느 순간 "그들은 마치 트리스탄과 이졸데[11]처럼 운명적인 장면에서 서로를 붙들고 있다." (SP 34) 그러다가 또 다른 순간에는, 리처드는 자신을 찌를 것을 제안하면서 "앤 양, 진정 타락으로 빠져서——절망으로부터 음란함을 떼어내지 맙시다——결코 확신에 찬 주디스가 아니므로——아름다운 칼날과 동시에 진정 그를 죽이는 일에도 유혹을 받지만, 마지막 순간에도 요동을 치는 사랑의 밤을 지낸다."(SP 40) 그러나 이러한 잠재적인 살인의 사랑의 죽음[12] 또한 유토피아적이다. 베네는 행동이 접속되는 부분의 무대 지시에서 리처드와 앤은 "몇 순간 결합하고," 그리고 "만약 《템페스트》[13]에서처럼 행동이 달랐더라면, 어쩌면 영원히 섬 위에서 살아야만 했던 미란다와 칼리반처럼 그들을 함께 있게 하는 것이

---

11) 《트리스탄과 이졸데 *Tristan und Isolde*》: 중세 유럽의 최대 연애담이며, 켈트족들의 옛 전설을 소재로 12세기 중엽 프랑스의 이야기이다. 그 사랑과 죽음의 강렬함과 아름다움 때문에 전유럽에 보급되어 서구 연애 문학의 전형이 되었다. 로누아의 왕자 트리스탄은 콘월의 왕인 백부 마르크 밑에서 지용(智勇)을 겸비한 젊은 기사로 성장한다. 그는 아일랜드의 거인 몰오르트를 쓰러뜨리고 국난을 구했다. 백부의 아내가 될 미녀를 찾아 아일랜드에 가서 용을 퇴치하고 왕녀 이졸데를 데리고 개선하는 도중, 해상에서 시녀의 실수로 마크와 이졸데가 마셔야 할 '사랑의 음료'를 마심으로써 트리스탄과 이졸데가 관계를 맺는다. 그것은 사랑과 죽음의 음료로, 이를 마신 자는 하루를 못 만나면 병이 나고 사흘을 못 만나면 죽는다고 한다. 그래서 이졸데는 마르크 왕의 왕비가 되었으나 연인인 트리스탄과 항상 만나게 되는 운명에 처한다. (역주)

12) 사랑의 죽음(Liebestod): 트리스탄과 이졸데의 사랑의 죽음을 말한다. (역주)

13) 《템페스트 *Tempest*》: 셰익스피어의 희극. 1611년에 집필한 것으로 추측되며, '로맨스' 극 중의 걸작. 밀라노의 공작 프로스페로가 학문에만 열중하고 있는 동안, 사악한 동생 안토니오는 나폴리 왕과 내통하여 형의 밀라노 공국을 탈취한다. 프로스페로는 딸 미란다(Mirand)를 데리고 고도(孤島)로 도피한다. 12년 후 프로스페로는 마법으로 섬 근해를 지나가는 나폴리 왕 아론조와 동생 안토니오가 탄 배를 난파시켜 섬에 표착하게 한다. 프로스페로의 종인 요정 애아리엘은 주인의 명으로 표착한 그들을 괴롭힌다. 나폴리 왕 아론조의 아들 페르디난드는 이 섬에 상륙하여 미란다와 사랑을 하게 된다. 그는 프로스페로의 엄한 시련을 이겨내고 결혼 승낙을 얻어낸다. 안토니오는 밀라노 공국을 형에게 돌려주기로 하고 용서를 받고, 프로스페로는 마법의 지팡이를 꺾는다. 애아리엘을 해방시켜 주고 모두 함께 귀국한다. (역주)

말하자면 삶의 유일한 가능성이다"(SP 39)라고 평한다. 그 둘을 결합한다는 것은 "서로 다름에 대한 관념이고, 문제를 불러일으키는 것은 없다."(SP 39) 분명히 과도한 에로티시즘은 파괴적이고, 창의적인 잠재성을 가진 변용 과정의 힘을 풀어 놓는다. 또한 분명히 과도한 에로티시즘의 유토피아적인 순간은 우아함의 순간이고, 즉시성 안의 삶의 순간이다. 왜냐하면 즉시성은 개념 없는 차이이기 때문이다. "다름에 대한 관념, 하지만 문제를 유발하지 않는," 즉 그것을 생각하지는 않으면서 그 관념을 살아가는 것이다(만약 그 관념이 우리의 외부에 있는 것이 아니라면 "만약 그순간 **우리**가 **관념**이라면, 우리는 무도병자 수호성인(St. Vitus)의 춤을 출 수 있고, 우리는 우아함의 상태에 있게 된다."[〈에너지〉 74]) 트리스탄과 이졸데, 주디스와 홀로페르네스, 미란다와 칼리반처럼(첨가한다면, 펜테질리아와 아킬레스처럼) 리처드와 앤 양은 차이가 붕괴되는 똑같은 변용 과정의 상태로부터 위험과 약속이 생겨나는 전쟁의 기운, 감화적인 힘의 되기 상태에 가담하고 있는 것이다.

베네는 "여성성의 외설성"에 차이를 결합한다. 그러나 그는 또한 "여성성의 외설성"이 "**역사** 안에" 있는 것으로 덧붙인다. 외설과 역사의 관계는 복잡하다. 왜냐하면 외설은 역사로 들어가는 길이기도 하고 또 나오는 길이기 때문이다. 베네는 캄피 살렌티나의 유토피아적 혁명에 대하여 외친다. 그것은 '반역사적'이고, "제정신이 아닌" 그런 것이었다.(〈에너지〉 62) 그리고 역사의 긴박성 인식을 위한 인터뷰에서 압박을 받아, 베네는 "내 말은…… 나는 반역사주의자이다"(〈에너지〉 73)라고 말한다. 베네의 스토리아(storia)는(마치 프랑스어의 historia처럼) '역사'와 '스토리' 둘 다를 의미한다. 그리고 안정적인 사회 관습 내의 균열은 그러한 세계를 형성하는 화법의 붕괴를 필요로 한다. 그러므로 베네의 불가능한 혁명은 위로감을 주는 화법을 끝낸다는 점에서 반역사적인 것이 된다. 그러나 그것은 또한 이성적인 시간을 붕괴시킨다는 점에서 또한 반역사적이다. 즉시성의 순간은 역사적인, 규정화된 역사적 순간의 연대기적인 연속 안에 포함될 수 없는 사건이다. 그럼에도 불구하고 베네의 연극은 리처드의 역사에로의 결속 문제에 관한 것이다. 그리고 연극의 제2부에서 베네는 "여성적인 역사는 리처드를 버린다(그리고 불행히도 역사는 버려진다)," 리처드는 "지루한 알코올 중독 상태로, 그리고 그런 나날의 새벽이 가져다주는 낯설은 불안감의 상태로" 추락하게 되고, "멍청하게, 텅 비워진 상태로, 집으로 돌아와 사라지기 위해 말〔馬〕을 찾는다"(SP 10)라고 말한다. 여기에서 '역사'는 '서사'와 좀 다른 의미를 가지는 것 같다. 그리고 베네는 후에 자신의 연극에서 "외설은 역사이자[Oscena é la storia] 정치적인 행동이다. 그것이 무엇이든간에……"(SP 39)라고 쓰면서 이러한 의심을 확신한다. 셰익스피어의 《리처드 3세》는 역사극이고, 정치적 행동의 연극이다. 그리고 베네를 거치면서, 셰익스피어 연극에서 지나치게 많은 정치적인 내용은 없앤다. 그의 목표 중 하나는 정치적 행동의 본질을 명백하게 밝히는 것이다. 모든 정치적인 행동은 외설적이다. 즉 모든 정치적인 행동은 욕망의 과도함을 통해 나아간다. 자신의 불구를 포옹하고, 여성들을 추구하기 위한 리처드의 최초의 결정은 "그의 정치적인 선택'이다."(SP 15) 그가 엘리자베스와 산책을 한 것은 "'정치적' 행진"(SP 22)이다. 그리하여 정치적 행동으로서의 역사의 본질은 리처드의 연극에서의 여성들과의 관계, 즉 욕망의 과도함과의 관계에서 찾을 수 있다. 리처드는 "그가 가진 결점 때문에 정치에서 입신출세를" 한다. 그리고 그가 그러한 "인공적인 결점을 하나씩 하나씩" 던져버릴 때, 그는 "비정치적인 꿈"에 빠져서 "자신으로부터 고유한 역사를 제거할"(SP 56-57) 시도를 한다. 그는 "무슨 수를 써서라도 역사에 반항하고자 한다. 이런 이유로 그는 자신에게서 의수족 장치를 떼어내게 될 뿐만 아니라 자신을 매력적으로 보이게 하고, 그의 머리를 멋지게 하고, 매우 우아한 남성적인 매력이 돋보이는 이브닝복으로 가볍게 갈아입기 시작한다."(SP 60) "자연으로, 자연의 규칙성"

(SP 57)으로 되돌아와서 그는 "무슨 수를 쓰더라도 자율성을 추구하고,"(SP 60) 여성들과의 분리와 욕망의 과도함과 신체 장애로부터 분리를 추구한다. 극의 끝부분에서 리처드는 "혼자 있게 되고, 완전히 혼자로, 더 이상의 여성의 역사 없이…… 더 이상 어떠한 것 없이, 심지어는 의상도 없이, 여성들의 신발들 또는 그와 같은 어떠한 것도 없이"(SP 78)라는 대사를 암송한다. "바로 '나' 그 자체로[lo stesso 'Io'], 역사 밖의 모든 폭군들처럼"(SP 79) 그는 원형 광장으로 뛰쳐나가 미친듯이 뭔가를, 무엇이든지 찾는다. "이제는 다르다……. 리처드도 또한 달라졌다. 자신으로부터 달라진 것이다……. 정신착란…… '아무것도 의미화할 수 없는 백치가 말한 이야기'이다."(SP 78)

폭군은 욕망과 타자로부터 떨어져서 역사의 바깥에 있다. 그는 허위의 자율성, 고정된 아이덴티티를 상상한다. 그리고 그는 '나,' 자아-에고의 목소리로 말한다. 그 결과는 안정성이나 질서가 아니라 착란, 블랙홀에로의 하강이다. "몇몇 순간에," 또 하나의 《템페스트》의 칼리반과 미란다처럼 리처드와 앤 양은 섬에서 결합하게 되고, 그들은 역사의 바깥에 있게 되며, 개념 없는 차이, "다름의 관념, 하지만 문제를 제기하지 않는"(SP 39) 유토피아 안에 있게 된다. 그러나 이러한 비역사적인 사건의 불가능한 차이는 **둘의**(à deux) 차이, 욕망의 차이, 사회적인 관계에 연루된 불구의 타자-되기였으나 대조적으로, 리처드의 최후의 차이는 "역사적-페티시즘적인 자위 행위"(SP 78)의 순간에 자기-지시적이고 망상적인 차이이다. 거기에서 욕망은 계속되지만, 서로를 광적으로 추구하는 무의미한 자아-이미지의 닫힌 회로에 있게 된다. 그의 역사로부터의 도피는 역사에 반항하는 노력이고, 즉 욕망과 불구에 반항하는 노력이다. 그 결과 착란과 고립이 남는다. 리처드는 "전투와 더불어 착란 상태"(SP 80)에 있게 되고, "공허함 속으로"(SP 81) 넝마조각들을 던지는 셈이 된다. 그는 마지막 대사로 "무(無)"[al nulla](SP 83)를 말하게 된다. "역사적 여성성의 통합"을 드러내는 마거릿이 그를 무대 위에 홀로 남겨두게 되면 베네는 불길한 어조로 설명한다. "이 섬은 정말로 어두침침해져 가고 있다……."(SP 80)

공식적인 역사는 논리적인 시간 속에서의 통일된 화법이고, 기존의 가치관·규범·사회적 관습에 대한 확신이다. 대조적으로, 살아온 역사 혹은 구체적인 정치적 행동의 영역은 외설적이고, 과도하고, 비이성적이다. 여성들이 그들의 불행에 대해 경쟁적으로 통곡을 쏟아낼 때, 베네는" 왕관이 머리 위로 여기저기 날아다닌다. 어떠한 여성적인 이성(理性)도 없이——그러나 그것이 사람들이 겪을 수 있는 유일한 역사라고 하는 것을"(SP 48) 그들이 깨닫게 된다고 말한다. 공식적인 역사는 죽었다. 한편 과도한 욕망의 역사는 생생히 살아 있다. 앤 양이 처음 리처드에게 매력을 느꼈을 때, 베네는 "여기에 역사의 중요성이 모두 있다. 역사를 진보시키고자 하는 사람들에게만 기여하는…… 나는 반복한다. 죽은 영웅보다 불구의 존재가 더 마음에 든다! 앤 양이 송장과 무엇을 할 수 있겠는가?"(SP 38)라고 비평한다. 베네의 세트는 완전히 장례식을 연상시키는 것이다. 무대 중앙에는 죽어가는 왕의 마네킹과 측면에 죽은 왕의 시체가 있다. "오직 불구의 전쟁 인간만이 남아 그들을 애도하는 여성들을 유혹하고, 욕망의 변용 과정을 시작하게 된다. 그러한 과정을 수행함으로써 공식적인 역사로부터 개념 없는 유토피아적 차이에로의 도피를 가능케 한다. 하지만 그것에 도전함으로써 착란적 자기-흡수의 진공 상태에 다다를 수 있게 된다.

베네 연극에 나타나는 행동은 셰익스피어의 《리처드 3세》에 대한 해설이 되며, 동시에 연극 무대의 유토피아적인 기능을 공개하면서 증명하게 된다. 대본을 통해 베네는 무대 위의 공연자로서 배우들의 모티프와 반응에 대한 비평도 한다. 리처드 역할을 맡은 "좀스러운 정상인의"(SP 14) 배우는 "자신을 있는 그대로 받아들여질 수 있게"(SP 16) 할 수 있다고 생각하고, 다른 배우들의 관심을 끈다. 그러나 그들은 그를 침묵하게 하고, 그가 헛디디고, 넘어지고 나서야 비로소 그에게 반응을 보인다. 그리고 리처드는 넘어지고, 엘리자베스가 청중에게 유방을 드러내게 되고, "그녀는 등장 인물의 도움을 받기 위해서가 아니라, 무대 파트너의 도움을 받기 위해 그렇게 한다."(SP 22) 처음에는, 리처드의 역할을 맡은 배우는 "미끄러지고, 넘어지는 등등의 뜻밖의 사고에 대해 아무것도"(SP 30) 이해하지 못한다. 그러나 앤 양과 그가 함께 등장하는 장면이 계속되는 동안 "배우 리처드는[그가 그녀에게 끼친 영향에 대해] 인식하게 되고, 이해하게 되어 청중에게 그것을 설명하기 시작한다."(SP 31)[14] 배우가 이해하고, 청중에게 설명하기 시작하는 것은 그의 우아하지 못한 더듬거리기가 그의 우아함을 구성하고, 그의 인공적인 불구가 그의 매력을 이룬다는 것이다. 그러나 그는 또한 자신이 부자연스러운, 통일되지 못한 신체를 가진 배우임을 시위한다. 그의 인공 수족들은 "모조품"[trucchi](SP 37)이다. 그는 "조각과 파편으로 이루어진' 왕이다."(SP 57) 그가 자신의 인공 신체 부분들을 버릴 때, 무대에는 왕의 "저주받을 거짓된 부하들이 어지럽게 흩어져 있다[quei maledetti arti truccati di quel re da teatro]."(SP 67) 그러나 중요한 것은 모두가 다 환상이거나 헛소리라는 것이 아니라, 배우가 그의 신체를 변용 과정을 거치거나 원상태로 되돌리는 것이 무대 위에 욕망의 신체를 나타나게 하는 하나의 방식이라는 것이다. 베네의 연극은 불가능의 연극이고, 상상도 할 수 없는 즉시성의 무대이며, 재현 불가능한 것을 제시하고 있고, 의사소통의 불가능성을 의사소통한다.[15] 연극의 목표는 공연이라는 공간에서, 등장 인물들이 플롯내에서 연기를 하면서, 배우들은 그들의 관계에서 발견하는 사건, 즉 과도한 욕망의 외설적인 사건을 창조하는 것이다. 그리하여 베네는 《헨리 6세, 3부》로부터 몇 개의 핵심적인 단어들을(여기에서는 진한 글씨로 된

---

14) 그러나 베네는 이렇게 언급한다. "무엇을 통해 우리는 배우들이 모든 것을 다 알고 있는 것은 아니라는 사실을 확신할 것인가? 리처드를 통해서? 아니면 배우를 통해서? 아니면 그 둘 다인가?"(SP 31)

부분임) 연극 제1부 끝부분의 리처드 독백에 첨가한다. "마른 가지처럼 시들어 버린! **명백한 연극의 초정치적인 충돌**[una gobba evidente plateale strapolitica!] ……불균형의……카오스적인……(그리고 여기에 **그가 기뻐하면서 운다**)……**유사하지 않은**……**가련한**…! **연극!!!**"(SP 46) 그리하여 이 '연극 왕'은, 여기에서 그는 가짜의 "조각들과 파편들의" 배치를 완성하는 동시에 그의 등장 인물의 상황에 대해 해설하고, 그가 깨달은 것을 배치로 선언하며, 차이의 사건 불균형한 것, 카오스적인 것, 비슷하지 않은 것——스트라폴리티카(strapolitica)한 사건, 즉 초월정치적 · 정치표면적 · 메타정치적인 사건을 드러나게 한다. 연극은 어떤 의미로 볼 때 세계 외적인 것이고, 인공적인 곳이며, 마치 칼리반과 미란다의 유토피아적인 섬처럼 자기-폐쇄적인 공간이고, 초현실적인 정치학적인 그리고 욕망의 메타정치적인 정화의 장소이다. 그러나 그것은 또한 세계의 강밀도화, 모든 불가능성 속에서 에로틱한 정치학을 생산할 수 있는 초정치적인 장소이다.

들뢰즈의 베네

〈마이너 선언〉서두 부분에서 들뢰즈는 베네의 《로미오와 줄리엣》

---

15) 《우리들의 터키인 부인 *Our lady of the Turks*》제작 무대에서 베네는 배우와 관중 사이에 창문이 있는 유리벽을 설치한다. 결과적으로 관중은 황송하게도 배우들이 창문을 열려고 시도할 때에만 유일하게 그들의 이야기를 들을 수 있다. "이러한 수족관 같은 공간 때문에 의사소통은 완전히 불가능했다——그것은 명백한 사실이었다. 그리하여 나는 성공적으로 그 불가능성을 깨달을 수 있게 되었다."(〈에너지〉, p.70) 또한 베네는 "내가 연극은 재현-불가능한 것이**다**(is)라고 말할 때, 나는 이**다**(is)라고 말한다. 그러므로 연극은 **있다**. 그것은 '있다.' 하지만 그것은 **재현 불가능한 것**으로 있는 것이다. 나는 연극이 재현 가능한 것이 아니라고 말하는 것이 아니라, 그밖의 그 무엇이라고 말하고 있는 것이다. 다시 말하면 연극은 비-재현적인 것이**다**"(〈에너지〉, p.77)라고 논평한다.

이 "셰익스피어에 대한 비평적인 에세이"(SP 87; 204)라는 그의 해설을 인용한다. 그것을 통해 들뢰즈는 베네의 연극을 어떤 비평 형식으로 볼 것인가에 대한 의문을 품게 된다. 그것에 대한 하나의 대답은, 베네의 연극은 공제(控除)의 연극이라는 것이다. 그리고 들뢰즈는 '빼나가는'(de moins) 연극이라고 말한다. 마치 베네의 햄릿이 《부족한 햄릿》[16]인 것처럼. 《로미오와 줄리엣》에서 베네는 연극에서 로미오를 제거함으로써 그를 "공제한다." 《사드》에서 그는 전능한 주인을 자위적인 주인으로 축소시키면서, 사드적인 주인 노예의 쌍으로부터 '주인'을 빼버린다. 그리고 《리처드 3세》에서는 리처드를 제외하고 모든 남성 인물들을 "공제한다." 그러나 이러한 공제에도 구성이 포함되어 있다. 《로미오와 줄리엣》에서 머큐쇼는 "셰익스피어 극에서는 단순히 잠재성에 불과한데(SP 88; 204-5), 일단 로미오가 제거되면서 그의 비중은 커지게 된다. 《사드》에서 하위 주체인 하인이 사드적인 커플 속에서 지배적인 형상이 된다. 그리고 《리처드 3세》에서 여성들과 리처드는 교차되는 구성을 취한다. 각각의 경우, 등장 인물의 공제는 그로 인해 다른 인물들의 구축을 수반하며, 들뢰즈가 베네 연극의 본질을 발견하는 것은 이러한 공제와 구축의 이원적인 과정 속에서이다. 각 연극에는 "우선적으로 등장 인물의 구성, 그의 각오, 그의 탄생, 그의 말더듬, 그의 변신, 그의 진전들이 포함되어 있다. 이러한 비평적 연

---

16) 베네는 쥘 라포르그(Jules Laforgue)의 〈햄릿, 혹은 효성심의 결말 Hamlet, or the Consequences of Filial Piety〉 마지막 부분에 나오는 아이러니컬한 대사로부터 그 제목을 가져온다. 라포르그의 이야기에서 햄릿은 오필리어의 무덤에서 라에르테(Laertes)를 만난다. 그때 라에르테는 햄릿을 찔러 죽인다. 엘지노어(Elsinore) 여행단의 여배우인 케이트는 햄릿의 죽음을 애도하고, 그녀의 애인 비비('빌리'[Billy] 셰익스피어에 대한 그녀의 닉네임)에게로 간다. 비비는 그녀가 그를 떠나려고 하자 그녀를 때린다. 그 부분에서 내레이터는 이야기를 결론짓는다. "모든 것은 질서를 되찾는다. 부족한 햄릿[Un Hamlet de moins], 그러나 그들이 말하는 것처럼, 그것이 인류의 마지막인 것은 아니다."(p.69)

극은 구성적인 연극이다. 비평은 구성이다."(SP 88; 205) 이런 점에서
베네의 비평은 "연극-실험화"의 한 형태이다.(SP 89; 205) 그의 과업
은 연극에서 뭔가를 공제하는 것이고, 발생하는 것을 관찰하고, 그로
부터 새로운 구조물이 형성되는 것을 보는 것이다. 그는 "저자·배
우·감독"의 역할이 아닌 "조작자"(SP 89; 205), "통제자" 또는 "기계
공"(SP 92; 206)의 역할을 수행한다. 마치 산파처럼 그는 유령이나 거
인의 출산을 돕는다."(SP 92; 206)

베네가 《리처드 3세》에서 공제한 것은 "전체 왕실과 왕가의 체제"
(SP 90; 205)이다. 그리고 그가 출산한 유령이 리처드이다. 그리고 그
는 "권력을 탐내기보다는 전쟁 기계를 재도입하거나 재창조하고자 한
다."(SP 90; 205) 들뢰즈는 전사가 마치 《펜테질리아》의 아킬레스처
럼 여성과 특별한 관계를 가지고 있는 것을(SP 91; 206) 관찰하게 된
다. 그리고 베네의 연극에서 "전쟁중에 여성들이 들어오고 나가는 것
처럼" 리처드는 "연속적인 변이선을 따르면서 자신을 만들고, 오히려
불구로 만든다."(SP 91; 206) 여기서 우리는 당연히 들뢰즈의 《디알로
그》에서 제시하는 셰익스피어의 《리처드 3세》 읽기를 인식하게 된다.
하지만 들뢰즈는 베네의 권력에 대한 함축적인 비평과 연속적인 변이
체로서 불구의 개념만큼, 본질적으로 전쟁의 테마를 그렇게 많이 강
조하지 않는다. 전쟁 기계는 국가와 국가의 고정된 권력 관계를 반대하
고, 들뢰즈가 베네의 연극에서 시종일관 "공제하고, 자르고, 중화시키
면서" 발견한 것은 "권력의 요소들인데, 이것은 권력 체계를 구성하거
나 재현하는 요소들이다."(SP 93; 206) 들뢰즈는 마지막 장에서 전개
한 의미와 같이 베네를 소수 작가로 다룬다. 그리고 베네의 공제 비평
에서 들뢰즈는 다수적 구조의 소수적 사용을 발견한다. "사람들은 교
리를 만드는 하나의 사고에서, 문화를 형성하는 생활 방식에서, 역사
를 이루게 하는 하나의 사건에서, 사람들은 그렇게 인정하고 또 찬양하
기를 주장하지만, 사실은 사람들이 정상화되고 있는 것이다."(SP 97;

208) 반대로, 다수를 '소수화'하는 것은 역사를 거스르는 되기를, 문화에 반항하는 삶을, 교리를 거역하는 생각들을, 정설(定說)에 반대하는 우아함이나 불명예들을 해방시켜 주는 것이다. 분명 셰익스피어의 《리처드 3세》에 대한 베네의 비평은 다수를 소수화하는 것, 즉 셰익스피어 작품에서 국가 관리들을 공제하여, 리처드의 변용 과정에서의 되기와 우아함/불명예를 풀어주는 것이다. 그러나 들뢰즈는 베네의 권력 비평을 연극의 형태와 연결시킨다. 들뢰즈는 연극에서 나타나는 권력의 요소들이 "다루어진 주제와 무대 위에서의 재현의 응집력"(SP 93; 207) 두 가지 모두를 확실하게 한다고 주장한다. 달리 말하면, 권력에 대한 비평은 필연적으로 재현에 대한 비평을 수반한다. 왜냐하면 언어·상호 작용·몸짓·태도 등등의 인습적인 코드가 지배적인 사회 체제의 권력 관계 속에 스며들어 있기 때문이다. 그러므로 권력을 비평하기 위해서는,

여러분들은 언어에 있어서, 몸짓에 있어서, 재현에 있어서 그리고 재현된 것에 있어서, 권력의 요소들을 구성하는 모든 것을 절단하고 공제함으로써 시작된다……. 그리고 나서 여러분은 역사를 잘라내고 절단할 것이다. 왜냐하면 역사는 권력에 대한 잠정적인 표식이기 때문이다. 여러분은 구조를 절단해 낼 것이다. 왜냐하면 그것은 공시적인 표식이기 때문이고, 불변항간의 관계들의 전체성이기 때문이다. 여러분은 상수들, 즉 안정적이고 고정된 요소들을 공제할 것이다. 왜냐하면 그것들은 범용(汎用)에 속하기 때문이다. 여러분들은 텍스트를 절단할 것이다. 왜냐하면 텍스트는 파롤[parole]에 의한 랑그[langue]의 지배와 같고, 또 다시 불변성 또는 동질성을 입증하기 때문이다. 여러분은 대화를 절단한다. 왜냐하면 대화가 파롤에 권력의 요소들을 전달하고 그것들을 순환하도록 하기 때문이다. 그렇고 그런 코드화된 상황 속에서 이제 여러분이 말할 차례이다(언어학자들은 '대화의 보편 개념들'을 결정하려고 한

다) 등등.(SP 103-4; 211)

　그러한 연극에서는 남는 것이 아무것도 없는 것처럼 보일 것이다. 그러나 들뢰즈는 "모든 것은 남아 있다. 새로운 빛 아래에서, 새로운 소리, 새로운 몸짓과 함께"(SP 104; 211)라고 주장한다.

　베네의 《리처드 3세》에서는 들뢰즈가 열거한 요소들——역사·구조·대화·텍스트 그리고 언어적 상수들——을 어떤 방식으로 공제하고 있는가? 우리가 보아온 것처럼, 베네는 셰익스피어의 역사에 대한 구성의 많은 부분을 삭제하고 있고, 그리하여 그것은 원래 대본과의 친밀성이 철저하게 배제되어 있으며, 베네가 유지한 선들은 어떠한 통일된 이야기와도 관계가 없다. 하지만 남아 있는 것은 리처드와 여성 인물들의 되기이다(다시 말해 역사는 사건 속으로 '소수화' 된다). 셰익스피어극의 역사는 베네의 언어 행위와 장면의 전환과 과감한 삭제에 의해서 파괴된다. 그러나 그 장소에서 리처드의 인공 수족의 분절조음과 탈분절화의 행위가 발생한다(공제되는 것은 구조 전체[in toto]가 아니라, 단지 표준 화법의 인습적 구조인 것같아 보인다). 베네의 삭제와 전위를 통해서 뿐만 아니라 다양한 공연의 실천들-말더듬, 비명, 배우들의 속삭임을 통해 그들 목소리의 전자적 뒤틀림, 오버랩을 통한 전달 내용의 교환, 텍스트에 내재하는 대화체의 관계를 반박하는 봉쇄, 자세와 행동 등등을 통해 대화는 부분적으로 붕괴된다. "흥미로운 일이다. 어떻게 CB의 연극에는 대화가 없는가? 왜냐하면 이러한 공간적-시간적 변이의 연속성 속에는 동시적인 혹은 연속적인, 포개진 혹은 위치가 바뀐 목소리들이 들어 차 있기 때문이다."(SP 105; 211) 관습적인 대화를 대신할 수 있는 것은 일종의 상호 작용의 음악, 복합적인 층들, 당김음, 교차, 망설임이며, 그것은 등장 인물들의 언어 교환의 논리 속에서 코드화되어 있는 것들 외부의 목소리들 사이의 관계를 암시한다. 텍스트의 공제와 언어적 상수들에 관한 좀더 포괄적인 연구가 필요하다.

텍스트에 대한 공제라는 말은 들뢰즈에 따르면, 공연 활동 위에 군림하는 씌어진 대본의 수직적 체제의 삭제를 의미한다——달리 말하면, 저자의 권위 있는 원작에 충실한 재-표상의 개념을 전복하고자 한다. 부분적으로 들뢰즈가 지적하고자 하는 것은 베네가 새로운 목적을 위해서 셰익스피어의 대사들을 전유한 것과 그가 자신의 연극 목표를 추구하는 상대적 자율성이다. 그러나 들뢰즈는 또 베네 스스로가 자신의 대본에서 텍스트의 인습적인 개념을 '공제하고' 저항하는 방식에 주목한다. 사실상 베네의 《리처드 3세》에 나오는 모든 등장 인물의 대사들은 모두 셰익스피어 작품에서 비롯된 것이다. 하지만 연극의 절반은 완전히 베네의 해설과 지시, 관찰 그리고 분석으로 이루어져 있다. 그것들을 '무대 지시' 라고 부르는 것은 충분하지 않아 보인다. 왜냐하면 일반적으로 무대 지시는 주 텍스트에 종속되어 있기 때문이다. 베네의 연극에는 하나의 '텍스트' 가 있다——셰익스피어식의 대사들 ——그러나 그러한 것들은 "변이를 위한 간단한 자료"가 된다.(SP 105; 105) 그리고 베네의 해설은 "비-텍스트적이면서도 여전히 텍스트의 내부에" 있고, 그 텍스트란 "마치 음악의 보표(譜表)처럼 진술문이 통과하는 변주의 음계를 표현화하면서, 운영자로" 기능하는 문어적인 표시인 것이다.(SP 105-6; 212) 베네가 창조하는 것은 "문학적이지도 않고 연극적이지도 않은 것이지만, 진정으로 조작 가능한 글쓰기이고, 그것이 독자에게 끼치는 영향은 매우 강하고 이색적인 것이다."(SP 106; 212) 베네의 연극 모두는 "비록 필연적으로 적절하게 말하는 텍스트여야 하는 것은 아니지만, 보아야만 하는 것일 뿐만 아니라 해독되어야 하는 것이다. 이는 모순되는 내용은 아니다. 그것은 마치 보표를 해독하는 것과 같다."(SP 106; 212) 우리는 아마도 베네가 쓴 비평이 셰익스피어의 텍스트와 공연 **사이**에 있다고 말할 수 있을지 모른다. 베네는 셰익스피어의 대본을 붕괴되고, 탈-구성되고, 연속적인 변이를 위한 제재가 되는 것으로 다루었다. 그때 가공되지 않은 재료가 베네의 제재 속에서 꼼꼼하게 조작되어 처리된다. 그 결과로 연극 공연이 이루어진다. 베네의 글쓰기는 문학적이지도 않고 연극적인 것도 아니다. 왜냐하면 그것은 문자로 된 대본과 공연 이벤트 그 중간에 있기 때문이다. 그리고 그것은 문자로 된 텍스트를 고양시키려고 하는 문학적 목표에 충실한 공연을 지향하는 연극적 목표 그 어디에도 종속되지 않는다. 베네의 비평은 셰익스피어 텍스트에 침투하는 일종의 바이러스처럼 관련을 맺는다. 마치 그것이 원본 속에서 일종의 참여를 이루어 낸, 그렇지만 동화된 것은 아닌 어떤 감염 상태와 같다. 베네의 비평들은 운영자들의 것이고, 일단 이러한 의미로 그들의 일을 완수할 공연을 하도록 도와주고 나면, 일회용품처럼 처분해 버릴 수 있는 것이 된다. 그러나 문자로 된 구성물은 마치 인쇄된 《리카르도 3세》처럼, 일종의 힘과 그 자체의 기이함을 가진다. 그의 연극들은 "보아야만 하는 것일 뿐만 아니라, 반드시 해독되어야 하는 것이다."(SP 106; 212)

들뢰즈가 범용에 속하는 상수의 공제를 말할 때, 결국 그는 《카프카: 소수 문학을 위하여》에서 언급했던 언어의 소수적인 사용을 말한다. 《중첩》에서 들뢰즈는 가정된 상수와 언어의 불변항이 사실상 소수적 사용이 연속적인 변이 속에 설정되는 힘의 관계라는 주장을 되풀이한다. 그리고 들뢰즈는 카프카·베케트·고다르·루카처럼 베네 또한 언어 그 자체를 더듬거리게 하는 방법을 고안해 낸 작가로 자기 언어에 있어서 이방인이라고 주장한다. 그리고 그는 또다시 《카프카》에서와 같이 소수적 문체 그 자체의 구체적인 예뿐만 아니라, 베네의 이탈리아어에 대한 소수적 사용의 예도 제공해 주지 못하고 있다. 그러나 《중첩》에서 특히 두드러지는 것은, 언어의 소수적 사용에 대한 들뢰즈의 개념은 반드시 작가들이 한 페이지에서 다루게 되는 단어들을 초월하는 범위까지 확장된다는 것이고, 언어의 **수행**(performance)이라고 하는 것이 들뢰즈에게 소수적 문체에 대한 가장 완전한 예를 제공해 준다는 것이다. 그가 가장 좋아하는 소수적 글쓰기의 예로, 루카의 시(詩)작품인 〈정열적으로〉를 인용하고 있다는 점이 의미심장하다. 들뢰즈는, 우리가 "그 시를 읽거나 **또는 귀기울여야 한다**"고 충고한다 (SP 108; 213, 강조 부분 첨가). "어느 누구도 말에서 그러한 강밀도를, 그런 강렬한 언어적 사용의 힘을 결코 얻지 못했다. 게라심 루카의 시 작품을 대중들이 읽으면 그것이 바로 완벽하고, 기적적인 연극 공연과 같은 것이라는 생각을 할 것이다."(SP 108; 213) 들뢰즈는 언어의 의미 단위들이 변화하는 컨텍스트 안에서 제2의 변형을 겪는 상수는 아니라는 주장을 반복하면서, 이 부분에 대한 예로 앤 양이 리처드에게 "당신은 나를 소름끼치게 해요!(You horrify me)"라고 말하는 부분을 제시한다. 그것은 전쟁중의 한 여성의 비명이나, 두꺼비 때문에 놀라 움찔하는 어린이의 비명이나, 연민과 욕망이 뒤섞여 기절할 듯한 젊은 여인의 비명과 같은 진술이 아니다. "당신은 나를 공포에 떨게 해요!"라는 각각의 문장은 다른 언어 행위이고, 각각은 그 상황의 국면에서 가능한 모든 즉각성을 관통하는 연속적인 변이의 잠재적인 선들의 현실화인 것이다. 들뢰즈는 베네가 앤으로 하여금 "이러한 모든 변수를 통과하게 함으로써" "당신은 나를 소름끼치게 해요!"라는 문장의 소수적인 사용을 유도해 내고 있다고 주장한다. 그는 그녀로 하여금 "그것도 가능한 한 빨리, 연속적인 변이선상에서 전쟁중의 여성으로 일어나게 하며, 어린아이로 퇴행하게 하고, 젊은 여성의 삶으로 돌아가게 한다."(SP 105; 211) 그리고 그 구절을 "소수화"하기 위해서 그녀는 목소리의 어조나 악센트·얼굴 표정·자세·몸짓·움직임 등등의 변화를 포함하는, 서로 다른 유형의 전달 형태 사이로 신속하게 이동해야 한다.

관례적으로 이러한 변수들은 유사(類似) 또는 임시의 언어적 현상의 성분들을 가진다. 그러나 최종 분석에서 그러한 것들은 모두 베네의 소수직인 문체의 구성 성분이 된다. 그의 연극에서 "모든 언어학적·음향적 구성 요소들, 즉 분리되어질 수 없는 랑그[langue]와 파롤[parole]은 연속적인 변이 상태에 놓이게 되고" 그것들은 "다른 비-언어적인 구성 요소·행동·열정·몸짓·태도·대상 등등"에 영향을 끼친다.(SP 109; 213) 언어 내부에 있는 언어/말의 변수들은 외부의 변수들과 상호 관련성을 갖는 관계에 놓이게 되고, "똑같은 연속성 속에, 똑같은 연속성의 흐름 속에 놓여 있게 된다."(SP 110; 213) 들뢰즈는 베네의 연극이 언어 속의 '실어증'과, 몸짓이나 사물에 영향을 끼치는 '장애물'과 유사한 장치를 드러낸다는 코레도 오귀아스의 말을 인용한다. 배우들은 속삭이고, 비명을 지르거나 흐느낀다. 그들의 목소리는 전자 음향적으로 다양하게 뒤틀리고, 동시에 사물들이 배우들의 규칙적인 움직임에 끼어든다. 《리처드 3세》에서 가장 주목할 만한 장애물은 여자들이 끊임없이 입었다가 벗었다 하는 옷이고, 리처드를 쓰러뜨리고, 비틀거리게 하는 여러 가지 소도구들이다. 실어증과도 같은 언어와 말의 뒤틀림은 언어적·음향적 변이의 연속체를 생산한다. 반면, 장애물은 변이의 평행적 연속체를 생산하고, 리처드가 끝없이 넘어지는 것은 "영속적이며, 긍정적인 불균형 속에 진동하는 몸짓"을 형성하며(SP 111; 214), 여성들이 옷을 입었다 벗었다 하는 것은 끊임없는 '옷의 변이'를 유도하게 된다."(SP 112; 214)

그때 사람들은 "몸짓과 사물의 연속적인 변이"와 "언어와 음향 간의 연속적인 변이"의 구분을 대충 할 수 있을지도 모른다. 그러나 베네의 연극과 그의 시네마에서 "그 두 가지의 변이가 평행으로 남아 있어서는 안 된다. 이런저런 방식으로 그것들은 **서로의 안에** 위치해야만 한다."(SP 115; 216) 그것들은 **"단일하고 동일한 연속체를 형성"**해야만 한다.(SP 116; 216) 일찍이 《리처드 3세》에서, 언어/소리와 몸짓/사물의 연속체는 뚜렷하게 구분되어 남아 있다. 하나의 연속체에서 공작부인은 목소리나 음조의 변화로 리처드의 '유인원(類人猿)'의 말더듬기에 응답을 하고, 시중을 드는 여성은 잠깐 동안 리처드가 포도주에 스틤을 섞는 일을 돕게 된다. 그러다가 앤 양과의 "일어날 것 같지 않은 과도한" 장면에서 두 개의 연속체가 모이게 된다. 리처드는 "정치적인 선택을 하게 되고, 자신의 기형, 즉 자신의 전쟁기계를 구성한다." (SP 117; 216) 그의 입장에서 보면 앤 양은 "전쟁 기계와 결혼한 것"이고 "리처드라고 하는 전쟁 기계와 결혼한 하나의 변이체로 들어가게" (SP 118; 216-17) 되는 것이다. 결국 "한 사람과 또 다른 사람의 음성적 변화, 음소 그리고 음색들은 점점 더 팽팽한 선을 형성하고, 그것들이 몸짓으로 미끄러져 들어가며, 그 반대의 상황도 발생한다. 관객들은 이해만해서는 안 되며, 그 목적을 알아차리지 못한 채로 처음부터 말더듬기나 넘어지기와 같은 추구해 온 목표를 듣고 보고 해야만 한다. 그렇게 되면 관념은 가시적으로 감지할 수 있는 것이 되고, 정치적인 것은 에로틱하게 된다."(SP 118; 217)

베네의 언어에서 "정치인들이 에로틱하게 되도록 하는 것"의 목표는, 사회적인 인습과 코드를 붕괴하는 욕망의 과도함인 "외설적인 것"에서 분명하게 드러난다. 들뢰즈식 용어로, 그 목표는 들뢰즈가 음악에서 지칭하는 반음계주의[17]에 상응하는 연극의 모든 복합 요소의 연속적인 변이인 일반화된 되기이다(SP 100; 209; 또한 MP 123; 97도 볼 것). 실제로 들뢰즈는 베네의 연극에서 일반화된 되기가 필수적으로 연극을 음악적인 작품이 되게 한다는 것을 암시한다. 들뢰즈는 전통적인 연극에서 단어가 노래를 파괴하지만, 그의 작품에서 배우가 "이해할 수 없는 단어들을 노래해야"만 한다는 베네의 말을 주목한다.(〈에

---

17) 반음계주의(chromaticism): 어떤 의미를 표현할 때, 필요하다면 원래 음계에는 없는 반음을 사용하는 방법이다. 사용 가능한 반음들이 옥타브 안에 있는 12개의 반음으로 확장될 수 있다(이를 들뢰즈와 가타리는 '평균율화된 반음계주의'라고 부른다). 이런 의미에서 반음계주의는 사용 가능한 모든 음을 사용하는 방법이라 할 수 있고, 그것이 반음단위로 분절된 소리를 넘어서는 지점으로까지 나아가는 경우 '일반화된 반음계주의'라 할 수 있다.(《노마디즘 1》이진경, 휴머니스트, 2002, p.304)〔역주〕

니지〉 78) 그리고 들뢰즈는 베네가 배우들의 목소리를 "일종의 슈프레흐게장"[18](SP 105; 211)인, 인습적인 언어 행위의 규칙성과 노래 부르는 것의 중간으로 보아, 두 개의 음계를 서로서로 모호하게 해버리는 연속적인 진동으로 다룬 점을 찾아낸다. 들뢰즈는 또한 베네가 자신의 영화와 드라마에서 "시각을 위한 음악"인 일종의 "이미지의 음악"(〈에너지〉 71)을 만들고자 하는 열망을 가지고 있다고 지적한다. 궁극적으로 베네 연극의 음악은 언어·음향·제스처·움직임·조명·세트, 그리고 소품들이 하나의 구성을 위한 많은 재료가 되고, 그 재료들의 구성 원리가 속도와 강도들의 원칙에 따르는 그러한 음악이다. 다양한 구성 요소들이 연속적인 변화선상에 놓여 있게 되므로, 구성 요소들은 고정된 아이덴티티와 안정적인 형태와 배치를 상실한다. 그것들은 영속적인 변이 상태, 즉 강밀도에 있어서의 속도, 파동 그리고 쇠퇴에 의해서만 서술되어질 수 있는 변화 과정에서 단순히 변용 과정을 겪는 이행 운동이 된다. "CB의 글쓰기와 몸짓이 음악적인 것은 바로 이러한 연속적인 변이 과정의 일반적인 원칙을 통해서이다. 왜냐하면 모든 형태가 속도의 변양에 의해 탈구되어, 서로 다른 일시적 특성을 획득함이 없이 똑같은 몸짓이나 똑같은 단어로 두 번 통과하지 않는 그러한 것이기 때문이다. 그것은 연속성의, 혹은 변형중에 있는 형태[forme à transformation]의 음악적 형식이다."(SP 113; 215)

이러한 변형 상태에 있는 형태, 즉 자기 변형적 형태는 탈구성, 혹은 고정되고 안정적인 형식을 손상(원상복구)시키는 것으로 기술되는 것이 더 좋다. 여기서 리처드의 기형에 대한 주제와 드라마의 형식적/구조적 탈구성이 합해진다. 그러나 탈구성은 단순히 그저 탈선하고 부정적으로 구축되는 것이 아니다. 들뢰즈는 14세기 스콜라학파의 작가

---

18) 독일어인 Sprechgesang은 'speechèsong'이나 'speech-voice'를 의미하는 용어로 노래나 말의 혼성인 음성적 기법 형태를 지칭한다. 〔역주〕

군을 간접적으로 인용하여 그들 중 니콜 오렘[19]을 최고의 인물로 꼽으면서 이 점을 지적한다. 오렘은 **이종(異種) 형성적** 움직임과 특질에 대한 기하학을 발전시켰는데, 이는 "움직이는 물체의 서로 다른 지점들 사이의 속도 분배, 혹은 주체의 서로 다른 지점들간의 강도 분배에 기초를 둔" 것이다.(SP 114; 215) 이러한 속도와 변용태의 중세 기하학 언어에서, 이종형성은 단순히 통일성과 반대된다. 이종형성은 하나의 단순한 형태와 대립되며 다양한 형태를 가지는 상태를 말한다. 더욱이 이종형성은 시간 속의 이행 운동의 기능이다. 그리하여 니콜라스 오렘은 시간 속에서 변화하지 않는 "통일된" 특질들, 시간에 걸쳐 끊임없이 변화하는 "일관되게 이종형성적인" 것들, 그리고 시간에 걸쳐 끊임없이 변화하는 것, 또 간단하든 복잡하든 그 특질이 다양한 속력으로[20] 변화하는 "이종형성적인 이종형성"(difform difformity)의 예가 되는 것들에 대해 말하고 있다. **탈구성**은 인습적인 형태를 원상태로 복구하는 비평적인 기능을 강조하는 것이라고 말할 수 있을지도 모른다. 그리고 **변형**(transformation)은 새로운 변용 과정의 연속체를 생산하는 창의적인 기능을 강조한다(사람들은 더 이상 새로운 "형태"에 대해

---

19) 니콜 오렘(Nicole d'Oresme: 1320-1382): 프랑스의 철학자이자 수학자. 1377-1382년 사이에 리지외 지방의 주교였다. 철학자이자 작가로 샤를 5세의 가정교사와 조언자 역할을 하였다. 그의 요구로 아리스토텔레스를 번역하기도 한다. 그는 물리학과 천문학도 연구하여 《기하학과 우주형상지에 대한 논설》에서 최초로 지구가 움직이지 않는 천체를 돈다는 생각을 밝혔다. 《거듭 제곱과 크기의 재현에 대한 논설》에서는 무한의 문제와 질적인 변형들을 재현하는 문제를 수학적으로 다룬다. 그가 밝힌 연구에는 지수의 법칙과 조화의 급수[H=1+1/2+1/3+1/4+(…)발산]가 있다…….〔역주〕

20) 《중첩》에서 들뢰즈가 중세 물리학에서의 이종형성(difformity)을 논의하기 위해 인용한 자료는 없다. 하지만 《천의 고원》에서 들뢰즈와 가타리는 "위도"와 "경도"의 개념과 관련하여 피에르 뒤엠(Pierre Duhem)의 기념비적인 《세계의 체계 Le Système du monde》를 언급한다(특히 뒤엠의 v.7, pp.462-653을 볼 것). 통일성(uniformity)과 이종형성(difformity)에 대해 니콜 오렘(Nocole d'Oresme)이 언급한 부분을 참고하기 위해 마셜 클라제트(Marshall Clagett)가 소개·번역·해설·편집한 《니콜 오렘과 특질과 운동 동작의 중세 기하학》을 볼 것. 이것은 형상의 특질과 운동을 다룬 것으로 강밀도의 통일성과 이종형성에 관한 논문이다.

말할 수 없다). 반면 **이종형성화**(difformation)는 두 가지 기능을 모두 강조한다. 그러므로 우리는 들뢰즈가 베네의 '공제'와 '구성'에서 처음에 확인한 것은 많은 이종형성들, 즉 언어의 전환·소리·행동·복장·무대들이 관계들간의 추상 음악적 구성 요소로 기능하는 다양한 속도와 강밀도의 연속체로 변환되는 것으로 파악할 수 있다.

　그때 권력에 대한 비평은 재현에 대한 비평을 요구하며, 연극에서 그러한 비평은 역사(즉 인습적인 플롯)·구조·대화·텍스트·언어를 포함한 전통적인 연극의 재현을 위한 모든 구성 요소들의 이종형성을 수반한다. 베네의 연극에서 언어에 대한 비평적 이종형성은 먼저 랑그(언어 체계)로부터 파롤(언어 수행)로 확대된다. 그리고 언어/소리의 연속체로부터 몸짓/사물로, 종국에 가서는 무대에서 생산되는 모든 요소들이 "속도와 강도 안에서 음악적으로 구성"된다. 그러나 우리가 주목해야 할 점은 설령, 어떤 의미로든 베네가 연극의 재현에서 비언어적 요소들을 "소수화하는" 이종형성은 단순히 권력에 대한 전반적인 비평으로부터 시작되며, 또 다른 의미로 들뢰즈가 구상한 바와 같이, 언어 그 자체의 본질로부터 논리적으로 비롯된다는 점이다. 만약 언어가 행동이라면 발화의 의미론적 내용이 수행을 앞서가는 것이 아니라, 그것은 언술 행위 안에서 생성된다. 비록 들뢰즈가 보편적-원문 연구를 피하고 담론적인 것과 비담론적인 것의 구별을 주장한다고 하더라도, 그 또한 언어학이 화용론의 부분집합이라는 점을 인식한다. 단어들은 그 자체가 의미를 가지는 것이 아니라 행위의 문맥 속에서 의미를 가지게 된다. 설령 사람들이 사물로부터 단어를 구별할 수 있다고 하더라도, 단어들은 비언어적인 실체의 세계와 관련을 맺을 때만 그 의미를 가지게 된다. 앤 양이 연속적인 변이 속에서 "당신은 나를 소름끼치게 해요!"라고 말할 때 그녀는 행동-문맥을 불안정하게 만들고, 그리하여 담론적·비담론적인 요소 둘 다 가지게 된다. 그리고 그녀는 목소리·악센트·강조·음절화의 어조를 통해서 구절의 의미론적 내용을 변경한다. 이 모든 것들은 언어의 음성적 수행의 일부를 이루며, 또한 그녀의 신체를 에워싸는 물질적 요소들인 의상·소도구·세트·조명들과 조응하면서 얼굴 표정·자세·몸짓·동작을 통하여 구절의 의미론적 내용을 변경한다.

그리고 들뢰즈가 소수적 문체의 언어적인 특징에 대해 한정적으로 논의할 때 종종 모호하게 보인다는 점은 중요하나, 그리 놀랄 만한 것은 아닐지도 모른다. 전반적으로 그는 문체를 "바로, 연속적인 변이의 과정"(**MP** 123; 97)으로 정의한다. 문학에서의 문체는 언어의 모든 요소들의 연속적인 변이를 포함한다. 그가 말하는 언어의 소수적 사용의 의미는 언어 수행에 대한 강조와 연극적 상황에서의 실행에 대한 강조를 뜻한다. 그리하여 연극은 문학적 노력의 세분화된 혹은 혼성의 결과라기보다는, 문학의 계열체적 활동 영역의 하나로 보여질지도 모른다. 아마 우리는 연극의 모든 복합 요소를, 연속적인 변이 속에 두는 일반화된 반음계주의를, 단어와 사물 간의 난해하고 복잡한 연결망들을 무대에 올려서 실행하는 것으로 간주할 수 있을지도 모른다. 그리고 우리는 베네의 연극의 소수적 문체를 어떤 소수적인 언어 사용에 있어서든——담론적인 그리고 비담론적인 지대를 똑같이 가로지르는 행동/문맥의 이종형성——그 안에 내재해 있는 것을 명백하게 드러내 보이는 것으로 볼 수 있을지도 모른다.

연극과 사람들

들뢰즈의 〈마이너 선언〉은 베네의 연극과 《리처드 3세》에 대해 얼마나 충분한 설명을 해주고 있는가? 들뢰즈는 셰익스피어의 리처드를 보편적인 배신과 여성–되기라고 하는 전쟁 기계를 수행하는 개인, 즉 '전사(戰士)'의 렌즈를 통해 보고 있다. 그러한 관점 자체는 클라이스트의 '전쟁 문학' 과 그의 작품 《펜테질리아》를 이해하면서 형성하게 되는데, 이 연극은 완전히 전쟁/국가라는 대립과 여성-되기와 동물-되기의 과정에서 일어나는 변용태적인 강밀도로서 폭력과 욕망 간의 관계를 전개한다. 베네는 자신의 연극 소제목을 〈전사의 공포스러운 밤〉으로 정한다. 그러나 다른 점으로는 전쟁에 대해서 거의 말하지 않고, 전쟁기계에 대해서도 아무것도 거론하지 않는다. 그러나 그는 연극의 후반부에서 "마거릿은 그렇게 위대한 전쟁을 사랑하려고 노력하면서 그 침상을 접었다 폈다가 한다"(SP 80)고 말한다. 이러한 비평은 역사에서 여성적 욕망의 과도함에 대한 베네의 중심 주제와 전쟁 간의 긴밀한 유대 관계를 시사한다. 베네가 리처드를 '전사' 로 언급하는 것이 들뢰즈에게 단순히 평상적인 인사를 차리기 위한 것은 아니라, 그들의 두 가지 계획과 셰익스피어의 리처드에 대한 그들의 관점들간에 기본적으로 양립이 가능한 것에 대한 기호로 보인다. 들뢰즈에게는 베네의 '과도함' 이나 '위반' 그리고 '불가능' 이라는 어휘를 사용하는 것이 편안하지 않을지도 모른다. 그리고 베네는 '전쟁 기계' 나 '여성되기' 의 언어를 채택하지 않을지도 모른다. 그러나 양쪽 다 셰익스피어 작품의 여성들과 정치에 특이한 관계를 맺고 있는 리처드를 비전형적인 왕의 모습——들뢰즈식 용어로는, 전사(전쟁 인간)——으로 본다. 그리고 둘 다 셰익스피어의 작중 인물이 가지는 진행성 기형을 원(原)연극의 고정된 권력관계를 비평하고, 연극에서 여성의 형상에 의해 개방되는 선을 따르면서 창의적인 변용 과정을 유도하는 수단으로 간주한다.

그러나 만약 들뢰즈와 베네 두 사람 모두 리처드를 그의 기형이 여성-되기를 구성하는 전쟁 인간으로 다룬다면, 들뢰즈는 대부분의 그의 관심을 리처드와 앤 양 사이의 제1부의 클라이맥스 장면에 그의 관심을 집중하면서, 사실상 베네의 연극 후반부 모두를 무시해 버리는 편견을 가지고 연극을 읽어 버린 셈이 될 것이다. "소수의 선언"에 대한 몇 가지 비평 중에서 마크 포르티에는 들뢰즈가 "기본적으로 비극적인 작품"(포르티에 7)을 낙천주의가 두드러지는 작품으로 생각하면서, 베네의 《리처드 3세》를 오독하고 있다고 주장한다. 포르티에가 제2부에서 리처드가 여성성을 포기하고, 그의 인공 장구를 벗으면서 자신의 "거대한 실수와, 거대한 마조히즘과 자기 금욕의 가해자"(포르티에 7)로 되는 점을 관찰한 부분은 옳다. 포르티에는 작품을 통해 드러나는 리처드의 변용 과정 실패를 베네가 가지는 연극에 대한 편협된 관점을 나타내는 것이며, 연극의 정치적인 변형의 잠재력을 진단한 것으로 본다. 리처드의 욕망의 과도함이 결국 일시적으로 권력 관계를 망쳐 버리듯이, 연극 또한 권력 관계들이 모든 엄격함과 무자비함으로 되돌아오기 전에 순간적으로 그것을 뒤흔든다. 포르티에는 들뢰즈가 연극의 중심이 되는 교훈을 무시하고, 《리처드 3세》의 전반부에만 집중하여, 베네가 궁극적으로 포용하지 않는 낙관적인 정치를 위해 그 작품을 전용하고 있다고 주장한다.

실제로 들뢰즈는 마치 그 극이 1부로 끝나는 것처럼 가끔 말한다. 그리고 그의 후반부에 대한 복잡하지 않은 설명은 리처드의 궁극적인 나르시스적 고립에 대해 그가 어떤 방식으로 독해하는가에 대해 명확한 증거를 보여주지 못하고 있다.[21] 그런데다 베네의 《리처드 3세》가 비극적인 모럴을 제시하는 것 또한 결코 명확하지 않고, 더욱이 연극의 정치적인 역할에 대한 베네의 관점이 대부분 비관적이라는 점도 명

---

21) 들뢰즈는 연극의 주요 행동이 리처드가 불구의 몸을 구성하는 행위에 있다는 것을 암시한다. 그는 어느 면으로 베네의 연극은 "극이 등장 인물을 구성하면서 결론 짓고, 구성 과정 외의 다른 목표는 갖지 않으며, 그것 너머 확장되지도 않는다"(SP 91; 206)고 논평한다. 후반부에서 들뢰즈는 "연극의 나머지 부분과 결말부분에 대해 찬탄할 만한 구성을 분석할 필요가 있으며, 사람들은 거기에서 그것이 리처드가 국가 장치를 정복하는 문제인 것이 아니라, 정치적인 것과 에로틱한 것이 분리될 수 없는 전쟁 기계를 구성하는 문제인 것을 분명히 확인하게 된다"(SP 119; 217)고 말하고 있을 뿐이다.

확하지 않다. 베네의 《리처드 3세》는 《로미오와 줄리엣》처럼 "셰익스피어에 대한 하나의 비평적 에세이"이다.(SP 87; 204) 그리고 설령 "공제"를 통한 베네의 비평적 역할로 셰익스피어 텍스트의 상당한 부분을 제거하였다 하더라도, 베네는 제1막에서부터 제5막에 걸쳐 리처드의 운명 과정들을 추적하기 위해 텍스트에 충분한 부분을 할애하고자 한다. 그리고 베네에게 주어진 출발점은 셰익스피어가 말하는 스토리에 있다. 베네가 도전한 부분은 셰익스피어의 연극으로부터 원본의 해설로서, 의미 생성의 작용으로 발전될 수 있는 행동의 잠재적 가능성을 공제하는 것이다. 베네가 연극에서 추적하는 행동 과정은——리처드의 여성들과의 약혼과 제1부에 나오는 보조 장신구의 자기-배치로부터, 제2부에서 그의 불구 상태와 여성성을 포기하면서 고립되기까지——셰익스피어의 연극에 나타나는 것들과 견줄 만한 것이며, 리처드의 열광적이면서도 허무주의적인 권력에로의 상승 욕구에 대해 원본의 스토리에 나오는 침울하고, 고뇌하는, 나르시스적 고립 상태로의 최후의 몰락에 대한 해설적 역할을 가진다. 만약 베네의 스토리에 본질적인 윤리가 있다면, 그것은 과도한 욕망과 자기-기형의 혁명적인 변용 과정이 필연적으로 실패한다는 것이 아니라 타자-되기에 있어서 위험이 있다는 것이고, 그리고 주의하지 않으면 분열된 착란과 고립의 블랙홀로 빠져들 수 있다는 것이다. 이 문제에 있어서 베네와 들뢰즈는 일치하고 있다. 왜냐하면 들뢰즈는 《디알로그》에서 똑같은 점을 설명하고 있고, 여기에서 그는 강밀도가 "위험하게 될"지도 모르고 만약 "충분한 예방조치"를 취하지 않으면 유연한 분자선의 출현이 일어나지 않을 수도 있는 블랙홀로 돌진해 들어갈 수도 있다"고 본다. 그리고 탈주선은 아마도 "폐기의, 파멸의, 타자의 그리고 자기 자신의 선들로 전환될지도 모른다"(D 167-68; 138-40)고 말한다.

포르티에는 들뢰즈의 정치보다 베네의 연극에서 나타나는 정치가 더 비극적이라는 주장을 하게 되는데, 인터뷰에서 밝혀진 바로는 베네가 사회적인 변형을 위한 연극의 잠재력을 경시하고 있다는 점은 사실이다. 베네는 연극이 진짜 '위기'가 아니라 일시적인 '스캔들'을 만들어 낼 뿐이라고 말한다. 왜냐하면 청중은 연극을 떠날 것 같지 않고, 무대에서 상연되었던 코드나 규범의 붕괴를 실천에 옮기지는 않을 것 같기 때문이다. 그러므로 "연극은 어떠한 유용성도 가지고 있지 않고, 절대적으로 불필요한 것이다."(〈에너지〉 75) 비록 이와 같은 언급은 원리에 대한 범주적 진술이라기보다 급진적인 아방가르드의 일부 지지자들의 자기 축하적 자세에 대한 불쾌감의 표현이다. 들뢰즈가 지켜본 바로는, 그러한 논평은 "연극이 명백하게 세계를 바꾸지도 않으며 혁명을 완수하지도 않는다는"(SP 120; 217-18) 인식, 즉 최소한 어떤 식으로든 직접적이면서, 극히 단순화된 방식의 "극단적인 겸손함"에서 비롯된다. 그러나 베네는 마치 그의 연극들이 유별난 것처럼 공연을 계속한다. 그리고 그는 대중적인(그는 "민족적인"이라고 부르는 것을 선호하지만) 연극의 형태로 공연할 것을 주장한다. 베네의 설명으로는 "민중들의 연극"이 가지는 문제는 한 순수한 민중의 실존을 상상하는 점이다. 그러나 "부족한 것은 바로 민중들이다."[c'est le peuple qui manque](〈에너지〉 76) 이것은 폴 클레의 기억할 만한 구절로 들뢰즈가 자주 똑같이 제기하는 문제이다. 베네는 이 구절을 들뢰즈의 의도만큼이나 중요하게 생각하는 것처럼 보인다. 권력의 실천과 제도는 침투력이 탁월하여 부유하든 가난하든, 지배층이든 종속적이든, 양쪽 다 선형적인 그리고 비대칭적인 코드와 규범에 의해서 구조화되는 것처럼 보인다. 결과적으로 억압받는 자의 자율적인, 타협하지 않는 전체적인 의식은 존재하지 않는다. 베네는 연극이 "노예들과 같은 청중들"에게 "부유한 노예든, 가난한 노예든 아무런 차이 없다"(〈에너지〉 84)고 말하면서, 사회의 기본적인 갈등은 들뢰즈가 지적한 바와 같이 "이미 정상화되어 있고, 코드화되어 있으며, 제도화되어 있다. 그것들은 '생산품'이다"(SP 122; 218)라고 지적한다. 유일한 해결책은 새로운 민중을 창조해 내는 것, 즉 베네가 말한 "민족적인," 아직 존재하지 않는 그런 민중을 창조해 내는 것이다. 그리고 그런 민중을 창조해 내는 유일한 수단은 내용뿐만 아니라 인습적 연극의 재현 형태 속에 내재하는 권력의 코드를 원상태로 돌리는 일을 통해서이다.

베네는 종종 연극의 여러 가지의 "불가능성"에 대해 이야기한다. 그러나 그의 계획은 "불가능한 것을 시도하는" 것이다. 순수하게 대중적인 연극, 즉 한 민족이 나타나기를 조장하는 "민족적인" 연극은 유사한 의미로 불가능하다──여기서 그는 겉으로 보기에 연극의 무용성에 대해 비관적으로 언급하고 있다──그러나 그가 창조하려고 애쓰는 것은 불가능성이다. 결국 들뢰즈와 베네는 연극의 정치적인 역할을 이해하는 부분에 있어서 서로 다르지 않다. 그것은 어려운 상태나 원근법 또는 특정한 그룹의 의식을 재현하는 것이 아니라, 사회적 재현을 원상태로 되돌리고, 그 누군가가 접근했을지도 모르는 되기를 활성화시키는 것이다. 들뢰즈는 "이러한 반-재현적인 기능은 추적해야 하는 것이고, 모든 사람의 잠재성으로서의, 소수자의 의식의 형상을 구성하는 것일지도 모른다. 잠재성을 현재에 나타나게 하는 것, 즉 현재적인 것이 되게 한다는 것은 갈등을 재현한다는 것과는 완전히 다르다"(SP 125; 219)고 말한다. 들뢰즈와 베네가 그리는 연극은 "아무것도 재현하지 않는 연극이고, 사례들이 그러하듯이 여기저기 동맹 관계를 구축하면서, 보편적 되기로서, 연극으로부터 뛰쳐나와 또 하나의 다른 형태를 취하거나, 새로운 도약에 의한 연극으로 재전환되는 변형의 선을 따르면서 소수자 의식을 제시하고 구성하는 것이다."(SP 130; 221-22)

《카프카》에서는 클라이스트의 '전쟁 문학'과 카프카의 '소수 문학' 사이에 구분이 이루어지고 있지만, 베네의 《리처드 3세》에서는 이 두 가지가 수렴되는 것 같아 보인다. 셰익스피어의 역사로부터 국가 권력 구성의 공제의 결과로 '전사'가 전면에 부상하게 되며, 그의 진행적 기형은 개방된 결말의 변용 과정이라는 단 하나의 과정에서 여성-되기와 결합한다(설령 나중에 그 변용 과정이 블랙홀로 빠져들어갈지라도). 베네는 플롯 · 구조 · 대화 · 텍스트 · 언어의 관습들을 원상태로 되돌리고, 무대 공연의 복합 요소들을 연속적 변이 과정 속에서 변이를 일으키기 쉬운 선들의 음악적 구성을 위한 많은 제재로 전환시키면서, 재현의 형식을 가지는 권력의 공제를 확장시켜 나간다. 베네는 연극의 모든 요소들을 소수적으로 사용하고, 그의 소수적인 문체는 불가피하게 다양한 차원의 말/행동의 상황, 즉 단어 · 목소리 · 사운드 · 몸짓 · 의상 · 조명 · 세트 등등에 영향을 준다. 그리고 그는 연극 형태의 실험을 통해 예기되는 아이덴티티의 재현을 통해서가 아니라 "창의적인 변이, 예상치 않았던 하위 재현적인 것의 갑작스런 출현"(SP 122; 218)을 통해 한 민중을 만들어 내고자 하는 소수 문학의 목표를 밀고 나간다.

　베네의 연극은 우리가 보아 왔듯이, 비언어적인 세계와 언어와의 연대감을 무대로 올리고자 하는 것이다. 다음 장에서 우리는 들뢰즈가 '비전'과 '오디션'이라고 부르는 언어의 시각적 · 음향적 한계와, 그것들이 베케트의 텔레비전극에서 활용되는 방식에 초점을 맞추면서, 언어적 실행의 또 다른 유형과 세계와 접촉하는 언어의 또 다른 차원에 대해 연구를 하게 될 것이다.

제6장

삶, 선, 비전과 오디션

들뢰즈는 《비평과 진단》(1973) 서문과 그 책의 첫장에서, 그 평론집을 묶어주는 주제가 삶과 외부 세계에 문학이 갖는 연관성에 관한 것이라는 점을 시사한다. 그의 비평적/진단적인 기획에 대한 초기 개념은, 우리가 제1장에서 보았던 것처럼 문학적·정신분석적 탐구를 위한 공통적인 근거로 징후학에 초점을 둔다. 사드와 자허 마조흐는 대립적인 장면의 기호학을 제공하며, 캐럴과 아르토는 질적으로 차별화되는 세계의 위상학을 제공한다. 그러나 비평(critique)과 진단(clinique)이라는 주제로 관심을 돌리면서 들뢰즈는 문학과 의학 간에 특별한 유사성이 있다는 점에 대한 관심을 확장시켜, 문학이 삶의 여러 가지 활동을 촉진하는 연결망을 제대로 구축하지 못하는 사례들을 담은 자신이 기획한 연구의 임상적인 양상인, 건강으로서 문학에 관해 광범위하게 숙고한다. 글을 쓴다는 것은 "언어 속에 새로운 언어를 발견하는 것"이고, "우주의 한쪽 끝에서 또 다른 한쪽 끝으로 단어를 운반해 가는 **과정**(process)"을 창조하는 것이다.(CC 9; lv) 쓴다는 것은 하나의 "항해이자, 여행이다."(CC 10; lvi) 건강할 때는 외계를 향한 궤도가 되고, 아플 때는 막힌 통로가 된다. 그러나 새로운 언어의 창조는 문학을 외부 세계와 연결시킬 뿐만 아니라 언어 그 자체의 외부에, "비언어적인 비전과 오디션에 문학을 연결한다. 그러나 언어만이 그것을 가능케 할 수 있다."(CC 9; lv) 작가가 비전과 오디션의 창작자인 "관찰자와 청자"가 될 때, 문학은 "언어 속으로의 삶의 여정"(CC 16; 5)이라는 목표를 획득한다. 이 장의 목표는 들뢰즈가 문학과 삶 사이, 즉 글쓰기와 그 외부, 외부의 세계와 언어의 외부로서의 적절한 관계로 간주하는 것에 대한 그 윤곽을 그려내는 것이다. 먼저 《디알로그》와 《천의 고원》에 나타나는 문학과 삶 그리고 탈주선에 대한 그의 명상을 다룰 것이다(여기에서 문학과 외부 세계와의 관련성을 확인해 볼 수 있을 것이다). 그리고 《비평과 진단》에 있는 비전과 오디션에 대한 그의 산재된 비평으로 문학과 언어의 외부와의 관계를 추적할 것이다. 베케트의 텔레비전극에 대한 들뢰즈의 1992년 연구인 〈고갈된 것 The Exhausted〉에서 다룬 비전과 오디션의 주제 탐구에 대한 결론을 간단히 맺으면서, 우리는 연극의 화용론에 대한 연구와 시네마의 이미지 연구 그 사이의 중간 지점에 서 있게 될 것이다.

탈주선

《디알로그》(1977)의 두번째 장인 〈영미 문학의 탁월함에 대하여〉에서 들뢰즈는 문학과 글쓰기의 주제에 대해 상세히 언급한다. 그는 대부분의 프랑스 작가들보다 우수한 문학을 창작하는 사람으로 "토머스 하디 · 멜빌 · 스티븐슨 · 버지니아 울프 · 토머스 울프 · 로렌스 · 피츠제럴드 · 밀러 · 케루악"(D 47-48; 36)을 열거한다. 왜냐하면 영미 작가들은 프랑스작가들과는 달리, 글쓰기의 최고 기능인 탈주선을 추적하는 기능을 이행했기 때문이다. 이러한 영미 문학과 프랑스 문학의 대립적인 면에 대해 들뢰즈는 D. H. 로렌스 《미국 고전 문학에 대한 연구》의, 특히 멜빌과 휘트먼에 관한 마지막 장에서 중요한 영감을 얻게 된다. 그 책에서 로렌스는 멜빌이 도피에 대한 강박에 사로잡혀 있다는 것을 확인한다. "도피하는 것, 우리의 삶으로부터. 지평선을 가로질러 또 다른 삶 속으로, 어떤 삶이든지 그것이 또 다른 어떤 삶이라면……."(D. H. 로렌스 142) 멜빌은 "본능적으로 삶을 증오한다. 우리 인간의 삶을, 우리가 그것을 가지고 있음으로," 그러나 그는 또한 "비-인간의 삶에 대한 신비와 방대함에 대한 감각으로 열정적으로 충만되어 있다."(D. H. 로렌스 142) 로렌스는 휘트먼에게서 "열려 있는 길," 이는 "휘트먼의 본질적인 메시지"(D. H. 로렌스 183) 즉 "미국 민주주의에 대한 메시지"(D. H. 로렌스 186)로, (여기에서 그는) 또다시 강박에 대해 보충적인 부분을 확인한다. 휘트먼이 발견한 것은 예술에 대한 도덕적인 기능, 즉 영혼을 신체에서 빼내어 오는 것이 아니라 신체에 깃들도록 강요하는 것이고, 또 "열려있는 길을 따라 내려가는 것이며, 길이 열리면서, 미지의 세계로, 영혼이 그녀 가까이에로 이끌어 주는 사람들과 교제하면서, 여행과 우연히 일어나는 사건들을 제외한 그 어떤 것도 이루려고 하지 않으면서, 미지의 세계를 향한 영속적인 여정에서, 그녀의 미묘한 감응 속의 영혼이 그 길에서 자신을 이루게 되는 것이다."(D. H. 로렌스 182) 다른 존재와 혼합된다기보다, 영혼은 그들과 "동정이 아닌 함께 느끼는"(D. H. 로렌스 183) 감응의 관계를 시작한다. 영혼은 열려 있는 길 위에서 다른 영혼들을 만나고, "한 사람과 모두를 위해 그녀는 감응을 느낀다. 사랑에 대한 감응, 증오에 대한 감응, 단순한 인접성에 대한 감응, 헤아릴 수 없는 영혼에 대한 모든 미묘한 공감들, 가장 쓰라린 증오로부터 열정적인 사랑에 이르기까지."(D. H. 로렌스 186) 휘트먼은 신비주의적인 융합과 유아론적인 나르시시즘 속으로 빈번하게 이탈하지만, 로렌스의 "메시지 속에는 의기양양함이 여전히 남아 있다. **합병**으로부터 정화되고, **나 자신**이 순화되는 미국 민주주의의 고무적인 메시지, 열려 있는 길 속의 영혼들에 대한 것이."(D. H. 로렌스 186-87)

멜빌과 휘트먼에서 로렌스는 "미국 고전의 새로운 목소리"를 듣는다.(D. H. 로렌스 7) 당연히 그 목소리는 그들의 것인 만큼 그의 것이 기도 하다. 들뢰즈가 듣는 목소리는 되기와 탈주선의 목소리이다. 그가 영문학에 대해 말할 때, 그것은 이런저런 면에서 로렌스의 기획을 공유하는 그런 작가들에 관한 것이다. 멜빌과 휘트먼에 대한 연구에서 로렌스가 분명히 밝히고 있는 것은 도피와 같이 항상 다른 세계, 인간의 영역과는 대조가 되는 비-인간의 삶으로 가득 채워진 세계로 나아가는, 지평선을 가로지르는 하나의 도피로서의 문학을 개념화하고 있다는 것이다. 탈주선의 통로는 열려 있는 길, 즉 "미지의 세계 속으로의 영속적인-여행"이며, 그 목표는 여행의 과정에만 있다. 열린 도로는 무심(無心)의 것이나 비형태형성적이며, 합병과 자아 양자로부터 정화된 것이고, 그 관계 방식은 연민, 즉 그 안에 사랑과 증오에 대한 연민이 포함되어 "함께 느끼는" 감정으로, 요약하자면 열린 이행과정으로 침투되는 전반적인 감응성이다. 이 모든 모티프들은-탈주, 열린-결말의 여행, 비-인간의 삶, 이기심 없는 아이덴티티, 전반적인 감응성——들뢰즈가 《디알로그》에서 글쓰기에 대한 특징으로 밝힌 요소들이다.

글을 쓴다는 것은 무엇을 의미하는가? 들뢰즈는 《디알로그》에서 차례로 이에 대한 등가물을 제공해 주고 있는데——쓴다고 하는 것은 도피하는 것, 배신하는 것, 되기 등등——이전에 우리에게 다가왔던 개념들의 갖가지 무한한 기호들의 네트워크인 것이다. "도피한다는 것은 하나의 선, 여러 개의 선, 완전한 지도 작성법을 추적하는 것이다."(D 47; 36) "쓴다는 것은 탈주선을 추적하는 것이다."(D 54; 43) **탈주선**(ligne de fuite)은 원근법적인 재현에서 소실점(point de fuite)을 수렴하는 선이고, 지평선 너머의 것을 유도하는 선이다. 말 그대로 멜빌은 자신의 바다 이야기에서 탈주선을 추적하는데, 그 길은 "또 다른 세계에로의 수평선"을 가로지르는 통로이다.(D. H. 로렌스 142) 그리고 모든 글쓰기는 이와 같은 역할을 한다. 탈주는 "일종의 정신착란인데"(여기서 우리는 캐럴과 아르토를 상기하자. 바른 방향의 좋은 의미[le bon sens]와 대립되는 무-의미 되기), "착란의 상태가 된다고 하는 것은 정확하게 궤도를 이탈하는 것이다." [Délirer, c'est exactement sortir du sillon, sillon이라는 단어는 '밭고랑' '궤도' '자국' '(바퀴의) 항적' '(선박의) 길' '통로(발사물)' '철로'이다.](D 51; 40) 그리하여 도피한다는 것은 지도에 없는 과정을 추적한다는 것이고, 관례적인 의미의 길과 이전에 존재했던 코드를 떠난다는 것이다. 또한 "탈주선에는 항상 반역"(D 52; 40), 즉 "지배적인 기표 작용과 확립된 질서의 세계에 대한" 배신(D 53; 41; 여기에서 우리는 《리처드 3세》와 《펜테질리아》를 상기하자)이 있다. 그러나 도피한다는 것은 단순히 도피하는 것이 아니라 "무엇을 도피하게 하는 것이다[faire fuir quelque chose]" "파이프를 깨부수고 들어가면서 하나의 체재를 새어나가게 하는 것이다."[faire fuir un système, fuir는 "도피하는 것"과 동시에 "새어나가게 하는 것"](D 47; 36) 궤도를 벗어나는 것은 또한 궤도를 변경하고 새로운 것을 창조해 내는 것이고, 탈선하고/비켜가게 하는 것, 길을 이탈하고/다른 길로 수송하는 것, 방향을 잘못 지시하고/새 방향을 다시 잡는 것이다. 지배적인 의미 작용과 기존 질서에 반역하는 것은 "어렵다." 왜냐하면 "그것은 창조하는 것이기 때문이다."(D 56; 45)

들뢰즈는 어떤 것을 도피하게 하는 창의적인 탈구성을 되기로, 그가 프루스트·카프카·클라이스트·베네를 논의하면서 우리가 접할 수 있었던 여성-되기, 어린이-되기, 동물-되기, 지각불가능-되기로 특징짓는다. "쓴다는 것은 되는 것이다. 그러나 결코 작가가 되는 것은 아니다. 그밖의 무엇이 되는 것이다."(D 54; 43) 되기에는 양쪽 다 변경되는 그런 두 개의 용어 사이에 뭔가가 지나간다. "두 용어들이 서로 교환되는 것이 아니라 (…) 나머지 하나가 다른 무엇인가가 되기만 한다면, 그리고 두 개의 용어가 지워진다면 하나가 또 다른 하나가 되는…… 멜빌의 선원이 알바트로스가 되고, 그때 알바트로스 그 자체가 특별한 순백이 되고, 흰색의 순수한 진동(그리고 에이허브 선장의 고래-되기는 모비딕의 백인-되기[깨끗하고 하얀 벽]와 블록을 형성한다)이 된다."(D 88-89; 73) 모든 되기는 안정적인 아이덴티티를 지우고 "지각불가능-되기(becoming-imperceptible)"를 지향한다. 그러므로 "그 목표, 즉 쓰기의 최종적인 목표"는 "지각불가능-되기"이다.(D 56; 45) 용어들을 지움으로써 되기 속의 용어들을 단순히 벡터·방향·움직임이 되게 한다. 들뢰즈와 가타리는 《반-오이디푸스》에서 '흐름(flows)'으로 언급한다. "쓴다는 것은 어떤 다른 기능을 가지지 않는다. 다른 흐름과 결합하는 하나의 흐름이 되는 것이다. 세계의 모든 소수자되기." (D 62; 50) 흐름을 결합하는 것은 배치, 즉 함께 기능하는 이질적인 요소들의 집합을 형성하는 것이다. 통일화하는 원리를 통해서가 아니라 "'교감(交感)' 공생(共生)"(D 65; 52)을 통해서이다. 그때 휘트먼의 '열린 길'에서의 '교감'은, 배치들에 그들의 '정합성(consistency),' 즉 복수성의 흐름을 연결하는 응집성을 제공하는 일반적인 감응성이다.

배치를 형성한다는 것은 "도상에 있다는 것이고, 내부 세계와 외부 세계의 우발적인 조우의 선상에 있다는 것이다."(D 66; 52) 쓴다는 것은 작가의 지각 불가능하게 되기와 외부의 일반적인 되기 사이의 우발적인 부딪힘의 선을 연다는 것이다. 들뢰즈는 삶이 개인적인 어떤 것이라는 개념과 문학 작품이 "전체적인 작품으로서든, 형성 과정의 작품으로서든 항상 쓰기의 쓰기로 되돌아가는, 본질적으로 그 목표를 찾는 것으로 예상된다"(D 60, 49)는 개념들과 상보적인 관계에 있는 것으로 본다. 자율적인 저자와 자율적인 작품은 글쓰기와 삶의 본질을 흐리게 하는 개념들이다. 글쓰기는 탈주선을 추적하는 것이고, 도피한다는 것은 "실재적인 것을 생산하고 삶을 창조하는 것이다."(D 60; 49) 작가의 아이덴티티가 지워지면서 흐름들의 접속은 글쓰기와 비-글쓰기를 연결한다. "**진실로, 글쓰기는 본질적으로 그 목표를 가지지 않는다. 정확하게 말해 삶은 개인적인 것이 아니기 때문이다. 오히**

려 글쓰기의 목표는 삶을 비개인적인 역능[puissance]의 상태로 옮기는 것이다."(D 61; 50) 타자—되기의 흐름들의 접속은 일반적인 탈영토화, 즉 "지그재그의 망가진 탈주선 위에서 순수한 질료를 개방하고, 코드를 원상태로 되돌리고, 표현과 내용, 사물의 상태, 언술을 실어나른다."(D 88; 72-73) 탈영토화된 순수한 질료를 횡단하는 삶은 비개인적 · 비유기체적이며, 개인과 유기체, 그리고 모든 다른 안정적인 실체로부터 추상화된 선들의 생명력을 가지는 통로이다. 결국 쓴다고 하는 것은 비개인적인, 비유기적인 추상적인 선에 참여하는 것이다. 이러한 점에서 글쓰기는 다른 예술 분야와 다르다. "그렇다면 그림을 그린다는 것, 작곡하는 것, 쓴다는 것은 무엇인가? 그것은 모두 선(線)의 문제이다. 그림과 음악과 글쓰기 사이에는 큰 차이가 없다. 이러한 활동은 그들이 추적하는 추상적인 선에 의해서 구분되는 것이 아니라 각각의 실체, 코드, 그리고 그들의 영토성에 의해 구분된다. 추상적인 선은 그들 사이를 비행하고, 공통의 운명을 향하여 그들을 실어나른다."(D 89; 74)

선

쓴다는 것은 탈주하는 것이고, 탈주케 하는 것이고, 착란 상태가 되는 것이고, 궤도를 떠나는 것이고, 배신하는 것이고, 되기이며, 흐름과 결합하는 것이고, 배치를 형성하는 것이고, 탈영토화하는 것이다. 그러나 무엇보다도 탈주선을 추적하는 것이다. 왜냐하면 탈주선은 창조의 선이고, "삶의—실험화"(D 59; 47)이기 때문이다. 그리고 "개인이든 그룹이든 우리는 선으로 구성되어 있다."(D 151; 124) 가령, 어떤 식으로든 우리가 "선으로 구성되어 있다"고 하더라도, 어떻게 우리가 선이라는 관점에서 글쓰기를 다룰 수 있을 것인가? 이것이 《천의 고원》

의 제8고원의 주제들인 "1874: 세 개의 **소설**, 또는 '무엇이 일어났는
가?'"이다. "여기서 들뢰즈와 가타리는 주로 선들과 글쓰기의 탈주선
을, 세 개의 분석을 통해 논의한다. 그것은 헨리 제임스[1]의 소설 《새장
안에서》(1898), F. 스코트 피츠제럴드[2]의 에세이인 〈균열〉(1936), 그리
고 피에레트 플뢰티오의 단편 〈심연과 망원경 이야기〉(1976)이다. 들
뢰즈와 가타리의 목표는 부분적으로, 이러한 문학 작품들을 횡단하는
선을 세부화하는 것이다. 그러나 궁극적으로 그들의 목표는 문학과 세
계를 하나의 전체로서 둘러싸고 있는 선들의 담론을 개발하는 것이다.
"왜냐하면 우리는 선들로 구성되어 있기 때문이고, 우리는 글쓰기의
선들만 말하고자 하는 것이 아니다. 글쓰기의 선은 다른 선들, 즉 삶의
선, 행운과 불행의 선[chance et malchance], 글쓰기 그 자체의 변이를
이루는 선, 씌어진 **선들 사이에** 있는 선들과 결합한다."(MP 238; 194)

우리는 어떻게 선들의 관점에서 세계를 바라볼 수 있을까? 탈주선
은 소실점으로 인도하는 선이다. 그 선은 지평선 너머를 지향한다. 지

---

1) Henry James(1843-1916): 미국의 소설가이자 비평가이다. 뉴욕에서 태어나 제
1차 세계대전 초기, 미국이 참전하지 않은 데 항의하여 1915년 영국으로 귀화하여
19세기말 심미주의의 영향을 반영한 작품을 썼다. 그리고 신세계로서의 미국과 유
럽 구(舊)체제 사이의 국제적 관계에 흥미를 가졌으며, 자신의 비평과 작품들을 통해
이전의 대중의 저급했던 소설 양식을 고급 예술의 경지로 끌어올리는 데 노력을 기
울였다. 1875년 파리로 가서 거기서 투르게네프 · 플로베르 등과 알게 되었고, 발자
크의 글쓰기 기법에 영향을 많이 받았다. 1876년 최초의 장편 소설 《로더릭 허드슨
Roderick Hudson》을 발표하였다. 장편 《미국인 *The American*》(1877), 중편 《데이지
밀러 *Daisy Miller*》(1879), 《워싱턴 스퀘어 *Washington Square*》(1880), 《새장 안에서
In the Cage》(1898) 외에 '영어로 쓴 가장 뛰어난 소설' 중의 하나로 평가받은 장편
《어느 부인의 초상 *The Portrait of a Lady*》(1881)을 발표하였다. 총 20편의 소설, 1
백12편의 단편, 12개의 희곡을 썼다. 특히 자작(自作)의 해설을 모은 《소설의 기교》
는 소설 이론의 명저로 알려졌다.[역주]

2) F. Scott Fitzgerald(1896-1940): 대표 장편인 《위대한 개츠비 *The Great
Gatsby*》(1925) 발표 후 20세기에 가장 영향력 있는 소설가로, 1백60편에 달하는 단
편소설을 썼다. 제1차 세계대전 이후 미국 사회의 번영과 무절제 그리고 분방함을 표
방하던 'Jazz Age'의 대변자이다. 그는 '미국인의 꿈' 뒤에 가려진 허상과 부패, 그
리고 타락을 신랄하게 비판하였다.[역주]

평선을 횡단하는 것은 하나의 선을 추적하는 것이고, 하나의 통로——배가 지나간 자리(항적), 동물의 발자취, 군대의 발자취——를 창조하는 것이며, 하나의 선으로 연속적으로 지도 그리기를 할 수 있는 길 위를 나아가는 것이다. 그러나 탈주선을 추적하는 것은 "궤도를 이탈하는 것(sortir du sillion)"이며, 하루의 일과, 미리 계획된 정해진 활동들의 궤도, 판에 박힌 습관, 코드화된 직업 통로, 계획된 고속도로 그리고 사회적으로 인가된 교차로들 역시 선들이라고 제안한다. 《반-오이디푸스》에서 들뢰즈와 가타리가 장황하게 설명했던 흐름도 선으로 볼 수 있을지도 모른다. 각 흐름들은 양쪽 끝이 열려 있는 부가적인 회로로 기계들을 연결하고, 총 회로들은 알의 표면을 종횡으로 가로지르는 강밀도의 네트워크로 기관 없는 신체들을 횡단한다. 《천의 고원》에서 흐름의 회로들은 배치에 의해서 특징지어지고, 이러한 것들 역시 선들로 간주되어질 수 있다. 언술 행위의 집단적 배치와 언어를 형성하는 신체의 기계적 배치들은 감응적 상호 기능화 안에서 이질적인 요소들을 함께 묶는 조직화된 권력 형태이고, 관습, 제도, 물질적인 실체들의 규칙적인 배열이다. 우리는 또한 특정한 모양과 형태로 배치들이 현실화되는 내재적이고, 잠재적인, 변수들의 연속체인, "연속적인 변이의 선"이 배치 안에 내재해 있다는 것을 상기한다. 선들은 결국에 가서는 선율이 아름다운 선으로 생각되어질 수 있을지도 모른다. 들뢰즈와 가타리는 이것을 상호 영향을 주는 본질의 형태를 그리기 위한 하나의 형상, 즉 하나의 '반복구(refrains)'로서 사용하게 되는데, 그것은 방대한 대위법적인 관계를 이루는 교향악에서 여러 가지 종류의 자연의 세계를 한데 모은다.[3] 그리하여 "개인이나 그룹으로서, 우리에게 선 · 정점 · 최단선 · 회귀선 · 지대[fuseaux, fuseaux horaires에서

---

3) 반복구(refrain)의 개념에 관한 논의를 위해, 나의 저서 《들뢰즈와 음악, 회화, 그리고 일반 예술》 제1장과 제3장을 볼 것.

와 같은 표준시간대]들이 횡단한다. 그리고 그것들은 똑같은 리듬으로 두드리지 않고, 똑같은 본질을 가지지 않는다."(MP 247; 202)

이 모델의 두 가지 특성은 명심해야 할 매우 결정적인 부분이다. 즉 선들은 역동적이고 추상적이다. 항상 이동중에 있고, 결코 정지하지 않으면서 질질 끄는 자취를 남길지도 모른다. 그러나 그것들은 벡터 · 궤도 · 이동 경로, 그리고 되기이다. 그 몇몇은 쉽게 예측 가능한 것들이어서 도표로 만들 수 있을지도, 규칙적인 궤도를 교차하는 것으로 한계를 정할수도, 조정된 벡터들의 격자에 의해 도표화할 수 있을지도 모른다. 그러나 또 어떤 것들은 생명력 있는, 사물 사이를 왔다 갔다 하는 비유기적인 지그재그인 탈주선과 같은 엉뚱한 것이기도 하다. 선들은 기원의 어느 한 지점에서 종결점을 향해 움직이는 것으로 생각될지도 모른다. 그러나 역동적인 선의 통로는 항상 점과 점 그 사이에, 그리고 중간에, 그리고 통로의 어떤 접합점이나 통로로부터 빗나갈 수도 있다(또는 반대로, 지그재그로부터 규칙적인 움직임의 과정으로 되돌아가기도 한다). 과정과 움직임처럼 선들 또한 추상적이다. 안정적인 사물의 경계선과 윤곽이 아니라, 그것들의 파도들 · 흐름들 · 궤적들을 추적하는 것이다. 나아가 선들은 사물로부터 추상화된 것이고, 다른 특성들로부터 분리되어 선택된 특성들에 의해 결정된다. 그리고 선들은 종종 사물들을 관통하고, 회로나 흐름들의 추상적인 형태만을 가지는 배치 속에서 실체의 복합 요소와 구성 요소들을 연결한다(엄마와 아기가 아닌, 유방-기계를 통해 입-기계에로 통과해 지나가는 우유의 흐름).[4]

들뢰즈와 가타리는 제8고원에서 **콩트**(conte)와 **소설**(nouvelles)을 구분하면서 선에 대한 논의를 연다. **콩트**는 독자가 끊임없이 "무엇이 일어날 것인가?"(qu'est-ce qui va se passer?)를 묻고, 소설은 "무엇이 일어났는가?"(qu'set-ce qui s'est passé?)[5]라는 질문을 가지고 있는 이야기로 나타낸다. 사람들은 여기에서 미래와 과거의 단순한 대립을 보겠지만, 그것의 구분은 좀더 미묘한 문제이다. **콩트**는 항상 **발견**지향적이며, **소설**은 **비밀**지향적이다. 심지어 과거나 현재에도 콩트는 미래로 나아가지만, **소설**에서는 현재나 미래가 지난 과거로 경험된다. **소설**의 순간성은 "사람이 방을 들어가서, 이미 그곳에 있었던 뭔가를 인지하는 것으로, 설령 그것이 아직 일어나지 않았다 하더라도 막 일어났던 일로 받아들이는 것이다. 또는 일어나고 있는 과정중에 있는 것이 이미 끝나 버린 것임을 사람들은 알고 있다. 사람들은 '나는 너를 사랑해'를 듣고 그것이 이미 끝나 버린 것임을 안다."(MP 238; 194) **소설**은 기본적으로 비밀과 관계를 가진다. 설령 "발견되는 대상이나 비밀의 문제가 관련이 없더라도, 불가해의 상태로 남아 있는 비밀의 형태와 관련성이 있다."(MP 237; 193) 비밀의 형태는 개방 · 펼침 · 전개를 필요로 하는 숨겨진 어떠한 형태이다. 그러나 사실 **뒤에**(aprés coup) 개방될 뿐이다. 설령 그것이 일어나기 전에 이미 현재의 것으로

---

4) 들뢰즈는 종종 탈주선을 "추상선"(e.g., D 89; 74)으로 언급한다. 그러나 들뢰즈와 가타리가 그것에 의해 기호 체제가 생성되고 변형되는 과정에서 기술하는 어휘에서 분명히 드러나고 있듯이, 모든 선은 어느 정도 추상적이다.(MP 182; 146) **추적**(calques)은 배치의 가장 규칙적인 것에 대한 윤곽을 그리고, **지도**(cartes)는 한 조의 배치가 또 다른 것으로 변형되는 것을, **디아그램**(diagrams)은 잠재적, 탈영토화의 비-형성화된 질료의 벡터를, **프로그램**(program)은 그것에 의해 잠재적 궤도가 구체적인 배치에서 현실화되는 과정을 말한다. 하지만 추적이든 지도이든 디아그램이든 간에, 선의 배치들은 그것들을 끌어낸 요소들과 동일하지 않으며(흔히 말하듯 지도는 영토가 아니다), 어떤 의미로 그것들 모두는 '프로그램,' 즉 역동적인 행동의 과정들이다.

5) 들뢰즈는 《의미의 논리》(LS 79; 63)에서, 이와 같은 구분을 약간 다른 방식으로 단순화시켰다. **콩트**(conte)는 "무슨 일이 일어날 것인가?"(qu'est-ce qui va se passer?), **소설**(nouvelle)은 "무슨 일이 일어났는가?"(qu'est-ce qui vient de se passer?)라는 질문을 한다. nouvelle라는 용어는 이탈리아어 novela를 번역하여, 처음 프랑스어로 소개되었다. 그리고 등장 인물이 거의 없는 짧은 이야기를 나타낼 때 사용되었다. 비록 간혹 전통적인 설화는 **콩트**(conte)로, 새로 만들어 낸 스토리는 **소설**(nouvelles)로 나누어지지만, 현재 이 두 가지의 용어는 개략적으로 동의어로 사용되어, 양자 모두 '스토리,' 즉 '짧은 이야기'를 의미한다. nouvelle가 결코 'novella' 혹은 짧은 소설이 아니기 때문에, 나는 이 범주와 유사한 영어를 선택하기보다는 간단한 프랑스어 용어인 conte와 nouvelle를 사용하기로 했다.

감지되어질 수 있지만, **소설**은 불가지(不可知)의 혹은 인식 불가능한 것으로서의 비밀의 **형태**로, 설령 특별한 비밀의 내용들이 결국에 가서는 알려지고, 인식 가능한 것으로 된다고 하더라도 "우리를 불가지의 또는 인식 불가능한 것들과 관계짓는다."(**MP** 237; 193) **콩트와 소설**은 둘 다 "보편적인 질료,"(**MP** 238; 194) 즉 선들의 질료를 다룬다. 하지만 **소설**은 이러한 지각할 수 없는 것의 회고적인 순간성과 밀접하게 관련된 선들을 처리하는 특별한 방식을 가진다.

들뢰즈와 가타리는 먼저 헨리 제임스의 《새장 안에서》를 읽고 그것을 통해 소설의 선들을 상세하게 그려 나간다(제임스는 이 1백50페이지의 소설을 '우화'라고 부른다[제임스, 서문, v]). 이 이야기는 브라딘 양과 에버라드 선장의 비밀을 폭로하는 전보 타자수의 이야기인데, 그녀는 불륜 관계에 있는 거만한 고객 두 사람의 비밀을 폭로한다. 그녀는 식료품 가게 주인인 머지와 약혼한다. 그러나 그녀는 점점 두 고객, 특히 에버라드와 밀착되면서 자신의 결혼을 연기한다. 그녀는 일을 마치고 난 뒤 그의 숙소를 경유하기 시작한다. 그리고 어느 날 그에게 뛰어든다. 그들은 기나긴 대화를 나누게 되고, 이 와중에 그녀는 그의 상황에 대한 자신의 관심을 우회적으로 고백한다. 그리고 맹세한다. "당신을 위해 무슨 일이든 할께요."(제임스 442) 그후 그는 이전에 브라딘 양에게서 온 전보 내용이 자신들을 위험에 빠뜨리게 했을지도 모른다며 겁에 질려 걱정하면서 감옥과 같은 전화국으로 그녀를 찾아온다. 전보 타자수는 이전의 메시지들을 정확하게 다시 불러낼 수 있다. 에버라드는 의심이 가던 전보가 아무런 위험도 야기하지 않을 것임을 알게 된다. 결국 그는 떠나고 브라딘 양과 결혼하게 된다. 한편 전보 타자수는 이제 머지와의 결혼을 준비하고, 그녀는 현실이 자신에게 "추하고 불투명할 뿐이며, 결코 도피할 수 있는 곳도, 상승할 수 있는 곳도 아니라는 것"(제임스 499)을 깨닫게 된다.

제임스의 여주인공은 엄격하게 구조화된 세계에 존재하고, 그 일상의 존재 양식——일, 가끔씩 떠나는 휴가, 평범한 구혼, 그리고 영속적인 결혼——은 모두 너무나 쉽게 예측할 수 있는 일이다. 그녀의 삶은 **몰적인 또는 경직된 절편성의 선**(lines of molar or hard segmentarity), 광범위한 사회적 범주를 부가하는 코드에 의해서 규정되는 인습적 궤도, 고정된 정체성과 명확히 분절되는 통로들로 조직된다. 그러나 그녀가 에버라드를 우연히 만나게 되는 과정에서 들뢰즈와 가타리는 제2의 선, 즉 **"분자적인 혹은 유연한 절편화 작용의 선의 선**(a line of molecular or supple segmentation)"을 발견한다. 선분들은 마치 탈영토화의 양자(quanta; 陽子)와 같은 것이다."(MP 240; 196) 이것은 비밀의(제임스가 결코 그것의 정확한 본질을 드러내지 않았다는 점에서 순수한 **형태**로 남는) 선이다. 이 선은 여주인공의 판에 박힌 일과에서 인식할 수 없는 변화를, 전보 타자수와 에버라드와의 계층 관계에서 최초의 변용 과정을, 주인공들의 감응적으로 충만한 대화 속의 미세한 동요를 유도하는 선이다. 이 선 위에서 "현재는 일어난 어떤 형태, 아무리 사람들이 그것에 가깝다고 하더라도 이미 발생한 어떤 형태로 정의된다. 왜냐하면 이 붙잡을 수 없는 어떤 것의 질료는, 지각의 정상적인 문턱을 초과하는 속도로 완전히 분자화되었기 때문이다."(MP 240; 196) 그러나 세번째 선도 있다. 이는 화자가 다음과 같은 어떤 특정한 순간을 언급하면서, 짧게 잠시 보았던 **탈주선**(a line of flight)이다. "그녀는 아무것도 해석해 낼 수 없을 정도로 그렇게 많이 알고 있는 채 끝장을 냈다. **이제 그녀에겐 더 명확하게 보아야 할 불분명한 일 같은 것들은 더 이상 없었다. 오로지 거친 불빛만이 남아 있을 뿐이었다.**"[6] 그러한 선은 심지어 비밀의 형태도 지운다. 왜냐하면 그것은 돌연변이와 잠재적인 변형의 추상선이기 때문이다. 그러나 제임스의 이야기에서는 어느곳에서도 탈주선이 진행되지 않는다. 그리고 끝에 가서 여주인공은 그녀의 몰적 선분성의 엄격한 분할선으로 돌아온다.

들뢰즈와 가타리는 〈균열〉에서 특히 분자적 절편화 작용의 선과 탈주선이 분명하게 기술되어 있는 것을 특별히 찾아낸다. 피츠제럴드는 감정적 위기를 통해 사람들이 인식하지 못하는 변화에 대한 분석에 다소 우울한 자서전적 묵상을 한다. 39세에 피츠제럴드는 "나는 내가 조숙하게 망가져 버린 것을 갑자기 깨닫게 되었다"(피츠제럴드 274)고 말한다. "2년 동안 나의 삶은, 내가 소유하지 못한 자료들에 대한 그림 같았고, 신체적으로나 정신적으로 자신이 칼자루에 저당잡혀 있는 것 같았다."(피츠제럴드 276) 그는 "마치 낡은 접시처럼 금이 가 있었다."(피츠제럴드 276) 그러나 인식할 수 없을 정도로 "무슨 일이 일어났는가?"라는 함축적인 의문이 그에게 남는다. 여기서 들뢰즈와 가타리는 사람들의 판에 박은 일과를 가르는 균열의 분자적 선들, "거의 그것을 알지 못한 채 발생하는" 일종의 파괴를 본다. 하지만 그것은 "참으로 갑작스럽게 실현된다."(피츠제럴드 273) 그러한 분열은 낡은 확신이나 정체성을 해체시킨다("그리하여 더 이상 '나'라는 존재도 거기에는 내가 자존심을 구성할 수 있는 토대조차도 없이"[피츠제럴드 283]), "미래의 행동을 위한 분명한 좌표도 파악하지 못한 채 홀로 남겨져 있었다(피츠제럴드는 "목표물은 이미 떨어져나가 버리고, 손에는 총알이 비어 있는 권총을 든 채, 어스름한 여명의 시각에 어느 황폐한 곳에 내가 서 있었던 감정"에 대해 이야기한다[피츠제럴드 282]). 그러나 피츠제럴드

---

6) 마수미(Massumi)는 자신의 《천의 고원 *Mille plateaux*》 번역에서 제임스의 이야기 프랑스어 역본에 나타난 핵심적인 문장이 원본의 의미를 역전시킨 부분을 주목한다. 제임스의 원본에는 "드디어 그녀는 이전에 자신이 그저 추측했던 그 의미를 완전히 상실했다는 것을 깨닫는다. 명백하게 드러난 것 이면의 숨겨진 그림자 같은 것은 없었다──모든 것이 다 튀어나온 것이다."(p.472) 이것은 결코 더 이상 해석할 능력이 없음을 지시하는 것이 아니라, 여주인공의 자기-확신에 대한 해석의 정점을 드러내는 문장이다. 하지만 스토리 끝부분에서, 전보 타자수가 에버라드와 브라딘 양에 관련된 매우 중요한 모든 정보를 사실상 잘못 해석한 것이 분명히 드러난다는 점에서, 프랑스어 역본은 여주인공의 해석적 힘에 대해 독자가 궁극적으로 이해한다는 것을 반영하고 있다. 이 부분에 대한 이해를 위해 노어먼(Norrman)의 〈헨리 제임스의 '새장 안에서'에 나타난 도청된 전보의 플롯 The Intercepted Telegram Plot in Henry James's 'In the Cage'〉을 볼 것.

는 그러한 완벽한 붕괴에도 "살아남은 자들은 일종의 완전한 파괴를" 깨닫게 된다.(피츠제럴드 286) 그들은 탈주선을 발견했던 것이다. 그것은 이전의 양식과 코드의 결정적인 파열을 의미한다. "깨끗한 파괴는 되돌아올 수 없는 그 무엇이다. 그것은 만회할 가망이 없는 것이다. 왜냐하면 과거로 하여금 존재하기를 중단하게 하기 때문이다."(피츠제럴드 286) 들뢰즈와 가타리는 〈균열〉을 읽으면서 두 가지 종류의 균열을, 두 가지 종류의 내적 파괴, 즉 인식 불가능한 균열의 분자적인 파괴와 질적인 파열의 완전한 파괴를 구분한다. 전자는 몰적인 선을 파열하고, 후자는 탈주선을 열어둔다. 각각은 약속과 위험을 동시에 가진다. 피츠제럴드의 경우, 분자적인 선은 비어 있음을 유도하고, 탈주선은 새로운 삶으로 나아가는 것이 아니라 과격한 이기심의 쓰라린 신념과 최소한의 사회적 고결함에 대한 약속으로 나아간다. 그는 자신의 글 끝부분에서 "만약 당신이 나에게 살점이 많이 붙어 있는 뼈를 하나 던진다면, 나는 당신의 손이라도 핥을지 모릅니다. 그 순간에도, 나는 예의바른 동물이 되고자 할 것입니다"(피츠제럴드 289)라고 말한다.

선들에 대한 들뢰즈와 가타리의 세번째 사례 연구인 피에레트 플뢰티오의 〈심연과 망원경 이야기〉에서는 몰선과 분자선이 현저하게 드러나고 탈주선은 거의 나타나지 않는다. 나타나더라도 그것은 순수한 변형의 가능성을 제공한다. 그 이야기 속에 나오는 기이한 세계는 "짧게 보는 자"들과 "길게 보는 자"들의 우주인데, 이들은 나무로 된 플랫폼에서 "침범"(플뢰티오 14) "불규칙의 골짜기, 지켜지지 않는 명령, 지연"(플뢰티오 15) "반역" 그리고 다른 쪽에서의 분명치 않은 "고통"(플뢰티오 24)을 관찰하기 위해 심연을 가로질러 망원경을 통해 응시한다. 짧게 보는 자들이 보는 것은 "여러 종류의 거대한 독방(獨房)들이며, 그것들의 형태는 교실, 막사, 저소득 주거 대책용 거주지 또는 비행기로부터 내려다보이는 전원들이다."(플뢰티오 28) 짧게 보는 자들은 단지 이 독방들의 윤곽만을 감지하는데, 이는 "고리·열(列)·기둥·도미노의 형태를 갖추고 있으며 결국 그 형태의 수는 다소 제한되어 있다."(플뢰티오 29) 침범과 반역이 감지되면, 거대한 광선 망원경(Lunette á Rayon)이 나타나고, 레이저총이 거대한 세포들을 절단하고, 그것들을 규칙적인 외양으로 회복시킨다. 이야기의 내레이터는 길게 보는 자이다(플랫폼마다 유일하게 멀리 보는 한 사람이 있다). 그들의 민감한 도구는 "결정되지 않은, 무한한 양," 하나의 "연속적인 절편화 작용, 끊임없는 운동성, 결코 움직이기를 멈추지 않는 엉켜 있는 윤곽"을 감지한다.(플뢰티오 34) 원거리 망원경은 매우 미묘한 침범에 대한 식별을 허용하지만, 짧게 보는 자들은 이런 부분에 거의 주의를 기울이지 않는다. 길게 보는 자는 또한 광선 망원경에 새겨진 규칙성들이 사실상 상처로 누더기가 되어 있고, 세포 조직 속에 있는 톱니 모양의 찢어진 곳의 틈이라는 것을 알고 있다. 그리하여 길게 보는 자의 미시적 인식은 짧게 보는 자들의 관찰에 의해 확인할 때는 회고적인 의미를 가질 뿐이고, 레이저 광선에 의해 부과되는 몰 적인 윤곽들은 불규칙적이고 난폭한 상처에 노출되게 된다. 이야기 속에서 내레이터는 짧게 보는 자들로부터 소외감을 느끼고 동지애를 갈망하지만, 심연너머로부터 거대한 폭풍이 몰려와 전 플랫폼에 쓰레기를 내려두고, 내레이터가 그 원거리 망원경을 포기할 때 유일하게 변형이 가능하다. 그때 내레이터가 심연을 연결하는 다리 위를 과감히 나가고, 다른 쪽에서는 동일한 플랫폼에 짧게 보는 자들과 멀리 보는 자들이 있음을 발견한다. 그들과 함께 내레이터는 가로지른 심연을 뒤돌아본다. 이제 그 심연은 거대한 구멍이 아니라 "마침내 나의 상대방과, 나의 분신과, 드디어 그 전체와 더불어 내가 발을 내딛으며, 살아가고자 하는, 끝없이 평평하게 펼쳐진 지표면과도 같은 것이다."(플뢰티오 50)

제임스·피츠제럴드·플뤼티오의 소설에는 세 가지 선이 작동한다. 절편성의 몰적인 딱딱한 선, 분자적인 또는 유연한 분절선 그리고 탈주선. 각 텍스트에서 몰적인 선은 지각할 수 없을 만큼의 분자적 동요로 인해 방해를 받는다. "무슨 일이 일어났는가?"라고 물어보아야 하는 그러한 것. 무엇이 전보 타자수로 하여금 에버라드 선장과 함께 그녀의 이상할 정도의 리비도화된 공모로 이끌게 했는가? 어떻게 피츠제럴드는 갑자기 자신이 마치 낡은 접시처럼 망가지게 된 것을 발견하게 되었는가? 무엇이 멀리 보는 자를 고뇌하면서, 짧게 보는 자와 감시의 소명으로부터 분리되게 했는가? 각각의 경우 알 수 없는 방황이 발생한다. 비밀의 **형태**가, 그리고 각각에서 탈주선이 순간적으로 열린다. 해석을 넘어서는 거친 순간적인 빛이, 완전한 파괴가, 거대한 심연을 건너는 다리가. 제임스는 탈주선을 일과 가정 생활의 몰적인 선으로 유도할 뿐이고, 피츠제럴드에게 있어서는 냉소적인 공허함으로 나아가며, 플뢰티오에게 있어서 그것은 새로운 삶의 가능성을 열어 준다.

우리는 선들로 이루어져 있다. 그러므로 글쓰기의 선들과 삶의 선들 사이에 분리가 없을지도 모른다. 들뢰즈와 가타리는 선에 **관한** 텍스트로 제8고원에서 세 개의 **소설**(nouvelle)을 다루고 있지만, 《카프카》에서처럼 삶과 일이 상호 침투되고 있음을 입증해 보이는 편이 더 나았을지도 모른다. 그 책에서 그들은 편지 · 단편 · 소설들과 규범 속의 가족들 그리고 공장들, 관료제도의 다양한 기계들을 서로 관련짓는다. 선들은 "사용되는 위도와 경도의 체재에 따라 모두 다 똑같이 하나의 삶의, 문학 또는 예술 작품의, 그리고 한 사회의 선들일지도 모른다."(MP 249; 203-4) 들뢰즈와 가타리는 세 개의 선을 확인한다. 각각은 그 특징과 위험을 가지며, 서로 다른 것들 안에 내재하고, 개인적 · 사회적 · 정치적 · 인간적 · 비인간적인 영역을 가로질러 똑같이 존재한다. 개개의 선들은 중요성을 가지지만, 어떤 하나의 선에 우선권이 주어진다면 그것은 탈주선에 주어져야 한다. 들뢰즈가 《디알로그》에서 설명한 것처럼, 우리는 동등하게 세 개의 선, 두 개의 선, 또는 한 개의 선을 말할 수 있을지 모른다. 세 개의 선들이 있다. 몰선, 분자적인 선,

탈주선이다. 또는 두 개의 선이 있다. "두 개의 양 극단 사이의 진동" (D 165; 137)만이 있는 분자적인 선이다. "또는 하나의 선이 있을 뿐이다. 제1의 탈주선, 즉 경계선 또는 변경선, 이는 제2의 선에 의해 비교되며, 제3의 선에서 정지되거나 절단된다."(D 165; 137) 창조의 선은 탈주선의 선이다. 작가들은 창의적으로 글을 쓰는 그만큼 이 선을 수행하게 된다. "쓴다는 것은 탈주선을 추적하는 것이다."(D 54; 43) 그 선은 "삶을 실험화"(D 59; 47)하는 생명선이다.

비전과 오디션

《카프카》에서 들뢰즈와 가타리는 소수 문학의 개념을 발전시켜 나간다. 《중첩》에서 들뢰즈는 베네의 연극에 대한 해설을 위해 그 개념을 사용한다. 그러나 이미 《디알로그》에서 들뢰즈는 소수 문학이 적어도 특정하게 문학을 세분한 것이라기보다는 당위성을 가지면서 기능하는 문학을 위한 이름임을 분명히 밝혔다. 들뢰즈는 비록 《천의 고원》에서 언어의 소수적 사용에 대해 논의하기는 하지만, 《디알로그》에서는 '소수적인 글쓰기' 보다는 먼저 '글쓰기'에 대해 말한다. 들뢰즈와 가타리가 제8고원에서 중점을 두었던 것은 선에 대한 것과 모든 짧은(tout court) 글쓰기에 관한 것이다. 들뢰즈는 《비평과 진단》서두에서 '문학과 삶'이라는 주제에 대해 말했다. 비록 《카프카》에서 배열했던 것들과는 다소 다른 범주로 틀이 짜여져 있지만, 그가 서술하는 '문학'이 본질적으로 '소수 문학'이라고 하는 것은 그리 놀라운 일은 아니다. 글쓰기의 즉각적인 정치적 본성과 언술 행위의 집단적 배치와 높은 언어적 탈영토화의 계수 개념에서부터 출발하기보다는, 여기서 들뢰즈와 가타리는 되기와 다가올 하나의 민중 창조와 자신의 언어 속에서 더듬거리기에 의해 문학의 특징을 정리했다. 물론 이러한 것들은, 모두 《카프카》에서 소수 문학 개념으로 드러나 이미 익숙하게 틀이 잡혀 있는 친숙한 주제들이다. 그러나 '문학과 삶'에서 들뢰즈가 확인한 제4의 양상이 있다. 그것은 비교적 새로운 것으로 비전과 오디션의 창안이다. 그 주제는 《비평과 진단》의 서문에서 두드러지는데, 그 책의 몇 개의 짧은 단락에서 표면적으로 나타나고, 들뢰즈가 임종 직전에까지 탐색했던 마지막 주제들 중 하나로 보인다.

들뢰즈는 《비평과 진단》이 몇 가지 문제들과 관련하여 정리한 책으로, 글쓰기 문제(자국어 내에서 외국어 만들어 내기, 인습적인 궤도에서 언어를 이탈시킴으로써 착란 상태로 만들기[sillons coutumiers])뿐만 아니라, 보기[voir]와 듣기[entendre]의 문제를 다루었다고 말한다. 사실상 또 다른 하나의 언어[langue]가 언어[langue] 내에서 만들어질 때, 그것은 대체로 '비구문론적'이고 '비문법적' 극한을 향하는 경향이 있거나 언어의 외부와 소통하는 그런 언어이다."(CC 9; lv) 언어에 고유한 그 외부란 마치 《의미의 논리》에서 말하는 언어적인 표면과 같고, 그 표면은 단어들과 사물 사이의 표면이며, 그 한계는 언어를 비언어적인 것과 접촉하게 하는 언어의 **극한**이다. 만약 언어를 하나의 영역으로 본다면, 그 영역의 외부 표면은 영역의 외부이기는 하지만, 그것은 또한 비언어적인 것과 접촉하는 부분이 되고(영역의 외부), 그리고 언어적인 것과 비언어적인 것을 서로서로 소통하도록 허용한다(얇은 막으로 혹은 내부와 외부 공통의 침투 가능한 극한으로서의 영역의 표면). **상스**(sens)처럼 의미/뜻은 단어로 표현되지만, 신체들의 속성을 표현하기도 하고, 비전과 오디션은 언어로 표현되지만 그 자체가 비언어적이다. 언어의 극한은 비언어적인 비전과 오디션으로 "만들어"(CC 9; lv)진다. 그러나 언어만이 그것들을 가능케 한다. 비전과 오디션들은 마치 스토아 학파의 렉타(lekta)처럼, 표면으로부터 퍼져 나가는 안개나 오로라와 같이 단어의 몸체에 나타나는 표면 효과이다. "단어 위로 부상하는 색깔과 공명의 효과처럼 쓰기에 적합한 그림과 음악도 있다."

(CC 9; lv) 비전과 오디션들이 발생하는 곳은 바로 단어들을 통해, 단어들을 가로질러, 단어들을 횡단하는(à travers les mots) 단어들 사이(entre les mots)에 있다. 베케트는 "뒤에 잠복하는 것"을 보고 듣기 위해 언어 안에 있는 "지루한 구멍"에 대해 말한다. "모든 작가들은 그것을 들어야 한다. 그/그녀는 관찰자이자 청자이다. '잘못 본 것, 잘못 말한 것'(베케트의 산문집 제목), 그는/그녀는 색채주의자이자 음악가이다."(CC 9 lv)

비전과 오디션은 외국어가 자신의 언어 내에 창조될 때 만들어지지만, 들뢰즈는 '다른' 언어를 형성하는 것과 비전과 오디션을 생산하는 것이 정확하게 똑같지는 않다는 점을 밝힌다. '문학과 삶'에서 그는 문학의 세 가지 '양상'에 대하여 이야기한다.(CC 16; 5) 그것은 "모국어[Langue maternelle]의 해체 혹은 파괴," 통사 창조를 통한 "언어[langue] 내에 새로운 언어[langue] 창조," 그리고 "더 이상 그 어떤 언어에도 속하지 않는[qui ne sont plus d'aucune langue] 비전과 오디션의 창조이다."(CC 16; 5) 새로운 언어 창조는 아마도 언어의 "이면[un envers, 양면으로 입을 수 있는 재킷의 뒷면과 같은] 혹은 외부[un dehors]"(CC 16; 5)를 향하여, 극한까지 밀어붙이기 동시에 전반적인 언어의 '동요' 없이는 결코 발생하지 않는다. 그러나 새로운 언어와 언어의 동요는 동일하지 않다. 전자는 언어학적인 것이고, 후자는 언어의 비언어적 극한 혹은 표면을 포함한다. 비전과 오디션은

판타지[fantasmes]가 아니라, 언어의 틈새에서 작가가 보고 듣는 진실한 관념들(Ideas)이다. 그것들은 과정의 중단이 아니라, 과정의 일부를 형성하는 중단이다. 마치 되기 안에서만 드러날 수 있는 영원성, 움직임 속에서만 나타날 수 있는 풍경과도 같다. 그것들은 외부 언어가 아니라 언어의 외부이다. 관찰자와 청자로서 작가, 그 문학의 목표, 즉 이데아를 구성하는 것은 바로 언어 안의 삶의 통로를 통해서이다.(CC 16; 5)

그래서 비전과 오디션은 언어의 틈 속에 있는 언어의 외부이지만, 어떤 점에서 그것들은 "작가가 보고 듣는 관념"이고, "언어 속의 삶의 통로"에 의하여 구성되는 실체이며, 확장된 설명을 필요로 한다.

직관적으로, 시각적 차원은 단순히 은유적으로 보이거나 최소한 복잡한 신경-생리학적 과정에 의해 중재되는 것처럼 보이는 반면, 언어는 물질적 음향 요소를 가지고 있다는 점에서, 오디션이 비전보다 언어와 더 밀접하게 연관될지도 모른다. 하지만 이전에 우리가 카프카의 문체를 조사하면서 보았듯이, 들뢰즈와 가타리는 언어의 소수적인 사용의 음향적 변형을 언어의 현재적 음향(카프카의 독일어)과 언어에 재현된 소리(그레고르의 곤충이 붕붕 거리는 소리, '변신'에서 그의 여동생의 바이올린 음악) 모두를 포함하는 실험화 방식으로 다룬다. 그리고 《비평과 진단》에서 오디션은 단순히 두운법 · 유사음 · 각운 · 운율 · 리듬 등의 전통적인 음악적 효과가 아닌 것이 분명하다. "그는 더듬거렸다"에서, 우리가 앞에서 주목한 바와 같이 들뢰즈는 "언어의 변용태적 · 강도적 사용"은 음소적 · 통사적인 요소에 직접적으로 작용될 수도 있고, 언어적인 더듬거림을 유도하는 것일 수도 있다고 말한다(루카의 "열렬히 열렬히 나는/나는, 너를 사랑해 나는 [Passionné nez passionnem je/je t'ai je t'aime je]"에서 처럼). 그러나 "만약 **내용**에 상응하는 **형태**, 주변적인 특성, 단어의 행위자로 이바지하고 있는 맥락[un milieu conducteur de paroles]"이 "진동, 중얼거림, 말더듬기, 진음(震音), 진동음"을 한데 모아서 "지시된 효과가 단어들 위로[sur les mots] 울려 퍼지게 한다면,"(CC 136; 108) 표현 형태는 손상하지 않은 채로 남아 있을지도 모른다. 멜빌의 《피에르, 혹은 모호성》에서, "숲 속과 동굴의 소음, 집의 침묵, 기타의 출현이 이사벨의 속삭임과 그녀의 달콤한 '외국의 억양'을 입증해 주고, 《변신》에서 그레고르의 지껄임이 그의 발의 떨림과 몸의 진동을 통해서" 확고해지며, 자허 마조흐에서 "그의 등장 인물들의 말더듬"은 "여자의 침실의 무거운 정지 상태, 마을의 소음 혹은 대초원의 진동"(CC 136; 108)[7] 속에서 배가(倍加)된다. 단어들은 노래한다. "자신들을 나누기도 하고 또 구성하기도 하면서, 그들이 추적하는 통로의[chemin] 극한에서. 단어들은 침묵을 만든다. 여동생의 바이올린은 그레고르의 지껄임으로 연결되고, 기타 소리는 이사벨의 중얼거림을 반영하며, 막 죽어가는 새의 멜로디는 '부드러운 야만인' 빌리버드의 말더듬기 위로 부상한다. **언어[langue]가 너무 긴 장하여, 더듬거리며, 혹은 중얼거리고, 더듬기 시작할 때…… 모든 언 어[langage]는 언어의 외부를 표시하고, 언어를 침묵과 대면하게 하는 극한에 이른다.**"(CC 142; 113) 오디션은 언어의 의례적인 요소들을 낯 설게 만드는 더듬거리는 문체에서 생기지만, 소리들을 '중계' 하고 '반 영' 하며, 그것들을 '증명하고,' 서로를 '확신케 하고' '이중화하는' 분 위기와 환경 속에서 현재적인 언어적 소리와 재현된 소리를 같이 끌어 안는다. 궁극적으로 오디션은 역설적으로 침묵의 음악을 창조해 낸다. 언어를 "극한에, 외부에, 그리고 침묵의 상태로까지 몰고 가는"(CC 142; 113) 그곳에는 "그림 또는 음악이 있지만 단어의 음악이, 단어의 그림이, 단어 속의 침묵"이 있다. "마치 단어들이 그것들의 내용을, 장 엄한 비전을 또는 숭엄한 오디션을 토해낸 것처럼."(CC 141; 113)

분명 들뢰즈의 "단어 속의 침묵"에 대한 인유는 단어 속에서 오디

---

7) 자허 마조흐에 대한 이전의 연구를 간단하게 재구성한 "자허-마조흐의 재-등 장(Re-presentation)"에서, 들뢰즈는 자허 마조흐가 "언어(langue)를 더듬거리게 하고, 언어행위(langage)를 정지, 노래, 외침 또는 침묵, 숲의 노래, 마을의 외침, 초원의 침 묵 지점까지 밀고 나간다"(CC 74; 55)고 말한다. 그는 자허 마조흐의 더듬거리는 문 체에 관한 연구로, 파스칼 퀴나르(Pascal Quignard)의 《더듬거리기의 존재, 자허-마 조흐에 관한 에세이 L'être du balbutiement, essai sur Sacher-Masoch》를 인용한다. 그러나 퀴나르는 자허 마조흐의 첫번째 아내인 완다가 남편의 글쓰기에 나타나는 어 떤 '전율' 에 대해 말한 점을 주목하면서, 그외 어디에서도 자허 마조흐의 독일어 텍 스트를 직접적으로 다루지 않으며, 문체의 언어적 요소를 특별하게 논의하지도 않 는다. 들뢰즈가 카프카와 클라이스트를 다루었던 경우에서처럼, 사람들은 직접적으 로 언어학적 영역으로 분류될 더듬거리기의 특별한 예를 찾아보지만, 그것이 헛수 고임을 알게 된다.

션과 현재적인 음향 효과를 재빠르게 동일시해 버리는 점을 경계한다. 사실상 언어의 음향적 차원은, 설령 조금은 있다고 하더라도 비전과 오디션이 의미하는 것에 대한 의문을 분명히 밝혀 준다기보다는 오히려 복잡하게 한다. 들뢰즈의 비전에 대한 비평으로 더 유익한 것은, 특히 T. E. 로렌스의 《지혜의 일곱 기둥》에 대한 명석한 에세이인 〈수치와 영광: T. E. 로렌스〉에 제시된다. 들뢰즈는 괴테의 색채론과 "사막, 그것에 대한 인식 혹은 사막에 대한 아랍인들의 인식"(The desert and its perception, or the perceptiopn of the Arabs in the desert)(CC 144; 115)[8]을 비교하면서 이야기를 전개해 나간다. 《색채론》(1810)에서 괴테는 본질적으로 빛은 보이지 않는 것이고, 가시적인 것은 유일하게 빛과 그림자의, 투명한 것과 불투명한 것 사이의(깨끗한 것과 모호한 것 chiaroscuro) 상호 작용을 통해 생산될 뿐이라고 주장한다. 색채라고 하는 것은 그림자, 즉 다양한 수준의 불투명성이며, 그로 인해 보이지 않는 빛이 보이게 된다는 것이다. 그리하여 "색채는 그것을 통해 가시적인 것이 **시작되고**, 가시적인 것의 **아르케**(arché), 즉 하나의 변용태라는 점에서"(에스쿠바스 233) 색채 속의 시각과 세계의 물질 사이에는 근본적인 심리적 연관성을 가지고 있다. 색깔은 "더 많은 것과 더 적은 것과의 관계에 따라 나타나는, 빛 **안에** 있는 그림자의 정도이다."(에스쿠바스 234) 흰색에는 그림자의 최소량이 있고, 검은색은 그림자의 양이 가장 크다. 하지만 순수한 빛의 세계가 비가시적이라면——태양처럼 눈부시고 눈을 멀게 하는——"흑백의 세계는 여전히 너무나 눈을 멀게 하는 것이지만 너무나 비가시적인 것이다. 불투명성의 처음과 마지막의 수준이 기울기 시작할 때, 즉 흰색은 어두워져[s'obscurcit] 노란색으로, 검은색은 밝아져서[s'éclaircit] 푸른색으

---

8) 들뢰즈는 괴테의 색채론과 뉴턴의 광학에 대해 빈번하게 언급한다. 들뢰즈는 괴테의 《색채론 *Farbenlehre*》을 독해하면서, 우선적으로 엘리안 에스쿠바(Eliane Escoubas)의 예리한 논문인 〈염색(染色)된 눈 L'œil (du) teinturier〉을 기초로 하고 있다.

로 될 때, '본다는 것,' 즉 감응은 그후에 시작될 뿐이다."(에스쿠바스 234-35) 가시적인 것의 창세기에서 가시성의 그 첫번째 형태는 희미한 후광 또는 분위기의 형태이고, 형태들의 가장 덧없는 것, 즉 순간적인 응시 **아우건블릭**(Augenblick)(어원상 Auge는 눈, Blick은 응시의 의미로 '찰나' '순간')이다. 그리하여 "괴테적 가시성은 **속도**[vitesse]이고" (에스쿠바스 235) "**움직임**의 세계"이다.(에스쿠바스 238) 세계가 점차적으로 뚜렷해지면서 사물의 윤곽이 나타나고, 빛에 그림자를 더하여 모양 · 가장자리 · 경계 · 표면들이 빛을 "짙게 하면서" 색채가 드러난다. 그러므로 괴테의 색깔론은 "윤곽의 이론이고, **형상** 이론이다."(에스쿠바스 237) 하양이 노랑으로, 검정이 파랑으로 통과하여 지나가고, 색깔과 윤곽이 함께 가시적인 것으로 되면서, 노랑과 파랑이 함께, 단 하나의 색채인 "모든 색깔의 최고점인 빨강이 되고, 그것의 가장 순수한 색조인 '보라'로 불려지면서,"(에스쿠바스 240) 그것들은 최대한의 강밀도화에 이른다.

괴테의 색깔론에서 사람들은 가시적인 것의 세 가지 층의 창세기, 즉 순수한 빛을 흐리게 하는 비가시적인 것으로부터의 행로, 검정과 하양의 희미한 후광이나 분위기를 통과하는 것, 하양이 노랑으로, 검정이 파랑으로 어두워지고 노랑과 파랑이 자주에서 최고의 강밀도에 이르는 뚜렷한 형상의 색깔과 윤곽을 끌어낸다. 아랍인의 사막 인식에 대한 로렌스의 설명에서, 들뢰즈는 이와 견줄 만한 세 가지 차원을 발견한다. 그것은 순수한 비가시적인 빛의 세계와 신기루, 아지랑이, 기체, 타오르는 태양의 증기, 흑과 백의 대조의 세계("그들은 원시적인 색깔을 가진 혹은 오히려 하나의 흑과 백의 민족이다"[T. E. 로렌스 37]), 그리고 황색과 푸른색, 모래와 하늘의 끝없는 들판의 진홍빛과 보랏빛이 마구 불타는 듯하고, 원형 천장의, 험한 바위산의, 지그재그의 갈라진 틈들이 있는 숭고한 럼(Rumm) 계곡과 같은 마치 환각과 같은 세계이다. 그때 말 그대로 로렌스의 풍경은 비가시적인 빛이 태양의 안개와 같이 뿌연 지점을 통과하여 색깔을 가진 윤곽으로 지나가면서 보는 것의 창세기, 즉 가시적인 것의 출현 무대를 기록한다. 하지만 비가시적인 빛은 마치 아랍의 신(神)처럼 "순수하고 투명한 것−비가시적인, 무색의, 무형태의, 만질 수 없는"(CC 144; 115) 관념과 같다. 그리고 들뢰즈는 로렌스의 경우 관념은 빛을 가진 것이라고 주장한다. 빛은 "공간을 만드는 광장"[l'ouverture qui fait l'espace]이며 (CC 144; 115), 확장, 펼침의 과정이고, 공간의 기본적인 가시성 속에서 쏟아져 나오는 보이지 않는 힘이다. 빛처럼 "관념은 공간을 가로질러 뻗어 간다. 그것은 마치 광장[l'Ouvert]과도 같다."(CC 144; 115) 관념은 "공간 안에서 움직임의 방향을 따르며 추구하는 힘이다. 즉 초월이 아닌 실체나 근본 원리."(CC 144; 115) 비록 비가시적으로 남아서 다양한 정도의 차이를 가지는 그림자가 '어두워지면서' 스스로를 드러낸다고 할지라도 관념은 괴테의 빛, 즉각적인 움직임과 속도, 실재적·물질적 존재인 실체나 근본 원리들을 가지는 힘의 현상이다. 그리고 이러한 관념들은 직접적으로 정치적인 결과들을 가진다. "반역, 봉기는 빛이다. 왜냐하면 그것은 공간이기 때문이고(그것은 공간에 퍼져 나가는, 가능한 한 가장 큰 공간을 열어두는 문제이다), 그것이 이데아이기 때문이다(본질적인 것은 설득하는 것[즉 반역의 추상적인 개념인 예언적인 언술 행위]이다)."(CC 144; 115) 아랍인들은 "구제할 수 없을 정도로 심각한 관념의 자녀들"이며 "밧줄 위에 있는 사람들처럼 이데아 위에서 흔들릴 수 있는 사람들이다."(T. E. 로렌스 42) 그리고 그들의 노마드적 펼침은 물질의 힘이 앞으로 쏟아져 나오고 동시에 하나의 공간을 결정하듯이, 빛의 확장이나 이데아의 움직임과 같다.

　로렌스는 "문학 역사상 가장 위대한 풍경화가[paysagistes] 중 한 사람이지만,"(CC 162; 116) 이는 그가 괴테의 주마등과 같은 빛, 아지랑이와 다양한 색깔들을 창조했기 때문만은 아니다. 들뢰즈가 보기에 가장 최고의 작가는 "진실된 비전으로 미적 인식 대상을 형성하여, 그려

낼 수 있는 독특한 인식 조건을 가진다."(CC 146; 116) 그러한 작가들은 외부의 풍경을 세부적으로 그리며, 형상은 현재적인 장소 혹은 구체적이고 객관적인 형태와 상응하지만, 또한 환영적인 풍경이 '주관적인' 요소라고 막연하게 명명되는 것을 수반한다. 들뢰즈는 멜빌로 부터 "외부의 바다로 투사되지만, 인식에 침투하여 그것으로부터 하나의 비전을 '뽑아내기' 위한 내부의 바다를 발견한다."(CC 146; 117) 이처럼 로렌스에게는 "자신을 아라비아 사막으로, 즉 아랍인들 속으로 밀어넣는 내적 사막이 있다. 그것은 많은 점에서 아랍인들의 인식과 개념에 일치하지만, 그것은 이러한 인식과 개념을 완전히 다른 비밀스런 형상으로 소개하는 불굴의 차이를 보유한다."(CC 146; 117) 외부의 세계에 내적인 이미지가 투사된다——외부의 대양에 내부의 대양, 외부의 사막에 내부의 사막——그래서 외부의 세계 · 대양 · 사막이 변형되어, 환영이 된다.

들뢰즈는 연구 중에 외부 세계에 대한 이러한 내적인 이미지의 투사를 특히 로렌스의 명망 있는 당당함과 허언증(과장증)에서 발견한다. 로렌스의 자아 이미지와 그가 아랍인 동지들에게 구축한 이미지는 일종의 신비감을 가지며, 이는 나르시스적인 충동에서가 아니라, "물상(物像) · 현실 · 미래 · 하늘 속으로 투사되는 깊은 욕망과 경향에서 일어나는 것, 즉 **스스로 생을 영위하는** 충분히 강렬한 자신의, 타자들의 이미지이다."(CC 147; 118) 들뢰즈는 주네의 《사랑의 죄수》(1986)의 한 단락을 언급하면서 이러한 과정을 밝힌다. 여기서 주네는 "자기 자신의 이미지를 생산하기 위해 그리고 죽음 너머로 그것을 증식하기 위해, 모든 사람에게 다소 의식적인" 욕망에 대해 말한다.(주네 261) 개인과 단체는 자아-이미지를 풍부하게 창조해 내고, 몸가짐과 자세를 받아들이며, 작중 인물의 표현 · 몸짓 · 행동과 리듬을 발전시킨 다음 그러한 것들을 세계 속에 투사시킨다. "그리스에서 [검은] 표범에 이르기까지, 역사는 우화적인 이미지를 분리시켜 투사하고, 미래로의 사절로 그들을 보내어, 사후 오랫동안 활동하기 위해 인간의 욕구에 의하여 만들어진다."(주네 262) 허언증 환자는 단순히 "자기 자신의 이미지를 제대로 투사해 낼 수 없는" 사람이고, 그런 사람은 "독립적인 삶을 살아가기 위해"(주네 262) 이미지를 어떻게 구성해야 하는지 모르는 사람이다. 역사적으로 위대한 인물들은 "자신의 주변에 이미지를 투사하고, 미래로 옮기는 데에" 성공했다. 그리고 그 이미지가 실제로 자신들의 모습과 같든 다르든, 중요한 사실은 "그들이 그러한 현실로부터 강력한 이미지를 애써 쟁취했다는 것이다."(주네 262) 들뢰즈가 여기서 발견한 것은 "다가올 하나의 민중 창조, 형성중인 혁명적인 집단"을 위한 전체적인 정체성 창조의 "우화적인 기능"[fonction fabulatrice](CC 147; 118)이다. 이러한 점에서, "주관적인 기질, 즉 이미지를 투사하는 힘[la force de projection]은 분리될 수 없을 정도로 정치적이면서 에로틱하고 예술적이다.(CC 148; 118) 설령 '주관적'이고 '내적인' 것이라 하더라도, 현실 위에 투사된 이미지들은 비개인적이고, 그것들이 성공적으로 투사되는 그 정도만큼 자율적이다.

로렌스는 세계에로 투사하는 이미지를 창조하지만, 들뢰즈의 분석에서 그는 세계 안의 물질적인 '실체'로서 작용하는 추상적 개념을 만들어 낸다. 몇 가지 점에서 로렌스는 추상과 개념을 위해 아랍적인 열정을 공유하고 있다는 점을 말하고, 들뢰즈는 로렌스가 그러한 하나의 추상인 수치심(羞恥心)을 사용하고 있다고 상세하게 말한다. 그러나 들뢰즈는 로렌스의 경우, 추상적 개념은 "죽은 사물이 아니고," 강력한 우주의 동력을 고무시키고, 투사된 이미지-사물, 신체, 존재들과 함께 사막에서 친밀하게 섞이는 실체들"(CC 149; 119)이라고 말한다. 로렌스는 "사람들과 사물을 따라서, 사막에서 열정적으로 살고 있는"(CC 149; 119) 실체들을 추상화시키는 재능을 가지고 있다. 그는 추상적인 실체의 세계를 만들어 내며, 사막을 통과하고 **"이미지를 이중화**하는, 이 실체의 세계는 이미지를 뒤섞고, 그것들에게 환영적인 차원을 부여한다."(CC 150; 120) 동시에 이러한 추상적인 실체가 로렌스의 문체에서는 방해를 야기하고, 리듬의 정지, 기이한 역전과 빈번하게 나타나는 고문체(古文體), "알갱이와 같은"(granular) 인물을 유도한다. E. M. 포스터의 말대로 "아랍어보다는 유령의 독일어에 가깝게, 마치 외국어처럼 들리게 하듯이."(CC 149; 119)[9] 하지만 추상적인 개념은 궁극적으로 사람들이 생각할 수 있는 것이 아니라, 그것은 감정이고 변용태들이다."(CC 155; 124) 그것은 "**역능**"(CC 156; 124), 즉 권력 혹은 영향력이다. 괴테의 빛처럼 그것은 비가시적인 동작의 힘이다. 마치 이러한 변용태적인 힘들이 말을 비틀거리게 하고, 정지시키며, 가속화하고, 흩어지게 하면서, 단어들과 부딪쳐 튀어오르는 것처럼, 사람들은 그러한 로렌스의 문체에서 추상적 실체의 '충격'을 듣는다.(CC 156; 124) 그리고 추상적 실체들은 "언어의 극한에서 거대한 시각적 · 음향적 이미지의 전유를 일으킨다."(CC 156; 124) 그것은 마치 이 추상적 실체들, 즉 이러한 변용태적인 힘들은 "스스로 외부의 사막에 적용시키며, 신체들-남자, 야수와 바위 모두를 가로질러 그곳에서 우화적인 이미지들을 고안하는 내부의 사막[un desert intime]을 차지하는 것 같다."(CC 156; 124)

　　로렌스의 추상성에 대한 강박적 · 변용태적 다루기, 그의 "유령 같은 독일어" 문체, 그의 신화화하는 화법과 도발적이면서 환각적인 풍

---

9) E. M. 포스터는 로렌스에게 보낸 편지에, 다음과 같이 자신이 관찰했던 내용을 쓴다. "문학을 유체(流體)와 알갱이로 나누면, 당신은 후자의 부류에 들어갑니다. 내가 이렇게 말하는 것은 당신의 주제 문제가 아닙니다. 당신은 유기적으로 연결되어 있지만 여전히 그 사이에 간극이 남아 있는 항목들의 연속으로서의(비록 당신이 볼 수는 없지만) 삶을 제시합니다. 하지만 아직도 그것들 사이에는 어떤 간극이 남아 있습니다. 다시 말해 당신은 일련의 그림을 보여줍니다. 나는 움직이지 않는, 낙타 위의 사람들을 봅니다. 그리고 또다시 봅니다. 그때 그것들은 앞에 있었던 것과 연결지을 수 없는 위치에 있게 됩니다. 하지만 또 앞의 것과 마찬가지로 움직이지는 않습니다. 결코 미동을 느낄 만한 그런 움직임이었을 리가 없습니다!"(《T. E. 로렌스에게 보내는 편지》 p.58)

경들은 그의 작품의 특징이지만, 그러한 풍경들은 특히 비전의 창조로 옮아가는 복합 요소들을 분명하게 한다. 《지혜의 일곱 기둥》에서 우리는 태양의 연무와 신기루, 광대하게 펼쳐진 모래와 하늘의, 마치 "어린 시절의 꿈속에서의 풍경처럼…… 너무나 방대하고 고요한"(T. E. 로렌스 352) 색깔과 윤곽으로 다채로운 풍경들의 이미지를 본다. 우리는 또한 집단적인 과업의 개인 이미지와 집단 이미지, 즉 아랍인의 반란과 같은 확대되고 영웅적인 자세와 태도를 본다. 그리고 우리는 로렌스 문체의 과립적(顆粒的)인 절분음(싱코페이션)을 본다. 이 모든 것들을 가로질러 변용태적인 강밀도와 힘의 움직임이 작용한다. 로렌스에게 그러한 힘들은 관념이지만, 괴테의 빛의 의미에서 관념은 추상 물질의 **실체들**이다. 로렌스가 제공하는 풍경은 현재적인 장소에 대한 묘사들이지만, 그것들에게 투사된 것은 로렌스의 내적인 사막으로부터 온 변형된 이미지이다. 이와 같이 토의의 화법, 부대(部隊)의 움직임, 소규모의 충돌과 습격은 역사적인 사건을 기록하지만, 이러한 사건에 투사된 것은 미래의 전체적인 아이덴티티에 대한 이미지들이다. 풍경과 그룹에 투사된 이미지를 **환영의** 것으로 만드는 것은 "추상적인 실체"를 가진 이미지의 이중화이다——다시 말해 비가시적인, 변용태적인 힘들을 가진 이미지의 주입이다. 그러한 힘들은 언어를 방해하고, 그것을 '타자'가 되게 하고 보이지 않는 빛이 색채의 세계로 스며들듯이. 단어들의 극한에서 이미지의 투사를 조장하고, 그러한 이미지에 침투하여 활기를 불어넣는다.

비전, 궤도, 그리고 되기

비전은 외부의 세계에 투사된 내적인 이미지이다. 그러나 들뢰즈는 이미지들을 "주체적인 성향"에서 생겨나는 것이라고 하지만, 그것은 분리된 자아(주체/객체)에 속하거나, 또는 어떤 개인적인 편견 혹은 편애의 형태를 드러낸다는 점에서 '주체적'이지는 않다. 비전은 "판타지가 아니라 진실된 관념이다."(CC 16; 5) 비전의 이미지는 집단적일 뿐만 아니라(사실, 들뢰즈는 항상 그렇다고 주장한다) 실재적인 것으로부터 얻어낸 것이고, 그 자체의 생명력을 가진다. 얼마나 많은 이미지들이 '내적'이면서 비개인적/자율적일 수 있으며, 실재적인 것으로부터 짜내어 실재적인 것에 투사될 수 있을까? 들뢰즈는 〈어린이들이 하는 말〉이라는 에세이에서 대답이 될 만한 것들을 보여준다. 거기서 그는 주체 중심적이고, 정신분석학적 판타지와 비개인적이면서 탈주체적 비전간의 구분에 고심한다.

프로이트의 유명한 사례인 꼬마 한스에서, 5세 소년이 가진 말〔馬〕에 대한 공포증은 그의 아버지에 의한 거세에 대한 두려움으로 해석된다.[10] 꼬마 한스의 삶에 대한 모든 사소한 일들——말이 자기를 물거나 거리에서 떨어뜨릴지도 모른다는 것에 대한 염려, 동물원에 있는 동물들에 대한 두려움, 마주하고 있는 아파트에 있는 소녀를 방문하고자 하는, 레스토랑에서 "세련된 젊은 숙녀"를 만나고자 하는, "거리의 소년"을 흉내내고자 하는 그리고 창고에서 수레에 올라 타보고 싶어하는 등등에 대한 그의 욕망——이 모든 것들이 가차없이 그의 거세 컴플렉스에 대한 요소들로 해석된다. 그러나 들뢰즈에게 욕망은 직접적으로 세계에 투기되고, 말과 기린·거리·어린이·건물·방들은 부모의 상징이 아니라, 한스가 능동적, 감응적으로 몸을 담고 있는 "특성, 실체, 역동 그리고 사건들"(CC 81; 61)로 구성된 환경의 복합 요소들

---

10) 프로이트, 〈5세 소년의 공포증에 대한 분석〉(1909), Vol. X, 1-149. 들뢰즈는 이 사례를 《디알로그》, D 97-100; 79-82에서 논의한다. MP 313-17; 256-59와 들뢰즈·가타리·클레어 파르네·앙드레 스칼라가 쓴 〈언술의 해석 L'interprétation des énoncés〉을 볼 것. 들뢰즈와 가타리의 《정신분석과 정치 Politique et psychoanalyse》([PO] 1977)에서, 저자들은 유사한 칼럼에서 꼬마 한스가 실제로 말하는 것과 프로이트가 한스의 말을 이해한 것을 병치한다.

이다. 사람들은 한스의 환경에 대한 지도, 즉 여러 곳의 장소들(가족의 방, 아파트 건물, 거리 건너편의 창고, 동물원, 그문덴 레스토랑)·사람들(어린 소녀, 젊은 숙녀, 거리-소년들)·동물들(말, 동물원 동물들)·물건들(마차, 가구-운반차, 버스)·특성(말의 냄새, 운전자의 고함 소리), 사건들(말이 물려고 하는 것, 말이 넘어지는 것)의 지도를 그릴 수 있을 것이다. 그때 사람들은 한스의 움직임의 궤도-현재적인, 기대했던, 꿈을 꾸었던, 상상했던, 두려워했던-그의 세계에 대한 감응적 회로를 추적하게 될 것이다. 이러한 욕망의 지도 위에 꼬마 한스의 오솔길들은 자신의 특성과 실체·권력·사건들이 환경의 그것들과 결합한다. "지도는 사람들의 여행[le parcours]의 정체성과 사람들이 여행하면서 통과하는 것[le parcouru]을 표현하게 된다. 대상 자체가 움직임이 될 때 지도는 대상과 섞이게 된다."(CC 81; 61)[11]

이러한 환경의 변용태(감응)적 본성을 강조하기 위해 궤도 혹은 확장 속의 움직임의 지도가 아닌, 강밀도 혹은 '강도' 안의 움직임의 지도인 제2의 지도를 창조해 낼 수 있을지도 모른다. 왜냐하면 "강밀도의, 밀도의 지도가 또한 있기 때문이고, 그것은 공간을 채우는 것과, 궤도[le trajet]와 경계를 이루는 것과 관련이 있기 때문이다."(CC 84; 64) 제2의 지도는 한스의 세계에서 말에 속한 것들과 같은 감응을 그릴 수

---

11) 〈어린이들이 말하는 것〉에서 들뢰즈는 번역상 문제를 일으키는 여행과 이동에 대한 용어들을 많이 사용한다. "여정·소풍·여행"에 대한 의미인 voyage 외에도 들뢰즈는 parcours라는 단어를 사용한다. 그것은 여행·도주·여정의 의미일 뿐만 아니라 먼 거리로 여행하는 것을 의미한다. 그러므로 여정을 떠나는 길을 지칭할 수도 있다. 그는 또 trajet라는 단어를 사용하는데, parcours처럼 여행하는 행위와 여행한 코스 둘 다를 지칭할 수 있다. 들뢰즈는 또한 그의 에세이에서 '궤도(trajectory: trajectoire)'라는 단어를 사용하지만, 나는 들뢰즈의 영어 번역자들의 관례를 따라 그 용어의 역동적인 의미를 유지할 노력으로 trajet를 '궤도'(trajectory)로 하였다(trajet는 발사물의 경로를 기술하는 데에 사용될 수 있다. 그러므로 '궤도'로 번역하는 데에 대한 정당성을 부여한다). 결국 들뢰즈는 포괄적인 "길·통로·진로"의 의미인 chemin을 사용한다. 그것은 어떤 문맥에서는 parcours나 trajet의 동의어로 사용되기도 한다.

도 있다. 즉 "거대한 말안장을 가지는 것, 무거운 짐을 실어나르는 것, 눈가리개를 가지는 것, 물어 버리는 것, 떨어지는 것, 매질당하는 것, 두 발 맞추어 줄서는 것."(CC 84; 64) 강밀도의 지도는 변용태의 분배를 구성한다. 그리고 이러한 변용태는 **역동**, 즉 변용을 주고받는 힘인 **되기**이다. 한스의 강렬한 지도 위의 말의 변용태들은 한스의 말——되기를 추적하고, 강렬한 되기의 지도는 광범위한 궤적의 지도의 "기초가 된다"——밑에 놓이고, 그 아래에서 확장한다. "되기는 강밀도의 힘들이 원동력의 기초가 되는 것처럼, 궤도의 기초가 된다. 한스의 말-되기는 집에서 창고에까지의 궤도와 관계가 있다."(CC 85; 65)

궤도와 되기 간의 관계는 실재적인 것과 상상적인 것, 즉 개인의 외재적 이행 운동들과 그/그녀의 내재적 심리 상태와의 관계는 아니다. 궤도와 되기의 두 지도는 분리될 수 없고, 그것들의 상호 침투는 실재적인 것과 상상적인 것의 전통적인 구분을 원상태로 되돌린다. 즉 "여행이 실재적인 것이 아닌 것처럼 되기도 상상의 것이 아니다. 여행을 가장 사소한 궤도 혹은 심지어 고정된 부동성으로 만드는 것은 되기이다. 그리고 되기를 상상의 것으로 만드는 것은 그 궤도이다."(CC 85; 65) 궤도와 기초가 되는 되기의 이중 지도 위에서 실재적인 것과 상상적인 것은 "단 하나의 궤도 위에 두 개의 병치 가능한 혹은 겹쳐 놓을 수 있는 부분들, 서로서로 끊임없이 상호 교통되는 두 개의 얼굴, 하나의 움직이는 거울"로 생각되어야 한다.(CC 83; 63) 우리가 모름지기 상상적인 것에 대해 말한다면, 우리는 그것을 다음과 같이 생각해야 한다.

무의식의 결정체를 구성하기 위해 실재적 대상과 섞이는 잠재적인 이미지, 그리고 그 반대도 마찬가지. 실재의 대상이나 풍경이 유사한 혹은 이웃하는 이미지를 불러일으킨다는 것으로는 충분치 않다. 왜냐하면 그것은 그 **자체의** 잠재적인 이미지를 해방시켜야만 하고, 동시에 잠재적인 이미지는 상상적 풍경으로, 두 개의 용어 각각이 서로를 추적하는 회로를 따라 실재적인 것으로 들어가 서로 교환된다. '비전'은 이런 식의 이중화 혹은 양분[doublement ou dédoublement], 이것의 합체로 되어 있다. 리비도의 궤도가 가시화되는 것은 바로 이 무의식의 결정체 안에서이다.(CC 83; 63)

여기에서 우리는 다시 비전, 풍경과 이미지로 돌아간다. 하지만 이제 내부와 외부라기보다는 잠재적인 것과 실재적인 것에 의해 틀이 잡힌다. 우리가 로렌스에서 "외부의 세계에 투사된 내적인 이미지"로서 언급했던 것이 여기서는 "실재적인 것으로 들어가는"(즉 들뢰즈의 더 의례적인 용어로, 현재적인 것(현형태)과 잠재적인 것(잠재태) 둘 다가 '실재적'이라는 점에서 '현재적인 것'으로 들어가는) 하나의 잠재적 이미지이다──잠재적 이미지와 실재적/현재적 이미지는 모두 "무의식의 결정체"를 형성한다. 결국 《시네마 2. 시간 이미지》에서 들뢰즈는 결정체의 형상을 전재하고 잠재적인 것과 현재적인 것이 동일한 이미지 속에서 동시에 보이는 시네마적 시간─이미지의 특수한 형태로서 '결정체─이미지(crystal─image)'를 묘사한다. 우리가 프루스트의 논의에서 상기하듯이, 베르그송은 과거가 가장 먼 사건에서 매순간 확장되어 잠재적 영역으로 존재한다고 주장한다. 각 현재의 순간은 이 잠재적 과거의 일부, 즉 현재의 순간 그 '자체의' 잠재적 순간인 일종의 현재의 잠재적 '이중'과 공존한다. 들뢰즈가 보기에 어떤 영화 이미지에서 우리는 현재의 순간과 그 자체의 잠재적 과거를 본다. 그 이미지는 마치 거울과 같다. 그것은 잠재적인 반사 속에서 현재적 대상을 가시화하지만, 그것은 다면체 거울, 즉 증식하는 잠재적인 이미지를 굴절시키고 창조해 내는 결정체이다(마치 베르그송의 잠재적 과거가 모든 현재의 순간에서 과거 전체의 장으로 확장되는 것과 같이). 반사가 현재적 대상을 이중화하는 것처럼 결정체는 현재적인 것을 **이중화한다**.

결정체는 현재적인 것과 잠재적인 것을 **분리시키거나**[dédouble] 혹은 쪼개면서 상호 구분을 뚜렷하게 하고, 단 하나의 다면체 이미지, 혹은 결정체-이미지 안에서 그것들을 합치게 한다.

각 현재의 순간은 그 자체의 잠재적 순간을 가진다. 하지만 평범한 경험 속에서 그 잠재적인 순간은 눈에 띄지 않으며 비가시적이다. 이처럼 각 풍경은 그 내부 자체에 보이지 않는 잠재적인 풍경을 가지고 있다. 그러한 풍경을 가시화하기 위해서 사람들은 그것을 해방시켜야 하며, 현재적인 것으로부터 그것을 추출하여 "두 개의 용어 각각이 서로 다른 것을 추구하고, 상호 교환되는 회로를 따르는" 현재적인 것과 관련을 맺도록 해야 한다. 잠재적인 것과 현재적인 풍경이 합쳐지면 각각은 다른 것을 이중화하고, 다른 것으로부터 쪼개어져 "무의식의 결정체"가 형성되고, 그 결정체 안에서 "리비도의 궤도가 가시화된다." 그러나 만약 잠재적인 풍경이 단순히 현재적인 것으로부터 추출된 것이고, 그 풍경이 "외부의 그곳"에 존재하는 것이라면, 이러한 잠재적인 풍경과 욕망 혹은 "리비도의 궤도"는 무슨 관련이 있는가? 그리고 잠재적인 풍경과 현재적인 것을 관련지어, 그러한 것들이 "무의식의 결정체"를 형성하게 하는 의도는 무엇인가? 들뢰즈는 이러한 점을 명료하게 하는 데에 도움을 줄 예를 제시한다. 그는 스위스 신교도 연합 7백주년을 기념하기 위해 제네바 부근 모샤크에서 브루넨까지 2킬로미터의 길을 따라 환경을 이용하여 조성한 예술 작품과 함께 일군의 건축가 · 예술가 · 조각가 · 작가 · 역사가 · 과학자들이 이루어 낸 예술적 과업에 대해 언급한다. 그 과업은 《스위스 도로: 제네바의 여로. 모샤크에서 브루넨까지》에 상세히 드러나는데, 제네바 호수를 따라 길을 내는 것이다. 여러 가지의 중재——나무 심기 · 건축 구조 · 음향 설치 · 조각품 등등——를 거쳐 그 길은 예술 작품으로 전환되고, 그리하여 그 길은 '통로 만들기[faire un chemin]'를 위해 오늘날 그것이 의미하는 바"(《스위스 도로》 22)를 분명하게 드러나게 된다. 그 예술가들 중 한 사람인 카르멘 페랭은 뻗어 있는 통로를 따라서 몇 개의 옥석을 덮고 있는 군엽을 절단해 낼 것을 결정했다. 그리하여 풍경으로부터 옥석들을 추출하여, 수세기에 걸쳐 그 바위들이 오늘날의 모습에 이르게 한 빙하 작용의 힘을 가시화한다. 페랭은 이미 그곳에 있었던 것을 "해방시켜 주었다." 하지만 지질학적인 힘의 선들이 가시화되는 그러한 방식이었고, 비록 바위들을 움직이거나 대체시키지는 않았지만, 유일하게 선택된 돌들은 기괴한 형상으로 노출되어 있었으며, 바위들과 통로 그리고 풍경의 다른 특징들 사이에 율동적인 대위법이 이루어져 있었다. 그리하여 보다 더 큰 의미의 "횡단되는 환경 혹은 분위기" 안의 그 '통로'에는 몇 개의 궤도들——산책길 그 자체, 빙하 작용의 힘의 잠재적인 흐름들, 옥석을 서로 연결하는 선들, 산책로를 지나가면서 누리게 되는 환경들과 바위들 간에 이동하는 공명의 벡터들——을 포함하게 된다. 그리고 이러한 궤도들은, 설령 외재적으로 가시적인 것이지만 예술 작품에 내재한다. 이러한 점에서 "외재적인 통로는 그 [예술] 작품에 선재하지 않는 하나의 창조이다. 그리고 작품의 내부적 관계에 의존한다."(CC 87-88; 67) 페랭이 만든 통로의 궤도는 실재적인 것으로부터 끌어낸 잠재적인 요소이지만, 그 궤도들은 실재적인 것에 부과된 예술 작품의 내재적인 요소이다. 그것은 "마치 잠재적인 통로가 실재적 통로와 서로 얽힌 것과 같고, 실재적 통로는 잠재적인 통로들로부터 새로운 추적로, 즉 새로운 궤도들을 얻게 된다."(CC 88; 67) 이런 점에서 들뢰즈는 페랭의 통로가 모든 예술 작품의 훌륭한 예가 된다고 말한다. "예술에 의해 추적되는 잠재성의 지도는 실재의 지도 위에 포개어지고, 그것이 그 길[parcours]을 변형시킨다."(CC 88; 67)

그러나 예술의 "잠재성의 지도"는 단순히 형식적인 구조는 아니다. 잠재성의 지도는 또한 광범위한 궤도와 강도적인 되기의 이중 지도이다. 마치 꼬마 한스의 리비도적인 환경인 아파트 도로, 창고 그리고 동물원 사이의 여러 갈래의 통로, 그리고 말(馬)-되기의 과정에 포함된 여러 가지의 정동(精動)의 이중 지도처럼. 페랭은 제네바의 풍경에서 잠재적인 궤도를 끌어내고, 그녀는 그 궤도를 그 장소에 부과된, 내적으로 응집된 형상으로 만든다. 하지만 잠재적인 궤도가 그 안에 내재하고, 페랭은 그것을 그 안에 거주하게 한다. 설령 우리가 어떤 변용태적(정동적) 궤도와 되기가 페랭의 리비도적 지도를 구성하는 것을 추측할 수 있다고 하더라도, 우리는 제네바의 풍경의 잠재적인 궤도가 그 예술가의 다른 통로들과 함께 확장되고, 결합되며, 나누어짐을 그리고 창조의 예술적 과정이 그녀의 인생과 세계를 구성하는 모든 다른 활동들과 함께 계속된다는 것을 가정해야만 한다.

이제 우리는 로렌스를 다시 생각해 보자. 수년간 로렌스는 사막에 살면서 뻗어 있는 광활한 공간을 가로지르며, 그 계곡들을 누빈다. 그가 제1장에서 환기시키고 있듯이, 그와 그의 동료들이 추적하는 궤도는 변용태적이고 에로틱한 것이다. "우리는 감정이 물결치는 여물통이나 갈기 위에 신경을 뻗고 혹은 늘어뜨리며 살아왔다……. 사람들은 젊고 강건했으며, 뜨거운 피와 살이 무의식적으로 그들에게서 권리를 주장하게 했고, 그들은 낯선 갈망으로 배를 고문했다. 우리들의 결핍과 위험은, 상상할 수 없는 고문의 풍토에서 이 남성적 열기를 부채질했다."(T. E. 로렌스 28 29) 이러한 "무심한 하늘 아래, 헐벗은 사막"(T. E. 로렌스 28)에서 로렌스는 궤도와 되기의 이중 지도를 그린다. 그 위에서 그와 그의 동행자들과 그의 환경은 너무나 많은 상호 침투되는 "특성 · 물체 · 역능(puissances) · 사건들"로 결합되고 합쳐진다."(CC 81; 61) 거기에서 로렌스의 아랍인-되기, 그의 아랍인 추종자들의 영웅적 반란-되기, 양쪽의 낙타-되기 그리고 압도적인 환경 앞에서 전면적인 지각불가능-되기가 추적된다. 그 사람들은 태양에 의해 "동요되고" "몰아치는 바람에 현기증을 느끼며" "이슬에 젖어, 부끄러워하면서, 헤아릴 수 없이 수많은 별들의 침묵에 의해 수치심을 느끼면서 왜소함을 느낀다."(T. E. 로렌스 28) 로렌스와 그의 동료들이 만들어 낸 현재적 통로들은 변용 과정의 한계를 정하고, 그 통로들은 실재적인 것에서 현재화되어 온 잠재적인 힘의 선들이다. 로렌스가 그리는 풍경은 열과 빛의 역동적인 힘들과 여러 신체들——인간·동물·채소·광물질——의 변용태와 함께 스며든다. 각 풍경 안에는 잠재적인 풍경, 즉 로렌스가 현재적인 파노라마로부터 추출한 풍경 그 **자체의** 잠재적인 이중성이 내재한다. 그러한 공간에서 로렌스와 그의 환경은 비개인적, 비개별화된 힘들의 장소로 지켜지며, 그의 글쓰기를 통하여 풍경-이미지, 즉 현재적인 것과 잠재적인 것이 즉시 상호 침투되고, 서로 들어갔다 나가며, 주름이 잡히고, 나누어지고, 합해지는 풍경-결정체가 된다. 이 풍경-결정체는 로렌스가 아니라 아라비아 사막에, 내부가 아닌 외부의 리얼리티에 속해 있다. 그것은 그 자체 생을 유지하는 자율적[12] 이미지이다. 설령 외부 세계에 투사된 내부의 사막에 대해 막연하게 말할지는 모르지만, 결정체 이미지는 현재적 풍경에서 **추출해 낸** 것인 동시에 그것이 투사되는 과정에서 어떤 인칭적·심리적 세계와는 **분리된** 것이다.

그러한 투사 과정은 예술적 창조의 과정이다. 실제로 로렌스는 아라비아 사막에 거주한다. 하지만 그가 묘사하는 풍경은 《지혜의 일곱 기둥》의 글쓰기를 통해서 출현할 뿐이다. 주어진 풍경의 궤도와 되기의 특정한 형상은 예술 작품에 내재적이다. 그 형상은 실재적인 것으로부터 뽑아내어 다시 투사된 것이며, 거기서 변형과 상호 침투를 유도한다. 하지만 마지막 풍경은 "작품에 선재하지 않는, 작품의 내적인

---

12) 스토아주의자들과 스피노자에 이어 사유의 살아 있는 상태를 일종의 정신의 자율 운동(automatisme)——여기에서 시간의 상당 부분이 머물게 된다——으로 이해하고 있다. 그럼에도 불구하고 사유는 생성해 냈던 물질적 조건들을 '역실행'할 수 있는 힘을 얻어낼 수 있다. 이 경우에서 사유는 더 이상 하나의 상태로 지각되지는 않지만 되기로서, 그리고 구성적이며 창조적인 과정으로서 지각된다.(《들뢰즈》 알베르코 괄란디, 임기대 역, 동문선, 2004, p.102)〔역주〕

관계에 의존하는 창조인 것이다."(CC 88; 67) 단어들을 통해서 로렌스는 풍경을 창조한다. 그리고 언어의 극한에서 그것은 마치 단어들 위에 떠 있는 비언어적인 이미지처럼 나타난다. 그러한 풍경-이미지 안에 비가시적인 힘들이 가시적으로 되고, 빛의 힘들이 태양의 연무를 통해 색깔과 윤곽을 드러낸다. 세잔의 그림 생트빅투아르 산처럼 축조상의 붕괴와 격동으로, 혹은 반 고흐의 후기작인 소용돌이치는 하늘 풍경, 파동이 일어나는 들판 그리고 굽어 있는 길처럼, 로렌스의 풍경-이미지 역시 비가시적인 힘을 가시적으로 만든다. 그러나 그러한 힘들은 단순히 빛의 힘들이 아니다. 왜냐하면 풍경 이미지는 도래할 민중의 우화적인 이미지와 소통하기 때문이다. 예술적 창조 과정을 통해 거대한 전망은 마치 반역들이 그들이 횡단하는 풍경으로부터 장엄함의 아우라를 획득하는 것처럼, 집단적 반역의 영웅적인 충동에 의해 충만해진다. 로렌스의 풍경이 가지는 비전에서 빛과 반역의 움직임은 ──소위 말하는 하나의 민중이 되는 **'움직임'** 이다.[13]

CODA: 베케트의 텔레비전극

비전과 오디션은 언어의 비언어적 외부이다. 광경과 소리들은 단어들을 통해서 생산되지만, 단어 위에 존재하고, 단어들 사이에서 "마치 단어들이 그 내용을 토해내는 것 같다."(CC 141; 113) 그것들은 "작

---

13) 들뢰즈는 휘트먼의 비전과 오디션에 나타난 정치적인 것과 미학적인 것의 불가해함과 관련하여 그 유사점을 지적한다. 휘트먼은 "의심할 여지없이 문학의 색채주의자적 최고 영역을 창조했다."(CC 79; 59) 그리고 그의 색채주의는 열린 도로의 여정과 동지애에 대한 그의 정치적 비전과 분리될 수 없다. 동지애의 사회는 휘트먼의 "혁명적 미국인의 꿈"이며, 그의 작품의 자율적인 분절들이 "그 요소를 이루면서, 그것을 통해 혹은 그 요소들의 간격에서 사람들은 자연과 역사의 위대하고 신중하게 고려된 비전과 오디션을 접하게 된다."(CC 80; 60)

가가 보고 듣는 진실된 개념이지만"(CC 16; 5), 로렌스의 추상, "감정, 정동"(CC 155; 124), "강력한 공간적인 활력," 보이지 않는 질료적인 힘들, "실체, 본질"(CC 144; 115)의 의미에서의 관념이다. 그것이 이러한 관념을 구성하는 "단어 내의 삶의 통로"이다.(CC 16; 5) "문학과 삶"에서 들뢰즈는 되기, 한 민중의 창조와 말더듬기에 의해 문학을 말한다. 그리고 들뢰즈는 이 각각의 개념을 비전과 오디션에 결합시킨다. 문학의 작중 인물들은 그들을 횡단하는 되기에 의하여 결정된다. 그리고 그들 모두의 개인적인 특성들은 "그들에게 너무도 강력한 하나의 되기로 그들을 비결정성으로 이끄는 비전으로 고양시킨다."(CC 13; 3) 비전과 오디션은 마치 로렌스의 아랍인의 반역에 대한 우화적인 이미지처럼 항상 집단적이다. 그리하여 "이러한 비전과 오디션은 개인적인 일이 아니라, 끊임없이 역사와 지리를 재창조하는 형상을 이룬다. 그것은 우주의 한쪽 끝에서 다른 한쪽 끝으로 단어들을 나르는 **과정**으로 형상들을 창조하는 정신착란이다. 그것들은 언어의 경계 위에서 일어나는 사건들이다."(CC 9; lv) 물론 그 자체의 침묵의 가장자리에서 언어가 더듬고 동요할 때, 비전과 오디션들이 일어날 뿐이다.

"고갈된 것"(L'Épuisé)(E), 이는 베케트의 텔레비전극에 대한 1992년 들뢰즈의 연구로(영어 번역본에 포함되어 있지만, 《비평과 진단》의 프랑스어판에는 포함되어 있지 않음), 여기서 들뢰즈는 언어적 더듬거리기의 두 개의 명확한 예를 제시하고 있다. 그 중 하나는 단어들의 표면을 완전히 열어젖히려고, 짧은 분절이 끊임없이 구절의 내부에 첨가된다("folly seeing all this-/this-/what is the word-/this this-/this this here-/all this this here-/seeing-/folly seeing all this this here-."[《이야기를 들으면서》, p.132: CC 105; 174]에 나오는 소논문 〈단어란 무엇인가?〉에서). 또 다른 예는 "구절은 단어의 표면에 끊임없이 환원되는 점과 대시[특질]로 벌집화된다"("Less best. No. Naught best. Best worse. No. Not best worse. Naught not best worse. Less best worse. No. Least.

Least best worse"[《나아가지 않으며 나아가기》의 〈가세, 더 나쁜 쪽으로〉에서, p.118; CC 106; 174]). 그러나 들뢰즈의 중심이 되는 목표는 베케트가 어떻게 텔레비전극에서, 공간의 소진을 통해 무엇보다도 시각적·음향적 이미지 창조를 통해, 비언어적인 수단으로 단어의 한계를 극복하는가를 보여주는 것이다. 여기서 베케트의 텔레비전 이미지와 언어와의 관계에 대한 이러한 발언 가운데, 들뢰즈는 우리가 비전과 오디션을 이해하는 데에 도움이 될 몇 가지를 지적한다.

들뢰즈는 수년에 걸쳐 "베케트가 점점 단어들을 견딜 수 없어하고 있다"(E 103; CC 172)고 언급한다. 비록 이러한 참을 수 없음이 새로이 발견된 것은 아니지만. 들뢰즈는 베케트의 책 전체가 1930년대 처음으로 비평적 관심 속에서 회자된 후, 실제로 언어와의 투쟁이 지배적으로 드러나 있음을 본다. 들뢰즈가 자주 참고로 했던 1937년 편지에서 베케트는 "나 자신의 언어는 나에게 점점 더 그 뒤의 사물(또는 무(無))에 닿기 위해서 산산조각 나야 하는 베일처럼 보인다"고 말하며, "공식적인 영어"에 대해 조급함을 표현한다.(《파편》 171)[14] 그는 언어가 '당장에' 제거될 수는 없지만, 파편화되어 구멍투성이가 되어야 한다고 말한다. "언어 안에 구멍을 하나씩 뚫기 위해 그뒤에 잠복해 있는 것이——그것이 유(有)이든, 무(無)이든 간에——스며나오기 시작할 때까지 나는 오늘날 작가들을 위해 더 높은 목표를 상상할 수 없다." 베케트는 문학이 "오래전 음악이나 미술에서 포기했던" 관습에 집착한다고 통탄하며, "왜 단어 표면의 그 끔찍한 물질성이, 마치 예를 들어 거대한 휴지(休止)들에 의해 찢어지는 베토벤의 제7교향곡

---

14) 이러한 관찰은 액셀 카운(Axel Kaun)에게 독일어로 타이핑해서 보낸 편지가 그 출처이다. 나는 《파편 *Disjecta*》의 주석 부분에 제공된 마틴 에슬린(Martin Esslin)의 영역본을 인용한다. 《파편》의 편집자는 베케트가 이 편지를 ' '독일어 난센스' 처럼 풀어헤치고 있다'(p.170)고 말한다. 그럼에도 불구하고 들뢰즈와 몇몇 해설자들은 이 문서가 베케트의 예술적 교의(教義)를 매우 특별하고도 명쾌하게 표현한 것으로 간주한다.

의 소리 표면처럼 용해되어서는 안 될 이유가 있는가? 그리하여 전 페이지에 걸쳐 우리는 침묵의 불가해한 심연에 연결되어 아찔한 높이로 매달려서 소리의 통로에 지나지 않는 그 길을 받아들일 수밖에 없는 것인가?"《파편》172) 베토벤은 소리들 **사이에** 침묵을 강조하는 음악을 창조하며, 이와 같이 문학은 내포에 의해 또한 단어들 사이의 "유(有)나 무(無)"를 드러내야 한다. 사실 베케트는 1932년 미완성 유고작인 《중류층 부인의 바자회의 꿈》(들뢰즈가 종종 인유하는 또 하나의 세미나 텍스트)에서, 등장 인물 벨라쿠아는 "나의 독자들이 단락들 사이의 침묵 속에서, 진술문의 조건이 아닌 간격에 의해 소통될"《파편》49) 그러한 책을 쓰고자 하는 그의 욕망을 말한다. 이런 문학적 기획은 벨라쿠와의 마음속에 "렘브란트 작품의 열개(裂開)하는 역동적인 이접과, 색소와 어둠의 침투를 위협하는 회화적 핑계 뒤에 함축"을 품게 한다. 렘브란트 작품에서 그는 "파열 · 불화 · 표류 · 전위 · 진동 · 트레몰로 · 분해 · 붕괴 · 개화 · 몰락, 조직의 복수화, 예술 작품의 부식성의 여파"를 확인한다. 그리고 베토벤에게서 그는 유사한 "열개의 구두점, 표류하는 것, 산산조각 난 일관성을 주목하며" 작품들이 "무시무시한 침묵으로 잠식되어가는"《파편》49) 것을 주목한다.

이러한 초기 비평 텍스트에서 표면 그 아래의 "유(有)나 무(無)"를 관통하려는 많은 노력으로, 미술 · 음악 · 문학 사이에 하나의 유사성이 만들어진다. 마치 베토벤에 있어서 악절들이 분해되고, 소리들 간의 침묵이 들리는 것처럼, 렘브란트의 경우 다양한 그림 형상과 대상이 서로 분리되어 있고, 분열되어, 그것들 사이에 비어 있는 공간을 보이게 한다. 그러나 비어 있는 공간은 겉으로 보기에, 사이의 공간일 뿐만 아니라, 그림 표면 아래의 넓은 공간 전체, 즉 그림이 일어나는 후경적(後景的) 깊이("예술의 부식성에 대한 여파")이다. 마치 "침묵의 불가해한 심연"이 음악 표면 아래로 후경적 차원을 형성하듯이. 그리하여 언어의 베일을 찢고, 단어에 구멍을 내며, 단어의 표면을 용해시키는 것은 유비적인[15] 형태로, 어떤 배경의 비언어적인 요소요소가 단어들 뒤에 잠복하고 있는지, 가시적 공허함 혹은 음향적 침묵에 대한 어떤 상대물이 언어 저변의 깊이로서 기능하는지를 드러낸다.

베케트의 미학적인 기획은 본질적으로 부정적인 것 같고, 예술 작품의 표면 뒤에 숨기는 것은 '유(有)'라기보다는 '무(無)'(空)[16]이지만, 들뢰즈는 베케트를 다르게 읽는다. 들뢰즈는 우리가 "렘브란트, 세잔 혹은 반 벨데처럼 색칠된 캔버스의 표면에, 베토벤이나 슈베르트처럼 소리의 표면에" 구멍을 낼 때, "공허 혹은 본질적인 가시성이, 침묵 혹은 본질적으로 청취할 수 있는 것이 밀려오는 것은 바로 질서 속에서이다"(E 103; CC 173)라고 언급한다. 이 작곡가들과 화가들이 하는 것은 "표면을 꿰뚫는 순수한 강밀도"(E 104; CC 173), 즉 **본질적인 시각이나 본질적인 청각**, 즉 가시적이고 시각적인 것을 통해 활동하는 비가시적이고 비청각적인 힘을 나타내는 순수한 시각적 음향적 이미지'[17]를 창조하는 것이다. 들뢰즈는 미술의 공허함과 음악의 침묵은 비어 있는 것이 아니라 가득 차 있는 것으로 읽는다. 그리고 베케트가 선호했던 화가와 작곡가들이 전면으로 부상되는 것은 잠재적인 것, 즉 일관성의 결합 구도(the plane of consistency)에 근거한 힘의 충만이다.[18]

작가에 있어서 문제는 언어의 표면이 가시성 혹은 사운드의 표면 보

---

15) 기표 작용에 앞선 언어 상태에 대한 전복은 《천의 고원》에서 하나의 기호 체제에서 다른 기호 체제로 변형하는 특정한 변형 형태로 묘사되는데, 들뢰즈와 가타리는 이러한 종류의 변형을 '유비적(analogical)'이라고 부른다. 유비적 변형은 전기호화하는 기호의 체제에서 파생되었다. "유비적 변형에서 우리는 잠 · 마약 · 호색적인 기쁨이 표현에 강제하고자 하는 주체적, 기호화하는 체제를 전기호적인 체제로 번역하면서 표현을 형성하는 것을 본다. 그러나 예기치 않은 분절과 복수적 발성능력을 체제에 스스로 부과하면서 저항한다."(들뢰즈와 가타리, 《천의 고원》, 미네소타대학교 출판부, 1987, p.137)〔역주〕

16) '무(無)' 혹은 '공(空)'이라는 명칭으로 불리는 지대 혹은 '도(道)'라고 불리는 지대가 나타난다. 이를 들뢰즈와 가타리는 '일관성의 구도(the plane of consistency)'라고 부른다.(《노마디즘》 2권, 이진경 지음, 휴머니스트, p.93)〔역주〕

다 더 떼어내기 어렵다는 것이다. "그것은 단순히 단어들이 거짓말쟁이라는 것이 아니라 단어들은 계산과 의미화를 적재하고 있고, 또한 의도와 개인적인 기억들과 그러한 것들이 한데 굳어지고 그 표면이 구멍 뚫리는 순간 닫히는 낡은 습관들로 적재된다. 표면은 찌른다. 그것은 우리를 가두고 질식시킨다."(E 103; CC 173) 들뢰즈는 화가 프랜시스 베이컨에 대한 연구에서, 베이컨의 목표가 화법과 재현의 진부함으로부터 시각적 형상을 비틀어 '사실의 질료'[19]를 감지하는 것임을 관찰하고, 그는 베케트의 글쓰기에서도 이와 같은 목표를 본다. 화가나 작곡가들이 시각과 소리들을 규정하고 조직하는 서사와 코드를 원상태로 되돌리고자 할 때 그들은 순수한 이미지, 즉 일반적이지도 않고, 특

---

17) '사유의 이미지(image of thought)'가 아닌 '이미지 없는 사유(thought without image)'가 노마디즘의 극한, 절대적인 탈영토화(deterritorialization)일 것이다. 들뢰즈는 아르토가 "이미지 없는 사유의 무서운 현현"(들뢰즈와 가타리, 《철학이란 무엇인가?》, 컬럼비아대학교 출판부, 147)을 추구했다고 말했는데, 결국 '이미지 없는 사유'는 예술 작품을 통한 미적 체험의 영역으로, 기도·수행·명상 혹은 공안(公安)을 통한 간화선(看話禪)과 같은 종교적 체험의 영역으로 나아가게 하는 것이라고 볼 수 있다. 들뢰즈와 가타리의 노마디즘은 동양적 사유의 방식과의 비교를 통해 더욱 객관적으로 고찰될 수 있을 것이다. '이미지 없는 사유'는 합리와 비합리의 구별 같은 것도 포함한 모든 분별지에서 벗어난 공(空)의 경지를 깨닫는 것과 비슷하다고 말할 수도 있다.(정형철 저, 《들뢰즈와 가타리-포스트구조주의와 노매돌로지의 이해》, 세종출판사, p.94)〔역주〕

18) 《베케트와 포스트구조주의 Beckett and Postructuralism》에서 앤서니 울만(Anthony Ulmann)은 마침내 들뢰즈와 베케트의 유사성을 밝힌다. 그는 처음에 "엄격하게 말해 그들의 과업은 대립되는 것으로 받아들여져야 한다. 결국 베케트는 풍자하는 글에서 부정(negation)과 무(無)의 표현·실패·존재의 비참함과 관련지을 수 있다. 그리고 이 모든 것들은(의심할 여지 없이 정당하게) 베케트의 연구 영역에서는 비평적 상식이다. 반면 들뢰즈는, 스피노자처럼 어떠한 부정도 요구하지 않는 긍정의, 기쁨의, 긍정적 존재의 철학자인 것처럼 보인다."(울만, p.9) 그러나 울만은 "베케트가 부정을 향해 작업하면서 사용하는 일부 핵심 개념이 들뢰즈가 긍정을 향하면서 사용하는 것과 같은 입장을 취하는 것으로 본다. 요약하자면 이 개념들은 모두 내부적으로 얽히는 것, 즉 내재성이며(존재의 일의성, 카오스와 동일한 존재), 일종의 '반-플라톤주의'적인 것이며, (변화, 되기로서의) 움직임에 대한 강조이다"(울만, p.12)라고 주장한다.

19) 나는 《들뢰즈와 음악, 회화, 그리고 일반 예술》 제5장에서 이 문제를 다룬다.

별하지도 않은 미결정성의 실체를 창조할 수 있다. 음악은 이 어린 소녀의 죽음을 **한 어린 소녀가 죽어간다**로 변형시킬 수 있다. 음악은 표면을 뚫는 순수한 강밀도로서 무한이라는 극도의 결정(決定)을 초래한다.(E 103-4; CC 173) 더 이상 '그 어린 소녀'는 보편적이지 않으며, 특히 확인된 주체인 제인 마리 존 또한 아니다. 그녀는 '한 어린 소녀'라는 되기의 과정 중심에 있다. 음악과 그림은 그런 표면을 뚫고 무한한 이미지를 창조하는 능력을 가지고 있다. 그러나 단어들은 그렇지 않다. "단어들은 일반적인 것 혹은 특별한 것 안에서 유지되는 결속력을 가지고 있다. 단어들은 '열개의 구두점'이 부족하고, 예술 고유의 여파와 같은 것을 몰고 오는 그러한 '단절'이 부족하다."(E 104; CC 173)

들뢰즈는 가능성의 소진함이라는 말로 베케트의 텔레비전극에 대한 분석의 틀을 세운다(들뢰즈가 연구한 네 개의 텔레비전극 중 그 첫번째인 《사변형》[20]의 프랑스어 텍스트에서 베케트는 등장 인물, 조명, 타악음과 의상의 움직임들을 상세히 다루면서, "이렇게 고갈되어 버린 결합 가능한 모든 것들"(E 10-13)이라는 구절을 끈질기게 반복한다). 가능한 것을 **실현한다**(realize)는 것은 "어떤 목표나 계획, 기호(嗜好)를 추구하는 것이다. 예를 들면 나는 외출하기 위해 신발을 신고, 실내에서 지내기 위해 슬리퍼를 신는다."(E 58; CC 152) 그러나 목표·계획·기호 등을 추구하는 것은 종결점을 갖지 않는다. 왜냐하면 어떤 선택이든 항상 또 다른 선택의 가능성이 남아 있기 때문이다. 가능한 것을 **소진한다**(exhuast)는 것은 기호·목적·계획의 포기, 즉 결핍과 욕망의 끝없는 연속으로부터 요소들의 단절을 요구하며, 그래서 제한된 용어들

---

20) 《사변형 *Quad*》은 비인칭적 개별성으로서의 제4인칭의 특질을 그대로 드러나게 한다. 이 작품은 중립적인 아주 작고 마른 네 명의 등장 인물, 네 가지 색깔의 빛과 네 개의 타악기로 구성된다. 여섯 걸음에 해당되는 정사변형의 각 변과 두 대각선을 네 명의 인물들이 그에 상응하는 빛과 소리들과 함께 개별화되면서 모든 요소들의 조합, 계열화의 가능성이 고갈될 때까지 끊임없이 이동한다. 《한국 프랑스학논문》 제41집 (2003) p.259. 〈들뢰즈의 문학 비평〉—비인칭적 자아를 중심으로—유재홍.〔역주〕

의 닫힌 틀이 조합의 철저하고도 완전한 치환을 겪게 된다. 즉 다섯 개의 비스킷을 "1백20가지 방식으로 먹을 수 있는 전체적인 치환 가능성"에 대한 《머피》의 계산 방식(《머피》 96-97), 미스터 낫트의 먹는 습관에 대한 "열두 가지 가능성"에 관한 《와트》의 목록, 《몰로이》의 '돌-흡입하기'의 묘사와 호주머니와 입의 모든 가능한 위치들(《몰로이》 69-74), 이런 것들이 모두 베케트의 픽션에 나오는 가능성을 소진하는 것들에 대해 널리 알려진 예들이다. 그리고 《사변형》에서도, 네 명의 불확실한 배우들이 공연자들(솔로·듀오·트리오·사중창단)·조명·음향 효과·의상의 모든 결합에서, 광장의 네 모퉁이들을 연결할 수 있는 모든 가능한 통로들을 횡단하면서 이와 유사한 역할이 발생한다. 이 모든 예에서 중요한 것은 결합되는 요소들이 모든 기호, 모든 목표, 그리고 모든 의미 작용을 벗겨낸다는 것이며, 그리하여 그것들이 침투가 유한한 용어들의 닫힌 틀을 형성한다. 이러한 요소들을 분리한다는 것은 그것들을 정상적인 언어의 기능에서 이 요소들을 떼어낸다는 것이다. 왜냐하면 "실현을 위해 준비할 때, 언어는 가능한 것을 음절화하기"(E 58; CC 153) 때문이다. 언어는 모든 코드와 관습과 서사, 인간의 욕망과 욕구의 재현을 분절한다. 그러한 것들의 연속·연결·결합체들은 열려 있으며 소진되어질 수 없을 정도로 많다. 결국 가능성을 소모하는 목적은 언어를 원상태로 되돌리기 위함이고, 단어들을 응고시키는 계산·의미 작용·의도·개인 기억·낡은 습관들의 접착제를 용해시키기 위함이다.

들뢰즈는 베케트가 보통의 언어를 원상태로 되돌리면서 가능성을 소진하는 세 가지 방법들을 밝힌다. 그 첫번째는 "대상들 사이의 관계들과 단어들 사이의 관계들이 일치하는 그런 매우 특별한 언어"인 메타언어의 창조를 통해서이다.(E 66; CC 156) 들뢰즈는 이 메타언어를 언어 I(langue I)이라고 부르는데, 이 언어는 "원소의, 이접적인, 절단되고, 잘게 쪼개어진 것으로, 열거가 명제를 대신하며, 조합적인 관계가 통사적 관계를 대신하게 되는 명사들의 언어이다."(E 66; CC 156) 그 언어는 와트와 몰로이의 치환 가능한 목록들의 언어,[21] 즉 치환을 겪고 있는 대상들에 대한 일대일 대응 관계의 탈기표적 창고인 언어적 함의의 일상적인 연결망으로부터 절단되는 단어들의 집합이다. 그러나 만약 우리가 언어 I을 통해 단어들을 **가지고** 가능성을 소진한다면, 단어 그 자체를 소진할 필요성이 있다. 그리고 "또 다른 메타언어인 언어 II의 필요성도 있다. 이것은 더 이상 명사의 언어가 아닌 목소리의 언어이다."(E 66; CC 156) 만약 언어 I의 단어들이 연결되지 않는 불변화사라면, 언어 II의 목소리들은 "언어학적 미립자들을 조정하고 분배하는 파동 혹은 흐름들"(E 66; CC 156)이다. 언어 II의 목표는 그 흐름들을 완전히 고갈시키는 것이고, 끊임없는 목소리들에 둘러싸인 소음을 종결짓는 것이다. 그 각각은 모두 의미 작용, 선호 그리고 목표를 갖고 있음에도 불구하고 끊임없이 이야기의 흐름을 서술하는, 하나의 가능성의 세계를 분절하는 **타자**이다. 그러나 문제는 심지어 목소리가

---

21) 언어 I은 이름들의 언어이며 순열과 조합의 언어이다. 예를 들면 소설 《와트 *Watt*》에서 발에 신을 수 있는 것들은 "짧은 양말-긴-양말, 목긴 구두-구두-슬리퍼," 가구는 "이층 장롱-화장대-나이트 테이블- 세면대-라는 식이다. 들뢰즈는 《와트》를 거대한 "시리즈(serial) 소설이라고 부른다. 모든 것을 다 열거하고 모든 순열과 조합이 완성되면 무(無)에 도달한다. 언어 II는 목소리들, 이야기들의 언어이다. 목소리는 파동 혹은 흐름들이다. 낱말들로 가능성을 소진하는 것이 분자들을 다듬고 자르는 일이라면 낱말들 자체를 소진하는 것은 그 흐름을 말려 버리는 것이다. 《이름할 수 없는 자 *The unnamable*》 이후의 작업이 이것으로 소진에 의해 도달하고자 하는 것은 진정한 침묵이다. 낱말들을 소진하기 위해서는 낱말들을 발화하는 타자들(Others)과 관련되어야 한다. 언어 I이 "이성에 의해 오염된" 조합적 상상력이라면, 이야기를 지어내고 기억들의 목록을 만드는 언어 II는 "기억에 의해 오염된" 상상력이다. 그러므로 이성과 기억에 의해 오염되지 않는 순수한 이미지는 "상상력이 죽었다고 상상해 보라"(Imagination Dead Imagine은 베케트 작품의 제목)의 경지에서 만들어지는 언어 III이다("들뢰즈와 베케트의 이미지에 대한 사유: 베케트의 텔레비전 드라마 《한갓 구름뿐…》과 《밤과 꿈》을 중심으로─한국 현대 드라마학회: 현대 영미 드라마 16권, 윤화영, p.171-172)(순수 이미지와 두 작품과 관련된 자세한 비평은 위 논문을 참고로 할 것).[역주]

멈추었을 때조차도 곧 또다시 목소리는 시작되고, 사람들이 그러한 목소리들에 **대해** 말할 때 조차도, 이야기들을 계속하는 위험을 감수하게 된다. 그리고 언어 III의 필요성이 있다. "그것은 더 이상 열거 가능한 혹은 결합 가능한 사물이나 언어와 연관되지 않으며, 목소리도 내지 않고, 틈이나 구멍, 찢어진 곳으로 부단히 대체되는 내재적 극한과 연관된다."(E 69; CC 158) 언어 III는 "외부 또는 그밖의 어느 곳에서 부터의 그 무엇"을 포함하며(E 70; CC 158), 그것은 하나의 "시각적인 혹은 음향적인 이미지"(E 70; CC 158)이다.

그러나 언어 III의 이미지는 매우 특정한 의미의 이미지이다. 그것은 순수한 이미지로, "특이성 안에서 부상하는 시각 혹은 음향이다. 이는 개인적인 혹은 이성적인 어떠한 것도 지니지 않으며 마치 천상으로 승천하듯, 비결정(the indefinite)의 상태로 상승한다."(E 71; CC 158) 언어 III 이미지는 마치 베이컨의 "사실의 질료"처럼 정상적인 언어와 인습적 재현의 서사와 코드로부터 단절된다. 그것은 '내적인 긴장'에 의해, 그것이 가동시키는 힘에 의해 정의된다. 진공 상태를 창조하거나 구멍을 내기 위해 단어들의 결속을 이완시키고, 목소리의 흐름을 마르게 하기 위해, 기억과 이성의 억압으로부터 그것을 자유롭게 해주기 위해, 그리하여 진공 상태에 서서, 광장에서 떨면서 광장에 놓이는, 비논리적인, 기억상실의, 거의 실어증적 이미지."(E 72; CC 159) 그러한 이미지는 "폭발할 것 같은, 광적인 에너지……"를 소유하고 있다. 그러나 그 이미지들은 "궁극적인 미립자들과 같아, 결코 오래 지속되지 못한다."(E 76; CC 160) 그 이미지의 에너지는 '소산적(消散的 또는 소멸적)'이다. 왜냐하면 언어의 세계, 즉 "계산·기억·스토리를 중요시했고"(E 73; CC 159), 소진될 수 없는 가능성의 세계를 종식시키면서 스스로 소멸되면서, "에너지를 폭발시키기 위한 모든 가능성을 포획하고 있기"(E 77; CC 161) 때문이다.

순수한 이미지는 언어의 외부를 형성한다. 그러나 그 외부는 또한

"공간의 '광대함' "(E 74; CC 160)을 가진다. 그러한 이유로 언어 III는 이미지들과 임의의 공간[22](범용한 공간)으로 구성되며, 이러한 공간은 "설령 완전히 기하학적으로 결정되었다 하더라도(여러 면과 대각선이 있는 사변형, 여러 크기의 원, '둘레가 60미터에다가 높이가 16미터인 '실린더'), 탈신성화되고, 다른 용도[désaffecté]로 사용되며, 할당되지 못한 [inaffecté] 그러한 곳이다."(E 74; CC 160) 연결되지 않은 '무한한' 임의의 공간에서 모든 공간이 가지는 잠재력이 다 소진되어질 수 있으며, 닫힌 공간의 특정한 지점들 사이를 모든 움직임의 치환들이 소진된다. 그리고 임의의 공간에서는 시각적 · 음향적 이미지가 발생하며, 폭발적인 사건들이 단어의 표면들을 찢고, 그 아래의 광활한 배경의 공간으로 흩어진다.

들뢰즈는 가능성을 소진할 수 있는 네 가지의 수단을 밝힌다. 그것은 "사물을 소진하는 계열 형성"(언어 I) "목소리 흐름을 마르게 하기"(언어 II) "공간의 잠재력을 소진하기"(언어 III) 그리고 "이미지의 역능 분산"(언어 III)(E 78; CC 161)이다. 첫번째 두 가지는(언어 I, 언어 II) 베케트의 소설 · 드라마 · 라디오극을 지배한다. 그러나 나머지 두 가지

---

22) 임의의 공간(any-space-whatever): 인류학자 마크 오제(Marc Augé)에게서 빌려온 용어이다. 이것은 완전히 단일한 공간으로, 그것의 단순한 동질성은 잃어버린 공간이다. 다시 말해 미터법상의 관계나 부분이 가지는 고유의 연관성을 잃은 공간으로 무한수의 방식으로 연결이 가능하다. 그것은 잠재적인 접속의 공간이며 가능성의 순수한 장소로서 파악될 수 있다. 만약 클로즈업을 통해서 얼굴의 탈문맥화를 추출해 낼 수 있다면, 'espace quelconque'는 공간 자체를 탈문맥화함으로써 효과를 추출해 낸다.(로널드 보그, 《들뢰즈와 시네마》, p.80) 임의의 공간은 비-장소(non-place)라는 말로도 통한다. 현대 도시 공간에서 개인이 만남이나 횡단을 위해 방문하는 공항 · 환승역 · 호텔 대기소 · 현금지급기와 같은 '익명의 공간들'을 가리킨다. 오제는 임의의 공간들의 세 가지 특징으로, ① 시간과 사건의 과잉 속에서 영원한 실망과 기다림을 주는 공간, ② 세계의 다양성을 동질화하고 인구의 집중과 전송을 촉진하는 공간의 과잉, ③ 연결이 끊어진 공간의 증대와 사건들의 가속화에 따른 자아(ego)의 과잉을 꼽는다.(《들뢰즈의 시간 기계》, 데이비드 노먼 로드윅 저, 김지훈 역, 그린비, p.500)[역주]

는, 언어 III의 동일한 요소인데 텔레비전극에서만 나타난다. 《사변형》 (1980)에서 임의의 공간 창조를 통해, 공간의 잠재력을 소진하고, 배우들은 가능한 모든 궤도와 배치(솔로·듀오·트리오·사중주단)들의 결합에서 특징 없는 사변형의 측면과 대각선들을 횡단하게 된다. 《유령 트리오》(1975)에서도 역시 오른쪽에는 문, 전면에 창, 왼쪽에 초라한 침상이 있고, 문을 열면 텅 빈 복도로 통하게 되고, 창밖으로는 한결같은 밤비가 내리고, 초라한 침상이 있는 정체불명의 방으로 세트를 구성하여 공간을 탈잠세화(潛勢化)한다. 녹음기에서는 목소리가 나오지만 특정한 스토리·계획·기호(嗜好)를 밝히지 않으며, 대신 그것들이 스크린에 나타날 때, 단순히 장소나 행동만을 거론할 뿐이다("멀리 구석에 보이는 창문[쉼]. 오른쪽에 요긴한 문[쉼]. 벽 왼쪽에 초라한 침상" [《희곡작품 전집》 408]). 한편 《유령 트리오》 역시 "공간에서 이미지로 간다."(E 93; CC 168) 연극의 마지막 부분에 침상 위 거울 속에 나타난 배우 얼굴이 클로즈업되고, 베토벤의 《유령 트리오》의 끊임없이 반복되는 소리 이미지가 끝나자마자, 비결정성의 하지만 뚜렷한, 허공에 떠서, 탈문맥화된 미소를 띠고 있는 얼굴 이미지가 나타난다. 《한갓 구름뿐…》(1976)도 역시 임의의 공간에서 발생한다. 이 경우 정체를 알 수 없는 원형의 지역이, 서쪽·북쪽·동쪽의 좌표들이 각각 도로·성소·벽장으로 오프–카메라의 목소리에 의해 특징지어진다. 이 목소리는 여기저기 남자의 되풀이되는 움직임을 기술한다. 가끔 스크린에는 "눈과 입술만 남은 채"(《희곡작품 전집》 417) 떠 있는 여자 얼굴이 클로즈업되면서 또 다른 비결정성의 얼굴 이미지인 체셔 고양이의 미소와 같은 순수 이미지가 나타난다. 드디어 "어두운 빈 방"의 임의의 공간에 《밤과 꿈》(1982)이 펼쳐진다. '꿈꾸는 자'는 오른쪽을 보면서 테이블에 앉아 있고, "머리와 손만 분명하게 보일 뿐이다." 한편 "그가 꿈꾸는 자아"(《희곡작품 전집》 465)인 왼쪽에 마주하고 있는 거울 속 자아는, 꿈꾸는 자의 4피트 위에 주기적으로 나타난다. 간간이 여성의 손 한 쌍이 어둠속에서 나와 그의 이마를 쓸어내리고, 컵을 주면서 부드럽게 그의 머리 위에 멈추며, 마침내 그의 손을 잡는다. 한 목소리가 꿈의 이미지를 동반한다. 그것은 주로 소리-이미지이다. 그 목소리는 처음에는 슈베르트의 《밤과 꿈》의 멜로디만 콧노래로 부르고, 멜로디를 반복하면서 서정시와 함께 **가곡**을 부를 때에만 유일하게 낱말들이 연극에 도입된다.

《사변형》은 완전히 대사 없이 진행되며, 《밤과 꿈》은 서정 가곡으로 주로 대사를 도입하고 《유령 트리오》와 《한갓 구름뿐…》은 임의의 공간의 이중체(분신)와 그 공간 내에서 일어나는 순수이미지로 대사들을 제공한다. 비전과 오디션은 언어**의** 외부, 즉 언어만이 가능한 비언어적인 시각적·음향적인 이미지이다. 그리고 베케트의 텔레비전극은 비전과 오디션들에 대한 일종의 교육서 역할을 하며, 복잡하고 애매한 단어들과 이미지와의 관계를 극화하고 있다. 텔레비전극의 시각적·음향적 이미지는 단어들과 거리가 멀다――실제로 《사변형》에서 단어들은 완전히 없어도 되는 것으로 비춰진다――하지만 《밤과 꿈》 《한갓 구름뿐…》에서 단어들은 어떤 경우에는 노래를 통해서, 그리고 또 다른 경우에는 시를 통해서 이미지와 관계를 맺게 된다. 《밤과 꿈》에서 슈베르트의 **가곡**의 서정시들은 여성의 손에 의해 위무를 얻는 꿈꾸는 자의 시각 이미지와 함께, 노래의 음향 이미지들은 그 복합 요소로 들려오게 되는 것이다. 단어들은 사운드와 무대 광경과 분리되어 남지만, 음향적·시각적인 이미지들과의 공존은 적어도 잠시 동안 단어와 이미지들이 서로 발산하고, 단어들은 이미지를 생산하며, 이미지들은 단어들을 소환한다는 것을 시사한다. 《한갓 구름뿐…》에서 단어들은 주로 시각적 공간을 펼칠 때와 행동을 기술할 때 사용된다. 그러나 여성의 눈과 입의 시각적 이미지가 나타나면서 단어들은 이미지와 새로운 관계를 띤다. 그 여자의 입술은 오프-카메라의 남자가 말하는 단어들을 들리지 않게 읊조릴 때 움직인다. 그 단어들은 예이츠의 《탑》에 나오는 몇 행들로, 처음에는 파편들로("……구름 ……그러나 구름……하늘의……"), 그러다가 여자의 얼굴이 마지막으로 나타나면 두 개의 완성된 행을 이룬다("……그러나 하늘의 구름들은……지평선이 사라져 갈 때…… 혹은 한 마리 새의 졸음에 겨운 지저귐……깊어가는 어둠속에서……."[《희곡작품 전집》 421-22]) 여성 얼굴에 나타나는 자율적인 시각적 이미지는 시적인 목소리와 동시에 발생하고, 단어들은 그 자체의 이미지를 드러내고, 구름의 시각적인 이미지는 지평선 너머로 사라지며, 새의 울음 소리의 음향적 이미지는 침묵으로 가라앉는다. 그러한 시적 이미지의 요소들은 단어들에 의해서 생산되고, 본래 자율적 성질을 지닐 뿐만 아니라(마치 여성 얼굴의 시각적 이미지처럼), 이미지들의 덧없고, 순간적인 본성과, 본질적으로 가시적인 것과 청각적인 것과의 관계, 즉 이미지가 폭발하고 분산하는 내부의 공허함과 침묵의 심연과의 관계를 시사한다. 최소한 《밤과 꿈》《한갓 구름뿐…》의 몇몇 순간에서 "그 목소리는 가까스로 그것이 가지는 혐오감을, 집착을, 악의를 정복할 수 있게 되고, 음악에 따라 전달되면서 그것은 말[parole]이 되며, 말의 이미지로 전환될 수도 있고, 가곡에서처럼 음악이 되기도, 시에 있어서 색깔 이미지가 되기도 한다."(E 73; CC 159)

베케트는 자신의 글쓰기를 통해 언어에 구멍을 내지만, 텔레비전극에서 그는 단어들이 점점 더 견디기 어려우리라는 것을 안다. 가능성을 소진한다는 것은 단절된 단어들의 메타언어 창조와 임의의 공간 안의 이미지의 창조와 목소리의 중지를 요구한다. 베케트는 단어의 의미 작용과 목소리가 가지는 이야기들, 개인화된 특징들을 가지는 공간, 이미지의 보편적인 혹은 특별한 양상들을 잘라내면서 공제에 의한 작업을 한다. 텔레비전극에서는 그 추세가 단어들을 모두 제거하는 방향으로 나아간다. 그러나 《밤과 꿈》 그리고 《한갓 구름뿐…》에서는 심지어 자율적이고, 애매한 이미지가 일어나면서 몇몇 여분의 단어들이 나타나고, 노래와 시를 통해 이미지와의 관계를 추정한다. 베케트의 공제(控除)는 허무주의적인 것같아 보이지만, 들뢰즈의 경우 이러한 금욕주의적인 실천의 목표가 공(空)에 있다기보다는 정화, 즉 순수한 임의의 공간, 순수한 이미지, 자체의 비전과 오디션을 생산할 수 있는 제거를 통한 순수한 시의 창조에 그 목표를 둔다. 중요한 것은 공간·이미지·단어들의 비개인성이며, 그것은 비주체적·비유기적·비기표적 강밀도의 생산을 가능케 한다는 것이다. 들뢰즈의 사고에는 베케트의 작품에서처럼 절제된 긴장이 있다. 하지만 들뢰즈가 곧잘 말했듯이, 강밀도를 사용하는 데에는 순수한 물로 취하게 되는 노고가 있다. "우리는 마시지 않는 알코올로부터 그것이 가지고 있는 삶을 뽑아내려는 것이다. 헨리 밀러의 순수한 물로 취하는 그 위대한 장면처럼. 알코올이나 마약 그리고 광기 없이 지낸다고 하는 것, 이것이 바로 되기이다. 즉 점점 더 풍요로운 삶을 위해 술 취하지 않은(명정한) 상태-되기이다."(D 67; 53) 들뢰즈 읽기를 통해서 베케트의 금욕적인 공제는 주체적·인습적 연상 작용으로부터, 단어·목소리·공간·이미지들을 절단한다. 그러나 그것은 실재적인 것으로부터는 아니다. 대신, 그것들이 최소한의 상태로 축소되고, 모든 외적인 연상 작용들을 정화하면서 단어·목소리·공간·이미지를 일관성의 단일한 강도적인 결합 구도의 일부가 되도록 하는 것이다.

비전과 오디션들은 언어만이 가능케 할 수 있는 비언어적인 시각적 음향의 이미지들이다. 그것들은 언어의 외부, 즉 사이에 표면의 막을 형성한다. 그것들은 이미지, 즉 나타나면서 폭발하고, 소멸되는 비결정성의 이미지들이다. 하지만 결정적으로 힘을 동원하게 되는 그런 이미지들이다. 그것들은 외부의 세계에 투사되는 내부의 이미지들로 느슨하게 다루어질지도 모르지만, 결국 내부의 것도, 외부의 것도 아니다. 그것들은 현재적인 것으로부터 추출하여 다시 그것과 관련하여 환원되는 무의식적이고 잠재적인 이미지들의 결정체이다. 잠재적인 것과 현재적인 것을 동시에 서로를 이중화하며, 서로 나누어지고 결합되기도 하는 방식을 취한다. 자율적이고 비개인적인 비전과 오디션은 독자적으로 살아가지만 오로지 예술적 창조를 통해서만 존재한다. 현재적인 것으로부터 추출되어 예술 작품 고유의 궤도와 되기에서 그 내적인 응집력이 발생하고, 그러한 것들은 예술가를 통해서 그/그녀가 거주하는 세계 속으로 나아간다. 이 광범위한 궤도와 강도적인 되기의 통로들은 변용태적인 환경의 이중 지도를 형성하게 되고, 특질·물체·권력·사건들로 구성된다. 통로는 아주 많은 선들이며, 때로는 절편화 작용의 몰적인 선들로 견고하게 되기도 하고, 때로는 불안정하지만 궁극적으로 탈주선으로서 **외부**를 향해 열려 있는 출구(틈)가 되는 분자적인 선으로 분절된다. 비전과 오디션에서 우리가 보고 듣는 것은 정신착란 상태의 언어적 동요에서 생산되는 탈주선들이다.

상식적인 용어로 이것은 무엇을 의미하는가? 들뢰즈는 몇몇 문학 작품에서 언어를 통해 재현된 시각적 청각적 이미지는, 마치 단어들이 어떤 식으로든 내용을 토해내고 손으로 만질 수 있는 비언어적인 시각과 음향을 뿜어내는 것과 같은, 일종의 입체성·생생함·자율성을 가지는 것 같다는 관찰로 시작한다. 사람들은 이것을 단순히 언어와 감각 경험 사이의 복잡한 관계를 가능케 하는 환상으로 볼지도 모른다. 일면, 감각들의 생명력이란 언어와 분리된 것으로 볼 수도 있지만(플럼의 맛은 단어 '플럼' [plum; 서양자두]이 아니다), 언어와 밀접하게 결속되어 있다(플럼에 대한 감각적인 경험은 '플럼'이라는 나의 언어적 단어 사용에 침투되고, '플럼'에 대한 의미망이 플럼에 대한 나의 경험을 형성한다——식품·단것·대접·보상·자장가의 주체들에 대한 예로). 그러나 들뢰즈의 경우, 이목을 끄는 딱딱하고 만질 수 있는 시각적 청각적 이미지들은 단순히 환상이 아니다. 왜냐하면 그것들은 단어와 사물들 사이의 공동 표면 위에, 마치 스토아 학파의 **렉타**(lekta)처럼 실체를 가지고 있기 때문이다. 내부/외부, 주체/대상, 단어/사물 등등의 상식적인 구분이 붕괴될 때——그리고 여기서 상식적인 설명 역시 붕괴되어야 한다——그러한 이미지들이 나타난다. 그러므로 여기서 우리가 말할 수 있는 것은 비전과 오디션이 실재적인 것에 내재해 있는 볼 수 없는 것들과 들을 수 없는 것들의 힘의 회로들을 볼 수 있고 들을 수 있게 한다는 것이다. 그러한 힘의 회로들은 바로 그 본질에 의해 속도와 변용태, 궤도와 되기의 견지에서만 특징지어질 수 있다. 그러한 회로들이 일관성의 구도를 형성한다. 그 속에는 단어로부터의 하나의 사운드나 시각을 변별화하는 수단이 없다. 여기에는 오로지 선들이 있을 뿐이고, 화가와 음악가 그리고 작가들 모두가 같은 선들 위에서 실험하고, 각각은 그러한 선들을 입증하는 서로 다른 방법들을 찾는다——실재의 시각적 구조물에서, 음향 대상물에서, 단어들에서. 비전과 오디션에서 작가들은 언어의 극한을, 그리고 언어만이 생산해 낼 수 있는 비언어적인 그림과 음악을 감지할 수 있게 한다.

결 론

들뢰즈에게 있어서 언어는 행동의 모드이다. 그리고 언어는 광범위한 관습과 권력 관계의 영역 안에 있다. 작가들은 탈주선을 따르는 동시에 생산한다. 언어적 상수와 불변항이 언어 내의 일차적인 요소는 아니다. 그것은 제2의 권력 구조 생산이다. 연속적인 변이의 내재적 선들은 제한되고, 통제된 변수들의 사용을 재현하면서, 음소적·구문론적·의미론적인 언어 요소, 올바른 발음 규칙, 표준이 되는 구문, 외연적인 의미 등을 통과한다. 소수적 작가들은 연속적인 변이선들을 활성화하고, 그들의 궤도를 추적하며, 더 많은 변이 요소들을 조장한다. 작가들이 처리하는 단어들은 기호 체계의 부분을, 그리고 복잡한 행동과 움직임의 양식에서 이질적인 실체를 내부적으로 담론짓는 배치의 형상을 이룬다. 기호 체계는 언술 행위의 담론적·집단적 배치와 사회 과학 기술 기계의 비담론적인 배치, 그리고 비담론적인 것 안에 얽혀 있는 담론적인 배치를 연관지으면서 단어들은 언어–행동을 통해 사물의 비물체적 변형을 수행한다. 그리하여 단어들은 사물들과 엮이게 되고, 양쪽 모두 내부적으로 얽혀 있지만 분리된 생산의 과정을 통해 그 형태를 갖춘다.

문학 작품은 의미하는 것이 아니라 기능한다. 적절하게 구성될 때 무언가를 일어나게 하는 기계들이 된다. 들뢰즈가 찬미하는 작가들, 즉 언어의 소수적인 사용을 실천하는 작가들은 실재적인 것 위에서 실험한다. 그 때문에 권력에 대한 비평을 하는 동시에 새로운 삶의 가능성을 향한 통로를 연다. 카프카의 법에 대한 묘사는 오스트리아–헝가리 제국 내의 권력 관계를 구축하는 재현에 직접적으로 작용하며, 미래의 악마적인 권력에서 벡터를 추출해 내어 역설적인 네트워크 안에 그것을 연결짓고, 예측 불가능한 방향으로 그것을 분산시킨다. 카프카의 《심판》의 문학 기계는 좀더 큰 사회적, 물질 기계의 복합 요소, 언술 행위의 집단적 배치, 소설 내부와 외부에 작용하는 사회적·기술적 기계의 배치로서 기능한다. 작품과 세계 사이에는 어떠한 확고부동한 구분도 존재하지 않는다. 그러한 이유로 카프카의 언어에 대한 실험화는 정치적인 동시에 사회적이다. 마찬가지로, 카프카의 편지와 일기는 단편과 소설과 함께 똑같이 글쓰기 기계의 일부로 기능하므로, 예술과 삶 사이에 의미 있는 뚜렷한 구분은 없다.

카프카의 쓰기 기계는 모든 방향으로 무한히 확산되어 나가는 이질적인 공간 사이의 위상학적인 통로와 터널의 열린 네트워크, 즉 은둔처처럼 건설된다. 이러한 점에서 기계는 항상 미완성이다. 그것은 영속적인 움직임 속에 일어나는 과정이고, 완성된 은둔처라기보다는 끊임없이 은둔처를 만드는 과정이다. 그러나 들뢰즈는 문학 기계의 하나의 확실한 전체성의 가능성에 대해서도 생각한다. 프루스트의 《잃어버린 시간을 찾아서》는 거대한 기호 기계이고, 그것은 일종의 통일성을 지닌다. 비록 그 요소들은 '횡단선'을 통해 결합되지만, 마치 카프카의 은둔처에 나타나는 위상학적 매듭과 교차점처럼 불균형(공통성 없음)의, 비의사소통적인 부분들을 내부적으로 연결하고, 그 차이를 억제하기보다는 강밀도화하고, 또한 그것은 통일-효과를 유도하는 하나의 전체라는 부가적 복합 요소를 가진다. '전체'는 별도의 부분으로, 마치 핵결정체처럼 일단 준안정적인 용액으로 유입되는 순간, 그 용액 속의 핵자(核子)의 결정체화를 부추긴다. 부가적인 부분으로 그 전체는 역동적인 자기 변별화하는 차이로부터 생기는 혼돈-되기 우주인 '카오스모스(chaosmos)'를 생산한다.

《찾기》의 카오스모스는 기호의 카오스모스이며, 마르셀의 기호 견습에서 들뢰즈는 예술적 창조와 해석 간에 관련된 징후들을 발견한다.

역동적인 자기-변별화의 차이로서 기호는, 어떤 점에서 완전히 형성된 유기체로 성장하게 되면서 점점 더 많은 세포로 나누어지고 분할되는, 마치 수정된 알과 같다. 분할과 복수화 작용의 과정은 최초의 단일한 세포의 알 속에 존재하는 역동적인 차이의 펼침 혹은 전개이다. 그러나 그 차이는 또한 완전하게 형성된 유기체의 각 세포 내에 접혀있거나 혹은 내포되어 있다. 이러한 점에서 유기체 전체는 세포 각각에 접혀져 있다. 그때 세포 각각은 하나의 기호, 즉 해석될 때 펼쳐지고, 설명되는 접혀지고 함축된 차이이다. 그러나 기호의 코스모스는 기원의 어떠한 특권화된 지점들을 갖지 않으며, 어떠한 기호든 유기체가 성장할 수 있는 수정된 알로서 기능할 수 있을 것이다. 이런 점에서 기호의 코스모스는, 여러 각도에서 관찰되는 하나의 도시와 같다. 도시 내의 각 지점은 전체의 비전에 대해 유리한 위치가 된다. 만약 알과 도시의 형상들이 결합된다면, 우리는 각각의 유리한 지점이 어느 순간에 스스로를 완전히 형성된 유기체-도시로 스스로 변별화할 수 있는 잠재적인 알이 된다고 말할 수 있을 것이다.

기호의 해석은 불안한 정신착란 상태, 즉 숨겨진 차이를 펼치고, 그 자체를 넘어서 세계에 암시를 주는 기호의 상형문자에 의해 생산되는 심한 동요로 시작된다. 마르셀의 마들렌은 그에게 영향을 주고, 그에게 그 자체의 맛과 냄새에 싸여 있는 콤브레이의 세계를 펼칠 것을 강요한다. 그러나 콤브레이의 본질은 마들렌 그 자체도, 실재의 콤브레이의 지나간 순간들도 아니다. 그것은 본질, 즉 마들렌과 실재의 콤브레이의 기호 속에서 그 자체를 펼치는 자기-변별화하는 차이이다. 마르셀이 그 본질을 포착했을 때, 그것은 마치 그가 자신의 방에서 뛰쳐나와 코스모스-시티가 내려다 볼 수 있는 전망탑으로 올라간 것과 같다. 어떤 점으로 그 전망탑은 이미 창조되었고, 마르셀은 그저 마들렌 속에 싸인 과거의 세계를 재구성하고 있는 것이다. 그러나 또 다른 점으로 볼 때, 마치 그가 도시를 바라보는 그 유리한 지점 **자체가**

도시를 **생산하는** 것처럼, 전망탑이 스스로를 어떤 유기체-도시 속으로 펼치는 그 순간의 알인 것처럼, 전망탑으로의 도약은 창조의 과정을 부추긴다. 이러한 점에서 기호의 해석은 기호의 생산과 함께하는 해석이다. 기호에 숨겨진 차이를 펼치거나 또는 전개한다는 것은 영원히 펼쳐지기 위한 시작 과정에 있는 우주로부터 유리한 지점을 획득하는 것이다. 마르셀은 기호의 본질이 예술 안에 있지만, 본질을 포착하는 순수하고도 유일한 수단은 기호들을 생산하는 것, 다시 말해 예술 작품의 창조에 있다는 것을 안다. 동시에 마르셀의 기호에 대한 견습은 《찾기》의 글쓰기이다. 기호의 해석이나 생산은 단순히 자아에 대한 주관적 표현이거나, 실재에 대한 객관적 기록인 것은 결코 아니다. 전망탑으로 올라가는 것은 코스모스-시티에 대한 비개인적인 관점을 개방하고 거기에서 관찰자는, 말하자면 도시에 보이는 사물들 중 하나이다. 코스모스-시티는 어떤 점에서 전망탑으로의 도약을 시작한 기호를 이미 생산한, 실재의 하나의 구성된 실체이지만, 또 다른 의미로 도약 그 자체는 코스모스-시티를 태어나게 한다.

들뢰즈에게 작가들은 항상 되기를 통해 실재적인 세계를 수행하지만, 동시에 그 세계 내의 또 하나의 세계를 창조하고, 오히려 세계와 더불어 공동 창조를 실행한다. 해석은 기호를 받아들이는 문제가 아니라 기호를 생산하는 문제이다. 니체의 문화 기호들에 대한 평가와 해석은 질병과 건강에 대한 문화적 증상의 진단적 읽기이지만, 그 진단 자체는 하나의 개입(중재)이다. 해석한다는 것은 힘을 수행하고 형성하는 것이며, 평가한다는 것은 가치를 생산하는 것이다. 오로지 힘의 창의적인 전유와 가치 부여에서만이 진정한 해석과 평가가 발생한다. 작가들은 실재적인 것 위에서 실험하는 동시에 그들의 세계에 대한 해석과 평가는 세계 속의 변성(變性)을 부추긴다. 《찾기》에 나타나는 기호 견습에 대한 프루스트의 설명은 카프카의 《심판》, 베네의 《리처드 3세》처럼 세계에 대한 비평적 읽기인 동시에 세계에 대한 창의적인 펼침이고, 싹트는 차이로부터 생기는 카오스모스이다.

그러나 작가가 세계에 중재를 하는 것은 언어 내에서 중재하는 것과 분리되어질 수 없다. 프루스트에 의하면 위대한 예술 작품은 일종의 외국어로 씌어진 것이고, 들뢰즈의 관점에서 외국어란 언어 내에서 말 더듬기이며, 변수들을 끊임없는 변이 속에 두면서 언어 자체를 정지시키고 더듬게 하는 언어적 변수들의 소수적인 사용이다. 그러한 언어의 소수적인 사용은 언어적 음향, 통사와 의미론에 대한 형식적인 실험을 내포하지만, 그것은 또한 일반적으로 언어 외적인 것으로 생각되는 요소들에까지 확장된다. 행동에 대한 하나의 형식으로서 언어는 설명하기 어려울 정도로 언어 수행의 컨텍스트와 내부적으로 얽혀 있다. 각 의미론적 단위는 신체의 비물체적 변형을 수행하는 언어−행위의 잠재적인 연속체의 현실화이며, 모든 언어의 사용은 행동과 힘의 더 큰 구조 안에서 일어난다. 이러한 이유로 연극은 문학적 창조의 한 패러다임으로 볼 수 있고, 베네의 말·음향·몸짓·의상·소품·세트·조명의 소수적 사용은 소수적 글쓰기의 논리적 정점으로 간주될 수 있다. 그의 연극은 소수적 글쓰기의 언어적 실험을 더욱 더 확장시켜서 언어 수행의 가상의 언어 외적 맥락으로 나아간다.

들뢰즈가 찬미하는 작가들은 언어를 그 극한 너머로 밀고 나가서, 극한에까지 언어를 압박하는 언어 내의 되기를 유도하는 시도를 한다. 캐럴은 비물체적 사건의 패러독스를 통해 단어들과 사물 간의 표면을 탐험한다. 한편, 아르토는 그 표면을 용해시키고, 단어−분절들이 신체를 관통하게 하고, 살을 찢고, 음향 블록이 기관 없는 신체와 황홀하게 혼합된다. 아르토는 단어들을 비물체적 비명과 동물의 울음으로 변화시키는 **비명−호흡**(cris−souffles)을 만들어 낸다. 비슷한 형태로, 셀린·커밍즈·루카·베케트는 조음 불가능한 극한을 향해 언어를 밀고 나간다. 셀린은 감탄사를 확산시키고, 커밍즈는 양립 불가능한 통사적 구문들을 합병시키며, 루카는 복수적으로 분절화하는 문장들의 반복 어구를 더듬거리게 하고, 베케트는 강박적인 반복 · 첨가 · 삭제 그리고 용어들간의 상호 침투를 사용한다. 심지어 멜빌과 카프카 같은 작가들의 경우, 그들의 산문에서는 표준 용법의 형태를 손대지 않은 채로 방치하며, 분위기가 주는 기이함으로 인해 반향음이나 붕붕거림, 지저귐들이 단어 위 또는 단어를 통과하는 문체적 특성을 가진다. 마치 T. E. 로렌스가 볼 수 있는 것과 말할 수 있는 것의 주위에서 '비전'을 창조하는 것처럼 멜빌과 카프카는 언어의 가장자리에 있는 착란적인 음의 요소인 '오디션'을 창조한다. 비전과 오디션은 시각 · 음성 · 말 사이의 세포막인 언어의 외부를 형성하고, 언어 안에 비전과 오디션을 생산하면서, 작가들은 언어에 적절한 그림이나 음악을 만들어 낸다. 베케트는 언어에 구멍 내기를 시도한다. 단어를 지우고 이면의 '무(無) 또는 유(有)'를 드러낸다. 들뢰즈는 확실하게 그 이면이라는 것이 그 '어떤 것' ——즉 단어 내에 출몰하고 거주하는 비전과 오디션, 순수한 시각적 · 음향적 이미지의 그 어떤 것이라고 주장한다. 베케트는 텔레비전극에서 순수한 이미지를 창조하려는 노력으로 언어와 목소리를 고갈시킨다. 어떤 경우는 언어의 극한에서(《한갓 구름 뿐…》), 또 다른 경우에는 단어들을 모두 초월하는 어떤 지점(《사변형》)에서. 베네의 연극처럼 베케트의 텔레비전극은 궁극적으로 완전히 언어 밖의 지대로 이동한다. 그러나 이러한 작품 내에서 이룬 것은 스스로를 초월하는 언어의 통로이다. 이 통로는 모든 소수적 글쓰기의 언어적 특징인 타자-되기이다. 그것이 캐럴의 난센스나 아르토의 **비명-호흡**(cris-souffles)의 언어적 특징이든 셀린 · 커밍즈 · 루카 · 베케트의 언어학적인 돌연변이든, 혹은 멜빌이나 카프카 그리고 T. E. 로렌스의 비전과 오디션이든지 간에.

처음부터 끝까지 들뢰즈에게 문학은 건강의 문제이다. 작가들은 그들의 비평은 파괴하는 동시에 창조하게 되는 니체적 문화 의사이다. 사드와 자허 마조흐, 캐럴과 아르토는 기호와 징후에 대한 위대한 진단가이다. 하지만 그들 역시, 주어진 왜곡이나 신경증 혹은 정신이상의 극한을 넘어서 뻗어 나가는 삶을 위한 새로운 가능성을 조음한다. 프루스트는 기호에 대한 심오한 해석자이며, 열려 있는 전체를 가로지르는 횡단선이 시간의 재생산의 소명을 다시 회복시켜 주는 거대한 시간 기계인 《찾기》에서 기호를 생산한다. 카프카 역시 정교한 글쓰기 기계를 만들며, 그 부분으로 일기·편지·단편·소설이 포함되고, 그 연결망은 개인적·가족적·사회적·정치적 영역을 횡단한다. 그는 다가올 악마적 권력에 대한 병리학과 오스트리아-헝가리 제국에 내재된 파시스트적·공산주의적·자본주의적 관료주의의 역학 관계에 대해 상세히 밝히지만, 또한 탈주선, 즉 톱니바퀴가 미끄러져 빠져 버리는 법의 왜곡된 사용을 생각해 낸다. 그는 다수언어의 소수적인 사용을 전개한다. 그것은 다가올 민중 창조를 위한 방법을 마련해 주는 탈영토화된 집단적 언술 행위를 수행한다. 이와 같이 베네는 소수연극에서 권력을 비판하며, 셰익스피어로부터 국가 장치와 국가의 공식적인 역사의 장비들을 벗겨내지만, 리처드의 여성-되기에서 그는 리처드/칼리반과 제인 양/미란다가 삶의 새 양식을 발명하는 한 변형된 섬의 유토피아적이고 '불가능한' 가능성을 무대에 올린다. 로렌스는 영국인들이 아랍인들을, 아랍인들이 영국인을 배신하고, 그리고 영국인과 아랍인들 모두를 배신하는 복수적인 방식을 진단한다. 그러나 그의 비전에서, 그는 그들이 거주하는 풍경만큼 광대한 공간의 열림, 힘의 이행 운동, 미래 민중의 우화적인(fabulous)[1] 이미지를 개방한다. 그리고 베케트는 서사와 인습과 의미화를 지우며 공제(控除)를 통해 비평한다. 하지만 순수한 이미지가 비결정성의(무한한) 공간 속으로 폭발하면서 또 소멸하는 짧은 순간을 위해서일 뿐이다.

"문학은 건강이다."(CC 9; lv) 문학이 임상의 상태에 빠지면 "단어들은 더 이상 어떤 것에도 열려 있지 않게 되고, 단어들을 통해서는 그 어떠한 것도 듣지도 보지도 못한다. 오로지 사람들은 그 역사와 빛깔과 노래를 잃은 깜깜한 밤이 남아 있을 뿐이다."(CC 9; lv) 문학이 건강할 때 단어들은 "우주의 한쪽 끝에서 다른 한쪽 끝까지"(CC 9 lv) 운반된다. 통로가 열리고, 비유기체적인 삶의 지그재그 선들이 창조된다. "모든 작품은 항해이자 여행[trajet]이다. 그 여행은 통로의 풍경이나 연주회를 구성하고, 형성하는 내부적인 통로와 궤도에 의해 이런저런 외부적인 통로를 횡단만 하는 것이다.(CC 10; lvi) 글쓰기는 타자-되기, 즉 내부적으로는 변이 요소의 힘에, 외부적으로는 탈주선에 언어를 개방하는 것이다. 비유기적인 삶의 궤도는 단어 사이의, 상태 사이의, 사물 사이의, 그리고 단어·상태·사물 사이(틈)의-통로(passages-between)이다. 글을 쓴다고 하는 것은 탈주하는 것, 탈주케 하는 것, 착란 상태가 되는 것, 궤도를 이탈하는 것, 배신하는 것, 되는 것, 흐름에 합류하는 것, 배치를 형성하는 것, 탈영토화하는 것이다. 그러나 무엇보다 글을 쓴다고 하는 것은 탈주선을 추적하는 일이며, 그리하여 비유기적인 삶의 선, 즉 건강을 향한 그리고 새로운 삶의 가능성 사이(틈)의-선(line between)을 수행하는 것이다.

---

1) fabulation(이야기 꾸미기): 베르그송은 《도덕과 종교의 두 가지 원천》에서 이야기 꾸미기의 기원과 속성을 미신에서 찾는다. 미신은 지성적 존재인 개인을 지배하는 가상적인 믿음이지만, 집단적 사회적인 힘으로 인간의 심리에 개입한다. 이야기 꾸미기는 이러한 미신을 낳는 기능을 총칭한다. 베르그송은 이야기 꾸미기를 원시적인 열등성에 구속하지 않고 원시 문화로부터 현대에 이르는 종교라는 큰 틀에서 바라보며 나아가 소설과 같은 예술적 창조 영역을 아우르고자 한다. 베르그송은 이야기 꾸미기를 지탱하는 종교가 문명적인 지성과는 다른 지점에서 인간의 진화에 기여한다고 본다. 후자에 비해 전자는 개인과 집단의 잠재적인 본능을 일깨움으로써 생명의 도약에 접근하게 해준다. 들뢰즈는 베르그송이 이야기 꾸미기의 중요성을 개인의 상상력이나 언어적 능력에 귀속시키지 않고 "개인과 사회의 생존에 없어서는 안 되는 (…) 생의 근본적 요구라고 발견했던 것들"이라고 말한 데서(《도덕과 종교의 두 가지 원천》 송영진 역, 서광사 1998, p.211) 이 개념을 빌려온 것으로 보인다.(《질 들뢰즈의 시간 기계》, p.498)〔역주〕

참고 문헌

Alliez, Eric. *La Signature du monde, ou qu'est-ce que la philosophie de Deleuze et Guattari.* Paris: Cerf, 1993.

Ansell Pearson, Keith. *The Difference and Repetition of Gilles Deleuze.* London: Routledge, 1999.

Arnim, Hans Friedrich August von. *Stoicorum Veterum Fragmenta.* 4 vols. 1924; Stuttgart: Teubner, 1964.

Beckett, Samuel. *As the Story Was Told.* London: Calder, 1990.

Beckett, Samuel. *The Complete Dramatic Works.* London: Faber and Faber, 1986.

Beckett, Samuel. *Disjecta: Miscellaneous Writings and a Dramatic Fragment.* Ed. Ruby Cohn. New York: Grove Press, 1984.

Beckett, Samuel. *Murphy.* 1938; New York: Grove Press, 1958.

Beckett, Samuel. *Nohow On.* London: Calder, 1989.

Beckett, Samuel. *Three Novels by Samuel Beckett: Molloy, Malone Dies, The Unnamable.* New York: Grove Press, 1965.

Beckett, Samuel. *Watt.* New York: Grove Press, 1953.

Bene, Carmelo. 〈Lénergie sans cesse renouvelée de l'utopie〉. Travail Théâtral 27(1977): 61-89.

Bene, Carmelo. *Opere.* Milan: Bompiani, 1995.

Bensmaïa, Réda. 〈The Kafka Effect〉. Trans. Terry Cochran. In Gilles Deleuze and Félix Guattari, *Kafka: Toward a Minor Literature,* ix-xxi. Minneapolis: University of Minnesota Press, 1986.

Bensmaïa, Réda. 〈On the Concept of Minor Literature. From Kafka to Kateb Yacine〉. In *Gilles Deleuze and the Theater of Philosophy,* ed. Constantin V. Boundas and Dorothea Olkowski. New York: Routledge, 1994, pp.213-28.

Bensmaïa, Réda. 〈Traduire ou 'blanchir' la langue: Amour Bilingue d'Abdelkebir Khatibi〉. *Hors Cadre* 3(spring 1985): 187-206.

Bensmaïa, Réda. 〈Les transformateurs-deleuze ou le cinéma comme automate spirituel〉. *Quaderni di Cinema/Studio* 7–8(July–December 1992): 103–16.

Boa, Elizabeth. *Kafka: Gender, Class, and Race in the Letters and Fictions.* Oxford: Clarendon, 1996.

Bogue, Ronald. *Deleuze and Guattari.* London: Routledge, 1989.

Bogue, Ronald. *Deleuze on Cinema.* New York: Routledge, 2003.

Bogue, Ronald. *Deleuze on Music, Painting, and the Arts.* New York: Routledge, 2003.

Boundas, Constantin V. 〈Deleuze–Bergson: An Ontology of the Virtual〉. In *Deleuze: A Critical Reader,* de. Paul Patton. London: Blackwell, 1996, pp.81–106.

Braidotti, Rosi. *Nomadic Subjects.* New York: Columbia University Press, 1994.

Bréhier, Emile. *La théorie des incorporels dans l'ancien stoïcisme.* 4th ed. 1928; Paris: Vrin, 1970.

Brod, Max. *Franz Kafka: A Biography.* Trans. G. Humphreys Roberts and Richard Winston. New York: Schocken, 1963.

Buchanan, Ian. *Deleuzism: A Metacommentary.* Durham, NC: Duke University Press, 2000.

Buchanan, Ian, and Claire Colebrook, eds. *Deleuze and Feminist Theory.* Edinburgh: Edinburgh University Press, 2000.

Buydens, Mireille. *Sahara: l'esthétique de Gilles Deleuze.* Paris: Vrin, 1990.

Canetti, Elias. *Kafka's Other Trial: The Letters to Felice.* Trans. Christopher Middleton. New York: Schocken, 1974.

Carrière, Mathieu. *Pour une littérature de guerre, Kleist.* Trans. Martin Ziegler. Arles: Actes Sud, 1985.

Carroll, Lewis. *Alice's Adventures in Wonderland and Through the Looking–Glass.* New York: Signet, 1960.

Carrouges, Michel. *Les Machines célibataires.* Rev. and aug. 1954; Paris: Chêne, 1976.

Céline, Louis–Ferdinand. *Guignol's Band.* Trans. Bernard Frechtman and Jack T. Nile. New York: New Directions, 1954.

Cendrars, Blaise. *Moravagine.* Paris: Denoël, 1962.

Colebrook, Claire. *Gilles Deleuze.* London: Routledge, 2001.

Colombat, André. *Deleuze et la littérature.* New York: Peter Lang, 1990.

Corngold, Stanley. 〈Kafka and the Dialect of Minor Literature〉. *College Literature* 21(February 1994): 89-101.

Cruchet, René. *De la méthode en médecine*. 2nd ed. Paris: PUF, 1951.

Dalcq, Albert. *L'oeuf et son dynamisme organisateur*. Paris: Albin Michel, 1941.

Duchamp, Marcel. *Notes and Projects for The Large Glass*. Ed. and trans. Arturo Schwarz. New York: Henry N. Abrams, 1969.

Duchamp, Marcel. *Salt Seller: The Writings of Marcel Duchamp(Marchand du sel)*. Ed. Michel Sanouillet and Elmer Peterson. New York: Oxford University Press, 1973.

Duhem, Pierre. *Le Système du monde: Histoire des doctrines cosmologiques de Platon à Copernic*. Vol. VII. Paris: Hermann, 1954.

Elie, Hubert. *Le complexe significabile*. Paris: Vrin, 1936.

Escoubas, Eliane. 〈L'oeil (du) teinturier〉. *Critique* 418(March 1982): 231-42.

Findlay, J. N. *Meinong's Theory of Objects and Values*. Oxford: Clarendon, 1933.

Fitzgerald, F. Scott. *The Bodley Head Scott Fitzgerald*. Vol. 1. London: The Bodley Head, 1958.

Fleutiaux, Pierrette. *Histoire du gouffre et de la lunette*. Paris: Julliard, 1976.

Fortier, Mark. 〈Shakespeare as 'Minor Theater': Deleuze and Guattari and the Aims of Adaptation〉. *Mosaic* 29(March 1996): 1-18.

Foucault, Michel. *Discipline and Punish: The Birth of the prison*. Trans. Alan Sheridan. New York: Pantheon, 1977.

Foucault, Michel. *The History of Sexuality: Vol. I: An Introduction*. Trans. Robert Hurley. New York: Pantheon, 1978.

Freud, Sigmund. 〈Analysis of a Phobia in a Five-Year-Old Boy〉(1909). *Standard Edition of the Complete Psychological Works of Sigmund Freud*. Vol. X, pp.1-149. Trans. James Strachey. London; Hogarth Press, 1955.

Freud, Sigmund.: 〈Creative Writers and Daydreaming〉. *Standard Edition of the Complete Psychological Works of Sigmund Freud*. Vol. IX, pp.141-53. Trans. James Strachey. London: Hogarth Press, 1955.

Genet, Jean. *Prisoner of Love*. Trans. Barbara Bray. Hanover, NH: Wesleyan

University Press, 1992.

Golding, John. *Marcel Duchamp: The Bride Stripped Bare by her Bachelors, Even*. New York: Viking, 1972.

Goldschmidt, Victor. *Le système stoïcien et l'idée de temps*. 4th ed. 1953; Paris: Vrin, 1977.

Goodchild, Philip. *Deleuze and Guattari: An Introduction to the Politics of Desire*. Thousand Oaks, CA: Sage, 1996.

Goodchild, Philip. *Gilles Deleuze and the Question of Philosophy*. Madison, N.J.: Fairleigh Dickinson University Press, 1996.

Grosz, Elisabeth. *Volatile Bodies: Towards a Corporeal Feminism*. Bloomington: Indiana University Press, 1994.

Hardt, Michael. *Gilles Deleuze: An Apprenticeship in Philosophy*. Minnea-polis: University of Minnesota Press, 1993.

Henderson, Linda Dalrymple. *Duchamp in Context: Science and Technology in The Large Glass and Related Works*. Princeton, NJ: Princeton University Press, 1998.

Holland, Eugene W. *Deleuze and Guattari's Anti-Oedipus: Introduction to Schizoanalysis*. London: Routledge, 1999.

Holland, Eugene W. 〈Deterritorializing 'Deterritorialization' -From the *Anti-Oedipus* to *A Thousand Plateaus*〉. *SubStance* 66(1991): 55-65.

Holland, Eugene W. 〈Schizoanalysis and Baudelaire: Some Illustrations of Decoding at Work〉. In *Deleuze: A Critical Reader*, ed. Paul Patton. London: Blackwell, 1996, pp.240-56.

Isaacs, Susan. 〈The Nature and Function of Phantasy〉. In *Developments in Psycho-Analysis*. Ed. Joan Riviere. London: Hogarth Press, 1952.

James, Henry. *The Novels and Tales of Henry James. New York Edition*. Vol. XI. New York: Charles Scribner's Sons, 1908.

Janouch, Gustav. *Conversations with Kafka*. Trans. Goronwy Rees. London: Quartet Books, 1985.

Kafka, Franz. *The Complete Stories*. Ed. Nahum N. Glatzer. New York: Schocken, 1971.

Kafka, Franz. *Dearest Father Stories and Other Writings*. Trans. Ernest Kaiser and Eithne Wilkins. New York: Schocken, 1954.

Kafka, Franz. *The Diaries of Franz Kafka*. 2 vols. Ed. Max Brod, trans. Joseph Kresh. New York: Schocken, 1948-49.

Kafka, Franz. *Letters to Friends, Family and Editors*. Trans. Richard and Clara Winston. New York: Schocken, 1977.

Kafka, Franz. *The Trial*. Trans. Willa Muir and Edwin Muir. New York: Modern Library, 1956.

Kennedy, Barbara M. *Deleuze and Cinema: The Aesthetics of Sensation*. Edinburgh: Edinburgh University Press, 2000.

Klee, Paul. *Paul Klee: On Modern Art*. Trans. Paul Findlay. London: Faber and Faber, 1948.

Kleist, Heinrich von. *An Abyss Deep Enough: Letters of Heinrich von Kleist with a Selection of Essays and Anecdotes*. Ed. and trans. Philip B. Miller. New York: E. P. Dutton, 1982.

Kleist, Heinrich von. *Penthesilea*. Trans. Humphrey Trevelyan. In *The Classic Theatre, Vol. II: Five German Plays*. Garden City, NY: Doubleday Anchor, 1959, pp.313-419.

Kowsar, Mohammad. ⟨Deleuze on Theatre: A Case Study of Carmelo Bene's Richard III⟩. *Theatre Journal* 38(1986): 19-33.

Lacan, Jacques. *Ecrits*. Paris: Seuil, 1966.

Laforgue, Jules, ⟨Hamlet, ou les suites de la piétéfiliale⟩. In *Oeuvres complètes*. Vol. 3, pp.11-69. 1922; rpt. Geneva: Slatkine, 1979.

Lambert, Gregg. *The Now-Philosophy of Gilles Deleuze*. London: Continuum Books, 2002.

Laplanche, Jean, and J.-B. Pontalis. ⟨Fantasme originaire, fantasmes des origines, origine du fantasme⟩. *Les Temps modernes* 215(April 1964): 1833-68. [English translation: ⟨Fantasy and the Origins of Sexuality⟩. *The International Journal of Psycho-Analysis* 49(1968): 1, 1-18.]

Laplanche, Jean, and J.-B. Pontalis. *The Language of Psycho-Analysis*. Trans. Donald Nicholson-Smith. New York: Norton, 1973.

Lawrence, A. W., ed. *Letters to T. E. Lawrence*. London: Jonathan Cape, 1962.

Lawrence, D. H. *Studies in Classic American Literature*. 1923; Harmondsworth:

Penguin, 1971.

Lawrence, T. E. *Seven Pillars of Wisdom: A Triumph*. 1926; New York: Dell, 1962.

Lecercle, Jean-Jacques. *Philosophy through the Looking-Glass: Language, Nonsense, Desire*. La Salle, Ill.: Open Court, 1985.

Maass, Joachim. *Kleist: A Biography*. Trans. Ralph Manheim. New York: Farrar, Straus and Giroux, 1983.

Massumi, Brian. *A User's Guide to Capitalism and Schizophrenia: Deviations From Deleuze and Guattari*. Cambridge, MA: MIT Press, 1992.

Mates, Benson. *Stoic Logic*. Berkeley: University of California Press, 1961.

May, Todd, *Reconsidering Difference: Nancy, Derrida, Levinas, and Deleuze*. University Park: Pennsylvania State University Press, 1997.

Michel, Bernard. *Sacher-Masoch: 1836-1895*. Paris: Robert Laffont, 1989.

Mumford, Lewis. *The Myth of the Machine. Technics and Human Devlopment*. New York: Harcourt, Brace and World, 1967.

Nietzsche, Friedrich. *The Gay Science*, 1887; trans. Walter Kaufmann. New York: Vintage, 1974.

Nietzsche, Friedrich. *Philosophy and Truth: Selections from Nietzsche's Notebooks of the Early 1870's*. Trans. and ed. Daniel Breazeale. Atlantic Heights, NJ: Humanities Press, 1979.

Nietzsche, Friedrich. *The Portable Nietzsche*, Ed. and trans. Walter Kaufmann. Harmandsworth: Penguin, 1976.

Norrman, Ralf. 〈The Intercepted Telegram Plot in Henry James's 'In the Cage.' *Notes and Queries* 24[new series] (October 1971): 425-27.

Olkowski, Dorothea. *Gilles Deleuze and the Ruin of Representation*. Berkeley: University of California Press, 1999.

Oresme, Nicole. *Nicole Oresme and the Medieval Geometry of Qualities and Motions: A Treatise on the Uniformity and Difformity of Intensities Known as Tractatus de configurationibus qualitatum et motuum*. Ed., intro., trans., and commentary by Marshall Clagett. Madison: University of Wisconsin Press, 1968.

Patton, Paul. *Deleuze and the Political: Thinking the Political*. London: Routledge, 2000.

Plato. *Republic*. Trans. Paul Shorey. In *Collected Dialogues*, ed. Edith Hamilton and Huntington Cairns. Princeton, NJ: Princeton University Press, 1961.

Proust, Marcel. *Remembrance of Things Past*. 3 vols. Trans. C. K. Scott Moncrieff and Terence Kilmartin. New York: Vintage, 1982.

Quignard, Pascal. *L'être du balbutiement, essai sur Sacher−Masoch*. Paris: Mercure de France, 1969.

Rajchman, John. *The Deleuze Connections*. Cambridge, MA: MIT Press, 2000.

Reuleaux, Franz. *The Kinematics of Machinery: Outlines of a Theory of Machines*. Trans. Alexanedr B. W. Kennedy. 1876; New York: Dover, 1963.

Rist, J. M. *Stoic Philosophy*. Cambridge: Cambridge University Press, 1969.

Robertson, Ritchie. *Kafka: Judaism. Politics, and Literature*. Oxford: Claren−don, 1985.

Rodowick, D. N. *Gilles Deleuze's Time Machine*. Durham, Nc: Duke University Press, 1997.

— 〈Scenografia 'Hommelette for Hamlet'〉. *Domus* 695(June 1988): 7−8.

Shakespeare, William. *The Complete Works*. Ed. Alfred Harbage. Baltimore: Penguin, 1969.

Simondon, Gillbert. *L'individu et sa genèse Physico−biologique*. Paris: PUF, 1964.

Smith, Daniel W. 〈'A Life of Pure Immanence': Deleuze's 'Critique et Clinique' Project〉. In Deleuze, *Essays Critical and Clinical*. Trans. Daniel W. Smith and Michael A. Greco. Minneapolis: University of Minnesota Press, 1997.

Smith, Daniel W. 〈Deleuze's Theory of Sensation: Overcoming the Kantian Duality〉. In *Deleuze: A Critical Reader*, ed. Paul Patton, London: Blackwell, 1996, pp.29−56.

Stivale, Charles J. *The Two−Fold Thought of Deleuze and Guattari: Intersections and Animations*. New York: Guilford, 1998.

Uhlmann, Anthony. *Beckett and Poststructuralism*. Cambridge University Press, 1999.

Voie suisse: l'itinéraire genevois. De Morschach à Brunnen. Geneva: Republic and Canton of Geneva, 1991.

Wagenbach, Klaus. *Franz Kafka: Années de jeunesse(1883−1912)*. Trans.

Elisabeth Gaspar. 1958; Paris: Mercure de France, 1967.

Zourabichvili, François. *Deleuze: Une philosophie de l'événement*. Paris: PUF, 1994.